Familien.
Ehre.

Ein Wardenburgkrimi mit Christa Hemmen

Martina Sevecke-Pohlen

Die Deutsche Nationale Bibliothek verzeichnet diese Publikation in der Deutschen Nationalbibliographie;

Detaillierte bibliographische Daten sind im Internet über http://dnb.d-nb.de abrufbar.

Titelfoto © Karolin Hartenstein – Fotoalia.com

Titelgestaltung: Martina Sevecke-Pohlen

Wieken-Verlag Martina Sevecke-Pohlen

Fenderstr. 1, 26817 Rhauderfehn

kontakt@sevecke-pohlen.de

ISBN-13: 978-3-943621-09-9
ISBN-10: 394362109X

© 2012

Für meine aufmerksamen
Testleser

FAMILIEN. EHRE.

Liebe Leserin, lieber Leser,

vielen Dank, dass Sie sich für das Buch „Familien. Ehre."
entschieden haben. Ich hoffe, die Geschichte gefällt Ihnen.
„Familien. Ehre." ist der dritte Teil einer Reihe von Büchern
um Christa Hemmen. Damit Sie den Überblick über die
wichtigsten Personen behalten, finden Sie am Ende des Bu-
ches ein Personenverzeichnis. Dort befinden sich auch Links
zu Beratungsstellen.

Lesen Sie auch das Interview mit Bea Muh. Dort erfahren
Sie mehr über die (nicht existierende) Gemeinschaft der Muh
und Neutral-Moresnet.

Die Handlung von „Familien. Ehre." Spielt in der Gemeinde Wardenburg und deren Umgebung. Wardenburg
existiert tatsächlich, aber ich habe mir einige Freiheiten mit
Straßen und Häusern, sowie einigen Firmen genommen.
Möchten Sie mehr wissen, gehen Sie zu meiner Internetseite
http://www.sevecke-pohlen.de . Dort gibt es eine Seite, auf
der Links zu allen meiner Bücher gesammelt sind.

Und nun wünsche ich Ihnen viel Spaß mit „Familien.
Ehre.".

Auf meiner Internetseite http://www.sevecke-pohlen.de
finden Sie auch meine anderen Bücher:
Krimis mit Christa Hemmen:
„Sandras Schatten", Wieken-Verlag, 2012.
„Im stillen Tal", Schardt, 2010.

In Wardenburg spielt ebenfalls der Roman:
Die Legendenweberin, Schardt, 2009.

Geplant ist der Roman:
Geschrieben in Wasser

INHALTSVERZEICHNIS

1 ERRETTUNG

DER TAG, AN dem ich unwissentlich meine Rolle aufnahm, war ein Freitag Ende Juli. Ich kannte bereits einige der Beteiligten, so wie ich zahlreiche Leute kenne und jeden Tag neue kennen lerne. Einige kannte ich schon so lange, dass ich Zeit gehabt hatte, sie völlig zu vergessen.

Ich erinnere mich genau an die Hitze an jenem Nachmittag. Ich stand vor der Tür von „Crea. Heim und Pflege", geblendet von dem gleißenden Licht, das die gegenüberliegende Hauswand reflektierte. Das Gesicht von dem unerträglichen Weiß abgewendet wanderte ich tapfer die Friedrichstraße entlang zu dem weißen Wohnblock, in dem meine Schwester Heidi wohnte. Obwohl ich wusste, dass sie nicht zu Hause war, sah ich zu ihrem Balkon hinauf. An diesem Wochenende sollte sie Andrejs Großmutter kennen lernen. Nach einem Jahr Beziehung war das sicherlich nicht verfrüht, aber mich beschäftigte der Gedanke, ob Andrej Schelupa, den seine Freunde Druschka nannten, nun eine ernsthaftere Phase einleiten wollte. An dieser Phase waren seine Vorgänger samt und sonders gescheitert, denn Heidi behauptete gerne, sie möge ihren Familiennamen Hemmen, außerdem sei sie keine Frau für die Ehe.

Die meisten Leute, Männer besonders, glaubten ihr dies nicht. Wer Heidi unvoreingenommen begegnete, musste sie für ein nettes blondes Mädchen halten. Immer sah sie adrett aus, denn wir waren von einer Hauswirtschaftsleiterin erzogen worden. Bieder wirkte Heidi dennoch nicht. Ihre Farben strahlten und die Rocksäume hielten Abstand zum Knie. Das war es, was die Männer sahen. Und weil Heidi solide Kerle bevorzugte, solche die ihr Regale bauten, die Küche strichen und außerdem ein dreistelliges Gewicht anstrebten, dachten sie, sie sähen vor sich eine Frau für das Einfamilienhaus.

Meine Schwester hatte bisher jeden eines Besseren belehrt. Um Andrej hätte es mir leidgetan, mehr als um die meisten anderen. Aber ich konnte weder einschätzen, was er mit dieser Familieneinführung bezweckte noch was Heidi davon hielt. Ich wusste nur, dass sie sich von mir eine weiße Hemdbluse geliehen hatte, mit der Begründung, für Großmütter sei dies das beste Kleidungsstück. Unsere eigene Großmutter hätte Polyesterpullover in Türkis ebenso passend gefunden, und die älteren Damen, mit denen ich beruflich zu tun hatte, schienen Outdoorbekleidung zu bevorzugen. Aber vielleicht sah Andrejs Großmutter, laut seiner Aussage eine sehr alte Dame, junge Frauen gerne gebügelt.

In Gedanken war ich an meinem in Heidis Hof geparkten Auto vorbeigegangen. Als mir dies bewusst wurde, hatte ich längst die Raiffeisenstraße überquert und stand an der Einfahrt des Verbrauchermarktes. Wahrscheinlich hatte mein Körper mich vorsorglich unter Ausschaltung höherer Hirnfunktionen hierher gebracht, damit ich etwas Essbares für das Wochenende mitnähme. Nachdem ich so weit gegangen war, mochte ich nicht mehr umkehren, um das Auto die paar Meter von einem Parkplatz zum anderen zu bewegen. Meine Handtasche nach dem Plastikchip für den Einkaufswagen durchwühlend, ging ich weiter in Richtung einer Wagenstation.

„Moin, Christa! Lange nicht gesehen."

Erschrocken fuhr ich herum und wich zumindest innerlich einen halben Schritt zurück. Frau Schuhmann-Schulz strahlte mich an. Sie war früher meine Klassenlehrerin gewesen, als es am Everkamp noch ein Schulzentrum mit Haupt- und Realschule gab. Für mich lag die Zeit in ihren Händen lange zurück, und ich war in einem Alter, in dem ich verklären konnte, was noch kein Jahrzehnt zurücklag. Obwohl ich den Wechsel in die Oberstufe des Kreisgymnasiums in Oldenburg dem Ausgang einer Wette meines Vaters verdankte, sah ich im Nachhinein Frau Schuhmann-Schulz als Triebfeder für meine Karriere. Diese Frau verfügte über so viel Energie, dass, einmal auf einen Schülerkörper entladen, der- oder diejenige in die von ihr vorgegebene Richtung geschleudert wurde.

„Oh. Hallo, Frau Schuhmann-Schulz. Ja, sehr lange. Wie geht es Ihnen?"

Es hatte eine Weile gedauert, bis ich diesen Umgangston ehemaligen Lehrkräften meiner Schulen gegenüber hatte anschlagen können. Die Studienräte aus Oldenburg hatte ich nach dem Abitur nie mehr zu Gesicht bekommen, aber ich wohnte nun wieder in Wardenburg, und Wardenburger Lehrer liefen dort frei herum. Mir erging es besser als Friseurinnen und Bäckereifachverkäuferinnen, die ihre ehemaligen Lehrer auch im Berufsleben ständig als Kunden vor Augen hatten. Allerdings erreichten einige meiner Lehrer mittlerweile ein Alter, in dem sie bei der Suche nach einer betreuten Wohnung auf die Dienste von „Crea. Heim und Pflege" hätten zugreifen können. Bei Frau Schuhmann-Schulz stand dies jedoch derzeit noch nicht zu befürchten.

„Wunderbar geht es mir. Ich komme gerade von Fuerteventura zurück. Drei Wochen. Davor eine Woche Kanutour auf der Moldau. Wirklich sehr empfehlenswert."

Mir stockte der Atem, nur teilweise vor Neid, und sogar der richtete sich größtenteils auf ihren Elan.

„Toll. Ich war im Mai eine Woche auf Mallorca."

„Na, als alleinstehende Frau ohne Kinder bist du ja auch nicht auf die Schulferien angewiesen. Du kannst die günstigeren Angebote nutzen. Lehrer haben das nicht so gut", klärte Frau Schuhmann-Schulz mich auf.

Ich nickte. Es erschien mir nur natürlich, von ihr über die Welt informiert zu werden.

Zugegebenermaßen sah sie gut aus. Wieder einmal hatte sie eine neue Haarfarbe, und passend zur Kanutour trug sie die Haare superkurz, so dass die weiten Kurven ihres Körpers gut zur Geltung kamen. Frau Schuhmann-Schulz zog mühelos Aufmerksamkeit auf sich, was ihr als Lehrerin sicher nicht zum Nachteil gereichte.

„Aber jetzt fängt der Stress wieder an", klagte sie vernehmlich. Sie besaß außerdem die Fähigkeit, ihre Stimme so zu modulieren, dass alle auf dem Parkplatz sie verstanden. Klassenzimmerlautstärke lag ihr weniger.

„Die Ferien sind wohl zu Ende", mutmaßte ich. Frau Schuhmann-Schulz nickte, zustimmend zu mir und grüßend zu Leuten, die an uns vorbeigingen.

„Du sagst es. Nächste Woche geht es los, und gleich in der Woche danach muss ich nach Spiekeroog."

„Schön. Klassenfahrt auf eine Insel?" fragte ich. Sie schüttelte den Kopf.

„Fortbildung. Türkisch für Lehrer. Fünf Tage. Tja, man muss mit der Zeit gehen, Christa, und Spiekeroog ist nicht der schlechteste Ort für eine Fortbildung. Ach, habe ich dir schon erzählt, dass ich mich an unsere IGS beworben habe?"

Das hörte ich zum ersten Mal. Vor ein paar Jahren war auf dem Everkamp in den Räumen des Wardenburger Schulzentrums eine Integrierte Gesamtschule gegründet worden. Während Haupt- und Realschule abgewickelt wurden, wuchs die IGS nun Jahrgang für Jahrgang.

„Ich bin zwar nicht mehr so blühend jung wie einige der Kollegen an der IGS, aber, haha, ich bin schon lange wegen der zweiten Fremdsprache für zehn Stunden abgeordnet. Da kann ich auch ganz rüberwechseln, wenn ich nächsten Sommer meine zehnte Klasse abgebe."

Frau Schuhmann-Schulz lachte, und ich nickte, denn was sie sagte, klang für meine Ohren vernünftig. Nach einigen abschließenden Worten marschierte sie zu ihrem Auto, einem ganz unerwartet kleinen Kleinwagen in einer äußerst femininen Lackierung. Frau Schuhmann-Schulz benötigte keinen Geländewagen, weder für ihr Selbstwertgefühl noch um sich im Straßenverkehr durchzusetzen.

Die Begegnung mit meiner ehemaligen Klassenlehrerin hatte mich aus der Starre geweckt, in die ich wegen der Hitze verfallen war. Angespornt durch ihre Versicherung zum Abschied, ich machte mich gut im Leben, kettete ich mir einen Einkaufswagen los und schob ihn dynamisch auf den

Eingang zu. Ein Mann in meinem Alter vom Typ romantisch dunkler Fremder nickte mir zu. Während des gesamten Einkaufs grübelte ich vergeblich, wo ich sein Gesicht schon einmal gesehen haben könnte.

*

An einem Tag wie aus dem Kinderbuch, so lang erwartet und kaum erhofft, zogen weiße Wattewolken über einen klar blauen Himmel, darunter leuchtete alles in frischem Grün. Glühend roter Backstein saugte die Wärme ins Innere des Gebäudes, wo Heizkörper rauschten wie noch vor einer Woche im Frost. Hundert Jahre Bohnerwachs hingen in der Luft.

Vierundzwanzig Köpfe beugten sich über vierundzwanzig Papierbögen. Achtundvierzig Füße rutschten über Linoleum. Gelegentlich hörte man Schniefen als Folge der gelben Pollen draußen. Ansonsten herrschte konzentrierte Stille, denn hier schrieb man an der eigenen Zukunft. Als leise ein Handy klingelte, wurde der Ton weggedrückt.

Nach der Pause waren nur dreiundzwanzig Plätze belegt.

*

Etwas später an jenem Freitag trug ich einen Karton Wochenendverpflegung in meine Wohnung im Patenbergsweg. Meine Vermieterin Sandra Menserhagen befand sich seit letztem Sommer in einer Klinik in Wehnen, wo sie wegen Angstzuständen behandelt wurde. Nachdem ich mich geweigert hatte, in ihrer Abwesenheit den Garten zu pflegen, war eine Firma damit beauftragt worden. Ansonsten sah nur gelegentlich ein Bekannter von Sandra nach dem Rechten. Das Haus hatte ich de facto für mich allein, und das gefiel mir.

Am Telefon blinkte ein Anruf in Abwesenheit von meiner Mutter. Die fand es merkwürdig, so schnell von mir zurückgerufen zu werden.

„Du wolltest etwas von mir. Da ist es doch in deinem Sinne, wenn ich mich sofort melde. Außerdem könnte etwas passiert sein", sah ich mich gezwungen zu erklären, weshalb ich an einem Freitag nach achtzehn Uhr bei ihr anrief. Meine Mutter stellte sich unwissend.

„Was sollte passieren?"

„Du oder Vati könnte einen Unfall gehabt haben. Oder krank geworden sein …", begann ich, aber sie ließ mich nicht ausreden.

„In so einem Fall würde ich dich natürlich auf deinem Handy anrufen. Aber das ist auch egal. Hast du Lust, morgen zum Frühstück zu kommen?"

Ich fand es nicht egal. Aber ich war auch diejenige, bei der Angehörige schilderten, wie sie Mutter oder Vater am Boden liegend gefunden hatten, und mir erläuterten sie, dass sie eine betreute Wohnung suchten, damit dies nicht mehr vorkäme. So wie die Angehörigen Stürze unter Betreuung ausschlossen, hielt meine Mutter einen Unfall für unmöglich. Die Einladung nahm ich trotzdem an und wimmelte anschließend die üblichen Sorgen meiner Mutter wegen meines soliden Lebenswandels ab. Vermutlich war ich die einzige Tochter, deren Mutter diesbezüglich Unzufriedenheit äußerte. Aber ich konnte mich nicht ändern.

*

Neben der Fahrbahn schwankten die jungen Blätter im Wind. An der Haltestelle sprang eine junge Frau auf den Gehweg. Während der weiterfahrende Bus Vorjahreslaub aufwirbelte, bog sie eilig in eine kleine Wohnstraße ein. Goldregen blühte dort leuchtend gelb und giftig, die Luft war erfüllt von Düften, die in der Stadt nicht wahrgenommen wurden. Aber das Licht versprach in Land und Stadt nicht weniger als den Aufbruch in sommerliche Fülle.

Die Absätze der Frau klapperten laut auf dem Gehsteig. Sie presste ihre große Umhängetasche an sich und hastete unter den Ästen eines Kirschbaums in einen Garten. Unter den ausladenden Zweigen blieb sie stehen, sicher in der Gewissheit, an dieser Stelle von keinem Fenster des Hauses aus gesehen zu werden. Nachdem sie sich überzeugt hatte, dass niemand vom Haus in der Nähe war, folgte sie dem Gartenzaun bis hinter den Schuppen.

Dort, auf einem Stapel neuer Säcke Erde, saß ein Mädchen. Es hatte geweint, mittlerweile befand es sich im Stadium des andauernden Schniefens. Die junge Frau blieb stehen. Das Mädchen hob den Kopf.

„Wo warst du so lange?"

Die junge Frau starrte es an, kam zu einem Entschluss und ignorierte aufkommende Wut.

„Ich musste aus Oldenburg kommen. Der Bus fährt nur einmal in der Stunde. Das weißt du."

Das Mädchen nickte und brach erneut in Tränen aus. Die junge Frau setzte sich ebenfalls auf den Stapel Säcke und nahm es in den Arm. Nach einer Weile flüsterten sie miteinander. In den Gärten sangen unterdessen die Amseln.

„Das kann ich ihm nicht sagen!" rief das Mädchen schließlich.

Die junge Frau hielt ihm den Mund zu. Sie lauschte, aber die Amseln waren lauter als jedes andere Geräusch.

„Dann rufe ich ihn an", entschied sie schließlich und griff zum Handy. Das Mädchen wartete, während die andere zwei kurze Sätze auf die Mailbox sprach.

„Was wird er tun?" fragte es dann ängstlich. Die Frage zu beantworten schien schwierig zu sein, die andere zögerte.

„Er wird alles regeln", versicherte sie schließlich wohlwissend, wie wenig überzeugt ihr Versprechen klingen musste. Sie betrachtete das Handy, aber das erwies sich als unwilliger Ratgeber, dann warf sie einen verstohlenen Blick in Richtung des Mädchens. Das war zu sehr mit Naseputzen beschäftigt, um diesen Blick zu bemerken.

„Du weißt, dass du ab jetzt die Wahrheit sagen musst?" fragte sie. Das Naseputzen wurde kurz unterbrochen.

„Ja."

„Die ganze volle Wahrheit. Ab jetzt immer?"

Wieder brach das Mädchen in Tränen aus, aber es nickte. Die junge Frau schloss kurz die Augen, als könnte sie den Anblick des Gartens und des Mädchens nicht ertragen.

„Wir können das nicht auf uns sitzen lassen. Es geht um die ganze Familie. Das ist dir doch klar, oder?"

Die Kopfbewegung des Mädchens konnte als Nicken interpretiert werden. Auch die junge Frau weinte, wischte ihre Tränen aber mit dem Ärmel ab. Diesen Luxus durfte sie sich nicht erlauben.

„Wir regeln das unter uns", versprach sie.

*

Von Heidi hatte ich noch nichts gehört, als ich am Sonnabendvormittag zu meinen Eltern aufbrach. Andrejs Großmutter wohnte mit einem ihrer Söhne bei Emstek, eine gute dreiviertel Stunde Fahrt von Wardenburg aus. Familie hatte dieser Sohn nicht, soweit ich das von Andrej verstanden hatte.

„Onkel weiß nicht, was ist Frau", lautete dessen Erklärung.

Seinen weiteren Ausführungen hatte ich nicht folgen können. Andrej war sehr eloquent in seiner neuen Sprache, wenn man auch nie sicher sein konnte, ob er gerade Englisch oder Deutsch zu sprechen glaubte. Wie Heidi versicherte, standen seine Russisch sprechenden Freunde vor dem gleichen Problem, nur dass sie über die Variante Russisch-Englisch rätselten.

„Druschka ist eben ein Genie", pflegte Heidi entschuldigend zu sagen.

Aus ihrem Munde klang das befremdlich, ich hätte nicht sagen können, weshalb ich es so empfand. Vielleicht meinte mein Unterbewusstsein, die Sachbearbeiterin eines unbedeutenden Personaldienstleisters sollte, vor allem wenn sie meine Schwester war, keinen Umgang mit genialen Seelen pflegen und diese nicht vor aller Welt mit Kosenamen belegen.

Bei meiner Ankunft im stillen Tal, einer südlich von Wardenburg noch hinter der Abzweigung zur A29 gelegenen Straße, erschien mir meine Mutter der Uhrzeit und ihrem Alter unangemessen frisch. Mein Vater schlief noch. Er war Küchenchef in einem Wardenburger Restaurant, der „Fischerkate", und hatte am Vorabend für eine Hochzeitsgesellschaft gekocht. Meine Eltern mussten sich mit den flexiblen Arbeitszeiten des jeweils anderen arrangieren, denn meine Mutter leitete die Hauswirtschaft in einem Mädchenwohnheim irgendwo bei Harbern II. Von den zahlreichen Wardenburger Ortschaften gehörten Harbern I und Harbern II zu den kleinsten, am äußersten Rand von Gemeinde und Landkreis gelegen, aber vom stillen Tal aus gut zu erreichen.

„Weißt du, wann Heidi zurückkommen wollte?" fragte sie mich, als wir uns an den Tisch setzten. Von oben waren erste Lebenszeichen meines Vaters zu vernehmen.

„Am Sonntag. Wahrscheinlich essen sie noch bei der Großmutter", überlegte ich.

Meine Mutter seufzte. Sie war jetzt in einem Alter, in dem sie von ihren Töchtern Enkelkinder zu erwarten begann. Nett und adrett, wie sie ihr Aussehen wahrscheinlich beschrieben hätte, mit einem flotten Kurzhaarschnitt und Strähnchen, die das Grau geschickt überspielten, sah sie zwar nicht wie eine potentielle Großmutter aus, aber sie tendierte zunehmend in diese Kategorie. Von mir erwartete sie in naher Zukunft keine Enkelkinder, hatte sie schon vor einem Jahr gesagt. Noch wertete ich ihre Bemerkung als Kompliment. Wenn man wie ich sämtliche Erwartungen aller Leute übererfüllt, zieht man irgendwann Genugtuung aus Erfüllungsverweigerung. Mein Pflichtgefühl war umfassend, erstreckte sich aber nicht auf den Erhalt der Menschheit.

Bei Heidi lag der Fall anders. Sie weckte regelmäßig Hoffnungen, meine Eltern dürften ihr eine rauschende Hochzeitsfeier ausrichten. Doch bisher hatte sie bei drohender Verlobung noch jedes Mal die Reißleine gezogen. Andrej wäre zwar nicht der Traumschwiegersohn meiner Mutter, sie hätte ihn aber gerne genommen, weil sie glaubte, Leute aus Russland liebten Kinder. Nachdenklich betrachtete sie sein Foto an der Pinnwand.

„Die Großmutter wird wohl kaum selbst kochen", warf sie langsam ein. „Sie soll ja schon sehr alt sein. Vielleicht kocht ja dieser Sohn. Hat Andrej eigentlich Eltern?" Das wusste ich nicht. Andrej sprach immer nur von Großmutter, Onkeln und Tanten und deren Nachwuchs.

Inzwischen hatte mein Vater frisch geduscht seinen Platz am Tisch eingenommen.

„Ich habe einen Neuen im Team. Den kennst du, Christa", teilte er mir mit. Ich reichte ihm Tee und Brötchen, von meiner Mutter bekam er Milch und Marmelade.

„Danke", murmelte er verstört von unserer demonstrativen Fürsorge, rückte das bereits aufgeschnittene Brötchen zurecht und bestrich es systematisch mit Butter. Dabei wartete er offensichtlich auf eine Nachfrage von mir.

„Ich soll euren Neuen kennen?" tat ich ihm den Gefallen.

„Ich glaube, es war in der Orientierungsstufe", gab mein Vater mir einen Tipp.

Ich zuckte mit den Schultern. Diese zwei Jahre, die in Niedersachsen zu meiner Schulzeit eine eigene Schulform zwischen Grundschule und weiterführender Schule umfasst hatten, lagen weit über ein Jahrzehnt zurück. Ich hatte noch Kontakt zu einigen Mitschülern aus der Grundschule und von der Realschule, hörte auch gelegentlich noch von ein, zwei Freundinnen vom Gymnasium. Die beiden Jahre Orientierungsstufe hatte ich jedoch völlig ausgeblendet, so dass ich nicht mit Sicherheit hätte sagen können, wer mit mir in eine Klasse gegangen war und wer nicht.

„Ich habe keine Ahnung, Vati", sagte ich wahrheitsgemäß. Er schüttelte den Kopf.

„Komisch, dass ich mich an ihn erinnern kann. Volkan Tolka heißt der Junge … junge Mann, sollte ich sagen. Ich bin ja sehr gespannt, wie er sich macht. Ein gutes Zeugnis hat er ja von seinem letzten Arbeitgeber. Aber mich stört

etwas, dass er die Ausbildung außerbetrieblich in einer Maßnahme von der Arbeitsagentur gemacht hat. Solche Jungs
hatte ich bisher nur im Praktikum, und ich kann euch sagen,
da waren ein paar Kaliber bei. Denen wollte man nur ungern
ein Messer in die Hand geben. Na, dein Freund Volkan wird
schon nicht so einer sein, Christa."

„Mein Freund war dieser Volkan bestimmt nicht.
Behauptet der, mich zu kennen?" fragte ich misstrauisch.

„Nein. Ich glaube, der weiß nicht, dass ich dein Vater bin.
Aber dieser Name hat sich mir eingeprägt."

„Ich kann mich nicht an jemandem mit diesem Namen
erinnern. Wie sieht er denn aus?"

„Hm. Etwa eins vierundachtzig …" Meine Mutter lachte.

„Aber so groß war er wohl kaum in der Orientierungsstufe."

Mein Vater verdrehte die Augen und biss in sein Brötchen. Während er kaute, wechselte meine Mutter das Thema.

„Die Nadine von Elke und Helger Braaschs Tochter
wiederholt die zehnte Klasse freiwillig. Sie ist jetzt bei Frau
Schuhmann-Schulz. Stell dir das mal vor, Christa."

Ich stellte es mir vor. Man mochte über diese Frau denken, wie man wollte, aber sie drängte ihre Schüler an die
Wand und quetschte alles aus ihnen heraus, sogar Lerner-
folge. Hatte man ihre zehnte Klasse überlebt, konnte das
Berufsleben nicht mehr schrecken.

„Nadine wird sich wundern", sagte ich nur.

Nach dem Frühstück suchte ich das Fotoalbum, in dem
Heidis und mein Erfolgsweg dokumentiert wurde. Angefan-
gen bei fetten Babys unter Weihnachtsbäumen und Kleinkin-
dern auf Schaukelpferden sah man uns mit Dreirädern,
Fahrrädern, Schultüten und natürlich auf den jährlichen
Klassenfotos. Unter all den blonden Kindern konnte man
Heidi und mich immer gut erkennen. Wir waren immer ein
wenig adretter als unsere Kameraden, als hätte das Fotolabor
uns besonders sorgfältig herausgearbeitet. In späteren
Jahrgängen trug ich bereits Hemdblusen zum Strickjäckchen,

während Heidi ab etwa der siebten Klasse aussah, als wollte sie für Waschpulver werben. Auf dem Klassenbild der sechsten Klasse entdeckte ich einen dunkelhaarigen Jungen. Das musste dieser Volkan sein, aber das Bild weckte keinerlei Erinnerungen. Allerdings meinte ich, in ihm den schönen dunklen Fremden vom Parkplatz wiederzuerkennen. Auf dem Bild der fünften Klasse war er nicht zu sehen und auch nicht auf dem der siebten. Unsere gemeinsame Schulzeit musste äußerst kurz gewesen sein.

Dieses Klassenbild der sechsten Klasse zeigte ich meinem Vater. Der nickte und behauptete, Volkan Tolka sähe immer noch so aus, nur eben größer. Später, als meine Mutter zu ihrem Mädchenwohnheim gefahren war, fragte mein Vater noch, ob ich glaubte, Heidi meinte es ernst mit Andrej. Dazu konnte ich ihm keine Antwort geben.

*

Heidi rief mich am Sonntagabend an, um sich zurückzumelden.

„Wie war's denn mit Andrejs Oma?" platzte ich heraus, kaum dass ich ihre Stimme erkannt hatte.

Nachdem ich sowohl allein als auch mit meiner Mutter so viel über diesen Familienbesuch spekuliert hatte, konnte ich meine Zunge kaum im Zaum halten. Heidi wiederum wählte ihre Worte ungewöhnlich vorsichtig aus.

„Man könnte sagen, sie ist ein Unikum. Unsere Oma hält nicht mit, dabei sind die gleich alt."

Unsere Oma war die Mutter unseres Vaters und aus meiner Sicht ungewöhnlich genug. Sie wohnte noch immer in einem kleinen Häuschen bei Sannum, das meine Mutter seit ihrer Verlobung vielleicht zehnmal betreten hatte. Während sich um meine Mutter ohne ihr Zutun, allein kraft ihrer Persönlichkeit, Sauberkeit und Ordnung ausbreiteten, lebte Oma zufrieden im Zentrum eines langsam kreisenden Systems aus Staub und mysteriösen graubraunen Belägen. Für echte Exzentrik war sie nicht wohlhabend genug, aber die Voraussetzungen für diesen Lebensstil brachte sie mit. Angesichts dieser Oma-Persönlichkeit konnte ich Heidis Bemerkungen nicht nachvollziehen.

„Wie meinst du das?" erkundigte ich mich deshalb, wohlwissend dass man Heidi durch eine Bitte um Erläuterungen missmutig stimmte. Andrejs Oma musste sie jedoch sehr beeindruckt haben, denn sie sprach bereitwillig und ohne Anzeichen von Unmut weiter.

„Zu allererst ist sie super penibel. Bei ihr ist ALLES sauber."

Dies war selbstverständlich ein Unterschied zu unserer Oma, zu der wir Frauen der Familie unseren Vater schickten, wenn es wieder einmal Zeit für eine Grundreinigung des kleinen Häuschens war. Auf ihn hörte sie, manchmal zumindest, und er nahm zur Unterstreichung seiner Autorität stets ein paar Kanister der Reinigungsmittel aus der Küche der „Fischerkate" mit zu ihr. Das beeindruckte sie und schenkte ihm etwa zwei Stunden, ehe Protest einsetzte.

„Außerdem kocht sie in einer weißen Latzschürze. Vielleicht auch nur, weil ich da war, aber Druschka und Onkel Sascha haben nichts dazu gesagt." Das klang nach professioneller Großmutter.

„Und was hat sie gekocht?"

„Kartoffeln, Kohl, Fisch … Die Oma meint, ich wäre zu dünn." Zu dünn war Heidi sicher nicht, neben Andrej als Maßstab fiel sie aber natürlich ab.

„Spricht sie Deutsch?"

„Ja. Fast nur. Druschka sagt, Russisch versteht sie nicht gut."

Wir hatten verabredet, dass ich am Montag nach der Arbeit zu Heidi kommen sollte. Bis dahin hatte sie ihre Eindrücke geordnet und gab sich weniger angetan von Andrejs Familie.

„Die Oma will ihre Jungs unter die Haube kriegen. Bei Onkel Sascha hat sie fast aufgegeben, aber bei Druschka nicht. Sie hat mir eine Truhe Wäsche gezeigt, die er bekommt, wenn er heiratet. Als ob er damit etwas anfangen könnte. Aber eine Tochter hat die Oma anscheinend nicht und wohl auch keine Enkelin, da muss sie sehen, dass sie eine Frau für die Truhe kriegt." Wäschetruhen als Köder fand ich befremdlich.

„Und der Onkel?" Heidi stöhnte.

„Quatscht ununterbrochen. Druschka sagt, er hat niemanden zum Reden. Früher war er Erfinder oder so etwas. Keine Ahnung, was er jetzt macht."

„Erfinder ist doch kein Beruf", wandte ich ein. Wieder stöhnte Heidi.

„Was weiß ich denn? Da vielleicht doch."

Sie schimpfte noch ein bisschen über die lange Fahrt, die gar nicht so lang gewesen sein konnte, und fragte mich gereizt, was Andrej sich mit dem Besuch gedacht haben mochte. Der Gesamteindruck war jetzt weniger positiv als am Vortag, und das Heiratsthema beschäftigte Heidi umso mehr. Die Zukunftschancen für Andrej sahen für meine Begriffe schlecht aus.

*

Bei meinem Aufbruch von Heidi war es draußen unerträglich heiß. Ich trat gerade vor die Tür, als neben dem Haus ein dumpfer Aufprall gefolgt von lautem Klirren und einem weiblichen Schrei ertönte. An der Parkplatzauffahrt setzte eine silberne Limousine zurück. Sie gab den Blick frei auf eine Frau inmitten einer roten Lache. Ein durchdringender Geruch zeigte jedoch, dass es sich bei der roten Flüssigkeit lediglich um Rotwein handelte. Neben der Frau lag ein durchfeuchteter Karton. Korken und grüne Scherben vervollständigten das Bild. Ehe ich die Frau erreicht hatte, war die Fahrerin der Limousine bei ihr eingetroffen. Es war Frau von Geldern, Geschäftsführerin von „Crea. Heim und Pflege" und meine Chefin. Ich errötete schon, ehe sie mich bemerkte und ebenfalls pink anlief.

Frau von Geldern begann, auf die Frau in der Weinlache einzureden, als die den Kopf hob und sie anschrie.

„Was, glauben Sie, hat dieser Wein gekostet?"

Das Stichwort Wein brachte jemanden aus der Weinhandlung auf den Parkplatz. Frau von Geldern verstummte.

„Sind Sie verletzt?" fragte ich schnell, um alle wieder auf die Tatsache des Unfalls zurückzubringen. Die Frau in der Weinlache drehte den Kopf zu mir. In demselben Augenblick erkannte ich sie.

„Margot!" Sie starrte mich aus schwimmenden Augen an. Spuren ihres Makeups waren bis zu den Wangenknochen gelaufen, ansonsten schimmerte sie vom Kinn über Bluse und Hose hellrot.

„Christa?"

Nun beugte sich eine alarmierte Heidi über das Balkongeländer. Auf Geräusche eines Zusammenstoßes reagierte sie nicht mehr, aber mein Name hatte sie aufgeschreckt.

„Alles in Ordnung mit dir, Christa?" Margot lief dunkelrot an.

„Ich bin das Unfallopfer, verdammt noch mal! Sieht das denn keiner?"

Wir konnten sie beruhigen und zum Aufstehen bewegen, die Verkäuferin der Weinhandlung sammelte die Reste ihrer Ware ein und Heidi rief uns in ihre Wohnung. Dort konnte Margot den Wein abwaschen, ehe sie in Heidis Bademantel mit Frau von Geldern ein Unfallprotokoll aufsetzte. Bis auf die Flaschen war glücklicherweise nichts zu Bruch gegangen, und selbstverständlich wollte Frau von Geldern den Wein und die Reinigungskosten für Margots Kleidung übernehmen. Nach einer dreiviertel Stunde verließ sie mit dem roten Kassenzettel der Weinhandlung in einer Prospekthülle und Margots triefenden Kleidern in einer Plastiktüte die Wohnung.

Margot blieb an Heidis Küchentisch zurück. Nachdem mit Frau von Geldern die Notwendigkeit zur Selbstkontrolle verschwunden war, hing sie nur noch wie ein Häufchen Elend auf ihrem Stuhl.

„Du solltest nicht selbst fahren", stellte Heidi fest.

Notdürftig mit Wäsche und einem Kleid von Heidi ausstaffiert folgte mir Margot barfuß zu meinem Auto. Ihre eigenen Schuhe waren durchnässt von Rotwein und Heidis Schuhe waren mindestens zwei Nummern zu klein.

„Dass wir uns so wiedertreffen", sagte Margot zum mindestens dritten Mal, seit Heidis Wohnungstür hinter uns zugefallen war.

Ich stimmte ihr zu, fand aber, die Ereignisse entbehrten nicht der Komik. Das sagte ich jedoch nicht laut. Margot, das war offensichtlich, wäre nicht in der Stimmung gewesen, über sich selbst zu lachen.

„Wo wohnst du denn jetzt?" erkundigte ich mich stattdessen, als wir in meinem Auto saßen. Bei der Hitze darin drohte der Weingeruch, mir zu Kopf zu steigen.

„Hinter Oberlethe. Fahr los, ich sag dir, wie du hinkommst. Es ist nicht so leicht zu finden."

Ich gehorchte ohne ein weiteres Wort. Natürlich war mir Margots Blick aufgefallen, mit dem sie mein Auto in Augenschein genommen hatte. Vorher hatte sie mir auf dem Parkplatz ihr Auto gezeigt, eine Art Geländewagen für die Handtasche, der in eine ganz andere Preisklasse gehörte. Die Banklehre nach der mittleren Reife hatte sie anscheinend weit gebracht.

„Was machst du so? Bist du noch bei deiner Bank?" fragte ich etwas mürrisch.

Margot lächelte vor sich hin. Es schien ihr besser zu gehen, denn sie begann, sich wie ein gebadeter Kanarienvogel zu putzen, indem sie im Spiegel hinter der Sonnenschutzklappe ihre Haare aufbauschte und den Ausschnitt richtete. Heidis Kleid umschloss ihren kurvenreichen Körper ein wenig zu knapp für echten Komfort.

„Ach, nur halbtags in der Kundenberatung. Steuerlich macht es wenig Sinn, Vollzeit zu arbeiten, findest du nicht? Das heißt natürlich, wenn der Ehepartner entsprechend verdient."

„Ich bin nicht verheiratet", meinte ich erwähnen zu müssen. Margot warf mir einen Blick zu.

„Na, dann musst du natürlich Vollzeit arbeiten."

Wir waren auf der Friedrichstraße aus Wardenburg herausgefahren und bogen in Oberlethe auf den Tungeler Damm. An einem einsamen Straßenschild winkte Margot mich nach rechts.

„Bieg da ein. Und jetzt musst du immer weiterfahren. Es hat nichts zu bedeuten, wenn du kein Haus siehst. Die bebauten Grundstücke liegen hier weit auseinander."

Wieder unterdrückte ich eine Bemerkung. Der Weg, auf den sie mich gelotst hatte, hieß Kükkens Kamp und war lediglich gepflastert. Solche Straßen, die nur Straßen in Anführungszeichen waren, gab es im Umkreis Wardenburgs zahlreiche. Es handelte sich um die offiziellen Feldwege, worüber abgelegene Höfe und Siedlungen mit der Welt verbunden waren. Wenn ich früher von zu Hause aus zu Margot geradelt war, hatte ich ausschließlich solche Straßen genutzt, ungeachtet ihrer Einsamkeit. Wie jene Straßen meiner Kindheit führte auch der Kükkens Kamp vorbei an Maisfeldern, über denen die heiße Luft zitterte.

Die Zufahrt zu ihrem Haus war nur mit Kies abgestreut, und zu beiden Seiten schlossen uns die Maisstängel wie raschelnde Tunnelwände ein. Hinter dem Mais beschatteten hohe Eichen einen mit Granit gepflasterten Hof, den ein immenses Reetdachgebäude an zwei Seiten begrenzte. Neben der Glastür an der ehemaligen Stallzufahrt war ein Firmenschild angebracht, dessen Aufschrift ich nicht erkennen konnte. Die andere Seite schien ausschließlich als Wohnhaus genutzt zu werden. Diesem Haus gegenüber, rechtwinkelig zur Hofeinfahrt befand sich ein weiteres reetgedecktes Gebäude. Hinter einem offenstehenden Schiebetor parkten mehrere Autos.

„Da wären wir", sagte Margot und stieg aus.

Ich folgte ihr zögernd zur Tür. Neugierig war ich auf das Haus, gleichzeitig regte sich mein Minderwertigkeitskomplex und versuchte mir einzureden, dass ich gar keine Zeit hätte, Margot ins Haus zu begleiten, wo die sowieso nur eine Dachwohnung gemietet hätte. Aber ich wusste, dass sie in diesem Haus keine kleine Einliegerwohnung bewohnte. Man sah es an der Selbstverständlichkeit, mit der sie den aus der weingetränkten Handtasche gefischten Schlüssel ins Schloss steckte.

„Ich fahr dann mal. War schön, dich wiedergetroffen zu haben, Margot", stammelte ich.

Aber sie bestand darauf, dass ich auf ein kühles Getränk ins Haus käme. Sie führte mich in ein riesiges Wohnzimmer, wo ich meine Frage, ob ihr das alles gehöre, kaum zurückhalten konnte. Ich versuchte es mit einer Umformulierung, die es kaum besser machte.

„Gehört das Haus deinem Mann?" fragte ich zwischen zwei Schlucken Tonicwater.

Margot, die nach all ihrer Aufregung etwas Stärkeres zu benötigen glaubte, mixte sich einen Martini. Es war das erste Mal außerhalb eines amerikanischen Films, dass ich das erlebte.

„Ach Gott, nein. Schön wär's. Seinem Vater. Dem gehört auch das Geschäft."

„Was für ein Geschäft?"

„Oh, drüben in dem anderen Flügel. Ein Reit- und Jagdausstatter. Aber hauptsächlich Versand. Kunden kommen nur mit Termin. Zum Glück."

Von ihren Verhandlungen mit Frau von Geldern nach dem Unfall wusste ich, dass Margot inzwischen mit Nachnamen Poepken hieß. Der Name war in unserer Gegend häufig, in Zusammenhang mit einem Reit- und Jagdausstatter hatte ich ihn jedoch noch nicht gehört. Unbedarft, wie ich war, erwähnte ich das. Margot lächelte.

„Nein. Natürlich nicht."

In meinen Kreisen kaufte man Reithosen im Raiffeisenmarkt, sollte das Lächeln wohl bedeuten. Auch Margot hatte dort ihre Reithosen gekauft, als sie noch Margot Onken hieß und das Pony der Nachbarn betreuen durfte.

„Dann wohnt ihr also bei deinem Schwiegervater?" erkundigte ich mich freundlicher, als ich gestimmt war.

So formuliert klang es besser. Margot trug ihren Martini auf die weite Terrasse.

„Ja." Sie sank in einen dick gepolsterten Lehnstuhl aus einem seltenen Tropenholz. „Wir sehen es als Gefälligkeit ihm gegenüber. Seine Frau ist schon vor Jahren gestorben. Ich habe die gar nicht kennengelernt. Was soll er auch hier ganz alleine auf dem riesigen Anwesen? Robin und ich wohnen hier mit Dietmar."

„Ist das dein Sohn?" Zu meiner Überraschung errötete sie kurz, ehe sie sehr gemessen antwortete.

„Dietmar ist mein Schwager. Das Nesthäkchen sozusagen. Er ist gerade zweiundzwanzig."

Ich fragte mich, was daran zu Erröten sei. Dieser Dietmar war jünger als wir, aber so wenig, dass es eigentlich keiner Erwähnung wert war.

„Und dein Mann arbeitet in der Firma seines Vaters mit?"

„Nein. Robin ist Studiendirektor und Fachleiter für Latein und Altgriechisch am Lehrerseminar in Oldenburg."

Während sie sprach, war ein Mann aus dem Haus gekommen. Beinahe hätte ich ihn als den Inhaber des Reit- und Jagdausstatters begrüßt, doch er wurde mir als Robin Poepken vorgestellt.

„Margo, Schatz, bist du zuhause? Und wie ich sehe, hast du Besuch. Wo ist dein Wagen?"

Er betrachtete mich eingehend, wandte sich dann aber seiner Frau zu, die urplötzlich in Tränen zerfloss. Unter Schluchzen berichtete Margot von ihrem fürchterlichen Erlebnis vom Nachmittag. Alles klang dramatischer, als ich es in Erinnerung hatte. Man hätte meinen können, Margot Poepken wäre um ein Haar von einem Sportwagen überrollt und in die Scherben der Weinflaschen gepresst worden, dabei hatte sie nicht eine Schramme abbekommen und konnte nicht einmal blaue Flecken vorweisen. Robin Poepken zeigte sich der Schilderung gemäß entsetzt und über die Rettung erleichtert. Er dankte mir innig, seiner Frau beigestanden zu haben, und schien sich nur mit Mühe zurückhalten zu können, mir einen Orden an die Brust zu heften.

„Ich wusste, dass du sie sehen wolltest. Deshalb habe ich sie hierbehalten. Stell dir vor, sie wollte einfach wegfahren", klagte Margot in seine Dankesbekundungen hinein.

„Es war gut, dass du sie festgehalten hast, Margo. Ich musste sie sehen. Vielen Dank."

Alle Abwehr und Behauptungen, zu helfen sei selbstverständlich gewesen, wurden beiseite gewischt. Mit Mühe konnte ich Robin Poepken überzeugen, dass ich wirklich das Haus verlassen wollte, und durfte das nur, nachdem ich eine Einladung zum Essen am kommenden Sonnabend angenommen hatte. Margot begleitete mich zum Auto. Sie hatte inzwischen wieder eigene Kleidungsstücke angezogen und überreichte mir die Tüte mit Heidis Notbehelf.

„Christa, Liebes, ich weiß, wir kennen uns schon ewig. Sei nicht böse, aber bitte, nenn mich nicht Margot. So sagt keiner mehr zu mir. Ich bin Margo. Wie der Wein, nicht?"

Verblüfft versprach ich, daran zu denken.

*

Zwanzig Minuten später nahm Heidi jene Plastiktüte mit gerümpfter Nase entgegen.

„Sie hätte sich Zeit lassen und die Sachen waschen können. Alles stinkt nach Wein."

Ich hob die Schultern. Auch mein Auto roch nach Rotwein.

„Wo wohnt die Margot denn jetzt?" wollte Heidi nun wissen.

Ich beschrieb ihr, wo der Kükkens Kamp vom Tungeler Damm abging, und erwähnte ihren neuen Vornamen. Heidi prustete los.

„Das hat sie der Tochter von Hemingway nachgemacht. Die hieß auch Margot und hat sich Margaux genannt."

Margot Onken strebte offenbar nach Höherem. Ich fragte Heidi, ob sie von dem Reit- und Jagdausstatter Poepken gehört hatte. Sie nickte ungerührt.

„Ja, klar. Da kommt man nur mit Termin hin."

„Woher weißt du das?" fragte ich gereizt, denn Heidi war meiner Meinung nach nicht berechtigt, über solche Dinge informiert zu sein.

Sie verzog den Mund zu einem abfälligen Grinsen, während sie mit spitzen Fingern die marinierten Kleidungsstücke von der Plastiktüte in die Waschmaschine transferierte.

„Poepken ist ein Kunde von uns. Normalerweise arbeitet er mit einem ganz kleinen Personalstamm. Aber manchmal, wenn Saisonwechsel ist zum Beispiel, bestellt er Leute, um die neue Ware auszupacken. Hasso kauft auch da. Eine Hand wäscht die andere."

Hasso Vondenlinden war Heidis Chef, ein schnauzbärtiger Mann Mitte Fünfzig, dessen cholerisches Temperament mit einer Vorliebe für karierte Jacketts einherging.

„Reitet er?" fragte ich, denn obwohl ich ihn nur selten und meist nur ganz kurz gesehen hatte, fand ich ihn definitiv nicht den gängigen Pferde-Typen. Heidi startete mit einem nachdrücklichen Tastendruck die Waschmaschine.

„Nein. Er jagt."

Das passte eher zu meinem Bild von Hasso Vondenlinden, nachdem ich im Geiste das karierte Jackett gegen ein lodengrünes Cape getauscht hatte.

Auf der Rückfahrt von Heidis Wohnung zu meiner dachte ich über Margot, Margo, wie sie genannt werden wollte, nach. Jagen verband ich mit dem Abschießen unschuldiger Tiere. Schon weil ihr Schwiegervater Leute, die so etwas in ihrer Freizeit taten, mit bedarfsgerechter Kleidung ausstattete, war mir Poepken nicht geheuer, obwohl ich ihn nie zu Gesicht bekommen hatte.

Im Patenbergsweg angekommen ging ich in den Garten meiner Vermieterin, um mir ein paar Blumen zu schneiden. Explizit erlaubt war mir das nicht, aber außer mir gab es niemanden, der sich für diese Blumen interessierte. Von Sandras Rasen aus betrachtete ich die Rückseite des Hauses, im Erdgeschoss ihre heruntergelassenen Rollläden, meine offen einsehbaren Fenster darüber. Es war ein komfortables Haus, welches Sandra von ihrem Vater, dem Bauunternehmer Menserhagen geerbt hatte, wenn auch nicht mein Geschmack und vom Stil her überholt. Gediegen war es sicher, aber nicht so elegant wie der umgebaute Bauernhof der Poepkens. Ich fragte mich, weshalb ich hoffte, die Poepkens entpuppten sich als unsympathisch, und warum ich ihnen ihren Wohlstand nicht gönnte.

*

Am folgenden Morgen fand ich es schwierig, Frau von Geldern ins Gesicht zu sehen. Ich hatte mir schon überlegt, wie ich ihr ausweichen könnte, ohne dass es auffiele. Aber sie agierte als Geschäftsführerin und kam mir zuvor.

„Frau Hemmen, wie ist Frau Poepken nach Hause gekommen?" sprach sie mich in der Teeküche von hinten an.

Vor Schreck goss ich mir Wasser aus dem Wasserkocher über die Hand.

„Ich habe sie gefahren. Als ich ging, war sie wohlauf."

Ich musterte das pink angelaufene Gesicht unter der krausen Dauerwelle und versuchte, die reflektierenden Brillengläser zu ignorieren.

Frau von Geldern war groß und ausladend, einem Baumstamm nicht unähnlich, so wie auch ihre absolut geraden Beine wie Stämme aussahen. Mich erinnerte sie immer an eine von ungeübter Hand modellierte Tonfigur, der nachträglich Merkmale zur Geschlechtsdifferenzierung angeklebt worden waren. Dauerwelle, Bluse, Perlenkette und Faltenrock waren diese Attribute, alles andere an ihr erschien irritierend neutral und unpersönlich in einer sehr grundlegenden Bedeutung des Wortes. Man sah keine Person unter dem Stoff der Hemdbluse. Für mich, in deren Schrank sich Hemdblusen vermehrten wie bei anderen die Katzen, hatte Frau von Gelderns Anblick etwas Bedrohliches. Ich sah in ihr das, was aus mir werden könnte, gewännen die Hemdblusen Überhand.

Nach dem gestrigen Unfall glaubte ich, menschliche Züge bei Frau von Geldern zu entdecken, eine gewisse Unsicherheit zumindest. Gleichzeitig war es mir peinlich, sie unsicher zu erleben. Darum mied ich ihren Blick, während sie in gemessenem Ton fortfuhr.

„Das beruhigt mich. Ich habe ihre Kleidungsstücke sofort in die Reinigung gebracht und werde jetzt gleich das Geld für die Weinflaschen überweisen."

Es schien ihr wichtig zu sein, dass ich das wusste.

„Damit ist der Fall wahrscheinlich erledigt", versuchte ich das Thema zu beenden. Frau von Geldern wandte sich zum Gehen.

„Ich hoffe es. Kannten Sie die Dame eigentlich?"

Es war mir nicht recht, in dieser dienstlichen Umgebung etwas Privates preisgeben zu müssen. Andererseits gab es da nichts, was nicht an die Öffentlichkeit gehörte.

„Wir waren auf der Realschule in einer Klasse."

Ich überlegte, ob ich erwähnen sollte, dass wir damals Freundinnen gewesen waren, unterließ es aber. Seitdem war viel Zeit vergangen, und Margot Onken und ich hatten uns schon vor Jahren aus den Augen verloren.

„Ah. In einer Klasse. Wie schön. Ja, äh, ich muss Sie wohl nicht darum bitten, diesen Zwischenfall nicht an die große Glocke zu hängen. Geheim halten lässt sich so etwas natürlich nicht, aber ich finde, man muss auch nicht darüber reden."

„Das sehe ich auch so", brachte ich heraus.

Frau von Geldern lächelte und verschwand aus der Teeküche. Sofort juckte die Stelle, wo das heiße Wasser über meinen Handrücken gelaufen war. Ich kratzte daran, wischte die Pfütze auf der Arbeitsfläche auf und trug meinen Becher ins Büro. Selbstverständlich fand ich, dass man nicht über Frau von Gelderns Zusammenstoß mit Margo Poepken reden sollte, ich hätte das auch unaufgefordert nicht getan. Aber ihre Bitte belastete mein Gewissen.

*

Wieder sangen die Amseln. Diesmal begrüßten sie nicht den Frühling, sondern lockten den Regen herbei. Durch die offene Schuppentür sah man vom Baum herabgefallene Kirschen liegen. Ihr Saft färbte die Steine wie Blut.

„Ich kann es nicht ändern", sagte der junge Mann, und man konnte an seiner Stimme hören, dass er glaubte, was er sagte.

Zwei Gesichter folgten ihm auf seinem hektischen Gang hin und her, vier Augen fixierten den Zug um seinen Mund und die verkrampften Finger im Rücken. Schließlich unterbrach er seine Runde und drehte sich zu den beiden um.

„Ich kann es nicht ändern", fasste er zusammen, was er schon mehrfach ausgeführt hatte. Zwei Köpfe nickten.

„Dir ist klar, dass er auch da sein wird. Und er kennt dich", sagte die Besitzerin des einen Kopfes. Der junge Mann hob die Hände.

„Ja."

„Und wenn er etwas durchblicken lässt bei den anderen?" Die Hände fielen herab und hingen an den Seitennähten der Jeans.

„Kann ich das nicht ändern." Einen Moment herrschte Schweigen.

„Musst du dahin gehen?" fragte die Besitzerin des zweiten Kopfes. Der junge Mann fluchte.

„Klar, du blöde Kuh. Oh, Gott, wenn ich daran denke, dass die ganze Scheiße mit euch beiden angefangen hat. Gerade dir müsste man eigentlich den Hals umdrehen, weil du so bescheuert warst."

„Still! Du hast wirklich gut reden. Wer hat den Typ denn hier angeschleppt?" Die andere Frau sah die Fragerin an. „Das haben wir dir doch schon erklärt", sagte sie in ruhigerem Ton. „Es geht nicht anders. Das ist ein Angebot der

Arbeitsagentur. Da muss er hingehen. Sonst wird der Ärger noch größer."

Der junge Mann ließ sich auf den Betonboden fallen und vergrub das Gesicht in den Händen. Neben ihm seilte sich eine Spinne von der Decke ab und lief auf die vier Füße an der Wand zu. Ein Fuß mit lackierten Nägeln, die aus dem Geflecht bunter Riemchen lugten, zertrat sie.

„Wir müssen weitermachen wie bisher. Keiner darf merken, dass etwas nicht stimmt." Armreifen rutschten vom Handgelenk zum Ellenbogen, als ein Arm Richtung Haus winkte. „Vielleicht kann man etwas arrangieren."

„Und was?" fragte der junge Mann hinter seinen Händen. Da sie nicht weitersprach, schob er die Finger auseinander, um mit einem Auge hindurch zu blinzeln. „Und was?" wiederholte er.

„Was wir brauchen", sagte die eine Frau langsam, „ist eine Lösung. Eine endgültige Lösung." Sie sah ihn an, bis er die Hände zum Kinn sinken ließ. „Du weißt, was ich meine. Da gibt es nur eins zu tun. Wenn du es nicht tust, werde ich es machen."

Die anderen beiden starrten sie an.

*

Gemäß unserer Vereinbarung fuhr ich am Sonnabend zu den Poepkens. Wenn man den Weg zu ihrem Haus kannte, war es nicht schwierig, die richtige Einfahrt zu finden. Nur jetzt im Spätsommer stand der Mais so hoch, dass er die Sicht auf die Bäume um das Anwesen nahm. In wenigen Wochen wäre er geerntet, und man könnte die Eichen wieder vom Kükkens Kamp her ausmachen.

Margos Einladung kam ich nur ungern nach. Neugierig war ich zwar, aber ich hatte ein schlechtes Gefühl bei der Vorstellung, dem Rest von Margos angeheirateter Sippe zu begegnen. Margo, wie ich mich noch ermahnen musste, sie zu nennen, erschien mir kaum verändert. Doch ich fragte mich, ob der Umgang mit so viel Geld wirklich nichts bewirkt hätte. Meine Fantasie reichte kaum aus, mir vorzustellen, wie es wäre, zusätzlich zu einer Menge Geld einen Partner erworben zu haben, von dessen Stärken man profitierte und dessen Schwächen man zu kompensieren versuchte.

Mein letzter Freund hatte mir gesagt, ich sei so patent, dass ich ihm Angst bereite. Kurz darauf hatte er Schluss gemacht, weil er eine Frau getroffen hatte, die offenbar keine Ängste auslöste. Das war vor nicht ganz achtzehn Monaten gewesen, kurz bevor ich entschieden hatte, mich in Wardenburg bei „Crea. Heim und Pflege" zu bewerben. Da wir Kollegen gewesen waren, hatte ich diesen Ex-Freund noch bis zum Tag vor meinem Aufbruch aus Süddeutschland täglich gesehen. Das mochte der Grund sein, weshalb ich bisher keine Lust verspürt hatte, andere Männer zu treffen. Dass Margo, die nur ein paar Wochen jünger war als ich, sich dauerhaft so einen fetten Fisch an Land gezogen hatte, konnte ich jedenfalls nur mit Neid vermischt betrachten.

Ich war außerdem unsicher gewesen, was ich zu der Einladung anziehen sollte, und hatte Heidi die Auswahl treffen lassen. Angesichts meiner zahlreichen Hemdblusen war das Ergebnis hinter deren Ansprüchen zurückgeblieben. Insgeheim stimmte ich ihr zu und fühlte mich durch dieses Vorspiel bestärkt in der Erwartung eines katastrophalen Abends.

Ich befand mich noch auf dem Weg vom Auto zum Haus, als Robin Poepken die Tür öffnete.

„Christa! Ich darf doch so sagen? Wie schön, dass Sie kommen konnten."

Ich unterdrückte den beruhigenden Hinweis, ich hätte sowieso nichts vorgehabt, was ich seiner Einladung hätte opfern müssen, und ließ meine Hand schütteln. Er führte mich in das Wohnzimmer, wohin mich am Montag schon Margo gebracht hatte. Dort drängte Robin mir ein Glas Weißwein auf, keinen Rotwein, wir lachten beide, dann gingen wir auf die Terrasse, wo ein komplett eingedeckter Tisch wartete. Mein Kennerblick verriet mir sofort, dass professionelle Hände die Servietten gefaltet hatten. Von daher war ich nicht überrascht zu hören, dass Eugenia gekocht hatte und auch servieren würde.

„Eugenia kümmert sich hier um alles. Wenn wir Gäste haben, übernimmt sie auch den Service. Es ist eine Erleichterung, wenn man Leute hat, auf die man sich verlassen kann", erläuterte Robin, während Eugenia letzte Hand an den Tisch legte.

Ich versuchte, ihren Blick zu erhaschen, aber sie verrichtete ihre Arbeit ungerührt. Gleich darauf fiel mir von hinten Margo um den Hals. Wir unterhielten uns gerade darüber, wie lange unsere gemeinsame Schulzeit zurücklag, als der Inhaber des Reit- und Jagdausstatters auf die Terrasse trat. Ich hatte am Montag für Bruchteile von Sekunden geglaubt, ihm bereits gegenüberzustehen, doch da war mir sein älterer Sohn begegnet. Nun sah ich Vater und Sohn nebeneinander. Von Statur und Typus waren sie tatsächlich zum Verwechseln ähnlich, und Robins stark angegraute Haare ließen den jüngeren der beiden beinahe älter erscheinen.

„Christa! Nennen Sie mich Berthold", befahl der Vater Poepken, und ich tat es fortan.

Schließlich, nachdem Berthold die Stirn gerunzelt und Robin sich geräuspert hatte, kam ein weiterer Mann aus dem Haus getrabt.

„Mein anderer Sohn: Dietmar", verkündete Berthold in einem Ton, der die beiden Punkte des Doppelpunktes einzeln hörbar machte.

Eugenia hielt mitten in der Bewegung inne, Margo und Robin versteinerten.

„Hallo, ich bin Dietmar", begrüßte mich der Neuankömmling.

„Ich bin Christa."

„Toll. Die Retterin von Margo."

Ich versuchte zu widersprechen, aber anscheinend hatten die Poepkens sich auf diese Beschreibung meiner Rolle festgelegt, denn alle vier bedienten sich an diesem Abend des Bildes von mir als Retterin in der Not.

Wir ließen uns von Eugenia Wein einschenken und aßen das von ihr zubereitete Essen. Nachdem mein erstes Glas geleert war, bestand ich auf Wasser. Dietmar schloss sich mir an, dabei zwinkerte er mir zu, während sein Vater sich darüber ausließ, ein Mann solle nicht ohne triftigen Anlass auf den Genuss von Wein verzichten. Daran schloss sich eine Anekdote an, von denen Berthold bereits einige zum Besten gegeben hatte und an diesem Abend noch geben würde. Ich hörte sie alle zum ersten Mal und fand sie amüsant. Aber als ich die Poepkens öfter traf, durfte ich jede einzelne Anekdote mehr als erträglich genießen. Robin teilte diese Neigung seines Vaters nicht. Er schwieg höflich während der Anekdoten und redete sofort weiter, ohne auf sie einzugehen. Allerdings unterbrach er Margo und Dietmar umstandslos mit lateinischen Zitaten, wenn die etwas sagten, dem er nicht zustimmte. Margo lachte über seine Zitate ohne je zu kontern oder wenigstens nach der Bedeutung zu fragen. Sie lachte auch zu jeder Anekdote ihres Schwiegervaters und kopierte dieses Lachen, wann immer sich die Anekdote bei späteren Gelegenheiten wiederholte. Rotwein mochte sie nicht trinken, verkündete sie an jenem Abend, würde ihn nie wieder auch nur riechen wollen, auch keinen Margaux. Aber noch an diesem Sonnabend langte sie auch bei Rotwein wieder zu.

Dietmar hielt sich während des Gesprächs zurück. An seinem Kinn schien er links eine offensichtlich empfindliche Stelle zu haben, ein Schatten an der Schläfe deutete auf verheilende Prellungen hin.

„Ein Fahrradunfall im Juli", vertraute er mir an, als er mir den Weg zur Toilette zeigte. „Du hättest mich damals sehen sollen. Drei Tage Krankenhaus."

Im Lampenlicht waren die Blutergüsse nur zu erraten. Ich wollte darauf nicht eingehen, aber Dietmar meinte anscheinend, noch mehr sagen zu müssen.

„Hemmen ist dein Familienname, sagt Margo. Ist Jörn Hemmen mit dir verwandt?"

„Das ist mein Vater", entgegnete ich überrascht.

„Echt? Oh, weißt du, wir sind Kollegen. Das heißt natürlich, er leitet die Küche, und ich bin ein ganz kleines Rädchen in der Verwaltung. Ich habe nicht mal ein eigenes Büro, sondern sitze bei der Hausdame mit drin. Eine Frau Bruns, ganz furchtbar. Ich mache Abrechnungen und Buchungen und oft auch ganz einfach die Rezeption. Nein, nein, Christa, keine Sorge. Er hat bestimmt nie von mir gesprochen. Wahrscheinlich kennt er mich gar nicht. Aber ich sehe jeden Tag seine Unterschrift."

Diese Mitteilung stimmte mich ärgerlich und ich war froh, dass wir die Gästetoilette erreicht hatten. Maite Bruns kannte ich seit Kindertagen, und mein Vater war sich als Küchenchef seiner Stellung in der „Fischerkate" durchaus bewusst. Er hätte ein ganz kleines Rädchen in der Verwaltung nie als Kollegen bezeichnet.

Zu meiner Überraschung wartete Dietmar auf mich, als ich aus der Toilette trat.

„Verzeihung. Ich wollte dir hier drinnen etwas zeigen, Christa."

Ein wenig unwillig folgte ich ihm in einen Nebenflur, an dessen Ende offenbar Eugenias Bereich begann. An den Wänden hingen gerahmte Fotos vom Umbau des Hauses vom Stall zum Wohn- und Geschäftshaus. Ohne Interesse betrachtete ich die Bilder. Jeder Bauabschnitt war dokumentiert und zeigte lachende Arbeiter, Maurer, Maler und wer sonst noch eingesetzt wurde, bis hin zum Spezialisten für Reetdächer.

„Welche Firma hat das gemacht?" fragte ich, weil ich die Aufschrift des LKW nicht entziffern konnte.

„Menserhagen Bau. Hast du nicht gesagt, dass du im Haus seiner Tochter im Patenbergsweg wohnst?"

„Ja, habe ich", antwortete ich ungnädig. Dietmars Hand streifte meinen Arm.

„Ich habe gehört, dass sie in der Klapse ist. Schrecklich."

„Das ist es. Ich möchte nicht darüber reden."

Dietmar murmelte eine Entschuldigung. Wir kehrten zurück auf die Terrasse. Kurz darauf brach ich auf.

Gewöhnlich verdrängte ich die Ereignisse vom letzten Jahr. Darin war ich gut. Die Angelegenheit war beendet, Sandras Stalker gefasst. Nichts dergleichen würde sich wiederholen. Es ärgerte mich daher, von Dietmar ohne Grund erinnert worden zu sein. Er hatte keinen Anlass gehabt, jene Ereignisse anzusprechen, da er weder Sandra kannte noch den Täter, und auch mich hatte er keine zwei Stunden vorher erst kennengelernt. Es zählte meiner Meinung nach auch nicht, dass der alte Menserhagen den Umbau seines Elternhauses begleitet hatte. Das war viele Jahre her, als Dietmar und auch ich noch Kinder gewesen waren.

Dietmar hätte den Anstand haben sollen zu schweigen. Stattdessen hatte er geredet, und ich musste mich nun konzentrieren, damit ich auf den Stufen vor dem Haus kein Blut sah oder im süßlichen Spätsommernachtsduft nicht Verwesung roch.

Von den Feldern her kamen Rufe, doch die erkannte ich als die normalen Rufe der Nachttiere. Der alte Menserhagen hatte sein Haus an der äußeren Biegung des Patenbergswegs auf ein zurückliegendes Grundstück gebaut. Noch immer befand es sich an der nördlichen Peripherie Wardenburgs, wo sich hinter den Gärten die Felder bis zur Niederung des kleinen Flusses Lethe erstreckten. Irgendwo im Westen jenseits der Lethe lag das Anwesen der Poepkens, Luftlinie über Felder und Äcker viel näher als der Weg über die Straßen vermuten ließ.

Im Dunkeln stand ich auf meinem Balkon und atmete die stille Sommernacht. Bäume rauschten leise. Hinter den Gärten lagen schwarz abgeerntete Roggenfelder, darüber glitzerten Sterne. Ehe ich aus Oberlethe aufgebrochen war, hatte Robin mir die Sternbilder gezeigt. Da hatte ich nur weiße Lichtpunkte wahrgenommen, nun sah ich genauer hin und erkannte die Konstellationen wieder. Aber mir fröstelte und ich trat zurück, schloss die Glastür und ließ den Rollladen herab.

2 UNRUHE

AM FOLGENDEN NACHMITTAG fuhr ich zu Bea. Seit ich sie letztes Jahr wiedergetroffen hatte, besuchte ich sie, wenn ich das Bedürfnis zu reden hatte. Manchmal warnte ich mich vor zu viel Nähe zu den Mitgliedern einer Gemeinschaft, die in keinem Lexikon zu finden war und über die es im Internet fast keine Informationen gab. Aber Muh hörten zu und drängten sich nicht auf. Sie waren bescheiden und demütig, darauf legten sie Wert, und wie es vor bald zwei Jahrhunderten von den Gemeinschaftsgründern entschieden worden war, lebten sie auch heute unauffällig und duldsam und taten nebenbei genau das, was sie für richtig hielten.

Das hiesige Zentrum Muh lag am Rande des Staatsforsts Hasbruch hinter Sandkrug. Fuhr man die gut ausgebaute Straße mit dem irreführenden Namen Wöscheweg Richtung Sandhatten weiter, ging es ziemlich bald zwischen Feldern und Weiden nach rechts in den Wald. Auf dieser unbefestigten Straße gelangte man auch zum Hof des Mannes, der Sandra Menserhagen über Jahre terrorisiert hatte. Seine Frau führte die Landwirtschaft weiter.

Hinter dem Hof der Bösches fing der Wald an. Unter schwankenden Kiefern entdeckte man bald versteckte Gebäude. Die älteren waren Wochenendhäuser, aber es gab auch moderne Wohnhäuser von Oldenburgern, die sich als Aussteiger fühlen wollten. Das letzte bebaute Grundstück gehörte den Muh. Die Gemeinschaft betrieb dort eines ihrer Tagungshäuser. Bea war letztes Jahr auf die Position der Leiterin und Kodexwächterin beordert worden. Kurz darauf hatten wir uns wiedergetroffen, seitdem war ich in diesem Haus ein selbstverständlicher Gast. Meine Eltern waren bestürzt gewesen, als ich ihnen von Beas Rückkehr erzählte. Sie fürchteten, Bea wollte mich bekehren. Manchmal fürchtete ich das auch, aber niemals hatte irgendein Muh versucht, mich zu etwas zu bewegen, was ich nicht wollte.

Auch an diesem Sonntag parkten die Autos der Tagungsgäste auf dem kleinen Parkplatz. Ich fuhr ein Stückchen weiter zu einem zweiten Tor, das den Wirtschaftstrakt bediente. Bea hatte mir vor einiger Zeit vorgeschlagen, ich solle dort parken, damit die Seminarteilnehmer mehr Platz zum Rangieren hätten. Auch an diesem Sonntag öffnete ich das Tor, welches nur mittels einer Metallschlinge um einen Pfosten verschlossen war, und fuhr hinauf zum Haus. Da standen der rote Kleinbus der Muh und ein anderes Fahrzeug, das ich dort noch nicht gesehen hatte. Es war ein staubiger älterer Wagen mit belgischem Kennzeichen. Nun wusste ich, dass Beas Schwester Greta in einem Zentrum Muh bei Kelmis lebte, daher erklärte ich mir das belgische Auto mit einem Besuch von ihr.

Als ich das Foyer betrat, saß dort Leo Muh am Computer. Rechtwinklig zu ihm lehnte ein junges Mädchen aus der Welt an seinem Tresen. Es hatte die Ellenbogen aufgestützt, und eine Masse rotblonder Haare ringelte sich bis auf die Tastatur und über Leos rechte Hand. Beim Klang meiner Schritte sahen die beiden schuldbewusst hoch. Das Mädchen schüttelte eilig seine Mähne zurück. Es war natürlich Minerva Katrin Bösche, zum Glück aller abgekürzt auf Trini. Seit ihr Vater letztes Jahr verhaftet worden war, verbrachte sie viel Zeit im Tagungshaus der Muh. Bea mochte sie nicht wegschicken, weil sie wusste, dass Trini in Sandkrug viele Anfeindungen ertragen musste. Doch offensichtlich hatte sie Leo Verhaltensregeln erteilt.

„Hallo, Christa Hemmen", begrüßte der mich nun mit vollständigem Namen wie bei den Muh üblich.

Er war etwa in meinem Alter, aber Muh sahen schon in jungen Jahren zeitlos aus, was ihre kurz rasierten Haare und die unauffällige Kleidung noch betonten. Im Tagungshaus trugen diejenigen Muh, deren Aufgaben sie in Kontakt mit Veranstaltungsteilnehmern aus der Welt brachten, eine petrolfarbene Tunika, auf der ein Namensschild in leuchtendem Orange sie identifizierte. Leos Stoppeln waren fast in dem gleichen Farbton. Ich hatte mich oft gefragt, wie er wohl aussähe, trüge er seine Haare länger. Vielleicht schadete es nicht, wenn er seine mandarinroten Haare so kurz hielt.

Inzwischen hatte sich Trini Bösche schmollend verzogen. Leo lächelte mich an. Außer Bea war er der einzige Muh im Tagungshaus, der mir direkt ins Gesicht sah, vielleicht weil er einmal in der Welt gelebt hatte.

„Heute ist wieder ein schöner Sonnentag." Leo beherrschte Small Talk. Ich bestätigte den schönen Tag und wollte Richtung Treppe gehen, als er weitersprach.

„Tut mir leid, du kannst jetzt nicht zu Bea, Christa Hemmen. Der Kodexmeister und der Generalleiter sind bei ihr." Seine Stimme klang ehrfurchtsvoll. Ich drehte mich um.

„Oh", sagte ich, denn obwohl ich die Bedeutung der Mitteilung nicht erfassen konnte, sah ich ihm an, dass Gespräche von außergewöhnlicher Wichtigkeit geführt wurden.

„Weißt du, was die von Bea wollen?" fragte ich. Leo schüttelte entrüstet den Kopf.

„Die Beweggründe für eine Hospitation werden Muh nicht mittgeteilt", erklärte er ernsthaft.

„Aber Bea erfährt den Grund?" hakte ich nach. Er nickte erstaunt über meine ungewöhnliche Langsamkeit beim Verstehen.

Ich nahm an, Kodexmeister und Generalleiter würden über Nacht bleiben. Während der Dauer ihres gesamten Aufenthalts müsste Bea ihnen zur Verfügung stehen. Es wäre sicher besser, wenn ich nach Hause führe. Leo nickte, als ich mein Vorhaben ankündigte.

„Ich sage Bea, dass du da warst. Sie ruft dich an."

Ich wandte mich zur Tür und sah Trini im Garten lungern. Anscheinend wartete sie, bis ich wieder gegangen wäre, damit sie ihre Unterhaltung mit Leo fortsetzen könnte. Offen gestanden missfiel mir ihr Aufenthalt bei Leo fast so sehr wie Bea.

„Wie geht es Trini eigentlich?" erkundigte ich mich äußerst freundlich. Leo zuckte mit keiner Wimper. Die rotblonden Locken über seiner Tastatur schien er vergessen zu haben.

„Ganz gut im Moment. Man lässt sie jetzt in Ruhe."

„Und sie kann mit dir reden", ergänzte ich, aber er machte nur einen überraschten Eindruck.

„Selbstverständlich kann sie das. Ich glaube aber, Gespräche mit Bea sind besser für sie. Bea findet die richtigen Worte."

Ein Verdacht, angefacht durch die Befürchtungen meiner Eltern mich betreffend, meldete sich. Die Frage offen zu stellen, bedeutete eventuell schon eine Warnung an die Muh.

„Kann ein Mädchen aus der Welt eigentlich den Muh beitreten? Wenn Trini das wollte, zum Beispiel?"

Ich musterte Leo aufmerksam, als ich dies sagte. Er runzelte die Stirn und schien nachzudenken.

„Offen gesagt ist mir kein Fall bekannt. Ich nehme an, dass ein Beitritt möglich ist. Bei Volljährigkeit. Trini ist nicht volljährig. Weißt du, Christa Hemmen, die Muh haben sich aus Familien von fahnenflüchtig gesuchten Männern gegründet. Wenn ein Mann schon bei den Muh war und dann trotz seiner bedrohten Lage heiratete, wurde die Ehefrau meistens eine Muh. Wenn damals Beitritt durch Heirat möglich war, dürfte das heute auch noch so sein. Trini müsste einen Muh heiraten, wenn sie alt genug wäre. Aber bis dahin wird sie uns nicht mehr brauchen."

„Wie meinst du das?" fragte ich und zog einen Stuhl von einem der Kaffeetische vor seinen Tresen.

Das Manöver schien ihn zu irritieren, aber er sprach der-ter, nachdem er an mir vorbei auf Trini gesehen hatte. Die saß im Apfelbaum und starrte aufmerksam in das Foyer.

„Nun, wenn Trini zu uns Muh kommt und mit uns spricht, mit mir oder mit Inna oder mit Bea, dann reden wir mit ihr wie mit den Teilnehmern in den Seminaren. Es geht ihr dann besser, so wie es den Seminarteilnehmern besser geht. Aber Trini muss dafür nichts bezahlen. Verstehst du,

Christa Hemmen? Wir wissen, dass sie uns braucht, aber wir bieten uns nicht an. Das wäre unbescheiden. Das wäre Einmischung. Wenn sie mit einem Muh sprechen möchte, ist immer ein Muh für sie da. Es ist Aufgabe eines Muh, für andere da zu sein, gleichgültig ob für einen anderen Muh oder für eine Person aus der Welt in Bedrängnis. Das ist dann keine Einmischung, sagt Bea. Wenn Trini uns nicht mehr braucht, kommt sie nicht mehr. Das wird irgendwann der Fall sein. Wir erwarten von niemandem aus der Welt, dass er dauerhaft bleibt. Das wäre nicht gut. Was ihr in der Welt Freundschaft nennt ... Wie soll ich sagen? Es gibt uns Muh, die alle alles für einander sind. Familie und Freunde zugleich, verstehst du? Und es gibt die Welt, wo die Menschen andere Menschen auswählen wie Gebrauchsgegenstände. Und sie auch wieder ablegen. Trini wählt die Muh zum Reden, weil ihr in der Welt keiner zuhört. Aber sie würde keinen Muh heiraten wollen. Den könnte sie nämlich nicht wählen. Sie müsste den Muh nehmen, der als nächster auf der Männerliste für eine Fürsorgegemeinschaft steht. Die Methode hat sich bewährt. Wenn die Gemeinschaft unter Druck stand, konnten die Mitglieder nur überleben, wenn sie sich fest mit der Gemeinschaft verbanden. So ist dieser Brauch entstanden. Ein Muh verspricht, das Leben mit einem Muh zu teilen, weil der andere ein Muh ist. Natürlich hilft es, wenn man den anderen Muh mag, aber ich nehme an, man hat während der Fürsorgegemeinschaft Zeit, sich kennenzulernen. Das ist anders in der Welt, ich weiß. Aber besser?"

Ich merkte nun, dass mein Mund offenstand. Eilig schloss ich ihn, schluckte und strich meine Haare zurück. Die ganzen Erläuterungen hatten etwas in mir aufgebracht, nur wusste ich noch nicht genau, was mich so wütend und gleichzeitig beschämt fühlen ließ. Für meine Wut fand ich schnell ein Ventil.

„Auf welchem Listenplatz stehst du?" fragte ich Leo, woraufhin der zu meiner Überraschung lachte, als hätte ich einen Witz gemacht. Vielleicht, sagte ich mir später, galt diese Frage in Kreisen der Muh als Witz.

„Ich stehe auf keiner Liste. Ich gelte immer noch als zu wenig gefestigt in der Lehre. Man kann mich keinem Muh in ehelicher Fürsorge zumuten. Das hat Bea erst letzte Woche gesagt."

Er lachte und wischte sich mit den Zeigefingern unter den Augen. Ich starrte ihn an und stand eilig auf, ehe er sich so weit beruhigt hatte, dass er mich eingehender betrachten konnte.

„Das tut mir leid. Äh, ich fahre jetzt nach Hause."

Er winkte mir immer noch lachend nach. Ganz offensichtlich war er nicht gefestigt in der Lehre, denn so hatte ich noch keinen Muh lachen sehen. Laute Äußerungen, insbesondere emotionaler Art, hatte mir Bea einmal erklärt, waren unziemlich und unbescheiden, grenzten durch ihre Lautstärke an Einmischung und erweckten unnötige Aufmerksamkeit.

Bea hatte mir viel erklärt und viel zugehört, wenn ich ungefragt zu ihr gekommen war. Sie hatte mich reden lassen wie eine Teilnehmerin in einem Seminar über Lebensführung, weil sie Muh war und niemanden wegschickte. Ich hatte den Eindruck gehabt, nie in Worten bestätigt, nur anhand der Maßstäbe der Welt, dass wir Freundinnen wären. Aber das war eine offensichtliche Fehleinschätzung meinerseits, schließlich bevorzugten Muh nicht, nannten Beziehungen nicht Freundschaft, ertrugen Anwesenheit wie Abwesenheit gleichmütig. Ärgerlich schlug ich auf mein Lenkrad und traf die Hupe. Der schrille Ton brachte mich zur Besinnung. Ich ließ den Wagen vom Wirtschaftsweg der Muh rollen, hängte das Tor wieder ein und fuhr davon. Unerwünscht war ich nicht, nur hingenommen. Ich fühlte mich gedemütigt.

Später am Nachmittag rief Bea an.

„Leo Muh sagte, du seist heute Nachmittag im Tagungshaus gewesen", teilte sie mir mit.

„Stimmt", entgegnete ich knapp. Es entstand eine Pause.

„Du wolltest mich vermutlich sprechen", sagte Bea in einem Ton, der bei ihrer tiefen Stimme so ungemein beruhigend klang. An diesem Abend beruhigte ihr Ton mich nicht, ganz im Gegenteil erinnerte er mich an meine Duldung.

„Das ist zutreffend", brachte ich heraus. Wieder entstand eine Pause.

„Ich war verhindert. Der Kodexmeister aus Nideggen war da und der Generalleiter der belgischen Gemeinschaft. Sie übernachten im Tagungshaus."

„Das sagte mir schon Leo." Von Bea kam ein Laut, der ein Lachen hätte gewesen sein können.

„Leo sagt viel, wenn man ihn lässt." Dazu glaubte ich, keinen Kommentar abgeben zu müssen. Aufdrängen wollte ich mich schließlich nicht. Bea begann von Neuem.

„Mein Aufgabenbereich wurde erweitert. Mir soll die persönliche Führung eines Muh auferlegt werden." Dies verstand ich nicht, aber ich wollte sie nicht mit meiner Neugier belasten. Bea seufzte, ob meinetwegen oder wegen ihrer neuen Aufgabe blieb offen.

„Das soll heißen, dass mir ein Muh in ehelicher Fürsorge übergeben wird."

Hätte ich reden wollen, wäre ich sprachlos gewesen. So genügte ein spitz artikuliertes „Ach?".

„Ja. Ich werde morgen aufbrechen und mich ihm vorstellen."

„Ja?"

„Ja. Ähm, also, ich habe das so verstanden, dass man bei dir in der Welt in so einem Fall gratuliert."

„Glückwunsch", brachte ich heraus und legte auf.

Dann wartete ich den ganzen Abend, dass sie zurückriefe. Aber natürlich tat Bea das nicht. Nach der Interpretation einer Muh wäre das Einmischung in mein selbstgewähltes Schmollen gewesen.

*

Für den Montag hatten meine Eltern mich als Servicefahrerin eingeplant. Morgens brachte mein Vater sein

Auto zur Inspektion nach Oldenburg und fuhr mit dem Bus zurück nach Wardenburg zur Arbeit. Später kutschierte Heidi mich zur Werkstatt, und ich durfte das Auto meines Vaters zum Restaurant „Fischerkate" fahren. Das Ganze war aufwendig, aber da die Arbeitszeiten meines Vaters ein schnelles Abholen durch ihn selbst unmöglich machten, war es noch die einfachste Lösung.

Ich parkte das Auto auf seinem üblichen Parkplatz hinter der „Fischerkate" und ging durch die Personaltür in den Küchentrakt. Falls ich meinen Vater nicht in seinem Büro anträfe, war ich angewiesen worden, den Schlüssel der erstbesten weißgekleideten Person zu überlassen. Doch schon am Eingang hörte ich, wie mein Vater einen Untergebenen zusammenstauchte.

„Würd ich da nicht reingehen", sagte jemand in meinem Rücken. Ich drehte mich um. Es war Vlady, eine der langjährigen Küchenhilfen.

„Moin, Vlady. Was tut er da?" Vlady grinste.

„Papa macht den Neuen fertig. Kann ich was tun, Christa?"

Ehe ich ihm von dem Autoschlüssel erzählen konnte, flog die Bürotür auf. Ein junger Mann, den Kopf unnatürlich tief hängend, kam eilig heraus. Dahinter schnaubte mein Vater, wie er es zuhause nie gewagt hätte.

„Und jetzt mach, dass du in die Küche kommst!" brüllte er zum Abschluss, sah mich und lächelte. „Oh, Christa. Ist es schon nach vier? Was willst du denn hier?"

Mitten in seiner Rede hatte er den Ton gewechselt und an meinem Kopf vorbei Vlady angeschnauzt. Der nahm das nicht persönlich.

„Nix, Chef. Geh ich jetzt wieder in Küche."

„Hoffentlich!" brüllte mein Vater und knallte die Tür in meinem Rücken so heftig zu, dass ich einen Satz nach vorne machte.

„Äh, ich bringe dir deinen Autoschlüssel. Der Wagen steht an seinem Platz", murmelte ich.

Mein Vater streckte die Hand nach dem Schlüssel aus.

„Danke, Christa. Alles in Ordnung mit dem Wagen? Oh, Mann, meine Stimmbänder. Ich habe gerade deinen Freund zurechtgewiesen."

Ungebeten kam „Dietmar?" aus meinem Mund. Mein Vater stutzte.

„Welcher Dietmar? Tolka, äh, Volkan. Kommt zu spät, weil er angeblich seine Schwester zum Arzt bringen und da auf sie warten musste. Das ist ein Volk, sage ich dir. Um keine Ausrede verlegen. Und nicht in einem Restaurant ausgebildet, das merkt man. Kein Zug. Keine Disziplin. Aber wen meinst du mit Dietmar?"

Nun musste ich gestehen, dass ich Dietmar Poepken meinte, der irgendwo drüben im Bürobereich arbeitete.

„Oh", machte mein Vater und sah mich einen Moment an. „Didi Poepken. Ich wusste nicht, dass du den kennst." Ich schluckte.

„Kennen ist zu viel gesagt. Ich hab doch erzählt, dass ich Margot Onken wiedergetroffen habe. Die Weinlache auf Heidis Parkplatz."

„Ja, ich erinnere mich."

„Die Margot hat den Bruder von eurem Dietmar Poepken geheiratet. Am Sonnabend war ich bei denen zum Essen, und da war auch dieser Dietmar."

Mein Vater musterte mich skeptisch. Ich war die vernünftige seiner Töchter. Ich schleppte nicht ständig Kandidaten für die Schwiegersohnschaft an, die ich wieder absetzte, kaum dass er sich das neue Gesicht eingeprägt hatte. Wenn mein Vater bei mir überhaupt an potentielle Ehemänner dachte, erwartete er, einen einzigen vorgestellt zu bekommen, der es dann wurde und blieb. An Dietmar Poepken hatte er in Zusammenhang mit mir nicht gedacht.

„Der ist ein paar Jahre jünger als du", gab er zu bedenken. Ich musste lachen.

„Ja, Vati. Ich weiß." Er lachte nun auch, sah aber zugleich auf die Wanduhr.

„Ja, Christa, es war nett, dass du nach deiner Arbeit den Wagen für mich abgeholt hast. Mit dem Geld bist du hingekommen? Tut mir leid, jetzt muss ich wieder in meine Küche. Mal sehen, was Vlady so verbrochen hat."

Hinter mir schloss er die Bürotür ab, setzte seine grüne Haube auf und richtete das Halstuch.

„Also bis bald, Liebes." In seinen weißen Kunststoffclogs schlurfte er der Küche zu.

Ich trat hinaus auf den Parkplatz. Bei den Mülltonnen rauchte ein Mann in Weiß. Als ich die ersten feminin klackernden Schritte über den Asphalt machte, hob er den Kopf. Er war groß, dunkel und, soweit die grüne Einweghaube einen Eindruck erlaubte, gutaussehend. Es handelte sich offenbar um den frisch abgekanzelten Volkan Tolka, den mein Vater eigentlich in die Küche geschickt hatte. Erinnerungen an meinen früheren Mitschüler weckte sein Anblick nicht, doch auch das mochte an der Haube liegen. Automatisch nickte ich zu ihm hinüber, schließlich grüßte ich alle Mitarbeiter meines Vaters, gleich wo ich sie traf. Der mutmaßliche Volkan sah zu mir, kam dann auf mich zu.

„Du bist Christa, nicht? Tochter vom Hemmen."

Widerstrebend blieb ich stehen. Man sah nicht viel von ihm zwischen Haube und Halstuch. Die weiße Arbeitskleidung nahm ihm alles Persönliche und machte ihn einfach zu einem Mitglied des Küchenteams.

„Bist du Volkan? Wir waren wohl auf der OS in einer Klasse." Als OS hatten wir als Schüler die Orientierungsstufe bezeichnet, der Code verband uns nun. Volkan nickte, ehe er die Zigarette in ein Beet warf und mir die Hand entgegenstreckte.

„Ja, ich bin Volkan. Aber ich habe echt nicht gewusst, dass der Chef dein Vater ist. Vlady hat mir gesagt. Wie geht's dir? Was machst du?"

„Nichts Besonderes", entgegnete ich, denn bei „Crea. Heim und Pflege" zu arbeiten, war nichts Besonderes. „Arbeiten."

„Ja", sagte er und maß mich eilig. Anscheinend bezweifelte er nach wie vor, dass ich das Mädchen in karierten Hosen aus seiner Vergangenheit sein sollte. „Ich hab Koch gelernt", informierte er mich über das Offensichtliche.

„Wo?" fragte ich automatisch. Mein Vater, der auch in der Prüfungskommission saß, ließ sich regelmäßig über die Qualität der bei der Konkurrenz produzierten Jungköche aus. Mit gerunzelter Stirn blickte er an mir vorbei.

„In'ner Maßnahme von Arbeitsagentur. War aber gut. Hauptschulabschluss hab ich da auch gemacht. Und in Wildeshausen im Krankenhaus gekocht. Leider befristet. Und jetzt hier."

„Mein Vater hat eben geschrien", teilte ich ihm mit, doch dazu lachte er.

„Köche sind laut. Und ich war zu spät. Ging nicht anders. Aber er hatte Recht. So, jetzt muss ich wieder rein. Sonst wird dein Vater richtig laut." Wieder schüttelte er mir die Hand, ehe er im Inneren des Küchentraktes verschwand.

Ich ging weiter. Nach zehn Metern rief jemand aus einem Fenster in der ersten Etage meinen Namen.

„Christa! Warte! Ich komme runter."

Es war Dietmar. Ich stöhnte leise, aber in meinem Bauch war ein leichtes Flattern, das ich jedoch festentschlossen meinem Hunger zuschrieb. In den Fluren rund um die Küche roch es immer so intensiv nach Essen, dass es mir den Appetit verschlug. Nun aber folterten mich die dezenteren Düfte aus dem Restaurant der „Fischerkate". Ich hoffte, Dietmar ließe sich schnell abschütteln, denn ich wollte endlich nach Hause, mich vergewissern, dass Bea nicht mehr angerufen hatte, etwas essen und ausgiebig schmollen. Nun kam er aus einer weiteren Seitentür an der Hotelseite der „Fischerkate". Seine nicht sonderlich große, leicht gebaute Gestalt steckte in dem dunklen Anzug mit aufgesticktem Emblem, den das Hotel Angestellten mit Kundenkontakt vorschrieb. Bei Tageslicht schimmerte die Schläfe grünlich über dem ausheilenden Bluterguss.

„Hallo, Christa. Warst du bei deinem Vater oder wolltest du hier essen?"

Ich berichtete, weshalb ich dort war, und betonte, wie müde ich sei und dass ich unbedingt nach Hause wollte.

„Wenn ich keinen Dienst hätte, würde ich dich fahren."

„Aber du hast Dienst", erwiderte ich und fragte mich, wieso er seinen Arbeitsplatz einfach verlassen konnte.

Anscheinend war er nicht an der Hotelrezeption eingesetzt, sonst hätte er sich diesen Abstecher auf den Hof nicht erlauben können. Er zögerte, als könnte er meine Bemerkung nicht deuten.

„Isst du manchmal hier?" versuchte er es erneut. Ich schüttelte den Kopf.

Mein Vater konnte es nur schwer ertragen, in der „Fischerkate" zu sitzen, wenn jemand anders in seiner Küche stand. Sein Unwille hatte sich auch auf andere Restaurants übertragen. Jedes Mal wurde er unruhig und nervte meine Mutter mit Kritteleien. Aus diesem Grunde hatte sie vor Jahren schon entschieden, dass wir nur in absoluten Notfällen in Restaurants aßen. Dieser Beschluss hatte sich bei Heidi und mir gehalten. Wir mieden es, auswärts zu essen. Eis, Kuchen, Wein oder Cocktails waren neutral, gekochte Speisen oder auch nur Salat weckte stets Erinnerungen an einen mäkelnden Vater. Dietmar sah mich treuherzig an.

„Ich würde dich gerne einladen."

„Das ist nett von dir, aber ich mag keine Restaurants."

„Was, echt nicht? Na, dann vielleicht ins Kino."

„Vielleicht." Ich hatte mich wieder in Bewegung gesetzt, und er lief neben mir her.

„Gut. Ich ruf dich an. Margo hat deine Nummer." Ich nickte und ging schnell weiter.

Die Parkplatzgrenze schien er nicht übertreten zu können, als läge ein Bannring um das Restaurant, der die Mitarbeiter auf dem Gelände festhielt. Während ich mich über seine Einladungsversuche aufregte, fühlte ich mich äußerst geschmeichelt. Es war schon zu lange her, dass einem Mann aufgefallen war, dass es sich bei mir um eine Frau handelte.

*

Es hatte angefangen zu regnen. Der Wind schlug Eichenblätter von den Zweigen und klebte sie nachdrücklich an den Boden. Jenseits der Straße schwankten Bäume im Wind, als wollte es sie zerreißen. Der weite Hof lag leer, doch an den Türen lehnten einige Unentschlossene. Bei der Sporthalle standen drei Mädchen unter einem Schirm.

„Sag jemand, was los ist", forderte eins, dessen Locken sich bis zur Hüfte ringelten.

Seine Füße waren nass, weil das Trio beim Versuch, zu dritt unter dem Schirm zu gehen, eine Pfütze nicht weit genug umrundet hatte. Entsprechend streng klang die Stimme nun. Das Mädchen in der Mitte schüttelte den Kopf.

„Hör zu", sagte das Mädchen in der karierten Jacke. „Du kannst immer noch zur Polizei gehen. Es gibt da extra Telefonnummern. Die stehen auch im Bus. Die kannst du gleich ins Handy tippen und später anrufen."

„Halts Maul!" stieß das Mädchen in der Mitte hervor. Die anderen schwiegen einen Moment. „Jetzt ist es eh zu spät", setzte das Mädchen in der Mitte hinzu, als wäre damit alles gesagt und das Thema erledigt.

Die anderen teilten diese Ansicht offenbar nicht. Es wirkte beinahe so, als hätten sie sich vor der Unterredung abgesprochen.

„Zu spät ist es nie", behauptete das eine.

„Nur umständlicher", ergänzte das andere.

„Ich habe nein gesagt", erinnerte das Mädchen in der Mitte. Seine Stimme kippte gefährlich, als drohten Tränen.

„Du kannst immer noch etwas tun", ließen die anderen nicht ab.

„Ich sage nein."

Schweigend standen sie nun unter dem Schirm, das Mädchen in der Mitte den Stiel umklammernd, als erwartete es, jeden Augenblick mit dem aufgespannten Schirm hochzufliegen. Obwohl der Gong ertönte, blieben die drei unter ihrem Schirm stehen. Das Betongebäude jenseits des Hofs erschien ihnen ferner denn je. Zwei der Mädchen grübelten still, weil sie spürten, es müsse noch etwas gesagt werden. Das dritte schmollte.

„Was sagen die zu Hause?" verlangte schließlich das Mädchen mit den nassen Füßen zu wissen. Das in der Mitte schob das Kinn vor.

„Dass wir das unter uns regeln." Die anderen tauschten Blicke.

„Wie, ohne Polizei?" fragte das Mädchen in der karierten Jacke. Es klang befremdet.

„Ohne Polizei. Ohne irgendjemand. Wir regeln das selbst." Wieder sahen die anderen sich an.

„Alleine?" kam es im Chor heraus.

„Sag ich doch. Erst mal machen wir alles, wie abgesprochen. Schule, Arbeit, diese Scheiß-Hochzeit, und was dann sonst noch kommt."

Der Tonfall war nun so entschieden, dass er das Trio in Bewegung versetzte. An der Tür stießen die drei auf Frau Schuhmann-Schulz. Die wirkte mit einer ausladenden Büchertasche in der einen Hand und einem Stapel Hefte gegen die Brust gedrückt noch massiver als sonst.

„Los, die Damen. Wer nach mir kommt, ist zu spät."

Den Regenschirm zwischen sich beschleunigten die Mädchen minimal. Frau Schuhmann-Schulz folgte mit zusammengekniffenen Brauen der Tropfenspur.

*

Dietmar rief noch am selben Montagabend an und lud mich zu einem Film in Oldenburg ein. Ich hätte ärgerlich sein sollen, dass Margo meine Telefonnummer ohne zu fragen an ihren Schwager weitergegeben hatte. Aber die Aussicht, nicht alleine auszugehen, gefiel mir, deshalb nahm ich seine Einladung an. Heidi zeigte sich am folgenden Mittwoch trotzdem nicht beeindruckt.

„Der Schwager von dieser Margo? Mann, Christa, willst du jetzt auch bei Poepken einheiraten? Machst du der Zicke alles nach?"

Mir fiel ein, dass Heidi schon Margot Onken nicht gemocht hatte. Auch war sie viel zu penibel zu verzeihen, dass ihre ausgeliehenen Kleidungsstücke mit Margos Rotweinaroma zurückgegeben worden waren. Nachvollziehen konnte ich das, aber Heidis Formulierung irritierte mich auch. Meine alte Freundin erkannte ich zwar in der Margo von heute nicht wieder, dennoch hätte ich sie nie als Zicke bezeichnet. Außerdem war ich zu dem Schluss gekommen, dass ich mit Dietmar definitiv nur dieses eine Mal ausgehen wollte.

„Wie kommst du denn darauf? So ein Quatsch. In die Familie einheiraten", sagte ich deshalb und lachte täuschend echt.

„Oh, die besten Kerle kommen auf solche Ideen. Glaub mir."

Zu den Besten hätte ich Dietmar nicht gezählt. Auch störte mich, dass Heidi, immerhin zwei Jahre jünger als ich, so tat, als wäre sie die Ältere.

„Zumindest habe ich nicht vor zu heiraten. Jedenfalls nicht Dietmar." Jemanden, den Kollegen Didi nannten, müsste man mit Vorsicht genießen, fügte ich still hinzu. Heidi nickte streng.

„Das beruhigt mich. Aber bei dir weiß man nie."

Statt einer Antwort knuffte ich sie nur in die Seite, was sie kommentarlos hinnahm, ehe sie begann, den Tisch zu decken. Andrej wollte vorbeikommen und an ihr ein neues Beratungsprogramm ausprobieren. Seine Wartezeit auf einen Deutschkurs zog sich in die Länge, weil er der zuständigen Behörde ein Dokument vorlegen sollte, das auszustellen, sich niemand in Russland oder Deutschland in der Lage sah. Andrej hatte derweil eine Onlineberatungsagentur aufgebaut. Er bezeichnete sich als ARD, Artificial Reality Designer. Mittlerweile hatte er drei Angestellte, einen albanischen

Psychologen, eine iranische Informatikerin und einen kroatischen Grafiker, die er alle in der Warteschlange bei der Beratung für Sprachkurse rekrutiert hatte. In seiner kleinen Etagenwohnung in Oldenburg an den Voßbergen planierten, kalkulierten und programmierten die vier in einer Mischung aus Englisch, Deutsch und HTML, was eigentlich nur Computer verstehen, damit Kunden sich einen optimalen Auftritt in sozialen Netzwerken im Internet zusammenstellen lassen konnten. Gerichtsurteile, wonach Arbeitgeber bei Bewerbern nicht nach solchen Informationen suchen dürften, tat Andrej mit einer lässigen Handbewegung ab.

„Natürlich. Ethisch nicht akzeptabel in Netzwerk gucken. Na und? Chef gucken und er bewerten Klient. Psychologie in Natura, nicht wahr? Aber Klient kann sich gegen so unethische Chef vorbereiten. Ich helfen. Helfen ethisch korrekt." Dabei lächelte er milde.

Wie immer, wenn man meiner Schwester glauben durfte, brachte er sein Netbook mit.

„Christa wäre auch ein gutes Versuchskaninchen für dich, Druschka", bemerkte Heidi, während wir um ihren Couchtisch standen und Andrej beim Hochfahren des Netbooks zusahen. Er strahlte mich an.

„Ja, klar. Dass ich das nicht bedenken!"

„Was?" fragte ich alarmiert. Ich musste an Heidis Bemerkungen über seine Genialität denken. In seinen Augen war ein Glitzern, das befürchten ließ, sie habe nicht ironisch gesprochen.

„Du perfekt, Christa. Keine private Existenz. Keine Public Character."

Andrejs Ausdruck wurde ernst und von Sekunde zu Sekunde vertrauenserweckender. Man merkte, dass er noch in Russland eine Schulung als Finanzberater absolviert hatte.

„Neue Programm heißen ‚Date Research'. Lass mich machen Ausführung zuerst. Also: Klassische Theorie ist ‚Boy meets Girl'. Aber wo? Hier kommen Date Research. User kannst verwenden Date Research zu finden optimale Date Partner in alle Foren. Dazu Date Research analysieren

Internetpersonality von potential Date Partner. Umgekehrt wird auch ein Schuh: User maximieren potentielle Attraktivität durch gezielte Streuung von Information of Mating Quality. Eine Exempel …"

„Stopp!" unterbrach ich empört, aber zugleich amüsiert, denn es war ein wenig, als zeigte mir ein Vierjähriger seine Sammlung Käferbeine. „Das brauche ich nicht." Heidi und Andrej holten gleichzeitig Luft, sahen sich an und versicherten mir:

„Selbstverständlich nicht. Du bist eh der natürliche Typ …"

„Null Problemo mit dir, Christa. Bist jung und …"

„Und sie hat ein Date", fuhr Heidi ihm über den Mund, nachdem sie erkannt hatte, dass ich wütend geworden war. Andrej sagte „Ah", und klappte sein Netbook zu.

„Dann bist du Kaninchen, Heidi. Nach Essen."

Ich floh aus der Wohnung, statt wie geplant mit ihnen zu essen, wozu beide mich weiterhin drängten. Draußen standen die Pfützen weit auf dem Gehweg und auch direkt vor meiner Fahrertür. Im Patenbergsweg tropfte es von den Bäumen und aus den übervollen Regenrinnen. In der Luft lag ein Hauch von Herbst, obwohl es noch lange nicht so weit war. Aber das trübe Licht nach den heißen Sonnentagen zuvor kam wie die kühlere Luft als Schock. In meiner Wohnung ging ich durch die Räume, öffnete Fenster, verstaute Einkäufe, schob ein Fertiggericht in die Mikrowelle. Zwei Anrufe waren auf dem Anrufbeantworter, ein Marktforschungsinstitut und Margo, drei E-Mails im virtuellen Briefkasten, keine Nachricht von Bea. Ich fragte mich, warum ich auf ein Lebenszeichen von ihr warten sollte, hatte sie mich doch lediglich hingenommen.

Nach meinem Fertiggericht rief ich Margo zurück. Sie habe keinen besonderen Grund für ihren Anruf gehabt, wolle nur mal hören, wie es mir gehe. Sieben Jahre war ich ihr gleichgültig gewesen, aber das sagte ich nicht.

„Dietmar hat dich eingeladen? Oh, das freut mich. Er ist wirklich sehr lieb, weißt du? Und er bewundert dich sehr."

„Weil ich dich aus einer Weinpfütze gezogen habe? Das ist doch lächerlich", gab ich zurück.

Ich fand es zwar zunehmend angenehm, an Freitag zu denken, aber die Reaktionen meiner Umwelt gingen mir auf die Nerven. Margo betonte jedoch, wie großartig auch sie es fand, dass ich sie nach dem Weinflaschenunfall nach Hause gefahren hatte. Sie ließ durchblicken, dass so viel Initiative nur mit Dietmar belohnt werden könne. Nach so viel Schmeichelei lud sie mich dann für den Sonnabend zum Tee ein, als wäre ich ein Eisen, das Dietmar schmieden solle, solange es nicht abgekühlt war. Ich versprach zu kommen.

*

Weil ich trotzig war, aber auch weil ich bis Mitte August noch kein einziges sommerliches Kleidungsstück angeschafft hatte, kaufte ich am Donnerstag eine neue Bluse, die ich am Freitag nach der Arbeit umtauschte. Zuhause musste ich mir eingestehen, dass aus der lila Tunika mit Spitzenbesatz am Kragen eine weitere weiße Hemdbluse geworden war. Das Bügeln des taillierten Schnitts musste der Wiedergutmachung eines weiteren Fehlgriffs dienen. Doch kombiniert mit einer vernünftigen Hose und einer ebenso vernünftigen Jacke sah ich bei Dietmars Ankunft so seriös aus, als wollte ich ihm einen Immobilienfond verkaufen. Als Zugeständnis an einen potentiell romantischen Abend bauschte ich meine Haare mit der Hand auf, ehe ich die Tür für ihn öffnete. Bei meinen Haaren half Bauschen jedoch nichts. Fünf Minuten später zeigte mir mein Bild in der Scheibe der Beifahrertür, dass die Haare wieder platt herunterhingen.

Dietmar kommentierte weder Haare noch Bluse, was in meinen Augen für seine Glaubwürdigkeit sprach. Er hatte in einem Kino in der Johannisstraße Karten bestellt. Dort standen wir mit anderen erwartungsvollen Zuschauern an den Glasscheiben des Foyers und beobachteten die Radfahrer, die im Regen über den Hof des Kinos abkürzten. Von dem

Film behielt ich nur in Erinnerung, dass die Leute viel redeten und die weibliche Hauptfigur oft mit tränenerstickter Stimme sprach. Wieder im Regen spannte Dietmar seinen Schirm für uns auf.

„Trinken wir noch etwas?"

Wir fuhren einen knappen Kilometer zu Parkplätzen nahe der Fußgängerzone. Dort führte Dietmar mich zu einem Lokal über einer Boutique für betuchtere Damen, wo wir alkoholfreies Bier bestellten. Ich fragte mich, ob es das war, was ich zwei Jahre lang vermisst hatte. Dietmar sprach von seiner Arbeit, ich von meiner. Er berichtete von skurrilen Hotelgästen, ich von unbezähmbaren Senioren. Auf dem Weg zu den Toiletten beobachtete ich die anderen Frauen und fragte mich, ob sie für ihre Begleiter lachten, weil die so amüsant erzählten oder weil sie ein Gähnen kaschieren wollten. Zumindest waren wir nicht das Paar mit dem langweiligsten Aussehen. Dazu war ich dank mütterlichen Trainings viel zu adrett, und Dietmar aufgrund professioneller Schulung zu smart. Andererseits erschien mir sein Kuss auf meine Wange zu flüchtig, um ernstgemeint zu sein. Ich fragte mich außerdem, ob ich es ohne Ermüdungserscheinungen aushalten könnte, ihn am nächsten Tag schon wieder zu treffen.

*

Auch an jenem Tag regnete es. Endlich, sagten einige, wenn sie an ihre Gärten dachten, andere schüttelten resigniert den Kopf. Die junge Frau schwankte innerlich, ob sie trockeneres Wetter nicht vorgezogen hätte. Immerhin würde der aufgespannte Schirm ihre Identität verbergen, bis sie ihm entgegenträte. Seine Pausenzeiten kannte sie und sie wusste auch, dass er gewöhnlich montags auf diesem Weg zur Bank ging. Aber die Zeit verflog, und sie fürchtete, sie habe den Vormittagsunterricht umsonst geopfert.

Schließlich kam er doch noch. Sie beobachtete ihn, wie er unter seinem Schirm über den Parkplatz ging, an der Ampel die Oldenburger Straße überquerte und Richtung Sparkasse marschierte. In einiger Entfernung folgte sie ihm, bis er hinter der automatischen Glastür verschwunden war. Im Inneren sah sie ihn schemenhaft an Geldautomat und Kontoauszugdrucker hantieren. Zwischendrin, wenn andere Kunden die Sparkasse verließen oder betraten, öffnete sich die Tür und erlaubte einen klareren Blick auf ihn. Er wechselte ein paar Sätze mit einem Bekannten und verließ mit diesem die Sparkasse.

Ihr Atem stockte. Sie hatte nicht mit einem zweiten Mann gerechnet. Es war notwendig, ihm entgegenzutreten, wenn er alleine war. Doch glücklicherweise stieg der Bekannte in ein Auto und fuhr Richtung Oldenburg davon. Mit klopfendem Herzen lief sie hinter dem Regenschirm her und legte eine Hand auf seinen Arm. Erschrocken fuhr er herum, erkannte sie und hatte die Dreistigkeit zu lächeln. Sie atmete tief durch, aber er kam ihr zuvor.

„Ah, schickt dein Bruder jetzt dich? Glaubt er, du könntest fester zuschlagen als er?" Innerlich zählte sie bis fünf, weiter kam sie in ihrer Aufregung nicht.

„Du lässt sie in Ruhe, ist das klar?" Lachend wandte er sich zum Gehen. Sie lief hinterher. „Sie sagt, du warst an der Schule. Was soll das?"

„Ich kann hingehen, wohin ich will. Dein Bruder kann mir nichts verbieten. Und du auch nicht." Mit so einer Bemerkung hatte sie gerechnet, nicht aber mit seinem Lachen und dem widerlichen Grinsen. „Oder bist du eifersüchtig auf die Kleine, weil sie gekriegt hat, was du partout nicht haben wolltest?"

Sie hatte zugeschlagen, ehe sie richtig begreifen konnte, was seine Worte bedeuteten. Auf das Schlaggeräusch hin drehten fremde Leute sich um, sahen den Mann sich die Wange reiben und setzten ihre Wege fort. Er grinste gezwungen.

„Tut mir leid, dein Bruder hat doch die festere Hand. Aber wenn handfestes Zupacken dir Spaß macht, bist du herzlich willkommen. Du weißt ja, wo. Und jetzt merk dir eins: Ihr lasst mich in Ruhe. Sonst wende ich mich an die

Polizei. Und dein Bruder kann es sich gerade jetzt nicht leisten, wenn man ihn von der Arbeit weg aufs Revier holt. Glaub mir, Schätzchen, ich kenne den Küchenchef. Der hat deinen sauberen Bruder schon längst auf dem Kieker." Er ließ sie stehen. An der Ampel holte sie ihn nochmals ein und überquerte neben ihm die Oldenburger Straße.

„Du lässt sie in Ruhe."

„Das hast du schon einmal gesagt. Aber dies ist ein freies Land, Kleines. Dein Bruder kann mir nicht verbieten, deine Schwester zu treffen. Wenn es euch so ernst ist, geht doch zur Polizei. Dann wird sich ja zeigen, was von euren Behauptungen zu halten ist. Für kleinkarierte ethnische Spießereien haben die da kein Verständnis, Schätzchen."

Mit diesen Worten stieß er sie in einen Strauch auf dem Parkplatz und ging ungerührt weiter. Sie arbeitete sich aus dem Busch heraus, zu wütend, um auf die Dornen zu achten, zu verzweifelt, um an die Schmach dieses Sturzes zu denken. Reden konnte man mit ihm nicht. Das war nun bewiesen. Es musste eine andere Lösung gefunden werden.

3 VOR DEM FROST

MEINE MUTTER WURDE in der letzten Septemberwoche fünfzig Jahre alt. Da wir unseren Vater kannten, hatten Heidi und ich diesen Tag beizeiten geplant und beschlossen, dass mein Vater sie ausführen sollte. Nachdem wir ihr angedeutet hatten, dass es angezeigt wäre, an ihrem Geburtstag Urlaub zu nehmen, hatte sie das widerspruchslos getan. Mein Vater hingegen hatte zwar zugesagt, Urlaub zu beantragen, es aber vermutlich vergessen und auch seinen Beitrag für den Festsaal im Dorfgemeinschaftshaus in Hohenfelde noch nicht auf Heidis Konto überwiesen. Nachdem sie am ersten Montag im September ihre Kontobewegungen kontrolliert hatte, rief Heidi mich bei „Crea. Heim und Pflege" an, damit ich persönlich für die Überweisung sorgte.

Also ging ich nach der Dienstbesprechung bei der Bank meines Vaters vorbei und holte mir einen Blankoüberweisungsauftrag. Am späten Vormittag konnte ich relativ sicher sein, ihn in seinem Büro anzutreffen. Es war die ruhige Phase in der „Fischerkate", nachdem das Frühstücksbuffet für die Hotelgäste abgeräumt und gespült worden war. Um diese Zeit kamen die meisten Köche und Aushilfen erst, nachdem mein Vater mit Vlady die Vorarbeiten für den Mittagstisch bereits erledigt hatte.

Als ich über den Parkplatz ging, rollte ein Wagen an mir vorbei und hielt quer vor der Zufahrt in den Personalparkpatz. Durch die Scheiben erkannte ich Silhouetten von drei Köpfen. An der Beifahrerseite stieg Volkan aus, an der Fahrerseite eine mir unbekannte junge Frau. Der Mann auf der Rückbank blieb sitzen. Von ihm sah ich nur einen ausrasierten Nacken und hoch gegelte dunkle Haare. Die Frau war an ihrer Seite stehengeblieben und zeigte hinüber zur Rückfront der „Fischerkate", wobei sie auf einzelne

Fenster deutete. Als Volkan mich neben dem Wagen bemerkte, unterbrach er sie mit einem kurzen Wort.

„Hallo, Christa", begrüßte er mich dann.

„Hallo, Volkan." Ich sah zu der Frau, die mich anstarrte, als hätte sie nie Schlimmeres als eine Frau in Hemdbluse mit Pullunder gesehen. Wie sie aussah, hatte sie es wahrscheinlich noch nie. Obwohl ein frischer Wind wehte, reichte ihre eigene Bluse nur bis zwei Finger breit über einen mit bunten Steinen besetzten Gürtel, unterhalb dessen ein Jeansrock knapp bis zum Knie fiel.

„Das ist Nilüfer. Meine Schwester."

Ich sagte Hallo, und sie murmelte etwas Unverständliches, ehe sie mit einer scharfen Bewegung das Gesicht zu Volkan drehte und ihm einen kurzen Satz an den Kopf warf. Er machte ein ärgerliches Gesicht, nickte eilig und schlug die Beifahrertür zu. Die Hände stopfte er in die Taschen, machte eine Entgegnung und besann sich auf seine Zigaretten. Seine Schwester sah mich noch einmal streng an, stieg wieder hinter das Steuer und lenkte den Wagen vom Parkplatz. Ich konnte nicht umhin, mich zu fragen, weshalb der andere Mann nicht auf den Beifahrersitz umgestiegen war. Männer saßen nach meiner Erfahrung ungern hinten.

„Sie muss in Schule", teilte Volkan mir mit. Er hatte sich mir angeschlossen und ging rauchend die letzten Meter. Bei den Mülltonnen blieb er stehen, ich aus Höflichkeit ebenfalls.

„Zu welcher Schule geht sie?" erkundigte ich mich, weil ich annahm, dass er das erwartete.

„Berufsschule III. Das ist Kinderpflegeschule." Ich nickte, weil ich keine Ahnung hatte, für welchen Beruf man da lernte. „Für Kindergarten", half er mir auf die Sprünge.

„Ah. Ok." Wir sahen uns an.

„Du gehst zu dein Vater?" wollte er wissen. Ich wusste nicht, wen ich sonst hätte besuchen sollen. Dietmar hatte ich in den letzten beiden Wochen mehrfach gesehen, aber den hätte ich nicht bei der Arbeit besucht.

„Ja."

„Deine Vater ist OK. Hätte ich nicht gedacht. Ist aber so."

„Oh, danke. Ja, er ist OK. Äh, ich gehe jetzt zu ihm."

Volkan trat seine Zigarette aus und schob sie mit dem Fuß in einen Gully.

„Ich auch. Zeit für Arbeit."

Im Flur hinter der Tür empfing uns ein Pfiff aus Richtung Küche.

„Dawai", brüllte Vlady. Volkan grinste mich an.

„Rabota, rabota", flüsterte er mir zu. Im nächsten Moment tönte es von Vlady:

„Rabota, rabota! Gulasch wartet!"

„Sag ich doch", murmelte Volkan und verschwand in die Umkleide. Vlady winkte mir zu.

„Alles klar, Christa?"

„Alles klar, Vlady. Bringst du Volkan Russisch bei?"

„Kann er schon", erwiderte Vlady und grinste so breit, dass alle seine Goldzähne sichtbar wurden. „Hat er doch gemacht Prüfung in Maßnahme von Arbeitsagentur, hat er auch gelernt Russisch. Ist so, Christa."

Volkan kam in Arbeitskleidung aus der Umkleide, im Gehen stülpte er die Einweghaube über die Haare. Ich wünschte den beiden viel Spaß bei der Arbeit und ging derter zum Büro meines Vaters. Der saß mit einem Bleistift im Mund an seinem Schreibtisch, den Wochenarbeitsplan vor sich ausgebreitet. Zwei gelbe Krankschreibungen lagen daneben.

„Was ist denn jetzt wieder?" fauchte er mich an, als ich die Tür öffnete, lächelte aber sofort. „Oh, Christa. Dich hab ich nicht erwartet. Was gibt's denn?" Ich beschloss, direkt zur Sache zu kommen.

„Es ist wegen Muttis Geburtstag." Er stöhnte auf und schlug sich an die Stirn.

„Hast du den Urlaubsantrag gestellt?"

„Nein. Aber er liegt hier …irgendwo."

Mein Vater kramte durch einen Stapel Papiere und zog schließlich den Urlaubsantrag heraus. Unter meinen Augen füllte er ihn aus und legte ihn in den Korb für die Verwaltung. Dann legte ich ihm den Überweisungsauftrag vor, und er füllte auch den aus. Gerade wollte ich gehen, als Vlady ohne zu klopfen ins Büro platzte.

„Chef, Messer fehlt. Eine von die großen Messer."

„Was soll das heißen, Messer fehlt? Habt ihr gesucht?" Vlady nickte.

„Ja, Chef. Alles abgesucht. Volkan nimmt jetzt andere Messer, aber …"

„Stopp! Wer hat gestern mit den großen Messern gearbeitet?"

„Volkan, Dmitri, Kevin S und Kevin O", antwortete Vlady prompt. Das war offenkundig schon in der Küche geklärt worden. Mein Vater stand auf.

„Habt ihr bei den Abfällen gesucht? Schick einen zu den Abfällen. Schick Volkan. Der hat gestern als Letzter Fleisch geschnitten. Seht zu, dass ihr das Messer findet. In meiner Küche lässt keiner ein Messer mitgehen." Vlady salutierte und verschwand. Gleich darauf hörten wir ihn brüllen. „Tut mir leid, Christa, aber das ist wichtig." Mein Vater marschierte ebenfalls in die Küche.

*

Ich war unzufrieden, obwohl ich allen Grund hatte, zufrieden zu sein. Die von Heidi erteilten Aufträge bei meinem Vater hatte ich erfolgreich erledigt, ehe der Verlust des Messers ihn in die Küche rief. Unterdessen fragte Dietmar per Der an, ob ich mit ihm die Lesung eines bekannten Journalisten in Oldenburg besuchen wolle, und ich konnte den Besitzer eines Hauses, in dem zwei von „Crea. Heim und Pflege" betreute Wohnungen lagen, überzeugen, einen Treppenlift einzubauen. Harry Meinert, der bei „Crea. Heim und Pflege" die Mieter und Interessenten betreute, sprach mir ein dickes Lob aus.

„Eins, zwei, drei habe ich vier Interessenten für die Wohnung im zweiten Stock. Die werden sich die Finger nach einer Wohnung in dieser Lage lecken."

Er redete noch weiter, nicht nur über die Arbeit, und ich ließ ihn reden. In seiner Jugend war Harry ein angehender Faustballstar gewesen. Doch eine komplizierte Knieverletzung hatte ihn gezwungen, sein Pädagogikstudium fortzusetzen, damit er nach vielen Jahren in der Erwachsenenbildung bei „Crea. Heim und Pflege" als Wohnungsmakler auftreten durfte. Von seiner Faustballerkarriere sprachen nur noch die extrem breiten Schultern, die alle Hemden um seinen mageren Restkörper schlabbern ließen. Interessanter fand ich auch nach einem Jahr mit ihm im gleichen Büro jedoch seine Haare, die dicht und kompakt wie eine trapezförmige Matte von Stirn zu Schulterblättern wallten. Es gehörte eine besondere Disposition zu so einer Frisur, und ich vergnügte mich des Öfteren damit zu überlegen, welche Eigenschaften Harry in sich vereinen mochte. Eine gewisse Überlegenheit gegenüber grundsätzlichen Regeln der Haarpflege musste vorhanden sein, dagegen verfügte er mit Sicherheit über wenig Interesse an der Meinung anderer.

Verglich man Harry mit Dietmar, sah man diese unterschiedlichen Grundeinstellungen. Dietmar wäre nie herumgelaufen wie Harry, erstens weil er, obwohl er deutlich jünger war, weniger Haare auf dem Kopf trug, und zweitens legte Dietmar Wert darauf, der Welt keine Angriffspunkte zu bieten. Das machte ihn mir sympathisch, aber in dieses Gefühl mischte sich Mitleid.

Zu Hause fragte ich mich, während ich im Wohnzimmer Wäsche vom Trockenständer sammelte, ob ich mir Dietmar als Partner vorstellen konnte. Ich wollte immer so vernünftig sein und alles richtig machen, und ausgerechnet Dietmar erschien gleichzeitig richtig und falsch. Es wäre unvernünftig gewesen, ihn nicht als Partner in Erwägung zu ziehen, einzig aufgrund der Tatsache, dass er ein paar Jahre jünger war als ich und dünnere Haare als Harry Meinert hatte. Aber etwas fehlte, und ich glaubte zu wissen, was das war. Bei mir zumindest knisterte und funkte nichts. Ich hatte das Gefühl, mit einem Vierjährigen auszugehen, was angesichts seiner Nettigkeit ein undankbarer Vergleich war. Fraglich war aber auch, ob Nettigkeit angestrebt werden sollte. Ich betrachtete mich als nett, wenn auch vernünftig, deshalb harmlos und umgänglich. Dass jemand einen harmlosen Partner suchen sollte, müsste als Charakterschwäche gedeutet werden. Ich wollte nicht von einem charakterschwachen Mann, der mich außerdem an einen Vierjährigen erinnerte, ausgeführt werden. Verführung schlossen diese Umstände sowieso aus. Ich wollte mich einfach wieder verlieben, und dafür erschien mir Dietmar nicht die richtige Person.

Im Laufe des vergangenen Jahres hatte ich mir angewöhnt, verwickelte Gedankengänge Bea vorzutragen. Sie hatte geduldig meinen Ausführungen gelauscht, und irgendwie war es mir während des Redens gelungen, die verworrenen Fäden in meinem Kopf zu sortieren. Dass mir dies in Zukunft verwehrt wäre, ärgerte mich. Vielleicht sollte ich Bea doch wieder anrufen. Muh konnte man sich nicht aufdrängen, und sollte im muhischen Denken auch kein Konzept für Freundschaft existieren, so hatte Bea zuletzt in meinem Leben einige Funktionen einer Freundin ausgefüllt. Ich drängte meinen Stolz zurück und wählte die Nummer des Tagungshauses. Eine Muh-Frau verband mich mit Bea. Die zeigte sich durch meinen Anruf nicht überrascht, denn Muh nahmen das Unerwartete wie das Erwartete voll Gleichmut hin.

„Bist du zurück von deiner Vorstellungsreise?" fragte ich zur Tarnung meines Redebedürfnisses.

„Ja", bestätigte Bea und fügte von sich aus hinzu: „Es war eine neue Erfahrung. Für mich, aber auch für die Familie dieses Muh. Sie leben in der Welt und hatten, wie mir schien, nicht damit gerechnet, dass ihr Sohn bereits jetzt in eheliche Fürsorge gegeben werden soll."

„Wie alt ist denn dieser Sohn?" erkundigte ich mich, denn Beas Ausdrucksweise ließ mich an einen Teenager denken.

„Ende zwanzig", entgegnete Bea. „Muh heiraten meist erst spät, weißt du. Eheliche Fürsorge verlangt Aufmerksamkeit für den Partner, was doch sehr von der Gemeinschaft ablenkt. Auch gerade Kindererziehung bindet Aufmerksamkeit, solange das Kind in der vorgemeinschaftlichen Phase ist, also jünger als drei Jahre."

Ich wusste nicht genau, wie alt Bea eigentlich war, nur dass sie etwas älter war als ich.

„Dann bist du auch zu jung fürs Heiraten", sagte ich ins Blaue. Bea bestätigte dies.

„Es kommt selten vor, dass jemand in meinem Alter als Kodexwächter für ein ganzes Zentrum und außerdem für Muh in der Welt auserwählt wird. Kodexwächter legen meist auch erst später als andere Muh ein Fürsorgeversprechen für einen Partner ab. Deshalb werden sie auch nicht auf den Ehe-Listen geführt." Ich überlegte.

„Wieso sollst du denn ausgerechnet jetzt diesen Muh heiraten?" Bea zögerte.

„Ich interpretiere die Entscheidung als eine Zusammenführung von Expertenwissen. Besagter Muh hat eine Qualifikation als Bauingenieur erhalten. Er soll den weiteren Ausbau des Tagungshauses begleiten." Meine erste Assoziation waren Herbergseltern. Eine gemeinsame Aufgabe wäre förderlich für eine Beziehung, die vom Kodexmeister der Gemeinschaft angeordnet worden war.

Nach diesem Telefonat glaubte ich mich mit Bea wieder versöhnt, obwohl sie natürlich gar keine Auseinandersetzung mit mir gehabt hatte. Während ich überlegte, ob unter diesem Gesichtspunkt von Aussöhnung die Rede sein konnte, klingelte es an der Haustür. Margo flatterte die Treppe herauf.

„Ich komme direkt von der Arbeit. Heute hat Robin seinen langen Tag im Seminar, da bin ich den ganzen Tag in der Bank."

Ich wusste mittlerweile, dass sie ihre halbe Stelle auf einen ganzen und zwei halbe Tage verteilte. Was sie genau machte, war mir nicht klar, aber es gelang Margo, den Eindruck einer vielbeschäftigten Bankerin zu vermitteln. Neugierig sah sie sich in meiner Wohnung um.

„Hast du keine Angst? Das Grundstück geht direkt auf die Felder. Und du bist ganz allein im Haus", sagte sie plötzlich, als sie vom Balkon ins Wohnzimmer trat und sich mit dem Rücken zu den Feldern auf das Sofa fallen ließ. Ihre Frage erschien mir ungewöhnlich für eine Frau, die in einem allein stehenden Haus inmitten von Maisfeldern lebte. Die Dächer der nächsten Häuser konnte man von Margos Haus nur sehen, solange der Mais niedrig stand, während ich zahlreiche Nachbarn besaß.

„Nein, Angst habe ich nicht", entgegnete ich und stellte den zusammengeklappten Wäscheständer in den Flur. Margo lachte auf.

„Ich dachte nur. Dietmar hat mir erzählt, dass deine Vermieterin einen Stalker hatte." Glücklicherweise redete sie nicht weiter, so dass ich im Gegenzug an die Abgeschiedenheit ihres Hauses erinnern konnte. „Nun, ich bin das von klein auf gewöhnt", meinte sie.

Das traf nicht ganz zu. Ihre Eltern wohnten in einem ehemaligen Hofgebäude. An der Straße standen drei oder vier solcher Häuser zusammen, so dass ungewöhnliche Geräusche dort ebenso auffallen würden wie bei mir im Patenbergsweg.

„Außerdem", fuhr Margo fort, nachdem sie anscheinend meine Skepsis bemerkt hatte, „ist das Haus normalerweise nicht leer. Bei Berthold im Büro ist tagsüber immer jemand. Und Dietmar ist auch oft da."

Ich war nicht sicher, aber sie schien rot zu werden, als sie ihren Schwager erwähnte. Das hatte ich schon einige Male beobachtet. In einem unsinnigen Anflug von Eifersucht musterte ich sie eingehender. Ihr Mann sah nicht nur älter aus, er war älter als sie, und das ein Mehrfaches an Jahren als ihr Altersunterschied zu Dietmar betrug.

„Stört es dich nicht, den kleinen Bruder deines Mannes immer im Haus zu haben?" fragte ich mit mühsam zurückgehaltener Gehässigkeit. Margo zuckte mit den Schultern.

„Es ist sein Elternhaus. Er … er hat natürlich gewisse Freiheiten." Eilig sah sie mich an. „Aber das berührt deine Rechte an ihm nicht, Christa." Sie sagte es so, als wäre ich mit Dietmar verheiratet.

„Ich erhebe keine Ansprüche an deinem Schwager", verkündete ich ein bisschen zu hochtrabend. Sie hatte es geschafft, dass in meinem Hinterkopf schmutzige kleine Filmchen von ihr mit Dietmar abliefen. Für jemanden, der keine Ansprüche auf einen der Beteiligten erhob, war ich plötzlich reichlich missgelaunt. Dies schien Margo bemerkt zu haben, denn sie begann mir zu erzählen, wie nett Dietmar mich finde, wie sehr er unsere letzte Verabredung genossen habe und dass er sich auf die nächste am Donnerstag freue. Ihr Eifer ließ mich lachen.

„Du brauchst ihn mir nicht zu verkaufen, Margo."

„Magst du ihn?" fragte sie scharf. Ich überging ihren Ton, weil ich ihn nicht einordnen konnte.

„Er ist OK."

„Es wäre gut für ihn, wenn er eine feste Freundin hätte", teilte sie mir mit, dabei sah sie mir direkt ins Gesicht. Die Wendung kam umso überraschender, weil ich Margo eben noch mit Dietmar verkuppelt hatte. Womöglich wollte sie einen Verehrer loswerden, der ihre einträgliche Ehe mit Robin gefährdete.

„Ich glaube", sagte ich langsam, während ich versuchte, meine Gehässigkeit zu mäßigen, „dass das für die meisten Männer vorteilhaft wäre." Dazu sagte sie einen Augenblick lang nichts.

„Das mag sein. Aber Dietmar …" Sie schien nach den richtigen Worten zu suchen. „Dietmar ist noch jung. Er braucht eine Frau mit Führungsstärke. Die hast du."

Hätten wir über berufliche Zusammenhänge gesprochen, wäre ich geschmeichelt gewesen. Im Kontext von Beziehungen fand ich Margos Formulierungen mehr als befremdlich. Aber sie ließ mir keine Zeit für eine Entgegnung. Mit einem Blick auf ihre goldene Armbanduhr sprang sie auf und umarmte mich in einer Wolke süßlichen Parfüms.

„Ich muss los. Eugenia bereitet zwar das Essen vor. Aber ich muss es auf den Tisch bringen, bis Robin da ist. Ciao, Christa."

Vom Flurfenster sah ich ihr nach, wie sie in ihrem nachgemachten Geländewagen aus dem Patenbergsweg fuhr. Meine Wohnung lag an ihrem Weg von der Bankfiliale in Oldenburg nach Oberlethe. Allerdings blieb nach unserem Gespräch der Eindruck, Margo hätte für ihre Mitteilung an mich auch Umwege in Kauf genommen. Für mich klang es so, als sollte ich Dietmar an mich binden und ihn von ihr ablenken. Aber dazu schien die Führungsstärke nicht zu passen. Führungsstärke verlangte Handlungsschwäche bei den Geführten. Wenn ich Margo richtig verstand, wies Dietmar Schwächen auf, die ich mit meiner Stärke kompensieren sollte. Dieses Ansinnen fand ich dreist. Aber Margo hatte auch, ob beabsichtigt oder nicht, den Keim der Eifersucht in mich gepflanzt. Es gefiel mir nach ihrem Besuch viel weniger als zuvor, dass andere Frauen ihn attraktiv finden könnten.

*

Dunst hing über der weiten Rasenfläche. Die Gebäude jenseits der Aschebahn waren zu grauen Flecken verschwommen, die Lichter in den beleuchteten Fenstern schienen kraftlos. Etwa zwei Dutzend junge Leute standen in fröstelnden Gruppen zusammen. Von ihnen achtete niemand auf sporadische Spaziergänger in der kleinen Parkanlage am Schmalende des Fußballfeldes. Sporthalle und Schulgebäude zogen sich diskret in die Schwaden zurück und überließen den Sportplatz seinem Schicksal. Weiß lastete der Himmel über den Bäumen längs der Aschebahn. Dahinter zog sich der Huntedeich noch unbefestigt in einem tristen

Grün, begrenzte die Felder an der anderen Schmalseite und versank vor dem kaum mehr sichtbaren Horizont. Auch dem Sportlehrer war die Motivation abhandengekommen.

„OK, Schluss für heute. Der Gerätedienst sammelt die Bälle ein, die anderen gehen Duschen. Wer hat Dienst? Ihr zwei? Stellt die Kiste mit den Bällen vor den Schiedsrichterraum. Abtreten."

Von neuer Energie erfüllt strebte die Masse einem der grauen Gebäudeflecken zu. Langsamer folgte ihnen der Lehrer. Ehe er die Sporthalle durch eine Seitentür betrat, warf er einen letzten Blick in Richtung der beiden Mädchen.

„Macht mal hinne!" brüllte er. Daraufhin setzten sie sich langsam in Bewegung.

„Wie viel Zeit haben wir denn noch?" fragte das eine Mädchen, dessen ringelige Haare für den Sportunterricht zu einem Pferdeschwanz gebunden waren.

„Keine Ahnung. Mein Handy ist in der Umkleide", entgegnete das andere und rieb die klammen Finger an der Hose.

„Beeilen wir uns. Es ist saukalt. Du suchst hinten bei den Tribünen und ich bei den Büschen", entschied das Mädchen mit dem Pferdeschwanz und trottete davon.

Das andere Mädchen lief zu den Tribünen. Schnell sammelte es fünf Bälle in das umgeschlagene Sweatshirt. Weiter zum Ende der Tribünen sah es noch Bälle liegen. Als auch die im Sweatshirt verstaut waren, blickte das Mädchen um sich. Es war sichtlich nicht mit Enthusiasmus bei der Sache. Nur die Hoffnung auf eine warme Dusche trieb es an, noch einige Schritte entlang der Sitzreihen zu gehen.

Am Ende der Rasenfläche vollzog die Aschebahn ihren von den Gebäuden am weitesten entfernten Bogen. Gräser und Breitwegerich hatten sich auf dem wenig genutzten Abschnitt angesiedelt. Parallel zu dieser Bahn verlief die asphaltierte Strecke für die Skater. Wo die Aschebahn an der Schmalseite des Spielfeldes nach links schwenkte, gab es für die Skater eine Verlängerung um eine mit Bäumen bestandene Insel herum. Dort lag noch ein Ball. Mit einem Fluch trabte das Mädchen zu der Bauminsel. Als es sich nach dem Ball bückte, hörte ein Rascheln im Unterholz. Nervös blickte es in Richtung des Geräuschs, sah aber nur eine Elster auffliegen.

Plötzlich stand er mitten in der Kurve. Vor Schreck ließ das Mädchen den Saum des Sweatshirts los, so dass die gesammelten Schlagbälle um es herum zu Boden fielen.

„Pass doch auf. Schwarzer macht dir Ärger, wenn du nicht alle Bälle zurückbringst", sagte er. Das Mädchen warf einen Blick über die Schulter, doch sie befanden sich so weit auf der Kurve, dass die Freundin nicht mehr zu sehen war.

„Sie sieht dich nicht", bestätigte er ihre Befürchtung. Dann begann er, die Bälle einzusammeln. „Halt das Sweatshirt auf", befahl er, und das Mädchen gehorchte.

Nachdem alle Bälle in dem Stoffsack hingen, blickte er über den gesenkten Kopf auf das Fußballfeld. Seine Hand, rau vom Sand an den Bällen, strich unter dem Sweatshirt über die warmen Brüste. Das Mädchen krampfte die Finger um die Stoffkanten und konzentrierte seinen Blick auf die Bälle. Er kniff hart in eine Brustwarze, ehe er die Hand zurückzog.

„Sag deinem Bruder, er soll mich in Ruhe lassen. Und derner tapferen Schwester sagst du es besser auch. Die kriegt sonst dumme Ideen, und das würde euch teuer zu stehen kommen. Ich gehe zur Polizei und erzähle, was dein Bruder im Juli gemacht hat. Was glaubst du, wie ihm das gefällt? Dabei hat er doch gerade genug Ärger bei der Arbeit. Hemmen glaubt ihm nicht, dass er das Messer nicht mitgenommen hat. Hemmen kennt schließlich seinen Lebenslauf. Der weiß, wo dein Brüderchen gelernt hat. Und der weiß zur Genüge, was für Jungs da lernen. Deshalb guckt er deinem Bruder ganz genau auf die Finger. Und wenn ihm jemand einen Tipp geben sollte, wo das Messer sein könnte … und es da auch ist … oh, oh, oh." Vom fernen Ende des Spielfeldes klang ein Ruf. „Und viele Grüße an deine süße Schwester, Kleines", rief er hinter dem Mädchen her, als es zurück

zur Kiste rannte. Ein Gong verkündete den Beginn der großen Pause.

„Mach hinne, ich will duschen. Wo warst du?"

Die Freundin stand mit verschränkten Armen bei der
Kiste mit Schlagbällen, bückte sich aber, um das eine Ende
der Kiste anzuheben. Zu zweit schleppten sie die Kiste in die
Sporthalle. Die Umkleide war schon fast leer, zwei
Mitschülerinnen trockneten ihre Haare mit mitgebrachten
Föhnen, eine andere schloss gerade ihre karierte Jacke.

„Beeilt euch", rief sie, ehe sie den Raum verließ. Nach einer lauwarmen Dusche zerrte das Mädchen den Slip an den
noch feuchten Beinen hoch. Im BH knisterte Papier. Mit
zitternder Hand zog es den Zettel heraus, darauf war eine
krude Zeichnung. Ehe die Freundin den Zettel bemerkte,
stopfte es das Papier tief in die Sporttasche. Irgendwie war er
in die Halle gelangt. Ungesehen war er auf den Sportplatz
gekommen. Er konnte überall sein.

*

Ich war am Donnerstag mit Dietmar in Oldenburg im
Säulenportal des Peter Friedrich Ludwig-Kulturzentrums
verabredet. In dem ehemaligen Krankenhaus sollte ein
bekannter Fernsehjournalist aus seinem Buch über China
vorlesen. Ich kannte das Buch nicht, hatte auch nicht gewusst, dass dieser Mann sich neuerdings für die touristischen
Aspekte der Länder, aus welchen er berichtete, interessierte.
Dietmar behauptete, einige der älteren Bücher des Autors
über Ägypten und Sri Lanka gelesen zu haben. Meinen Ein-
wand, es sei fragwürdig, das heutige China auf Tourismus
und Denkmalschutz zu reduzieren, ließ er nicht gelten.

„Wer seinen wohlverdienten Urlaub in einem fernen
Land verbringt, hat keine Zeit, sich zu fragen, wie die
Eingeborenen da leben. Du denkst zu abgehoben, Christa.
Außerdem spart er so etwas nicht aus. Ich fand zum Beispiel
in dem Buch über Sri Lanka seine Schilderung tamilischer
Bergdörfer interessant", belehrte er mich. „Die leben da wie
vor hunderten von Jahren." Ich nickte und wollte nicht wis-

sen, ob die Vertreibung der Bewohner im Bürgerkrieg erwähnt worden war.

„Kommst du direkt von der Arbeit?" fragte ich stattdessen, weil er nach Essen roch.

„Ja." Er verzog das Gesicht. „Das Jackett habe ich gewechselt, ich will ja nicht als Werbeträger für die ‚Fischerkate' durch die Stadt laufen. Aber das Hemd hatte ich natürlich im Büro an. Man riecht halt, wo ich arbeite."

„Das hätte ich nicht gedacht", meinte ich. Soweit ich wusste, befand sich sein Büro am anderen Ende des Gebäudes der „Fischerkate", weit weg von der Küche und den Speisesälen des Restaurants.

„Ach, da ist alles durchdrungen. Jeder Raum", winkte er ab. „Und zum Schluss war ich an der Rezeption. Da geht jeden Augenblick die Tür zum Restaurant auf, und der Dunst zieht rüber." Ich bedauerte meine Bemerkung, schließlich wusste ich, wie hartnäckig der Küchengeruch selbst nach einem kurzen Besuch im Büro meines Vaters an meiner Kleidung haftete.

„Das ist halt so", sagte ich, woraufhin er erleichtert lächelte.

Dietmar hielt mir die Tür auf, und wir gingen durch das Foyer die breite Treppe hinunter in einen großen Saal, wo schon zahlreiche Plätze belegt waren. Ich sah mich um. Von einigen Studenten abgesehen schienen wir zu den jüngsten Besuchern zu zählen. Ein wenig merkwürdig kam ich mir vor, als ich mich neben Dietmar auf einen der Holzstühle setzte. Von zu Hause aus war ich es nicht gewöhnt, derartige Veranstaltungen zu besuchen und selbst als Studentin hatte ich wenig vom kulturellen Leben meines Studienortes mitbekommen. Dietmar dagegen hatte einen Bruder am Lehrerausbildungsseminar, einen Altsprachler, der lateinische Zitate vorbrachte, wenn er den Redefluss von Gattin und Bruder stoppen wollte. Dietmar bekam wahrscheinlich ständig Exempel bürgerlicher Kultur an den Kopf geworfen, weil der Herr Fachleiter sich für den Hotelkaufmann schämte.

Im Anschluss an die Lesung drehten wir eine Runde durch die Oldenburger Fußgängerzone. Es war den ganzen Tag schon trüb gewesen. Auch jetzt, sogar mitten in der Stadt, hing der Dunst in weiten Höfen um die Straßenlaternen. Dietmar legte einen Arm um meine Schultern.

„Möchtest du noch etwas trinken? Einen Cappuccino vielleicht?" fragte er, aber ich lehnte ab. Also blieb Dietmar nur, mich direkt zu meinem Auto zu begleiten und hinter mir her zu winken. Ich hatte den Eindruck, er hätte mich gerne geküsst. Aber so weit hatte mich meine Eifersucht auf Margo noch nicht getrieben.

*

Er kam aus dem Imbiss, als sie das Auto auf dem Parkstreifen abstellte.

„Warum rufst du mich an? Kann ich denn nicht ein einziges Mal in Ruhe weggehen, ohne dass du oder der Vater oder die Mutter hinter mir her telefoniert?"

Er faltete die Arme vor der Brust. Sie stieß ihn mit beiden Händen zurück gegen die Hauswand.

„In Ruhe weggehen? In Ruhe? Du müsstest dich mal hören. Ich hab nie Ruhe. Sie hat nie Ruhe. Warum dann du?"

„Was soll das?" fuhr er sie an, ihre Handgelenke umklammernd. Leute sahen zu ihnen. Er ließ sie los. „Also, was ist?" Sie richtete sich auf.

„Er war wieder an der Schule! Er hat sie angefasst! Was glaubst du, warum ich mich aufrege? Und was tust du dagegen?"

Ihr Atem ging so heftig, dass Speicheltropfen auf sein Gesicht flogen. Er hätte die Tropfen abwischen mögen, doch er glaubte, damit Schwäche einzugestehen.

„Ich regle das. Das hab ich dir doch gesagt." Sie lief rot an unter ihrem Makeup.

„Hast du das gesagt? Oh ja, große Reden schwingen, das kannst du. Du bist unser Bruder, du musst endlich etwas tun!"

„Halts Maul! Red nicht so mit mir, sonst setzt's was", brüllte er. Sie stürzte von ihm zum Auto. Ehe sie einstieg, spuckte sie auf den Boden.

„Versager!"

So schwungvoll setzte sie zurück, dass ein Auto gerade noch bremsen konnte. Alleine an der Wand stand er, bewusst, dass die Leute ihn immer noch anstarrten. Ein Kunde verließ den Imbiss, sah zu ihm, bog um die Ecke. Er fuhr sich mit den Händen durch die Haare, zündete eine Zigarette an. Zurück in den Imbiss zu gehen, wagte er nicht. Sie beobachteten ihn durch die Scheibe, bestimmt taten sie das hinter den großen Werbeaufklebern. Und sie redeten. Natürlich redeten sie. Er gab ihnen jeden Grund. Ärgerlich warf er die Zigarette in den Rinnstein und rannte die Straße hinunter, weg von den neugierigen Blicken.

*

Am nächsten Mittag kam ich nach einem Besuch in einer neu angemieteten Wohnung spät ins Büro zurück. Bei „Crea. Heim und Pflege" herrschte deutliches Freitagsfieber. Das Kundenzentrum unten an der Friedrichstraße, wo normalerweise die in den Crea-Farben uniformierte Frau Oldieks hinter einer Schaufensterscheibe Anrufe annahm, war schon geschlossen. Harry Meinert saß an seinem Rechner. Als ich eintrat, nickte er mir kurz zu. Die braunmelierte Filzmatte seiner Haare wippte einmal vor und zurück. Wie immer sah ich fasziniert zu.

„Deine Schwester hat angerufen. Du sollst nachher bei ihr vorbeisehen." Ich riss mich von Harrys Haaren los.

„Hat sie gesagt, warum?" fragte ich, während ich meine Unterlagen auspackte. Die Haarmatte bewegte sich von links nach rechts und wieder nach links, dabei lugte sie jedes Mal hinter einem Ohr hervor.

„Nö. Sie war noch bei der Arbeit."

Ich sah auf die Zeitanzeige am Monitor. Es war noch eine Stunde im Büro auszuharren, ehe ich zu Heidi gehen konnte. Pläne für das Wochenende hatte ich keine. Ich merkte, dass ich bedauerte, Dietmar nicht treffen zu können, aber der hatte Wochenenddienst. Ärgerlich rief ich den Ordner für renovierungsbedürftige Wohnungen auf und legte eine Datei für die eben besichtigte Wohnung an. Harry stellte mir eine Tasse Kaffee hin.

„Danke." Er schlürfte zur Erwiderung aus seiner Tasse.

„Wann werden die Treppenlifte eingebaut?" Ich runzelte die Stirn, raschelte mit Briefbögen im Posteingangskorb.

„In zehn Tagen."

„Okay." Er plumpste auf seinen Stuhl mir gegenüber. „Wieder so eine Ehrenmordgeschichte in Bremen", teilte er mir mit. Ich warf ihm einen Blick durch die Lücke zwischen unseren Bildschirmen zu.

„Warum erzählst du mir das jetzt? Das ist kein Fall von apropos", bemerkte ich genervt und löschte meinen letzten Eintrag, den ich an der falschen Stelle eingegeben hatte.

„Nee, eigentlich nicht. Ich frage mich nur, wann wir in Wardenburg den ersten haben."

„Den ersten was?" murmelte ich. Meine eigene Schrift stellte mich vor ein Rätsel. Harry hatte mich nicht gehört.

„Gestern haben sich an der Oldenburger Straße ein Mann und eine Frau gestritten. Bruder und Schwester." Ich gab meine Zahlen auf und starrte ihn an.

„Bekannte von dir?" Meine Stimme klang gereizt, aber Harry beantwortete nur meine Frage.

„Nicht wirklich. Also, ich hatte beide noch nie gesehen, wenn du es wissen willst. Aber die Jungs im Döner-Imbiss kannten den Mann."

Harry verbrachte seine Mittagspause immer in dem Imbiss. Wahrscheinlich kannte die gesamte Belegschaft dort die Geschichte von seiner tragischen Knieverletzung.

„Wir sind hier auf dem Dorf. Da kennt man sich eben", teilte ich ihm mit und kippte mein Notizblatt um fünfundvierzig Grad nach hinten. Sofort wurden die Zahlen lesbar. Ich gab sie ein, dabei ärgerte mich der Gedanke, dass meine Behauptung gar nicht so absolut zutraf. Durch die Bevölkerung Wardenburgs zogen sich feine Grenzlinien, nicht ausschließlich bedingt durch die zahlreichen Ortschaften. Die Grenzlinien legten fest, wer von wem wusste und von wem nicht.

Ich behauptete gern, alle Leute in meinem Alter zu kennen, weil wir alle an der gleichen Schule gewesen waren. Deshalb kannte ich Margo Poepken, früher Margot Onken, und auch Frido Winkler, den Sohn vom Schlachter, oder Katja Dreesen, die Tochter vom Friseur. Ich kannte sogar Greta Muh, Beas Schwester, die kurz in Heidis Klasse gegangen war. Aber beispielsweise Volkan Tolka kannte ich so gut wie gar nicht. Ich wusste nicht, wo er wohnte, wer seine Geschwister waren, was sein Vater beruflich machte oder wen er nach der Arbeit traf. Ich hatte ihn mit zwölf Jahren vergessen und hätte eine Bekanntschaft mit ihm guten Gewissens bestritten.

Selbstverständlich kannte nicht jeder jeden anderen persönlich, oft verlief das Kennen über dritte Personen. Aber selbst das schien mir in Volkans Fall nicht zuzutreffen. Ich war überzeugt, niemanden zu kennen, der ihn kannte, und deshalb auch niemanden, der etwa diese Nilüfer vom Parkplatz der „Fischerkate", gekannt hätte. Wenn ich es recht bedachte, hatte ich nur Volkans Wort dafür, dass jene junge Frau Nilüfer hieß, seine Schwester war und die Kinderpflegeschule besuchte. Sie hätte seine Freundin sein können, eine Schwägerin, sogar seine Bewährungshelferin, sofern er eine benötigt hätte. Der Mann auf der Rückbank hätte ebenso gut Volkans Cousin wie ein Verlobter dieser Nilüfer sein können. Ich wusste es nicht und konnte nur glauben, was Volkan sagte. Und dann dachte ich, dass mein Vater nur Volkans Wort hatte, dass das verschwundene Messer nicht in seinem Spind verschwunden war.

*

Nach der Arbeit ging ich wie bestellt zu Heidi. Die öffnete mir etwas genervt.

„Mutti ist da. Eigentlich wollte ich mit dir über ihren Geburtstag reden, aber jetzt ist sie hier aufgetaucht", zischte sie mir zu.

„Dann telefonieren wir heute Abend", entgegnete ich beruhigend.

„Geht nicht. Druschka holt mich nachher ab. Dieses Wochenende besuchen wir einen Vetter von ihm. In Papenburg."

„Lernst du jetzt die ganze Familie kennen?" Das klang gefährlich nach Eheanbahnung. Heidi hob die Hände.

„Glaubst du, er lässt das, wenn ich ihn zu Oma bringe?" Unsere Großmutter mochte eine herzensgute Frau sein, ihre weiteren Eigenschaften aber machten das oft vergessen. Unser Vater gab zu, sie sei ein wenig schwierig. So dezent drückten seine Töchter sich jedoch nicht aus.

„Du bist gemein", teilte ich Heidi in ernstem Ton mit, zwinkerte ihr aber zu und ging ins Wohnzimmer, wo unsere Mutter gemütlich bei Tee und beim Bäcker gekauften Kuchen saß.

„Hallo, Christa." Ich setzte mich zu ihr aufs Sofa.

„Hast du heute frei, Mutti?"

„Überstundenabbau. Das passt gut, weil die Betreuerinnen dieses Wochenende mit den jüngeren Mädchen nach Thüle in die Jugendherberge fahren. Die älteren können sich morgen einmal selbst versorgen, und Sonntag kocht Olga." Olga war die Hauswirtschafterin des Wohnheims, eine Mathematiklehrerin aus Minsk, die vor ihrer Umschulung lange als Reinigungskraft gearbeitet hatte.

„Du solltest mehr Abstand gewinnen", stellte Heidi in diesem tiefen Ton fest, den sie sich angewöhnt hatte, wenn sie Reife demonstrieren wollte. Meine Mutter lachte.

„Danke für den Tipp, Heidi."

„Was macht Vati?" fragte die wie jedes Mal pikiert, wenn unsere Mutter durchblicken ließ, dass ihre Töchter bei aller Lebenserfahrung jünger als sie waren.

„Oh, Vati ist sauer."

„Weshalb?" wollte ich wissen. Meine Mutter legte einen Löffel Sahne neben ihr Kuchenstück.

„Bei der Arbeit kommt im Moment einiges zusammen. Ein Beikoch fällt aus. Länger, wie es aussieht. Und eine Küchenhilfe auch. Da muss er Personal schieben, und das ist nicht immer so einfach. Dann hat die eine Auszubildende Probleme in der Berufsschule. Ja, und diese Sache mit dem Messer ist immer noch nicht geklärt."

„Ist es nirgendwo aufgetaucht?" fragte Heidi. „Die Dinger sind doch groß, die verschwinden nicht einfach im Abfall."

„Eben", gab meine Mutter zurück, während sie einen Teil der Sahne auf dem Kuchen verstrich. „Vati ist sicher, dass jemand das Messer geklaut hat. Der Neue hat als Letzter damit gearbeitet, aber eine Küchenhilfe sollte es danach reinigen. Die schwört, dass sie es nie gesehen hat. Und der junge Koch schwört, dass er es mit den anderen Arbeitsgeräten zum Spülen gegeben hat."

Sie kaute mit geschlossenen Augen einen Bissen Kuchen. „Von wegen geriebene Zitronenschale. Aroma ist das." Wir ignorierten diesen Kommentar. Unsere Eltern konnten es nicht lassen, Lebensmittel und Speisen zu kritisieren. „Eigentlich kann es nur jemand aus der Küche an sich genommen haben", redete meine Mutter wieder zum Thema. „Falls es nicht verlegt worden ist, was auch nicht vorkommen sollte. Ich meine, alle Leute wissen natürlich, dass es in einer Küche Messer gibt. Da könnte einer vom Parkplatz in die Spülküche gehen und sich ein Messer nehmen. Aber das Risiko gesehen zu werden, ist groß. Außerdem fällt jeder auf, der keine Küchenkleidung anhat. Oder wenigstens Dienstkleidung von der ‚Fischerkate'. Aber einer, der in der Küche arbeitet, kann so ein Messer mal eben ins Spind wandern lassen."

„Hat Vati die Spinde durchsuchen lassen?" fragte ich. Meine Mutter nickte.

„Ja. So eine Durchsuchung ist natürlich eine heikle Angelegenheit. Er hat mit den Kollegen gesprochen, und alle haben zugestimmt. Jeder hat den Spind von einem anderen durchgesehen. Aber da war kein Messer." Sie hob die Schultern. „Das ist das eine. Und dann macht der Neue Ärger. Hat sich mit der Auszubildenden angelegt, sie hätte ihm nichts zu sagen. Und der Junge ist nicht zuverlässig. Kommt öfters zu spät, weil er angeblich seine kleine Schwester irgendwo hinbringen oder abholen musste. Oder er will früher gehen, angeblich wegen wichtiger Termine. Diesen Freitag wollte er unbedingt mit Montag tauschen und morgen am Sonnabend nicht arbeiten. Wegen einer Familienfeier. Vati hat ihn entsprechend eingeteilt, weil er glaubt, er würde sich sonst krank melden. Aber er hat deswegen schon mit dem jungen Chef gesprochen. Der Junge ist noch in der Probezeit, und es wäre ein Wunder, wenn er die übersteht."

Wir nickten und wandten uns anderen Themen zu.

*

Am Sonntagmorgen fragte ich Bea, ob ich zu ihr kommen könnte. Sie meinte, an diesem Tage fänden keine Seminare statt, deshalb habe sie einen gemeinsamen Arbeitseinsatz der Muh geplant. Wenn ich jedoch Lust hätte, im Garten zu helfen, wäre ich willkommen. Um Gartenarbeit machte ich normalerweise einen großen Bogen, jedenfalls wenn meine Mutter mich einspannen wollte. Ich sagte mir aber, dass mir Bewegung an der frischen Luft nicht schaden könne. Bei meiner Ankunft am frühen Nachmittag arbeiteten alle Muh im Garten. Bea hatte vor kurzem eine Ladung Flanellhemden günstig erstanden, und alle Hausbewohner trugen an diesem Nachmittag Flanellhemden zu Jeans und Arbeitsschuhen. Mich erinnerten ihre geschorenen Köpfe an Insassen eines Arbeitslagers, wenn auch Ketten und Eisenkugeln fehlten.

Das Grundstück der Muh war wie alle Grundstücke in dieser Siedlung ein nur teilweise bebautes Waldareal. Kiefern bedeckten einen großen Teil der Fläche. Ihr Duft lag vor allem im Sommer über der gesamten Anlage, und auch an diesem Septembertag weckte ihr Harz Erinnerungen an Hustensaft. Der Verhaltenskodex der Gemeinschaft Muh hielt Zellen und Zentren an, möglichst autark zu wirtschaften. Die Sandkruger Muh hatten selbstverständlich einen großen Gemüsegarten angelegt, der nun allmählich auf den Winter vorbereitet werden musste, daneben gab es noch Obst zu ernten. Bea grub mit Trini Beete um. Offenbar hatte sie das Mädchen bewusst von Leo getrennt, denn der arbeitete auf der anderen Grundstücksseite.

Wie so oft in Gesellschaft der Muh vergaß ich die Zeit. Gesprochen wurde wenig, dazwischen schimpfte Trini sich in wiederkehrenden Ausbrüchen ihren Ärger über Schule, Mutter und Gartenarbeit von der Seele und gelegentlich gab Bea Anweisungen. Regen und Dunst der Wochenmitte waren klarem Sonnenlicht gewichen, und hätten die Temperaturen mitgespielt, wäre es ein angenehmer Spätsommertag gewesen. So roch man den Herbst und spürte ihn im Nacken und an den Fingern.

Die Sonne schien schon lange nicht mehr über die Kiefern auf das Grundstück der Muh, als vor dem Haus jemand nach Bea rief. Die rammte den Spaten in die Erde, klopfte die Hände an der Hose ab, reckte sich und begann den Weg um das Tagungshaus nach vorne. An der Hausecke kam ihr Mina Muh entgegen.

„Komm schnell, Bea. Da ist jemand für dich." Sie kicherte, verstummte aber schnell, als Bea ihr einen ihrer offenen Blicke schenkte.

„Wenn jemand mich sprechen möchte, Mina Muh, hast du keinen Anlass, deinen Gleichmut zu verlieren. Kichern ist ein klares Zeichen für verlorenen Gleichmut", fügte sie zum Nutzen aller Anwesenden hinzu. Dennoch erhob sie keinen Einspruch, als alle, die auf dieser Seite des Hauses gearbeitet hatten, ihr in gebührendem Abstand auf die Rasenfläche vor dem Haus folgten.

Dort standen Leo und Inna und musterten mit vorbildlich neutralem Ausdruck den Besucher. Der Mann war mitten auf dem Weg stehengeblieben. Auch er sah sich um, aber nur soweit wie sein gesenkter Kopf ihm erlaubte. Die Haare trug er sehr kurz, wenn auch länger als man bei einem Muh erwarten würde. Sein Schädel war von dunklem Haar bedeckt, Wangen und Kinn schimmerten dunkel, als hätte er sich auch dort seit einigen Tagen nicht rasiert. Ansonsten war nichts auffällig an seiner alten Jeans und einem schäbigen Anorak. Nur der Rucksack stach ins Auge, denn der war groß und sichtlich vollgestopft. Von Bea kam ein leiser Laut. Ich drehte mich zu ihr um und entdeckte etwas wie Verlegenheit um ihren Mund, ehe sie ein sorgfältig neutrales Lächeln auflegte. Langsam ging sie auf den Fremden zu, die übrigen Muh blieben zurück.

„Wenn ich kein Muh wäre, wäre ich jetzt stolz auf ihren beispielhaften Gleichmut", flüsterte jemand hinter mir. Ich drehte den Kopf. Dort stand nur Leo. Er zwinkerte mir zu. „Sieh hin", riet er. Ich blickte wieder nach vorne. Bea hatte den Fremden erreicht und war stehengeblieben.

„Willkommen, Edu Muh. Möge dieses Zentrum dir Heimat sein", sprach sie gemessen, ehe sie ihre erdige Hand ausstreckte. Der Fremde, den sie so angeredet hatte, fuhr sich mit der Zunge über die Lippen.

„Ich danke der Kodexwächterin", entgegnete er mit einem deutlichen Akzent.

Die übrigen Muh traten nun etwas näher. Leo schob mich von hinten, aber er hatte auch Trini an der Hand. Als er meinen Blick bemerkte, ließ er uns beide los. Bea war nun Edu Muh behilflich, den Rucksack abzusetzen. Ohne seine Last wirkte er größer. Sicher überragte er Bea um einen halben Kopf, während ich fast einen ganzen Kopf größer als sie war. Bescheiden folgte er Bea, als sie ihn jedem einzelnen Muh vorstellte, auch Trini und mir. Bei den anderen nickte er nur und sagte etwas, das vermutlich bei Muh die passende Floskel war. Mich starrte er an.

„Christa Hemmen", wiederholte er meinen Namen. „Es ist eine unerwartete Ehre", teilte er mir mit, woraufhin ich schwach nickte. Es machte mich jedes Mal verlegen, wenn ein Muh durchblicken ließ, mein Name sei ihm bekannt.

Am Ende der Reihe blieb Edu mit neuerlich gebeugtem Kopf stehen. Ich erwartete, dass Bea die Gartenarbeit nun einstellen ließe, doch stattdessen gab sie Anweisung zum Weiterarbeiten. Edu schloss sich unaufgefordert der Gruppe an, die hinter dem Haus arbeitete. Mir fiel auf, wie Bea ihm beinahe ratlos hinterher sah.

„Bea, müssen noch andere Äste abgenommen werden?" wollte Leo wissen. Sie drehte sich langsam zu ihm um.

„Ich … ich muss den Baum sehen", murmelte sie und ging voran, blieb aber stehen und schickte Trini, die Leo gefolgt war, zurück, falls Edu etwas benötigte. Unter den Bäumen warf sie nicht einmal einen Blick auf die Äste. „Nein. Äh, Leo, ihr könnt an dieser Seite Schluss machen. Sag es auch Mina und geh mit ihr in die Küche. Wir essen, sobald ihr fertig seid." Sie stand einen Moment still da, murmelte dann etwas von einer Der und ging ins Haus.

Ich half Leo und Mina beim Aufsammeln der abgesägten Äste. „Wie findet jemand aus der Welt Edu Muh?" erkundigte sich Leo.

Mina sah mich von der Seite an. Ich zögerte. Meine Vorstellungen von männlicher Schönheit waren andere, aber ich dachte, ich sollte Leo nicht ins Gesicht sagen, dass ich Muh-Männer nicht sonderlich attraktiv fand.

„Irgendwie …", begann ich und suchte nach einem Ende für den Satz. „Irgendwie sieht er nicht so aus wie ihr", teilte ich ihm mit. Mina richtete sich halb auf. Inna, die gerade mit einer Schubkarre zurückgekommen war, blieb neben ihm stehen. Leo ignorierte die beiden.

„Ich stimme dir zu, Christa Hemmen. Vielleicht habe ich eine Antwort. Meines Wissens hat er in der Welt gelebt."

„Ich dachte, alle Muh rasieren sich. Also die Männer. Im Gesicht." Ich stotterte. Inna und Mina lächelten leise und nahmen ihre Arbeit wieder auf. Leo sah mich milde an.

„Bärte wachsen, Christa Hemmen", informierte er mich ohne jede Spur von Ironie. Ich war entwaffnet, wie man nur durch ein Gespräch mit einem Muh entwaffnet werden konnte.

„Das wird es sein", murmelte ich und folgte ihm zum Holzstapel hinter dem Haus.

Nach dem Duschen im gemeinschaftlichen Bad der Frauen klopfte ich an Beas offene Bürotür. Mein Rucksack stand in ihrem Büro und darin befand sich ein sauberer Pullover. Bea saß noch in ihrer Arbeitskleidung am Schreibtisch. Der Computer lief, aber sie hatte das Kinn in die Hand gestützt und sah mich müde an.

„Alles klar?" fragte ich besorgt. Sie nickte und richtete sich auf.

„Ja. Ich habe nur nicht erwartet, dass er jetzt schon hierher geschickt wird. In Anbetracht der Tatsache, dass er hier mitarbeiten soll, war das vielleicht naheliegend und auch klug entschieden. Nichtsdestoweniger ist es früh."

„Was bedeutet das? Sollt ihr jetzt gleich heiraten?" fragte ich, denn ich sah keinen anderen Grund, weshalb der Kodexmeister Beas Zugewiesenen herschicken sollte. Bea schüttelte den Kopf.

„In der Welt gibt es Verlöbnisse. Muh fanden sich in Zeiten zusammen, in denen ihnen das Recht auf Aufenthalt streitig gemacht wurde. Die Verlöbnisse mussten umgedeutet werden, denn … Es klingt drastisch, ich weiß, Christa! Wenn der heiratswillige Mann von der jeweiligen Militärpolizei nach Belgien oder Preußen verschleppt wurde, blieb die Verlobte oft unversorgt zurück. Oft hatten diese Frauen nämlich die Unterstützung ihrer Angehörigen aufgegeben. Die Gemeinschaft Muh gab sie einem anwesenden Mann in eheliche Fürsorge. So hielt man es auch während der Kriege und der deutschen Okkupation. Es galt: Wer da ist, heiratet. Wer nicht da ist, ist meist längst tot. Darum geht heutzutage der Muh, der laut Beschluss des Kodexmeisters oder des belgischen Generalleiters seine Zelle oder sein Zentrum verlassen muss, probeweise zum zugewiesenen Muh. Also kommt Edu Muh hierher, weil ich hier als unabkömmlich erachtet werde. Aber ich habe ihn erst in ein paar Wochen erwartet. Ich hatte auch keine Nachricht, die mir die Entscheidung mitgeteilt hätte. Ich habe jetzt nachgefragt, und der Kodexmeister wusste ebenfalls nichts davon und wird sich erkundigen."

„Ja, dann", murmelte ich. Die Heiratspolitik der Muh war verwirrend wie die der Aristokratie im Mittelalter. Bea seufzte.

„Ich muss ihm einen Schlafplatz im Männerraum zuweisen. Und dann ziehe ich mich um." Sie blieb an der Tür stehen. „Ist Trini immer noch hier?" Ich hob die Schultern.

„Wahrscheinlich."

„Ja, wahrscheinlich. Christa, bitte, bleib zum Essen und zur Sammlung. Ich fürchte, heute benötigte ich deine Außensicht."

Ich wartete in Beas Büro. An einer Seite gab es eine normale Tür zum Flur, an der anderen einen Durchgang zur Teeküche, wo auch die Getränke für die Seminarräume auf dieser Etage vorbereitet wurden. Der Vorhang zu dieser kleinen Küche war beiseitegeschoben, in der Teeküche brannte jedoch kein Licht. Eingerichtet war Beas Büro wie jedes Büro. Das Fenster blickte hinaus auf den Wald und zeigte nur wenig außer Kiefern und Himmel. Ungefärbte Leinenvorhänge hingen beidseitig vor dem Holzrahmen. Auf dem Boden lag kein Teppich, an den Wänden hing kein Bild. Persönlicher Schnickschnack, wie er in den meisten Büros zwischen dem gestellten Mobiliar wächst, war nirgends zu sehen. Ich trat an das Fenster. Ein Rasenstreifen verlief zwischen dem Haus und den ersten Bäumen. Davor schimmerten Dahlien gelb und rot in der Dämmerung.

Bea stellte sich neben mich. Sie war nun ebenfalls umgezogen und trug ein weißes Hemd zur Jeans, fast wie ein kleiner Junge auf einem Familienfest.

„Es steht mir nicht zu, Entscheidungen des Kodexmeisters zu kritisieren. Das weiß ich, Christa. Aber als Kodexwächterin darf ich mich nicht auf bedingungslosen Gehorsam berufen. Ich trage die Verantwortung für die Muh hier im Zentrum, für die mir unterstellten Muh in der Welt und für dieses Tagungshaus, welches eine finanzielle Investition der Gemeinschaft verkörpert. Jetzt soll ich einen Muh führen, der das kaum gewöhnt ist und von dem mir gesagt wurde, dass er Regeln nicht anerkennt. Ich bin im Zweifel, ob meine Erfahrung ausreicht. Und meine Geduld."

Das waren unerwartete Worte, doch Bea hatte öfters angedeutet, ihre Geduld sei nicht hinreichend geschult worden. Das, was ich als Entscheidungsstärke deutete, wäre möglicherweise mangelnde Geduld im Mantel von Spontanität.

„Es ist doch eine Art Probezeit, oder? Du kannst ihn wieder zurücksenden, nicht?" Bea nickte kaum merklich.

„Das kann ich. Vielmehr könnte jede andere Muh das tun. Aber ich bin Kodexwächterin eines Zentrums. Ist es nicht Verrat an dem großen Vertrauen der Gemeinschaft in meine Fähigkeiten, wenn ich einen Muh nicht in eheliche Fürsorge nehmen will, weil er sich bei anderen als schwierig erwiesen hat?"

„Vielleicht", gab ich zu. „Aber musst du dich und eventuell auch den Erfolg deiner Arbeit mit den anderen Muh hier opfern, weil dir jemand zugewiesen wurde, der nicht zu dir und auch nicht zu den anderen Muh in deinem Zentrum passt?"

„Das", seufzte Bea, „überlege ich, seit ich ihn getroffen habe."

Ich wollte gerade fragen, was Edu Muh so schwierig machte, als eine Glocke klingelte. Wir gingen in das Refektorium neben der Küche. Ein langer Tisch mit Bänken zu beiden Seiten wurde von zwei Hängelampen beleuchtet. Muh standen in Grüppchen zusammen oder saßen bereits am Tisch, während Leo Teller verteilte. Edu Muh stand abseits am Fenster und betrachtete seine künftigen Lebensgefährten. Aus seinem Blick ließ sich nichts lesen. Er hatte geduscht und sich an Schädel und Gesicht rasiert. In seinem weißen Hemd und den Jeans sah er aus wie Beas großer Bruder, aber so sahen alle männlichen Muh aus und, offen gesagt, auch die weiblichen. Trini befand sich nicht im Raum, anscheinend war sie nach Hause geschickt worden.

Bea ging zu Edu. Ich sah, wie sie zu ihm sprach und er mit gebeugtem Kopf vor ihr stand. Eine demütige Haltung ist schwierig anzunehmen, wenn man die Autorität überragt. In Edus Fall sah die Demut angestrengt aus. Immer noch mit gesenktem Kopf folgte er Bea zu mir an den Tisch. Sie bat mich, bei ihm zu bleiben, während sie als Kodexwächterin am Kopfende der Tafel auf einen Hocker Platz nähme. Unterdessen brachten Mina und Leo gefüllte Schüsseln und Platten, während ein weiterer Muh die Gläser mit Wasser füllte. Als alle bei Tisch saßen und es ruhig geworden war, erhob sich Bea.

„Als Gast isst Christa Hemmen mit uns", verkündete sie, was mittlerweile nichts Ungewöhnliches mehr war. „Ich begrüße nochmals Edu Muh in unserer Mitte. Dies ist seine erste Mahlzeit an unserem Tisch. Gedenken wir der Gaben darauf in Dankbarkeit und Bescheidenheit." Sie nahm wieder Platz. „Guten Appetit."

Der Wunsch der übrigen Muh ging in Schnattern und Scheppern unter. Jedes Mal fühlte ich mich wie auf Klassenfahrt. Muh mochten bescheiden und demütig auftreten, beim Essen griffen sie zu und unterhielten sich laut dabei. Ihre Kodexwächterin saß isoliert am Kopfende und aß schweigend. Sie als einzige musste demütig fragen, wenn sie etwas aus den Schüsseln nehmen wollte, die ansonsten frei kreisten. Dankbar nahm ich von Leo das Gemüse, tat mir auf und reichte es an Edu weiter.

„Wie bist du hierhergekommen?" fragte ich ihn. Er sah bei seiner Antwort nicht auf.

„Mit dem Fahrrad bin ich nach Verviers zum Zentrum der Muh gefahren. Zu dessen Bereich gehört die Schmiede meiner Familie. Der Kodexwächter dort hat mich dann mit dem Auto zum Bahnhof nach Aachen gebracht. Dann bin ich mit zwei Wochenendtickets im Zug bis Oldenburg gefahren und von da zu Fuß gegangen." Die umständliche Anreise erklärte vermutlich sein unrasiertes Auftauchen.

„Wie lange warst du unterwegs?" fragte ich. Er überlegte.

„Vorgestern Mittag bin ich zu Hause losgefahren. Zwischen zwei Uhr und fünf Uhr fahren keine Züge."

„Was hast du in der Zeit gemacht?" erkundigte sich Leo über mich hinweg. Edu beugte sich tief über seinen Teller.

„Ich bin herumgegangen. Es war zu kalt, um vor dem Bahnhof zu sitzen." Leo bemühte sich nicht um ein bescheidenes Verbergen seiner Verwunderung.

„Und da gab es kein Zentrum und auch keinen Muh in der Welt, wo du hättest bleiben können?" Edu zuckte mit den Schultern.

„Keine Ahnung, wo diese Bahnhöfe waren. Irgendwo auf dem Land. Der Kodexwächter hatte keine deutschen Kontaktadressen, und der Akku meines Handys war leer. Außerdem hatte ich nur eine belgische Karte drin und da war nicht genug Geld drauf, um in Deutschland zu telefonieren. Drei Stunden ist nicht so lange. Da brauchte kein Muh mitten in der Nacht aufzubrechen, um mich abzuholen. Ich wollte mich nicht aufdrängen."

Einige Muh nickten, ebenso Leo, der für einen Moment so aussah, als wollte er widersprechen. Auch hatte ich den Eindruck, Bea, die in Hörweite saß, blickte missbilligend auf ihren Fenchelauflauf. Muh sollten stets erreichbar sein, deshalb trugen alle immer ein Handy mit sich herum. Wer Muh war, benötigte kein Privatleben. Er lebte in und für die Gemeinschaft, konnte nötigenfalls jeden anderen Muh ansprechen und stand für alle anderen Muh bereit. Es mochte ein Zeichen für Bescheidenheit sein, alleine und zu

Fuß durch unbekannte und einsame Gegenden zu wandern, es wäre jedoch nicht notwendig gewesen.

„Wo kommst du denn ursprünglich her?" fragte ich derter. Edu warf einen raschen Blick auf mein rechtes Ohrläppchen.

„Aus Belgien, Christa Hemmen. Aus der Nähe von Bastogne. Meine Familie ist eine Zelle in der Welt. Der Kodexwächter vom Zentrum in Verviers führt uns. Wir sprechen in der Familie meistens Französisch. Der Tradition folgend übt mein Vater das Handwerk des Hufschmieds aus. Ebenso meine Mutter und die Schwestern."

Die Muh nahe uns hörten aufmerksam zu. Edu sprach mit Akzent, aber fließend, als sei er es gewöhnt, sich auf Deutsch zu verständigen. Niemand fragte, ob er auch Hufschmied sei oder wo er so gut Deutsch gelernt habe, aber vielleicht hatte Bea diese Informationen über den Neuzugang im Vorfeld bekanntgegeben, um ihn vor neugierigen Fragen wie meinen zu bewahren.

Nach dem Essen, als alle Muh zu der meditativen Übung, der Sammlung, zusammenkamen, kniete ich abseits auf einem Stück Teppich, während die anderen auf den blanken Holzbohlen knieten. Edu war keine Position zugewiesen worden. Er hatte sich eine Stelle am Rande des Raumes ausgesucht, beinahe ebenso abseits wie ich. Auf mich wirkte seine Haltung verkrampft, als wäre er nicht geübt im Knien oder in der Sammlung, und seine Augäpfel unter den gesenkten Lidern kamen nicht zur Ruhe.

*

Der Platz vor dem Haus war beinahe unverändert. Nur die Bäume hatten Laub verloren, das der Wind raschelnd in den Ecken zusammenwirbelte. Unter ihren Füßen knirschten Sand und die harten Körbchen der Eicheln.

Es waren entschlossene Schritte. Jeder sollte das denken, sie selbst machte sich mit der Vorstellung Mut. Entschlossen würde sie auch klingeln, entschlossen sagen, was zu sagen sie gekommen war.

Ehe sie die Tür erreicht hatte, öffnete die sich von innen. Zwei ältere Frauen traten heraus. Die eine schloss die Tür von außen ab, die andere betrachtete die junge Frau argwöhnisch.

„Was willst du hier? Kommst du wegen der Anzeige? Die Stelle ist weg. Heute Morgen hat der Chef jemand eingestellt." Die junge Frau schüttelte den Kopf, während ihre Entschlossenheit zu Besorgnis zerrann.

„Nein ... Ich meine, ist der Chef noch da?" Die Frau mit dem Schlüssel war zu ihrer Kollegin getreten.

„Was geht dich das an?" Die Brillengläser an zwei vergoldeten Kettchen blitzten im Sonnenlicht.

Die junge Frau ging zurück zu ihrem Auto, nun weit weniger entschlossen, auf der Suche nach einer Alternative. Sie hatte sich alles zu einfach vorgestellt. Als sie zurück zur Straße fuhr, sah sie im Rückspiegel die Autos der beiden Frauen auf der kleinen Querstraße nach Norden abbiegen. Von Süden näherte sich ein anderes Fahrzeug. Es hielt am Straßenrand. Die junge Frau hielt ebenfalls an. Der andere Fahrer war ausgestiegen. Auch sie stieg aus.

„Was für ein Zufall. Wolltest du zu mir kommen? Tut mir leid, Schätzchen, aber heute habe ich keine Lust auf dich." Er lächelte und produzierte mit den Lippen ein Geräusch, von dem ihr übel wurde.

„Ich wollte nicht zu dir", brachte sie heraus, um Entschlossenheit flehend. „Aber wenn du sie nicht in Ruhe lässt, komme ich wieder, wenn deine Familie da ist. Dann sage ich allen, was du getan hast."

Das Auto hinter ihr hielt sie aufrecht. Sie verlagerte ihr Gewicht von den Knien gegen den Kotflügel und begegnete seinem Blick. Da war Panik, die kannte sie bei ihm. Vor seinem Vater hatte er Angst. Aus der Panik strahlte eine andere Empfindung.

„Das wagst du nicht." Sie schluckte.

„Doch."

Er beugte sich vor, bis sie die Äderchen in seinen Augen sehen konnte.

„Ich könnte auch deine Familie besuchen, Schätzchen. Was würden deine Eltern sagen, wenn sie wüssten, was ihre Töchter getrieben haben? Dass sie sich rumtreiben und von Männern anfassen lassen? Und was würden deine Eltern tun, wenn sie wüssten, dass dein Bruder das einfach zulässt? Da würde dein Vater doch etwas unternehmen wollen. Oder sein Onkel, der große Macker aus Bremen. Oder ein anderer von deinen tausend Onkeln. Oder einer deiner Cousins, die alle hinter dir her sind, weil du so ein süßes Flittchen bist und sie glauben, sie hätten dich dann für sich. Oh je, wir alle wissen, was mit schlimmen Mädchen passiert, nicht?"

Sie starrten einander an. Ein Auto näherte sich. Er trat zur Seite, sie blieb stehen, ließ sich den Staub ins Gesicht blasen. Der fremde Kotflügel streifte ihren Oberschenkel, der Fahrer machte ein obszönes Zeichen, ehe er wieder beschleunigte. Als sie von dem sich entfernenden Fahrzeug zu ihm sah, war er in seinen Wagen gestiegen.

„Du wagst es nicht, Schätzchen, mich vor meinen Leuten bloßzustellen. Und wenn du es tust, rede ich mit deinen Leuten. Für mich, meine Kleine, hat das alles überhaupt keine Folgen. Aber für dich und deine arme kleine Schwester, um die du so besorgt bist? Lass es nicht darauf ankommen." Er startete und fuhr davon.

4 WARDENBURGER WOCHE

SEIT ICH GANZ alleine wohnte, hörte ich während des Frühstücks Radio. So waren immer ein paar vertraute Stimmen um mich, die mich sanft wachredeten. An diesem Montag erfuhr ich von einer emotional engagierten Sprecherin, am Sonnabend sei eine türkischstämmige Schülerin aus dem Landkreis Oldenburg von der Polizei in Bremen vor einer Zwangsverheiratung gerettet worden. Ich musste an Harrys Bemerkung über Ehrenmorde denken, ließ mich aber nicht von meiner zweiten Scheibe Brot abhalten. Später fuhr ich nach Ahlhorn, zwanzig Kilometer südlich von Wardenburg, wo „Crea. Heim und Pflege" ein Mehrfamilienhaus gekauft hatte und zu behindertengerechten Wohnungen ausbaute. Ich traf den Architekten, ließ mir den Stand der Baumaßnahmen zeigen und fuhr wieder nach Wardenburg.

Den Radionachrichten entnahm ich unterwegs, was mittlerweile zu der verhinderten Zwangsheirat an die Öffentlichkeit gedrungen war. Offenbar hatte eine aufmerksame Lehrerin das betreffende Mädchen schon vor den Sommerferien wegen einer Verhaltensänderung beobachtet. Nachdem sie einen Türkischkurs für Lehrer besucht habe, zu dessen Themenschwerpunkten unter anderem Zwangsehen gehört hatten, habe die Lehrerin bewusst Gespräche dieser Schülerin und ihrer Freundinnen verfolgt. So habe sie am Freitag, als das Mädchen im Unterricht fehlte, erfahren, dass in Bremen eine Hochzeit geplant gewesen sei. Daraufhin habe die engagierte Pädagogin die Polizei verständigt. Am Sonnabendnachmittag sei ein Haus im Bremer Stadtteil Walle gestürmt worden, wo tatsächlich über hundert Personen zu einer Hochzeit versammelt gewesen waren. Das Mädchen wurde dem Jugendamt übergeben, der Vater des Mädchens, der Bruder, der Bräutigam sowie einige andere

Männer seien verhaftet worden. Es folgte ein Interview mit
der Geschäftsführerin der Bildungseinrichtung, die auf Spiekeroog, in Braunlage und in Soltau Türkischkurse speziell für
Lehrer anbot. Mich erinnerte das Interview an mein vorheri-
ges Gespräch mit dem Architekten und daran, dass ich
eigentlich eine Fortbildung in Baurecht benötigte.

Nach der Arbeit traf ich Heidi in deren Wohnung zu der
verschobenen Geburtstagsplanungssitzung. Während ihres
Besuchs in Papenburg hatte Heidi in Begleitung von Andrej
und dessen Vetter eine Werftbesichtigung absolviert,
wodurch ihre Stimmung dauerhaft beeinträchtigt worden
war.

„Ich stelle ihn jetzt unserer Oma vor", drohte sie mehrfach.

Ich unternahm keinen Versuch, ihr dies auszureden. Früher oder später würden Oma und Andrej aufeinandertreffen.
Ich glaubte nicht, dass ein Mann wie Andrej durch eine Frau
wie Oma von Heiratsplänen abgeschreckt werden könnte. Es
erleichterte ihn vielleicht sogar festzustellen, dass Hemmen-
Frauen nicht alle patent und wohlgebügelt durchs Leben
schritten.

Wieder zu Hause rief mich meine Mutter an. Mein Vater
war gezwungen, zwei Schichten zu arbeiten, weil Volkan sich
krank gemeldet hatte.

„Das scheint mir ein Früchtchen zu sein", sagte sie düs-
ter, als ob sie fürchtete, die paar Monate in der gleichen
Klasse könnten im Nachhinein ähnliche Verhaltensweisen
bei mir auslösen.

„Hast du diesen Schwager von der Margot am Wochenende getroffen?" erkundigte sich meine Mutter dann. Sie
ignorierte konsequent meine Hinweise, Margot heiße jetzt
Margo, wie der Rotwein. Den Affront überging ich, seit sie
darauf hingewiesen hatte, der Wein schreibe sich französisch
korrekt Margaux. Die Aussprache dieses Worts könne ein
Norddeutscher eigentlich nicht wissen und müsse es daher
mitsamt dem X sprechen.

„Nö, er hatte Dienst. Ich fahre aber nachher zu ihm", beantwortete ich nur ihre Frage. Meine Mutter fragte in der letzten Zeit oft nach Dietmar. Sie schöpfte aus jedem Treffen Hoffnung, mich doch noch unter die Haube zu bringen. Auch jetzt klang ein Seufzer der Erleichterung durchs Telefon.

„Und was hast du am Wochenende gemacht? Warst du bei Bea?" Vor Jahren war meine Mutter Bea auf Sichtweite nahegekommen, aber sie hatte nie mit ihr gesprochen. Was Muh taten, wie sie lebten und dachten, wusste sie ausschließlich durch mich. Ich verstand nicht, wieso sie, wenn sie wirklich so besorgt um mich war, sich kein eigenes Bild von der Gefahrenlage machen wollte. Stattdessen bekam sie nur diese besondere Stimme, aus der bei jedem Ton Skepsis tropfte, und fragte, was wir getan hätten. Ausgerechnet sie, die bei spontanen Besuchen schon einmal den Kuchen in der Küche ihrer Freundin backte, ahnte Gefahr aus gemeinsamer Gartenarbeit.

„Pass auf dich auf, Christa. Erzähl denen nicht zu viel von dir."

„Aber Mutti …"

„Nachher verliebst du dich noch in einen von diesen Kahlköpfigen und rasierst dir auch die Haare ab."

„Aber Mutti, du weißt doch, dass Muh nach Liste verheiratet werden. Bea soll jetzt übrigens heiraten. Gestern ist ihr Zugewiesener angekommen." Erstaunlicherweise erleichterte die Nachricht meine Mutter.

„Dann wird sie ja erst mal beschäftigt sein. Also, du siehst heute Abend bestimmt auch die Margot. Viele Grüße."

*

Selbstverständlich sah ich am Abend Margo. Als ich in den Hof der Poepkens fuhr, kam Berthold Poepken gerade aus dem Haus.

„Ah, Christa. Wie geht es Ihnen? Margo ist in der Küche, gehen Sie gleich durch zu ihr." Ich machte eine Bemerkung darüber, dass das Maisfeld zu einer Seite des Hauses abgeerntet worden war. „Ja, in ein paar Wochen haben wir wieder freie Sicht." Er winkte mir zu und stieg in seinen überdimensionierten Geländewagen, dessen Anblick bei schmaleren Rädern hätte vermuten lassen können, die Poepkens lebten in der unzugänglichsten Wildnis.

Ich betrat das Haus und suchte mir den Weg in die Küche, wo Margo gerade die Spülmaschine startete. Eugenia würde, wenn sie am Morgen rechtzeitig für das Frühstück einträfe, das saubere Geschirr ausräumen. Wir umarmten uns und hauchten Küsse hinter unsere Ohrläppchen. Margo hatte ihr Bankerinnenkostüm gegen ein Strickkleid eingetauscht. Jede Welle ihres Körpers, auch Slip und BH, zeichnete sich darunter ab. In früheren Zeiten als Margot Onken hatte sie ihre Kleidung umspielend statt betonend ausgewählt.

„Hallo, Liebes. Dietmar kommt gleich. Robin und er besprechen etwas im Arbeitszimmer."

Ich fragte natürlich nicht, was die Brüder zu besprechen hätten, aber die Falte zwischen Margos Brauen ließ eine gewisse Anspannung vermuten. Wir gingen ins Wohnzimmer, wo der Kaminofen brannte.

„Nein, darüber kann ich nicht hinwegsehen. Sieh zu, wie du damit klarkommst. Dann sehen wir weiter", hörte man Robin im Flur sagen.

Er kam ins Wohnzimmer. Bei meinem Anblick schaltete er sein Gastgebergesicht an, lächelte, entschuldigte sich dafür, dass er Dietmar zurückgehalten habe, und entschuldigte sich gleich selbst, denn er müsse noch arbeiten. Damit zog er sich zurück, ohne ein Wort an seine Frau gerichtet zu haben. Kaum war Robin durch die eine Tür aus dem L-förmigen Raum hinausgegangen, betrat ihn Dietmar durch die andere.

„Christa!" Ehe ich mich versah, hatte er mich in den Arm genommen und meine Wange mit seinen Lippen gestreift.

Das hatte er noch nie getan, und wenn es mir auch nicht unangenehm war, hätte ich es doch vorgezogen, wenn er mir die Wahl gelassen hätte. Als er mich losließ, bemerkte ich aus den Augenwinkeln Margos angespannten Mund. Im nächsten Moment strahlte sie über das ganze Gesicht und bot uns Knabbereien an. Ich lehnte ab. Margo sank in einen Ledersessel und nahm dort eine Haltung an, aus der man lesen durfte, dass sie vorhatte, in diesem Sessel notfalls den gesamten Abend zu verbringen. Dietmar musterte sie kurz, sagte aber nichts. Mir schien, ihre Anwesenheit störte ihn, denn immer wieder warf er dunkle Blicke in ihre Richtung.

Vielleicht war seine Unterredung mit Robin nicht harmonisch verlaufen. Dietmar brauchte fast eine Viertelstunde, bis seine Stimmung sich aufhellte, dann jedoch war er aufgekratzter, als ich ihn kannte. Nach ein paar amüsanten Geschichten über Hotelgäste sah er mich an.

„Bei deinem Vater in der Küche war heute dicke Luft."

„Das kann ich mir vorstellen", erwiderte ich. „Meine Mutter hat mir erzählt, dass er zwei Schichten arbeiten musste." Dietmar hüpfte beinahe in seinem Sessel.

„Oh, er war stinksauer. Zweimal war er beim jungen Chef wegen dem neuen Koch. Der fliegt, haha. Ist doch noch in der Probezeit. Aber mal im Ernst. Der ganze Ärger kommt von dieser Sozialromantik. Diese Leute sind faul und bringen es nicht unter Druck. Ich bin nicht der einzige, der das sagt. Vater Staat wirft unsere Steuergelder raus, um solche Typen für einen Beruf zu qualifizieren. Aber im Kern, tief im Kern ihres Wesens, verstehst du, Christa, sind sie nicht für so etwas geeignet. Keine Disziplin. Kein Durchhaltevermögen." Er leerte sein Glas Mineralwasser.

„So verallgemeinernd kannst du das nicht sagen", wandte ich ein. „Dann könnte man auch behaupten, Ostfriesen wären wirklich so blöd, wie sie in den Witzen dargestellt werden."

„Das ist nicht zu vergleichen, Christa", meldete sich nun Margo zu Wort. „Ostfriesenwitze sind vielleicht ein bisschen gemein, aber in gewisser Weise auch ein Kompliment. Denk doch an die Bayern. Da ist es auch so. Jeder weiß, dass das Witze sind. Die Schwaben werben sogar für ihr Land, indem sie von sich behaupten, sie könnten kein Hochdeutsch. Aber bei Typen wie diesem Türken in der ‚Fischerkate', was sich so Koch nennt, da sieht man einfach, dass es stimmt. Heute erst war da wieder so etwas in den Nachrichten. Da hat die Polizei in Berlin - oder war es Frankfurt? - ein Mädchen vor einer Zwangsheirat retten müssen. Also, das ist doch wirklich dreist. Einmal, wenn sie so mit ihren Mädchen umgehen, und dann muss unsere Polizei einschreiten. Die müssten die Kosten dafür tragen. Wie die Demonstranten gegen die Atomtransporte. Wer Ärger macht, muss zahlen."

„Du meinst Atommülltransporte, Margo. Abgebrannte Brennstäbe und so'n Zeug", sagte Dietmar und zwinkerte mir zu.

„Aber es kann doch nicht so weit gehen, dass man für die Polizei bezahlen muss", wandte ich ein. „Ich meine, immerhin bezahlen wir Steuern, damit die Polizei einsatzbereit ist."

„Schutzgeld", warf Dietmar ein und lachte. Margo zuckte mit den Schultern. Sie wusste seine Bemerkung offensichtlich nicht zu deuten.

„Wenn die sich an Schienen ketten und dann freigeschnitten werden müssen, sollen die zahlen. Und wer sich nicht an unsere Gesetze hält, kann gehen. Wir haben in diesem Land schon genug Sozialgesocks", meinte sie und zupfte an einem BH-Träger, der ihr in den Ausschnitt gerutscht war. „Die lassen sich von uns aushalten und nehmen uns die Arbeitsplätze weg." Wir sahen sie an, Dietmar beinahe strahlend, ich peinlich berührt. Er drehte sich zu mir um, als wollte er seiner Schwägerin die kalte Schulter zeigen.

„Diese Zwangsehen werden nur aufgeblasen, da stimme ich Christa zu", erklärte er in neuem Ernst. Ehe ich sagen konnte, dass ich das nie behauptet hatte und auch gar nicht dieser Ansicht war, sprach er weiter. „Es ist doch klar, dass sie die Mädchen jung haben wollen. Das versteht jeder Mann, Margo." Er nickte ihr über die Schulter zu, drehte den Kopf aber nicht soweit, dass er sie ansehen konnte. Mir dagegen sah er tief in die Augen. „Aber hier auf unsere

Kosten zu leben, das geht nicht. Das können wir uns nicht unendlich gefallen lassen. Wer nicht zahlen kann, muss gehen. Im Restaurant ist das genauso."

„Apropos Restaurant. Dietmar, ich habe für Bertholds Feier Hummer bestellt. Kann der bei euch in der Küche zubereitet werden? Eugenia behauptet, diese Mengen könnte sie in unserer Küche nicht bewältigen", brachte Margo sich wieder ins Gespräch. Dietmar nickte.

„Ich frage mal Ted Frölje, aber das müsste gehen. Eugenia drückt sich nur, Margo. Die tut immer so, als hätte sie hier viel zu tun. Das ist auch so eine Kandidatin. So eine will Deutsche sein." Margo seufzte.

„Was dann alles an mir hängen bleibt."

„Eben. Faules Polenpack. Aber deutsche Frauen findet man nicht mehr, die sich ehrlich ihr Geld verdienen wollen. Glücklicherweise ist Christas Papa flexibel." Nun richtete sich Margo auf.

„Oh, Christa, ehe ich es wieder vergesse. Berthold sagt, du musst unbedingt auch kommen." Sie hatte sich vorgebeugt und sah mich über den niedrigen Tisch hinweg aus großen Augen an.

„Wohin?" fragte ich irritiert. Es brachte mich immer aus dem Gleichgewicht, wenn über meine Eltern in ihren beruflichen Zusammenhängen gesprochen wurde. Nach Absprache mit dem Inhaber der „Fischerkate", jenem Ted Frölje, bereitete mein Vater gelegentlich Gerichte für private Feiern vor. Meist nahm er einen Auszubildenden hinzu, der dann diese Extraaufgaben als Prüfungsvorbereitung kochte. Ihn in seiner Küche als Partyservice zu benutzen, fand ich unverschämt, auch in Hinblick auf den Chef, der bisher mit solchen Anfragen großzügig umgegangen war.

Margo hatte bei meinem Unterton gestutzt und den Mund schon zu einer Erwiderung geöffnet. Als Dietmar plötzlich einen Arm um mich legte, presste sie die Lippen jedoch aufeinander und ließ sich gegen das Polster in ihrem Rücken fallen.

„Mein Vater wird fünfundsiebzig. Natürlich kommst du auch, Christa. Er hat extra nach dir gefragt. Er mag dich. Nun zier dich nicht. Bitte, sag ja, Christa." Der thematische Schwenk war zu unerwartet gekommen, dazu diese halbe Umarmung. In mir war noch alles wegen der Inanspruchnahme der Dienste meines Vaters gesträubt, nun sah Dietmar mich flehentlich an. „Ich geh auch auf die Knie für dich. Wenn du nur ja sagst." Margo in ihrem Sessel schnaubte unfein. Ich streifte seine rechte Hand von meiner Schulter und fand die Linke auf meinem Knie. Auch die schob ich weg.

„Bitte, Christa. Berthold möchte es wirklich gern", warf Margo ein. Ich sah zu ihr hin. Sie hatte sich wieder aufgesetzt und lächelte süßlich.

„Meinetwegen. Vielen Dank."

„Toll! Was bin ich für ein Glückspilz!" Dietmar triumphierte seine Schwägerin an. Ich schüttelte den Kopf und nahm Zuflucht hinter meinem Glas. Als ich eine halbe Stunde später aufbrach, begleitete Dietmar mich zu meinem Wagen.

„Margo denkt, ich mache dich ihr abspenstig", sagte er, nachdem er für mich die Fahrertür geöffnet hatte.

„Ist es nicht eher so, dass ich dich ihr abspenstig mache?" fragte ich durch die Kohlensäure des Mineralwassers ermutigt. Dietmar zog die Brauen hoch.

„Meinst du wirklich? Nun, vielleicht, ganz vielleicht ist es so." Er lächelte, und in mir war dieses schäbige Gefühl, über Margos eindeutigere Reize triumphiert zu haben. Als er mich küsste, schob ich ihn nicht zurück. Es war so lange her, seit ich zuletzt geküsst hatte. „Ich rufe dich morgen an", flüsterte er mir zu, ehe er fürsorglich die Fahrertür schloss.

In plötzlicher Ernüchterung fuhr ich über die unbefestigte Auffahrt zur gepflasterten Straße. Auf der rechten Seite wisperte der hochstehende Mais, links lagen die abgeernteten Stoppeln im Licht des Halbmondes wie die Miniatur eines gerodeten Regenwaldes. Während die Erinnerung an Dietmars Händen auf meiner Haut abkühlte, fragte ich mich, ob ich jetzt den offiziellen Status einer Freundin erhalten hatte und was dieser Status mir Wert sein sollte.

*

In der Teeküche von „Crea. Heim und Pflege" lag am Dienstag eine herrenlose Zeitung. Während ich darauf wartete, dass der Kaffee durchlief, überflog ich den Artikel über die verhinderte Zwangsheirat. Die sechzehnjährige Braut stammte aus dem Landkreis Oldenburg. Die Hochzeit selbst hatte im Haus von Verwandten in Bremen-Walle stattfinden sollen, wo auch die Verheiratung eines weiteren Mädchens, einer zwanzigjährigen Mechatronikerauszubildenden, geplant gewesen war. Die minderjährige Schülerin stehe nun unter dem Schutz des Jugendamtes. Vater und Bruder, die am Sonnabend festgenommen worden waren, befänden sich wieder auf freiem Fuß.

„So geht's, wenn man nicht aufpasst", bemerkte Harry und hielt mir seine Tasse hin, damit ich die ebenfalls füllte.

„Die Leute, die wir betreuen, machen so etwas nicht mehr", versuchte ich ihn scherzhaft zu beruhigen.

„Ja, jetzt. Aber überleg mal, Christa. Wie viele von den rüstigen achtzigjährigen Witwen haben vor sechzig Jahren ihren Traumprinzen geehelicht? Das waren damals keine guten Zeiten fürs Fröscheküssen auf Verdacht."

Seine leicht dahingesagte Bemerkung erinnerte mich an Beas Darstellung der historischen Bedingungen für das Entstehen der muhischen Heiratstraditionen. Unter bestimmten Voraussetzungen war Romantik Luxus. Mein Hirn verlangte zu wissen, ob in meinem Fall die Voraussetzungen erfüllt wären, mein Körper antwortete mit einem lauten Ja. Ich reichte Harry seinen Kaffee und ging voran zur Dienstbesprechung.

Deren einziges bedeutsames Ergebnis war meine Entscheidung, vor meiner Fahrt zu den Ahlhorner Wohnungen Dietmar in seinem Büro aufzusuchen. Ich wollte testen, ob sein Anblick bei Tage ohne Mondlicht und Sterne irgendwelche Regungen bei mir auslöste. An der Rezeption der „Fischerkate" saß eine ältere Dame am Computer.

„Ich möchte zu Herrn Poepken. Ist er im Hause?" Sie warf einen Blick auf meinen grauen Hosenanzug, die weiße Hemdbluse und die Aktentasche.

„Die Treppe hoch, dritte Tür." Ich bedankte mich und stieg gemessenen Schrittes die für Hausgäste verborgenen Stufen hinauf. Oben war ein kurzer Gang mit drei Fenstern zur Oldenburger Straße auf der einen Seite und drei Türen auf der anderen. Hinter der dritten Tür hing Dietmar vor einem Tabellenkalkulationsprogramm, hantierte aber am Handy.

„Christa!" Ehe ich mich versah, hatte er mich im Arm, seine Lippen auf meinen. Ich ließ mich in seine Umarmung und den Röstzwiebelgeruch sinken, ungeachtet des Sirrens seines Computers. „Was für eine Überraschung", flüsterte er, als ich mich wieder von ihm löste und einen Schritt zurückwich.

„Ja", gab ich zu, denn Küsse hatten nicht zu meiner Planung gehört. Er sah mich an.

„Ähm … Gab es, gibt es noch einen anderen Grund für …? Ich meine …"

„Nein. Ich wollte dich sehen", teilte ich ihm mit. Er errötete.

„Das ist toll."

Er sah sich im Büro um. Zwei Schreibtische standen Rücken an Rücken wie bei „Crea. Heim und Pflege", auf dem zweiten dümpelte ein Teebeutel in einem dampfenden Becher. Mir fiel ein, dass hier auch die Hausdame Maite Bruns saß. Der wollte ich, obwohl, vielmehr weil Maite mit meiner Mutter befreundet war, an diesem Vormittag nicht begegnen. Mir gegenüber stopfte Dietmar das Handy in seine Hosentasche.

„Sehen wir uns heute Abend?"

„Ja", sagte ich, ehe mein Gehirn Einspruch erheben konnte. „Komm zu mir." Er nahm meine Hand und küsste die Fingerspitzen.

„Gerne." Das altmodische Telefon auf dem Schreibtisch klingelte. „Ich muss jetzt weiterarbeiten. Der junge Chef ist krank, und ich muss an seiner Stelle diese Abrechnungen erledigen. Und die alte Bruns ist nur kurz raus."

„Klar. Bis dann." Ehe ich das Büro verließ, hörte ich, wie Dietmar sich mit dem Namen des Hotels meldete.

Da ich schon einmal in der „Fischerkate" war, ging ich auch zu meinem Vater. Der fertigte auf dem Flur einen Vertreter ab. Die rechte Hand schwenkte ein feuchtes Geschirrhandtuch, als wollte er den jungen Mann damit peitschen, sollte der sich als zu hartnäckig erweisen. Aus der Küche schallte der Lärm von Köchen bei der Arbeit. Ein intensiver Geruch ließ eine große Gesellschaft auf Kohlfahrt erahnen.

„Und jetzt hauen Sie ab, ich muss fünfzig Ihrer Kollegen aus der Versicherungsbranche mit Grünkohl versorgen. Das macht man nicht auf dem Flur." Mein Vater, der an diesem Tag die weiße Stoffmütze seiner Zunft aufhatte, rückte deren Bund energisch in die Stirn und wandte sich um. Sein Blick fiel auf mich. „Und was bringt dich hierher, Christa?" Ich beschloss, meinem Vater die Wahrheit zu sagen.

„Ich war oben bei Dietmar."

„Mit dem hatte ich heute auch schon das Vergnügen. Der junge Chef ist krank, da ist Didi Poepken hier aufgelaufen und hat den großen Macker von der Verwaltung gegeben. Dabei hatte Maite ihn geschickt. Tja, ein Glück für manche Leute, dass Ted mit Grippe im Bett liegt. Wäre er da, wäre Volkan heute schon geflogen. Na, Galgenfrist ist auch nicht schön." Da stimmte ich ihm zu.

Wir wechselten noch ein paar Worte, ehe er in seine Küche ging und ich durch die Hintertür auf den Parkplatz trat. Etwas entfernt von der Tür stand Volkan. Er hatte den Kopf weit zurück in den Nacken gelegt und blies langsam Rauchwolken in die Luft. Als er die Tür zufallen hörte, sah er schnell zu mir hin. Offensichtlich hatte mein Vater unmissverständliche Worte zum Thema Galgenfrist gesagt. Volkan sah aus, als erwartete er jederzeit seine Exekution. Von der rechten Schläfe zog sich ein Bluterguss bis hinunter auf die Wange. Es war nachvollziehbar, weshalb er sich gestern hatte krankschreiben lassen, und umso verwunderlicher, dass er heute da war, denn seine Augen waren gerötet und die Wangen beinahe grau.

„Hallo, Volkan. Hattest du einen Unfall?" Er schüttelte den Kopf, trat seine Zigarette aus und kam auf mich zu.

„Nein, Christa. Nur kleinen Zusammenstoß."

„Mit dem Auto?" Der Wagen, aus dem ich ihn letztens hatte steigen sehen, stand direkt an der Tür geparkt und sah unbeschädigt aus. Trotzdem nickte er, aber so vage, dass ich nicht sicher war, ob sich das Nicken auf meine Frage bezog. Seine rechte Hand fischte in der Hosentasche, wahrscheinlich nach der Zigarettenschachtel oder auch dem Handy, kam aber leer wieder heraus. Er betrachtete die leere Hand, als könne er die Tatsache der Leere nicht erfassen und räusperte sich. „Ich hab's bei deinem Vater verschissen." Sein Grinsen geriet ihm schlecht. Die drohende Kündigung ging ihm nahe, auch wenn er sie mit seiner Unzuverlässigkeit herbeigeführt hatte. „Pech gehabt. Ich bin sonst guter Koch, echt." Ratlos stand ich vor ihm. In diesem Moment tat er mir leid, doch es war klar, dass er sich als untragbar erwiesen hatte. Pech eignete sich nicht als Ausrede.

„Schade", brachte ich heraus, wohlwissend dass das auch nicht das richtige Wort war. Er nickte jedoch.

„Ja, schade. Aber es war gut, dass ich dich habe wiedergetroffen, Christa. Mach's gut." Ohne ein weiteres Wort schlurfte er ins Gebäude. Natürlich war das gelogen oder höchstens zur Hälfte wahr. Unter Garantie hatte er seit dem Ende der sechsten Klasse auch nicht mehr an mich gedacht.

*

Dietmar kam gegen zwanzig Uhr und ging gegen zwei. Ehe ich zur Arbeit aufbrach, rief er an, fragte, wie es mir gehe, und teilte mir mit, dass er Spätdienst hätte.

„Oh, schon okay", versicherte ich ihm, denn ich hatte das Gefühl, über die Nacht und ihn und auch über mich nachdenken zu müssen. Ich fuhr zur Arbeit und lauschte stetig in mich hinein, stellte aber nur fest, dass mein Körper befriedigt war und mein Gehirn sich den Aufgaben des Tages widmen wollte. So bedauerlich es mir vorkam, aber ich hatte weiterhin nicht den Eindruck, dass irgendwo in mir oder an mir Funken sprühten. Sicherlich existierten Leute, die wie Heidi bestritten hätten, dass ich zu so etwas in der Lage wäre. Ich aber wusste, dass ich schon im wahrsten Sinne des Wortes verknallt gewesen war, dass ich glühen und Funken sprühen konnte, und, das war leider unbestreitbar, dass Dietmar bei mir nichts Pyrotechnisches auslöste.

Es klang hart, als ich es mir in der Teeküche zum wiederholten Male sagte. Sex mit Dietmar war Sex mit dem Vierjährigen in seinem Kopf, der im Körper des halbwegs ausgereiften Hotelkaufmanns seinen Forscherdrang an mir auslebte. Solche Parallelexistenzen fand ich befremdlich, um nicht zu sagen beängstigend, aber eben auch erregend. Korrekterweise hätte ich Dietmar sofort sagen sollen, dass ich nicht vorhatte, seine Freundin zu sein. Doch dazu fehlte mir an diesem Mittwochmorgen der Mut. Außerdem protestierte mein Körper, der wieder behauptete, immer zu kurz zu kommen. Solche widerstrebenden Empfindungen kannte ich nicht. Ich war ein Kopfmensch und bildete mir zumindest ein, meine körperlichen Bedürfnisse rational zu steuern und notfalls erfolgreich zu ignorieren. Diesmal gelang mir das nicht. Als Dietmar nach dem Spätdienst anrief, erlaubte ich ihm zu kommen. Diesmal blieb er, bis ich aufstehen musste, bereitete mein Frühstück, während ich duschte, und ging mit mir aus dem Haus.

Ich redete mir zu, es sei gut für mich, mit einem Mann, der mich begehrte, zusammen zu sein. Zeigte doch die Tatsache, dass ich mich so bereitwillig jemandem hingab,

den ich kaum kannte und dessen Ansichten, so wir je darüber gesprochen hatten, meinen nicht zu entsprechen schienen, wie ausgehungert ich in emotionalen Dingen sei. Es
genügte momentan, Dietmar tun zu lassen, was er wollte und
wie er es wollte. Aber ich hatte gedacht, ich hätte höhere
Ansprüche.

Im Laufe jenes Donnerstagvormittages kam die Meldung,
in Oldenburg sei die Leiche einer jungen Frau gefunden
worden. Bis zum Nachmittag wurde auf den Straßen von
Wardenburg gemunkelt, tatsächlich habe man die Leiche
zwischen Wardenburg und Sandkrug gefunden. Die Straße
An den Ruten hinter der Abzweigung Am Fischteich und
auch an der Einmündung in die Sandkruger Straße seien
angeblich von der Polizei abgesperrt. Bei diesem Straßenab-
schnitt handelte es sich um einen besseren Feldweg, der sich
breit, aber unbefestigt zwischen dem Deich der Hunte und
den Feldern hinzog. Außer Landwirten nutzten ihn
hauptsächlich Radtouristen, und jetzt, außerhalb der
Kanusaison, gehörte der Huntedeich daneben fast
ausschließlich Schafen. Weil der Weg so abseits lag und nur
wenig frequentiert wurde, dauerte es einige Stunden, bis sich
die Sperrung unter den Wardenburgern herumgesprochen
hatte. Aber schon am Nachmittag hörte man in den Kassen-
schlangen der Verbrauchermärkte die Leute darüber
spekulieren, ob die Gerüchte stimmen mochten. Offiziell
wurde erst in den Abendnachrichten zugegeben, dass man
die Tote an einer Autobahnunterführung der A29 bei
Wardenburg entdeckt hatte.

Die Zeitungen am Freitag waren voll von dem Mord. Es
war nicht die erste Leiche, die man im Umkreis von Wardenburg gefunden hatte, wenn man die Gemeinde auch nicht als
gefährliches Pflaster hätte bezeichnen können. Aber bei der
aktuellen Toten handelte es sich um eine junge Frau türki-
scher oder arabischer Herkunft, die zudem erstochen worden war. Damit war sie Schlagzeilenmaterial, und bereits die
ersten Agenturmeldungen sprachen von einem Ehrenmord.

Dies war das Signalwort, welches den Wardenburger Leichenfund in die überregionale Berichterstattung katapultierte.

Beinahe jede Person, mit der ich am Freitag zu tun hatte, erwähnte den Wardenburger Ehrenmord. War am Morgen noch unklar gewesen, wen man gefunden hatte, erhielt die junge Frau gegen fünfzehn Uhr einen Namen. Sie sollte Nilüfer Tolka geheißen haben, und ihren Bruder und Vater habe man bereits verhaftet. Am Tatort war das Handy des Bruders entdeckt worden. Vermutlich habe der sie mit einem Anruf an die abgelegene Unterführung gelockt. Innerhalb einer Stunde fuhren nun Leute, die die junge Frau nie auf der Straße gegrüßt hätten, an den Huntedeich, um an der Absperrung in Plastikfolie gewickelte Blumen abzulegen.

Selten berührten mich Nachrichten so sehr wie dieser Mord. Ich war Nilüfer Tolka einmal kurz begegnet, häufiger als die meisten, die ihren Namen jetzt exemplarisch im Munde führten. Bei der Gelegenheit hatte sie mich feindselig angestarrt, und ich war unter ihrem Blick verlegen geworden, obwohl dafür objektiv kein Grund bestanden hatte. Vielleicht war es dieses feindselige Starren, das mich im Nachhinein so bewegte. Hätte sie mich neutral betrachtet oder den Blick abgewandt, wäre sie mir gleichgültig geblieben. So aber, obgleich ich keine Erklärung für mein Gefühl finden konnte, blieb der vage Eindruck, sie habe mir etwas mitteilen wollen. Ein Hilferuf war es nicht gewesen, mehr ein Rausschmiss auf freiem Gelände, eine Zurechtweisung, keinesfalls Anstalten zur Freundlichkeit zu machen.

Auch musste ich den ganzen Tag über Volkan nachdenken. Immer noch besaß ich keinerlei Erinnerungen an ihn. Er war gelöscht, meiner Gleichgültigkeit anheimgefallen. Auch als Erwachsener hatte er mich nur mäßig beeindruckt, denn natürlich sah der schönste Mann in weißer Arbeitskluft mit Vorbinder und grüner Haube exakt so aus wie sein unscheinbarer Kollege. Gefährlich war Volkan mir bei den wenigen Treffen unserer neuerlichen Bekanntschaft nicht erschienen, aber ich wusste nichts über ihn, und vielleicht hätten ihn engere Bekannte von Anfang an anders eingeschätzt.

Das Wort Mentalität fiel oft an diesem Freitagnachmittag. Sogar mein Vater benutzte es, wenn auch in einem anderen Bezug. Er saß schimpfend über seinem Dienstplan, als ich auf dem Weg zu Dietmar den Kopf in sein Büro steckte.

„Bandscheibenvorfall. Okay, Köche tragen schwer. Herzrhythmusstörungen. Allerdings, der Job ist stressig. Hier, fühl mal meinen Puls. Rast. Kein Wunder. Sieh dir das an: Zwei Krankschreibungen für die zweite Woche. Gerechtfertigt beide, keine Frage. Und jetzt lässt sich dieser Volkan verhaften. Die ‚Fischerkate' ist voll hungriger Journalisten."

„Volkan ist doch gekündigt worden. Er wäre sowieso nächste Woche nicht dagewesen", wandte ich milde ein, in einem Ton, der an Bea erinnerte. Mein Vater schnaubte.

„Aber ihm hätte nicht gekündigt werden müssen, Christa. Er hätte pünktlich kommen können. Er hätte sich an meine Anweisungen halten können. Eben zuverlässig sein. Und dann: Du glaubst es nicht, was für ein Idiot der Junge ist! Er hat seine Schwester mit meinem Messer erstochen!"

Dieser Aspekt bewegte meinen Vater mehr als alles andere, sogar mehr als die Probleme im Dienstplan, die Volkans Unzuverlässigkeit herbeigeführt hatte. Die Polizei war zu ihm gekommen, hatte ihm die Tatwaffe in einer Plastiktüte unter die Nase gehalten und auf Straßenschuhen seine Küche in Augenschein genommen. Vor allem Letzteres verzieh mein Vater Volkan nicht. Ihm blieb nur eine Erklärung.

„Es ist eine Frage der Mentalität. Eine bestimmte Schicht der Leute kann einfach nicht richtig arbeiten. Nicht, dass sie unwillig wären. Oder keine Lust hätten. Oder nichts könnten. Sie halten nichts durch. Kein Rückgrat. Nicht bei der Arbeit, nicht im Leben. Wenn sie nicht mehr weiterwissen, machen sie garantiert etwas total Dummes. Automatisch, das ist wie programmiert oder eingepflanzt. Ich hatte schon ein paar von der Sorte. Kriegen in der Schule nichts zustande, kommen nur irgendwie durch die Ausbildung, bringen es einfach nicht, wenn es drauf ankommt. Solche gibt es massenhaft, Christa. Wenn sie Pech haben, bauen sie Scheiße. Drogen. Gewalt. Es ist mir egal, wie sie diesen Mord nennen. Ehre oder Unehre. Ich will nicht, dass meine Küche da reingerissen wird. Und das hat er getan. Ohne nachzudenken. Das nenne ich Mentalität. Es ist etwas im Kopf, Kind. Im Kopf. Und weil es überall solche Idioten gibt, darf ich morgen den verdammten Hummer für deinen Dietmar zubereiten, als ob es sonst nichts zu tun gäbe."

Ich wusste nicht, wie ich auf den Vorwurf wegen Dietmars Hummer reagieren sollte. Die selbstverständliche Anfrage des Poepken-Clans ärgerte mich nach wie vor, und ich konnte nicht nachvollziehen, wieso der junge Chef nach all dem, was die Arbeit in der Küche bereits durcheinandergebracht hatte, sein Angebot aufrecht erhielt. Um meine Unsicherheit zu überspielen, brachte ich mein Anliegen für diesen Besuch vor.

„Ich bin bei diesem Hummeressen eingeladen, Vati. Aber wie isst man Hummer? Das wissen die Freunde von Poepkens bestimmt alle, nur ich nicht. Ich will mich nicht blamieren."

Dankbar griff mein Vater das Problem auf, da er so sein Expertenwissen unter Beweis stellen konnte. So merkwürdig ihm meine neue Beziehung zu Dietmar und die Einladung von dessen Vater erschienen, es ging nicht an, dass seine Tochter sich vor reichen Emporkömmlingen blamieren sollte. Also führte er mich in das Vorratslager, wo die Hummer träge in einem Tank lagen, fischte einen heraus und wies mit dem Kugelschreiber auf die kritischen Stellen.

„Ich persönlich steh nicht so sehr auf Hummer", meinte er zum Abschied.

Ich dankte ihm und ging hinauf zu Dietmar, um ihn wie vereinbart abzuholen. Seine Laune war sogar für einen Freitagnachmittag ausgesprochen gut. Bei meinem Eintreten hob er mich in die Luft, wenn auch nicht sehr hoch, weil seine Konstitution dies nicht erlaubte.

„Jetzt wird alles gut, Christa. Du bist da." Ich lachte, so albern das war, wie ein kleines Mädchen herumgeschwenkt zu werden. Er lachte ebenfalls.

„Du bist eine richtige Frau", teilte Dietmar mir mit, als wir über den Parkplatz gingen.

„Gut beobachtet", gab ich zurück. Er schüttelte den Kopf.

„Nun, es ist offensichtlich. Wie du dich bewegst."

Heidi hatte zu diesem Thema vor nicht allzu langer Zeit eine andere Meinung geäußert. Ich zog es vor, diese unterschiedlichen Auffassungen von meiner Weiblichkeit auf den Umstand zurückzuführen, dass Heidi eine Frau war und dazu noch meine Schwester, Dietmar dagegen ein Mann. Er sollte wissen, was er vor sich hatte.

*

Seine gute Stimmung blieb den ganzen Tag. Souverän durch erweiterte Kenntnis meines Körpers bemächtigte er sich meiner. Es war natürlich der Vierjährige in seinem Kopf, der ein neues Spielzeug ausprobierte, und ich fand Gefallen an diesem Spiel. Obwohl nichts funkte, war die Erfahrung intensiv, eben rein körperlich.

Sonnabend begleitete ich Dietmar dann zur Feier seines Vaters. Meine Wangen glühten noch, denn auf der kurzen Fahrt hatte er angehalten, um seinen Samen aus mir zu lecken.

„Wenn es der Samen eines anderen Mannes wäre, wäre es noch geiler", sagte er, während seine Finger unter dem Kleiderstoff meine Brüste massierten.

„Von wegen", gab ich atemlos zurück.

„Doch, doch. Kannst du dir keinen anderen vorstellen? Robin zum Beispiel?"

„Dein Bruder? Quatsch." Aber ich konnte seine Hände nicht zurückschieben.

„Stell es dir einfach vor. Ist doch egal, wer. Und anschließend nehme ich dich."

Ich stöhnte und presste seinen Kopf in mich hinein. Später in seinem Zimmer, während er sich frischmachte, betrachtete ich die Innenseiten meiner Schenkel.

„Seidenweich und wunderschön", sagte er und küsste mich dorthin. „Heute kommen lauter alte Männer und glotzen dich an. Aber ich fahre mit dir in deine Wohnung."

„Denkst du nur an Sex?" fragte ich ihn. Dietmar lachte.

„Mit dir kann ich an nichts anderes denken. Seit ich dich das erste Mal gesehen habe." Es war nicht das, was ich hatte hören wollen, aber das, was ich von ihm erwartet hatte.

Der Rest des Abends entsprach dem Muster. Die alten Herren glotzten auf mich, aber sie glotzten auch Margo an. Wir aßen Hummer, und ich fiel durch meine Kompetenz auf, die zumindest die Poepkens nicht erwartet hatten. Berthold hatte mich im Vorfeld ermuntert, keine Scheu vor dem Krustentier zu zeigen, und Margo sah mit zunehmend dunklerer Miene zu, wie ich mich nicht blamierte. Bei Tisch war natürlich der Mord an Nilüfer Tolka ein Thema. Man sprach wie in den Medien von einem Ehrenmord. Forderungen an die Politik folgten und Spekulationen über Mentalität und biologische Ursachen. Schon gegen Mitternacht brachen Dietmar und ich mit der plausiblen Entschuldigung auf, er habe um sieben Uhr Dienst.

*

Um zwanzig vor sieben fuhr Dietmar zur Arbeit. Ich schlief aus und lag anschließend eine Weile wach, bedauernd, dass er nicht da war, und erleichtert, mich eine Weile mit der wahren Welt befassen zu dürfen. Auch war mir siedend heiß eingefallen, dass ich keinerlei Verhütung benutzte, seitdem ich in Wardenburg wohnte. Unwillig zog ich mich aus dem Bett, duschte ausgiebig und frühstückte. Nach kurzem Abwägen rief ich im Tagungshaus der Muh an, um zu hören, wie die Dinge sich dort entwickelt hatten. Bea klang erleichtert, was mir sofort zu denken gab.

„Ich wäre dir dankbar, wenn du heute kommen könntest. Ich muss laut nachdenken. Dabei bist du mir immer so gut behilflich."

Es war ein seltsames Kompliment, welches eher umgekehrt zutraf. Doch gerne schlüpfte ich an diesem Nachmittag aus der Welt. Seit unserer letzten Begegnung hatte sich für mich einiges ergeben, womit ich zuvor nicht gerechnet hatte, und ich fragte mich, ob es Bea ähnlich ergangen war. Es war schwer zu glauben, dass nur sieben Tage vergangen sein sollten.

Bei meinem Eintreffen klang Hämmern und Sägen über den Waldweg, an dem das Tagungshaus der Muh stand, aber es war Wochenende, und die Geräusche nicht eindeutig den Muh zuzuordnen. Viele Anwohner nutzten die freien Tage, Haus und Garten winterfest zu machen. Leo saß an der Rezeption und gestaltete einen neuen Flyer. Aus dem Flur vor den Seminarräumen hörte man einen Shanty unter Ziehharmonikabegleitung.

„Was ist das denn?" fragte ich Leo.

„Gruppenfindungsseminar des Männergesangvereins ‚Wellenbrecher' ", antwortete er, ohne den Blick vom Bildschirm zu nehmen. „Sie kommen seit Freitagnachmittag und haben jetzt anscheinend ihre innere Harmonie wiedergefunden."

In so einer Aussage hätte ich Ironie vermutet, fehlte die nicht völlig im Repertoire eines Muh. Leo mochte Defizite in der Lehre aufweisen und keinem Muh in ehelicher Fürsorge zuzumuten sein, aber nach meinem Dafürhalten entsprach er mit seiner Fähigkeit, ohne das Gesicht zu verziehen, die skurrilsten Aussagen zu machen, meinem Muh-Klischee vollkommen.

„Immerhin hattest du einen musikalischen Arbeitsplatz", sagte ich, bemüht, selbst jeden Unterton auszufiltern. Leo drehte sich auf seinem Stuhl zu mir um.

„Christa Hemmen, ich mache dir einen gewagten Vorschlag. Setze du dich hier drei Tage hin, während nebenan Stimmübungen gemacht werden."

„Dazu fehlt mir das Talent zur Hinnahme", gab ich zurück und fragte mich, ob man mir unterstellen könnte, mit einem Muh zu flirten.

Leo sah mich an. Man hätte meinen können, er meinte es ernst, und weil er Muh war, meinte er es wahrscheinlich ernst.

„Ja. Das auf jeden Fall, Christa Hemmen. Klaglos hinzunehmen, ist eine Kunst wie der Gesang des Vogels. Natürlich für Muh, harte Arbeit für Menschen in der Welt."

Wer so etwas ohne das leiseste Zucken im Gesicht sagen konnte, musste in der Lehre gefestigter sein, als Bea behauptete.

„Ist Bea auch an der Gruppenfindung dieser Sänger beteiligt? Sie sagte am Telefon, sie wäre bis fünfzehn Uhr in einem Seminar." Obwohl er über den Einsatz seiner Kodexwächterin vermutlich informiert war, warf Leo einen Blick auf den Plan vor ihm.

„Ja. Sie unterstützt den Chorleiter bei der Atemschulung. Ich habe den Eindruck, die Gruppe arbeitet nicht gemäß Zeitplan. Du musst auf Bea warten, Christa Hemmen."

„Kein Problem."

Ich sah mich um. Im Foyer standen einige Rattansessel um niedrige Tische, darauf waren absolut gängige Zeitschriften und Zeitungen verteilt. Die regionale Tageszeitung kündigte neuste Erkenntnisse im Wardenburger Ehrenmord an.

„Hast du von dem Mord gelesen?" fragte ich Leo, indem ich mit der Zeitung in der Hand wieder an den Tresen trat. Er erinnerte mich geduldig, dass Muh diese Zeitungen für die Lektüre der Tagungsgäste auslegten, nicht zu ihrer eigenen Erbauung.

„Aber zu eurer Information? Ein Ehrenmord in Wardenburg muss doch eure Tagungsgäste sehr beschäftigen." Leo saß einen Moment schweigend da.

„Was bitte ist ein Ehrenmord?" Ich wollte antworten, hielt aber inne. Er hatte in der Welt gelebt, sollte das Wort also kennen.

„Wenn Gemeinschaften, etwa Familien, meinen, Angehörige der Gemeinschaft hätten eine verwerfliche Tat begangen oder führten einen inakzeptablen Lebenswandel, der das Ansehen der Gemeinschaft beschädigt, kommen sie manchmal zu dem Schluss, der Betreffende müsse sterben. So soll das Ansehen gerettet werden. Sehr traditionelles Denken. In der ganzen Welt verbreitet." Leo runzelte die Stirn.

„Ich habe davon gehört. Ähm … Die frühen Muh waren oft solche Leute, glaube ich. Für Bevölkerungen, die Militärdienst als Ehrendienst auffassen, waren natürlich diejenigen, die sich dem Dienst entzogen, Abtrünnige."

„In der Welt wird die Ehre von Gemeinschaften oft über das Geschlecht oder die Geschlechtsrolle definiert. Deshalb sind hauptsächlich Frauen betroffen." Ich war zugegebenermaßen nicht ganz sicher, ob das so stimmte.

Aber Leo nickte nur langsam und strahlte die Bereitschaft aus, mir zu glauben, wenn er mit dem Gesagten auch nichts anfangen könne. Interesse an dem Ehrenmord zeigte er keines. Zwar saß er an einem Arbeitsplatz mit Internetzugang, aber er hatte früher schon betont, er greife nur auf von Bea genehmigte Seiten zu. Das musste ich ihm glauben, denn Muh waren sehr strickt mit der Wahrheit.

„Was macht euer Neuzugang?" fragte ich und legte die Zeitung auf dem Tresen ab. Leo warf einen Blick auf den Raumverteilungsplan und tippte eine Raumnummer.

„Er nimmt an der Gemeinschaft teil. Bea hat ihn gebeten, diesen großen Schuppen hinter dem Tagungshaus provisorisch einzudecken. Im Frühjahr soll der Schuppen zu einer Garage umgebaut werden. Möchtest du dir die Arbeit ansehen? Wenn Bea kommt, schicke ich sie zu dir."

Es hätte ein Rausschmiss sein können, aber das glaubte ich nicht, obwohl ich beim Hinausgehen mit halbem Auge sah, wie er hinter dem Tresen vorkam und die Zeitung ordentlich in den Zeitschriftenfächer, aus dem ich sie genommen hatte, schob. Leo hatte mir das zur Unterhaltung angeboten, was gerade im Tagungshaus passierte. Viel gab es nicht, außerdem wusste er nicht, was für eine Frau aus der Welt interessant war. Nicht sonderlich neugierig ging ich um das Haus herum, wo Hämmern und Sägen lauter klangen. Drei Muh arbeiteten dort, Edu erkannte ich oben auf dem Dach. Trini hockte unten auf einem umgedrehten Eimer und sah ihm beim Festnageln der Dachpappe zu.

„Hallo, Trini. Ist das nicht zu kalt, hier zu sitzen?"

Sie hob den Kopf und musterte mich aus violett umrahmten Augen, deren künstliche Wimpern wie mobile Antennen klappten. Neben Muh beiderlei Geschlechts wirkte sie außerordentlich farbstark und überraschend künstlich, wie eine Plastikorchidee zwischen Hundskamille.

„Hi, Christa. Doch. Aber Leo hat mich rausgeschickt."

Sie schmollte, als habe Leo ihr großes Unrecht angetan. Dass er ihre Anwesenheit meiner nicht vorzog, uns wenigstens gleich behandelte, gefiel mir. Darum konnte ich Trini freundlich ansprechen, was bei unserem Alters- und, tatsächlich, Mentalitätsunterschied sehr tantenhaft geriet.

„Trotzdem ist es mit so einem kurzen Rock zu kalt." Sie fröstelte theatralisch.

„Vielleicht sollte ich nach Hause gehen."

„Vielleicht", stimmte ich zu.

Wie an unsichtbaren Fäden zog Trini sich von ihrem Eimer hoch und trottete ohne ein weiteres Wort davon. Ich sah ihr nach, drehte mich dann um, als Edu die knatschende Leiter hinunterstieg.

„Das war's fürs Erste. Ihr wisst besser als ich, wo die Leiter hinsoll. Sagt Bea Bescheid, dass wir hier fertig sind. Ich räume auf." Die beiden Muh schleppten die Leiter davon.

„Soll ich auch gehen oder kann ich helfen?" fragte ich, weil er meine Anwesenheit ignorierte. Edu sah kurz zu meiner linken Schulter, ehe er weiter Nägel in Kartons ordnete.

„Christa Hemmen braucht nicht zu helfen."

„Christa Hemmen langweilt sich." Seine Entgegnung brauchte eine Weile, doch schließlich stieß er sie heraus.

„Arbeit beugt Langeweile vor. Komm her." Ich hockte mich zu ihm, und er zeigte mir, was ich tun sollte.

„Hast du dich eingelebt?" fragte ich nach ein paar Minuten, während derer er mich erneut ignoriert hatte. Anders als Muh fand ich es belastend, mit jemandem zusammenzuarbeiten, ohne gelegentlich ein paar Worte zu wechseln.

„Ja." Mehr kam nicht.

„Gefällt es dir in Deutschland?" Er reinigte Pinsel in einer stinkenden Flüssigkeit.

„Als ich in der Welt lebte, war ich in Aachen im Studentenwohnheim. Da war ich in Deutschland."

„Aber gefällt es dir? Gefällt es dir hier im Norden?" hakte ich nach, denn seine Bemerkung verstand ich lediglich als Hinweis, Deutschland als solches sei ihm nicht fremd. Eine Wertung hatte ich nicht daraus lesen können. Edu ließ sich Zeit. Er hantierte mit den Pinseln und stellte sie dann in ein altes Weckglas.

„Bea ist sehr freundlich. Die anderen Muh auch. Ich werde es bedauern, nicht bleiben zu können." Überrascht sah ich zu ihm hinüber. Er räumte nun lautstark Werkzeuge in große Holzkisten.

„Ich dachte, du solltest hierbleiben. Ich dachte, du solltest Bea heiraten", entfuhr es mir. Er hielt inne, drehte den Kopf aber nicht zu mir.

„Das ist richtig. Ich ...ich habe Bea gebeten, davon abzusehen."

Er wuchtete zwei der Kisten übereinander hoch und trug sie davon. Wie vor den Kopf geschlagen blieb ich zurück. Aus Solidarität zu Bea war ich empört über seine Weigerung, den Wünschen des Kodexmeisters nachzukommen. Auch als er zurückkam, um das restliche Werkzeug zu holen, schwieg ich und trottete langsam hinter ihm her zum Haus. Auf dem Weg zur Tür begegneten wir Bea. Sie nickte ihm zu, ehe sie mit mir zurück zu dem Schuppen ging, um das reparierte Dach zu inspizieren.

„Du machst Stimmbildungsübungen?" fragte ich sie. Bea schüttelte den Kopf.

„Nein. Atemübungen, die die Stimmbildungsübungen ergänzen können. Naja, es war das erste Mal, dass ich so etwas gemacht habe. Ich habe viel gelernt." Langsam ging sie um den Schuppen herum.

„Edu will nicht bleiben?" fragte ich weiter. Sie drehte sich um und zeigte mir ihr offenes Gesicht ohne jeden wertenden Ausdruck.

„Das ist so, ja. Er hat mir Gründe genannt, die ich nun abwägen muss. Aber … auch wenn mein Stolz verletzt ist, bin ich nicht berechtigt, ihn zu zwingen. Das führt zu nichts Gutem, wenn der Muh nicht so sehr gefestigt ist, dass er die eheliche Fürsorge ohne Gegenleistung annehmen kann. Obwohl gerade dieser Muh der Führung bedarf." Sie schüttelte den Kopf wie jemand, der einer Erklärung nicht folgen kann, strahlte aber nur Bescheidenheit aus. „Christa, ich habe mir zuerst den Kopf zerbrochen, was ich mit ihm anfangen soll. Und jetzt bin ich verletzt, weil er meine Führung und Fürsorge nicht annehmen will. Das zeigt doch, wie wenig wir uns auf unsere eigene Festigung verlassen dürfen. Sie ist kein undurchlässiges Bollwerk, im Gegenteil. Wir müssen uns immer hinterfragen, unsere Motive wie auch unsere Überzeugungen."

Das war genau, was mich bewegte, nur in den Worten einer Muh ausgedrückt.

„Ich bin jetzt mit Dietmar zusammen. Aber ich liebe ihn nicht", platzte ich heraus und lief in der Dämmerung rot an, weil man das nicht sagte und auch nicht so empfinden sollte. Bea dachte kurz nach, als übersetzte sie meine Worte.

„Dann sehe ich keinen Grund, weshalb du mit ihm zusammen sein solltest", teilte sie mir neutral mit. Ihr Ton beeindruckte und ärgerte mich zugleich.

„Sex", entgegnete ich. Es sollte provozierend klingen, doch ich spürte, wie der Dunst von meinen Wangen aufstieg. Bea schien über dieses Argument nachzudenken.

„Das ist eine Sichtweise, die mir fremd ist", gab sie dann zu. „Muh benutzen Muh nicht als Mittel zum Zweck. Ihre Sexualität existiert, aber - wie soll ich sagen? – die geht keinen anderen Muh etwas an." Ich musste nachdenken.

„Sprichst du von Zölibat und Selbstverleugnung? Kein Gedanke an Sex, denn das ist Sünde?"

„Nein, nein." Bea runzelte die Stirn. „Muh in ehelicher Fürsorge können übereinkommen, ihre Sexualität miteinander auszuleben. So entstehen Kinder, verstehst du?" Ich verstand, und musste sofort an meine unterlassene Verhütung denken.

„Sie müssen es nicht. Eheliche Fürsorge beruht auf Solidarität. Sie verlangt keine Gegenleistung außer der Gewissheit, respektvoll gehalten zu werden. In der Theorie", Bea seufzte tief, „entscheiden sich die Muh in der ehelichen Fürsorgegemeinschaft für eine Beziehung, die niemand von außen hinterfragt und die gekennzeichnet ist durch bescheidene Hinnahme des jeweils anderen." Sie blickte in den trüben Spätnachmittagshimmel.

„Aber für die Praxis ergeben sich anscheinend Fragestellungen, die in den Schulungen für Kodexwächter nicht thematisiert werden. Daher fahre ich nach Nideggen und konsultiere den Kodexmeister. Eine andere Möglichkeit sehe ich nicht, ohne Edu Muh in eine Situation zu bringen, die ihn erneut dazu treibt, die Gemeinschaft zu verlassen."

„Geht das?" Sie zuckte mit den Schultern.

„Die Gemeinschaft verlassen? Ein offizielles Entlassungsverfahren existiert meines Wissens nicht. Aber er könnte sich der Gemeinschaft entziehen, indem er unerreichbar wird. Das soll er früher schon versucht haben. Aber er ist zurückgekehrt."

„Passiert so etwas öfter?" wollte ich wissen. Bea fuhr sich mit der Hand knisternd über den rasierten Kopf.

„Es kommt vor. Besonders bei Muh, die bei schwacher Führung in der Welt aufwachsen. Zahlen kenne ich nicht, Muh sind keine Statistiker." Sie lachte und es klang beinahe wie Sarkasmus, als sie weitersprach.

„Ich glaube, es kommt in jedem Zentrum einmal vor. Aber Muh sind immer Muh. Sie brauchen die Gemeinschaft. In der Jugend ist man jedoch anfällig für die Vorstellung, man könnte ohne die Gemeinschaft leben. Irgendwann merkt man dann, dass alle, wirklich alle Beziehungen in der Welt von einem Kosten-Nutzen-Prinzip bestimmt werden. Daran scheitern Muh. Sie träumen von romantischer Liebe und finanziellem Erfolg. Und oft kehren sie zurück, als dersere Muh, aber als enttäuschte Menschen. Leo hat das auch hinter sich. Und ich? Ja, ich habe auch damit geliebäugelt. Aber ich kam in dieser Zeit in die Wächterschulung und hatte keine Zeit zum Grübeln. Das war gut für mich. Wenn ich Edu Unterstützung leisten könnte, würde ich diese Verantwortung annehmen, in ehelicher Fürsorge oder als Kodexwächterin. Nur fürchte ich, ist er zu stur. Er will zurück in die Gemeinschaft, aber er verzeiht sich weder, dass er sich einst von ihr abwandte noch dass es ihn in sie zurückzieht. Aber gehen wir rein, Christa, es wird kalt."

Bea erschien mir um den ihr anvertrauten Muh besorgter als durch sein Verhalten gekränkt. Vielleicht kannte sie das Gefühl nicht oder tat Kränkungen als Eitelkeit ab. Als wir das Haus betraten und zu ihrem Büro hinaufgingen, fragte ich mich, wie Muh in ehelicher Fürsorge lebten, wenn sie sich, in den Worten der Welt, gegen Sex entschieden hatten. Da taten sich wahrscheinlich Probleme auf, die auch die betreffenden Muh nicht vorausahnen konnten. Während ich die Teetassen in ihr Büro trug, fragte ich Bea, ob sie von dem Wardenburger Ehrenmord gehört hätte. Sie zögerte mit der Antwort, gab dann aber zu, einen Blick auf den Artikel der regionalen Zeitung geworfen zu haben.

„Der Bruder, den sie verhaftet haben, war mit mir in der Schule", berichtete ich.

Bea holte die Teekanne aus der Küche. In der Etage unter uns sangen tiefe Stimmen von hohen Wellen und tosender See.

„Kanntest du ihn gut?"

„Das ist es ja. Ich besitze keinerlei Erinnerung an ihn. Er hat bei meinem Vater in der Küche gearbeitet, ehe er verhaftet worden ist. Aber er wäre sowieso geflogen. Unzuverlässig, weißt du. Mein Vater sagt, er kennt den Namen noch von früher. Mein Vater, aber ich nicht."

„So etwas kommt vor."

„Ja."

Wir tranken Tee. Mit Bea konnte man schweigend sitzen, ohne sich bedrängt zu fühlen, doch lange hielt ich die Stille nicht aus. Ich musste etwas sagen und immer aufpassen, nicht zu plappern wie ein Kind.

„Seine Schwester habe ich einmal gesehen", verriet ich Bea. Die sah mich in wortloser Milde an. „Aber sie hat nichts gesagt. Mich nur feindselig angestarrt." Bea nickte langsam.

„Machst du dir Vorwürfe?"

„Nein", wehrte ich erschrocken ab. „Bestimmt nicht. Weshalb auch?"

„Eben. Du hast nichts mit ihr zu tun gehabt. Ein kurzer Moment zählt selten im Leben."

Ich betrachtete Bea. Wahrscheinlich konnte sie nicht umhin, an die Vorfälle damals zu denken, als ihr Vater erschlagen worden war. Ihr Umgang mit jenen Ereignissen machte sie zu etwas Besonderem für die Muh. Leo hatte einmal gesagt, Bea habe im Gegensatz zu den anderen Kodexwächtern gelebt. Sie habe damals nicht alles einfach hingenommen. Aber aus meiner Sicht war damit nichts zum Guten gewendet worden.

5 STEINE

IN DER FOLGENDEN Woche geschah wenig im Vergleich zur vorherigen. Dietmar blieb in seiner Hochstimmung, obwohl er an allen Abenden bis auf einen Spätdienst hatte. Heidis und meine Planungen für den Geburtstag unserer Mutter liefen gut, und mein Vater hatte als Ersatz für Volkan einen weiteren russischen Koch eingestellt. Der blieb während seiner ersten Arbeitstage unauffällig. Von daher durften wir annehmen, dass unser Vater am Tage des Geburtstages auch wirklich Urlaub hätte. Von Bea hörte ich in diesen Tagen nichts. Sie war vermutlich in Nideggen, um den weiteren Umgang mit Edu an höchster Stelle zu besprechen.

In Wardenburg kursierte, Nilüfer Tolkas Vater wäre aus der Haft entlassen worden. Als Beleg wurde angeführt, man habe ihn an einer Bushaltestelle gesehen. Diese Meldung kam nicht in den Nachrichten, von daher blieb unklar, ob sie zutraf. Die meisten Wardenburger waren jedoch von ihrer Richtigkeit überzeugt. Ebenso unklar war, ob es tatsächlich weitere Verhaftungen gegeben hatte. Eine Umsonst-Zeitung verkündete am Mittwoch, ein von Nilüfer Tolka abgewiesener Freier habe sie aus gekränktem Stolz getötet. Diese Notiz ging bald in den Meldungen der Konkurrenz unter, weil die Regional-Zeitung am Donnerstag in der Printausgabe einen Cousin und in der Onlineausgabe zwei Onkel Nilüfers verdächtigte und am Freitag die Möglichkeit einer Blutfehde anführte. Zu Letzterem nahm die Staatsanwaltschaft Stellung und erklärte kategorisch, von einer Blutfehde werde nicht ausgegangen. So kehrte die öffentliche Aufmerksamkeit auf den verhafteten Bruder zurück, ohne sich weiter um Cousins oder abgewiesene Verehrer zu scheren.

Am jenem Freitag fuhr ich gegen zwanzig Uhr zu einem der Verbrauchermärkte in der Wardenburger Rheinstraße.

Um diese Uhrzeit schoben die Einkäufer ihre Wagen ent-
spannt zwischen den Regalen hindurch. Niemand hätte geglaubt, dass knapp zwei Kilometer von dieser Pyramide
Suppenkonserven immer noch Grablichter für eine Ermordete flackerten. Versuche der Gemeindearbeiter, die in ihrer
Plastikfolie verfaulten Blumen einzusammeln, waren von
einer selbsternannten Ehrenwache unterbunden worden.
Aber unter dem Gedudel mäßig gelungener Remakes von
Hits aus meiner Kindheit entspannte auch ich mich und
beging das rituelle Einladen haltbarer Lebensmittel still und
in schon muhischem Gleichmut. An der Fleischtheke
schreckte mich eine vertraute Stimme aus meiner Trance.

„Dreihundertfünfundsiebzig Gramm Rinderhack in drei
gleichen Portionen, bitte." Das Bitte kam erst nach einer
winzigen Pause, wodurch es wie ein Befehl klang.

Hinter der Bedientheke schien es Unklarheiten über die
Ausführung dieser Bestellung zu geben, denn die Stimme
informierte den Bereich um die Fleischabteilung:

„Das wird so nichts. Wiegen Sie drei Portionen mit je
hundertfünfundzwanzig Gramm ab.
Dreihundertfünfundsiebzig geteilt durch drei ist natürlich
hundertfünfundzwanzig."

Vorsichtig spähte ich über die Schulter einer anderen
Kundin. Ich hatte mich nicht geirrt. Diese Stimme in Verbindung mit so einem Ansinnen an die Bedienung konnte nur
Frau Schuhmann-Schulz gehören. Aufrecht stand sie dort
vor der Glastheke in einer puderrosa Fleecejacke. Ein Teenager schob seinen Einkaufswagen eilig zwischen zwei Regale,
gerade rechtzeitig, denn Frau Schuhmann-Schulz legte die
Plastiktüte mit den abgewogenen Fleisch- und Wurstwaren
in ihren Wagen und steuerte zielstrebig die Nudeln an.

„Ah, Christa. Hallo, moin. Wie geht es dir?" Frau Schuhmann-Schulz schob eine fantastische fasanenblaue Strähne
hinter den Brillengläsern hervor. Ich hoffte sehr für ihre
Schüler, dass es sich um eine auswaschbare Farbe handelte.

„Hast du von diesem schrecklichen Ehrenmord gehört? Wie gut, dass ich Schlimmeres verhindern konnte."

„Sie?" platzte ich heraus. Sie nickte.

„Ja, ich. Durch mein Einschreiten konnte wenigstens die jüngere Schwester vor einem ähnlichen Schicksal bewahrt werden."

„Wie das denn?" brachte ich heraus. Später würde ich mich meiner Ahnungslosigkeit schämen, das ahnte ich jetzt schon.

Frau Schuhmann-Schulz warf kurze Blicke um sich. In unserer Nähe hielten sich etwa sechs Personen auf, zwei davon sahen in unsere Richtung.

„Die kleine Buket in meiner 10Ra hat mir schon lange vor den Sommerferien nicht mehr richtig gefallen. So still ist sie geworden und ganz unkonzentriert. Ich bin auch sicher, einmal hat sie jemand geschlagen. Ich habe sie als verantwortungsvolle Lehrkraft auf die Blutergüsse angesprochen, aber mit mir wollte sie nicht reden. In Familienangelegenheiten halten diese Leute ja immer zusammen. Da können Väter und Brüder sich alles erlauben. Sie hat aber auch zwei Freundinnen, die sind so."

Sie machte eine Handbewegung über ihrem Einkaufswagen, die allgemein für eine verschworene Gemeinschaft verwendet wurde.

„Mit denen hat sie wohl geredet, auch im Unterricht, muss ich sagen. Aber verstanden habe ich kein Wort. Die reden ja untereinander immer nur Türkisch."

Ein paar Kunden nickten. Ich nickte ebenfalls und versuchte, nicht nachzudenken.

„Glücklicherweise hatte ich dann Gelegenheit, auf Spiekeroog diesen Türkischkurs für Lehrer zu besuchen. Übrigens ist Spiekeroog auch als Ferieninsel zu empfehlen. Niedliche Häuser und keine Autos. Inseln haben immer so eine entspannende Atmosphäre. Das öffnet den Geist für neue Impressionen und Einsichten. Apropos, und in dem Kurs haben wir so interkulturelle Sachen gelernt wie Gestik und Mimik, und dann themenbezogene Sprache, damit man, wenn die Schüler untereinander Sachen besprechen, weiß, worum es geht."

Es standen jetzt vier Einkaufswagen um uns herum, so dass die Zufahrten zweier Regalgänge vollständig blockiert waren. Obwohl alle dazugehörenden Kunden ihre Blicke in Regale und Tiefkühltruhen hefteten, war ich überzeugt, sie lauschten den Ausführungen meiner früheren Klassenlehrerin aufmerksam.

„Nach den Ferien war die kleine Buket immer noch so komisch. Ich habe ein paarmal versucht mitzuhören, wenn die Mädchen gesprochen haben, aber die reden immer so schnell. Rücksichtslos ist das."

„So sind die jungen Leute", kam von einer Kundin hinter mir. Frau Schuhmann-Schulz warf einen missbilligenden Blick auf die Quelle der Unruhe, ließ sich aber nicht aus dem Konzept bringen.

„Allerdings habe ich aus dem Mitangehörten geschlossen, dass Buket etwas nicht machen wollte. Dann hatte sie letzten Freitag eine Entschuldigung für die letzten beiden Stunden. Da war diese Familie ausnahmslos zuverlässig, das lässt sich nicht anders sagen. Familienfeier stand in der Entschuldigung. Da muss man als Lehrer aufpassen. Als Buket weg war, habe ich die Freundinnen ausgefragt. Und die sagten, die Kleine sollte nach Bremen zu einer Hochzeit und wollte das gar nicht. Aber der Bräutigam wäre ein Verwandter vom Vater, da gäbe es keine Diskussion, von wegen Schule wäre wichtiger. Natürlich bin ich sofort hellhörig geworden. Ich habe gleich die Polizei verständigt. Und was für ein Glück, sie haben die kleine Buket rechtzeitig aus dem Haus geholt. Sie war noch nicht mal im Brautkleid, so wie das andere arme Mädchen, das verheiratet werden sollte. Aber!"

Mit erhobener Stimme endete das Wort, das r rollte noch weiter durch den Laden. Zwei Verkäuferinnen, die den Stau ursprünglich hatten auflösen wollen, verharrten mit geöffnetem Mund am äußeren Rand der Gruppe.

„Die Polizei hat den Vater und den Bruder von der Kleinen am Montag laufen lassen, obwohl sie sich der Verhaftung widersetzt hatten. Und als Ergebnis ist nur ein paar Tage später die Schwester von der kleinen Buket tot. Erstochen, vom eigenen Bruder!"

Das Publikum schüttelte den Kopf. Man hörte Bemerkungen über die Inkompetenz der Polizei, über Mentalität und Undankbarkeit und, dass solchen Leuten alles zuzutrauen sei. Eine ältere Dame mit Federhut drängte sich von hinten an mir vorbei und reckte sich, um Frau Schuhmann-Schulz auf die Schulter zu klopfen.

„Das haben Sie genau richtig gemacht. Schade um das Mädchen, aber das ist auch nur einer weniger." Mit dieser bedenkenswerten Aussage trippelte sie davon. Der Kordon aus Einkaufswagen löste sich auf.

„Als Beamtin stehe ich doch in der Pflicht des Staates", sagte Frau Schuhmann-Schulz noch zu mir, ehe sie mit dem Wunsch eines schönen Wochenendes zwischen den Nudelpackungen verschwand.

*

Als mit dem bevorstehenden Monatsende der Geburtstag unserer Mutter näher rückte, wurden Heidi und ich nervös. Am Dienstag trafen wir uns in der Wohnung von Andrej an den Vossbergen in Oldenburg, um die Geburtstagstorte zu backen. In Heidis oder meiner Wohnung hätte unsere Mutter jederzeit unangekündigt erscheinen können, zu Andrej zu kommen, wagte sie nicht. Aus dem Wohnzimmer klang das Klackern von Tastaturen. Andrejs Wohnung bestand aus drei Zimmern. Er schlief in der kleinen Stube, die eigentlich als Kinderzimmer vorgesehen war, benutzte das Elternschlafzimmer als Büro und nötigenfalls als Wohnzimmer, während das geräumige Wohnzimmer hinter blickdichten Jalousien den diversen Computern und Mitarbeitern Platz bot. Während wir in der Küche backten, wurde nebenan das neue Verkuppelungsforum online gebracht.

„Bringst du Dietmar mit?" fragte mich Heidi, als wir zu derrem Auto gingen.

Die städtische Straßenbeleuchtung verdunkelte den Himmel, außerhalb der Stadt wäre es nur dämmrig gewesen. In den kleinen Gärten vor den Mietshäusern schimmerten Blütenköpfe, trotz Rosen und Dahlien roch es nach Herbst. Ich zögerte mit meiner Antwort, denn in Wahrheit wollte ich Dietmar nicht auf der Geburtstagsfeier sehen. Es reichte, ihn ein paarmal in der Woche zu treffen.

„Wahrscheinlich nicht."

„Muss er arbeiten? Du versteckst den ja richtig", hakte Heidi nach.

Sie brannte darauf, den Mann kennen zu lernen, der mich zur Freundin haben wollte. Laut sprach sie es nicht aus, aber es klang immer unverkennbare Fassungslosigkeit aus ihren Worten, als spräche es per se gegen einen Mann, Frauen in Hemdbluse und Pullunder attraktiv zu finden.

„Arbeiten? Weiß ich nicht. Aber ich finde, es ist zu früh." Heidi nickte sehr langsam.

„Ja, bei Druschka habe ich mich erst auch nicht getraut, ihn bei Mutti und Vati vorzuzeigen. Aber Dietmar würde doch problemlos durchgehen. Bei dem Geld, das sein Vater mit Reitstiefeln und Präzisionsjagdgewehren macht."

Ich mochte ihr nicht sagen, dass ich genau dies befürchtete und unbedingt verhindern wollte, dass meine Mutter anfinge, mich im Brautkleid zu träumen. Zu einer Hochzeit mit Dietmar durfte ich es nicht kommen lassen.

„Ist denn der Sex gut?" erkundigte sich Heidi, als fragte sie nach einer neuen Geschmacksrichtung bei Fruchtjoghurt. Gerade weil sie so leichthin fragte, traf sie mich. Meine Vorstellungen untergingen gerade eine Wandlung, deren Konsequenzen ich nicht absehen konnte.

„Geht so." Mein mangelnder Enthusiasmus schien sie zu beruhigen, als könne einem normalen Mann nicht zugemutet werden, bei mir mit Potenz zu punkten. Tatsächlich begann mich Dietmars Spiellust abzustoßen, was nicht hieß, dass ich genug von den Spielchen bekommen könnte.

„Das kommt noch", versicherte Heidi großmütterlich. „Du kennst ihn ja noch nicht so lange."

„Lange genug", gab ich spitz zurück. Weitere Fragen mussten abgeblockt werden. Heidi zuckte mit den Schultern, denn ich war ein hoffnungsloser Fall, der sich nicht helfen lassen wollte.

„Geh vor der Feier am Sonnabend wenigstens zum Friseur", mahnte sie noch, als sie mich am Patenbergsweg aussteigen ließ.

„Termin steht schon", beruhigte ich sie.

Ihre Rücklichter entfernten sich langsam. Das Haus stand unbeleuchtet in der Dämmerung, heruntergelassene Rollläden unten, dunkle Fenster oben. Jenseits der Bewegungsmelder lag der Garten schwarz. Erstmals seit langem waren mir die wenigen Meter bis zur Haustür unheimlich, fand ich den unbewohnten Geruch vor der unteren Wohnung beklemmend. In meiner Abwesenheit hätte leicht jemand ins Haus kommen können.

*

Für den nächsten Tag hatten Heidi und ich verabredet, dass wir uns um acht Uhr morgens im stillen Tal treffen wollten. Damit diesen notorischen Frühaufstehern nicht auffiele, was wir an letzten Vorbereitungen vollzogen, fand das konspirative Treffen in der Garageneinfahrt von Frerk Deepkens Haus statt. Frerk saß nach wie vor wegen der Brandstiftung am Haus der Muh ein, und sein Sohn, der das Haus von der Uckermark aus betreute, ließ Bäume und Büsche wachsen, wie sie wollten. Der verwilderte Garten und seine Zufahrt boten optimalen Sichtschutz für klammheimliches Tortendekorieren.

Unsere Autos ließen Heidi und ich bei Frerks Haus stehen. Wir trugen die fertig geschmückte Torte hinüber zum Haus unserer Eltern. Natürlich waren dort die Vorhänge aufgezogen und der Kranz der Nachbarn rund um die Tür angebracht. Wahrscheinlich, denn so hielt man es im stillen Tal, hatte es um Mitternacht ein alkoholisches Begießen des Kranzes gegeben. Nichtsdestoweniger waren unsere Eltern bereits angezogen, und in der Küche legte unser Vater letzte Hand an das Gourmetfrühstück „Neptun", wie er es nannte, das traditionelle Feiertagsfrühstück seit meiner Kindheit. In der „Fischerkate" wäre das eine Aufgabe für Maite Bruns gewesen, die als Hausdame und Kaltmamsell in einer Person eine beträchtliche Anzahl Fäden in ihren geschickten Händen hielt. Mein Vater lächelte immer über die Kaltmamsell als solche, denn deren Aufgaben waren unter der Würde eines Kochs. Er unterließ aber tunlichst alles, was Maite veranlassen könnte, ihm als Hausdame in seine Küche hineinzureden. Ein kaltes Buffet oder ein Frühstück fertigte er nur im privaten Rahmen an, dies aber mit Ambition. Heidi und mich empfanden Familienfeiern deshalb immer als etwas ermüdend.

An diesem Tag wurde unsere hausgemachte Torte von meiner Mutter erfreut entgegengenommen und von beiden Eltern mit professionellen Blicken begutachtet. Mit unserer Mutter saßen Heidi und ich anschließend im Wohnzimmer, während unser Vater in der Küche weiterwerkelte. Sein Angebot, mit den beiden zu frühstücken, hatten wir abgelehnt, da wir arbeiten mussten.

„Nachher fahren Vati und ich weg. Er hat sich Urlaub genommen. Erstaunlich, er denkt doch sonst nie an meinen Geburtstag oder den Hochzeitstag. Mal sehen, was er sich überlegt hat. Ich bin schon gespannt. Und Sonnabend ist Fete. Ihr kommt doch?" Wir nickten. Ich wartete angespannt auf die Anschlussfrage. Zuerst sah unsere Mutter zu Heidi.

„Andrej kommt mit dir, nicht?" Selbstverständlich bekräftigte Heidi es ungeachtet aller Verheiratungsbefürchtungen. Es folgte ein befriedigtes mütterliches Nicken, weniger wegen Andrej, den fand sie wegen seiner beruflichen Aktivitäten unheimlich, als dass sie eine Tochter als an den Mann gebracht präsentieren konnte.

Mit leicht angezogenen Brauen wandte meine Mutter sich mir zu.

„Und Dietmar?"

„Nein. Der kommt nicht mit", entgegnete ich. Die Brauen gingen ganz hoch.

„Vati sagt, er hat am Wochenende keinen Spätdienst", wandte sie ein.

„Ich finde", sagte ich um Würde bemüht, „für eine Familienfeier ist es noch zu früh."

„Aber du warst schon auf dem Geburtstag seines Vaters", widersprach meine Mutter nicht im gefasstesten Ton. Diese Einladung erschien mir von anderer Qualität.

„Erstens ist fünfundsiebzig älter als fünfzig. Zweitens kannte ich die ganze Familie schon. Margo sowieso, aber auch alle anderen." Mir fiel ein, wie Dietmar den Namen seines Bruders in unsere Sexspiele einflocht. Auf der Fahrt zu jenem Geburtstag hatte er es das erste Mal getan. Ich errötete, was Heidi aufgrund einer Fehlinterpretation zu Solidarität veranlasste.

„Guck nicht so, Mutti. Ich finde, Christa hat recht. Außerdem ist deine Party so groß, da würde Dietmar untergehen. Das wäre nicht fair." Dankbar sah ich sie an. Sie zuckte mit den Schultern. Unsere Mutter nickte seufzend.

„Ja, wenn man es so sieht. Aber du kommst, Christa."

„Klar", sagte ich. Daraufhin umarmten wir uns, und Heidi und ich brachen nach Wardenburg zur Arbeit auf.

*

Als wir diesmal von Süden kommend die Oldenburger Straße hinauffuhren, fanden wir den Ort lebhafter vor als auf der Hinfahrt. An diesem Vormittag sollte auf dem neuen Friedhof in der Raiffeisenstraße Nilüfer Tolka beigesetzt werden. Es wurden zahlreiche Teilnehmer erwartet, die allerwenigsten davon Angehörige. Harry hatte mir erzählt, dass wenigstens zwei Vereine die Beisetzung zu einer Demonstration gegen Zwangsehen und Ehrenmorde nutzen wollten. Die Radionachrichten mutmaßten die Anwesenheit einer Staatssekretärin aus dem niedersächsischen Innenministerium, und ein Bürgerverein, von dem in Wardenburg noch niemand gehört hatte, kündigte auf Plakaten im Anschluss an die Beisetzung eine Kundgebung auf dem Kugelmann-Platz an. Ein Wagen des öffentlich-rechtlichen Fernsehens bog an der Kreuzung in die Litteler Straße ein, gefolgt von einem Streifenwagen. Als ich ein Stück weiter in die Friedrichstraße einfuhr, stand ein Mannschaftswagen der Polizei am Kugelmann-Platz. Ein paar Polizisten verfolgten, wie ältere Leute Transparente an schwankende Holzkonstruktionen nagelten.

Frau von Geldern begrüßte mich schon im Flur.

„Eben war ein Polizist hier, Frau Hemmen. Er riet uns, alle privaten Autos und Firmenwagen im Hof zu parken, weil der von der Straße aus nicht einsehbar ist. Haben Sie wie immer bei Ihrer Schwester geparkt?" Das hatte ich nicht, weil ich gleich weiter nach Ahlhorn zur Baustelle hatte fahren wollen.

Heidis Haus lag an der Friedrichstraße dem Kugelmann-Platz gegenüber. Der war seit kurzem einer jüdischen Familie aus Wardenburg gewidmet, deren Mitglieder die Nationalsozialisten fast alle ermordet hatten. Das Haus dieser Familie hatte eigentlich an einer anderen Straße gelegen, aber der kleine Platz war seit langem angelegt gewesen und hatte nun endlich und auch noch politisch korrekt einen Namen erhalten.

„Erwartet die Polizei etwa Probleme?" fragte ich ungläubig. Frau von Geldern verzog den Mund.

„So explizit hat der Polizist das nicht gesagt. Aber er würde gerne die Hofzugänge der umliegenden Häuser abschirmen. Wenn Sie heute Vormittag einen Außentermin haben, sagen Sie ihn besser ab, wenn sich das einrichten lässt."

Der Ahlhorn-Termin ließ sich absagen. Ich tat es, auch wenn ich es für übertrieben hielt. Harry, der unser Büro betrat, während ich noch mit Ahlhorn telefonierte, riet mir, ich solle einmal aus dem Fenster der Teeküche sehen. Was ich von dort sah, war unerwartet für Wardenburg. Auf dem Kugelmann-Platz standen zahlreiche Menschen. Vom „Crea. Heim und Pflege"-Gebäude blickte ich in einem ziemlich spitzen Winkel zu dem kleinen Platz, aber es schienen beinahe hundert Personen zu sein. Die meisten standen einfach da und sahen verlegen um sich, weil sie sich mitten in der Woche auf einer öffentlichen Veranstaltung wiedergefunden hatten. Nur einige wenige liefen mit Handzetteln oder Akkuschraubern herum, als wüssten sie, was von ihnen erwartet wurde. Vor dem Geschäft, welches der Teeküche gegenüber lag, unterhielt sich ein Polizist mit dem Inhaber. Beide blickten in Richtung des Kugelmann-Platzes. Die Angestellten des Friseurs nebenan hatten sich ebenfalls auf dem Bürgersteig versammelt.

Die genaue Uhrzeit für die Beisetzung erfuhren wir aus dem Radio. Eine Reporterin berichtete live vom Parkplatz vor der katholischen Kirche gegenüber dem Friedhofseingang. Sie sagte, die Polizei habe eine Ausfallstraße, damit konnte sie nur die Litteler Straße meinen, im Bereich des Friedhofsgeländes sperren müssen. Geplant sei im Anschluss an die Beisetzung ein Umzug zum Rathaus und im Bogen über die Hauptstraße, vermutlich die Oldenburger Straße, wo sich auch Läden von Migranten befanden. Der Vorschlag einer Elterninitiative, die Kinder der Grundschule an der Litteler Straße sollten an dem Umzug teilnehmen, sei von der Schulleitung abgelehnt worden. Von Schülerinnen des Schulzentrums am Everkamp sagte die Reporterin, sie wollten sich trotz eines Verbots durch ihre Schulleitung beteiligen.

Später hörten wir in unserem Büro Pfiffe und unorganisiertes Skandieren. Eine Kollegin rief Harry und mich in die Teeküche, wo sich die gesamte Belegschaft der Verwaltung am Fenster drängte. Nur Frau von Geldern fehlte. Harry holte einen Stuhl, auf den ich stieg, um auf seine Schulter gestützt über die fünf Kolleginnen vor uns blicken zu können. Von meiner Position aus konnte ich

nicht sehen, wie der Demonstrationszug aus der Raiffeisenstraße in die Friedrichstraße schwenkte. Die Kolleginnen am
Fenster sprachen vom Zögern der Voranschreitenden, ob
wie geplant am Rathaus entlang marschiert werden sollte
oder man Halt am Kugelmann-Platz machen müsste. Die
Polizisten im vorderen Teil der Friedrichstraße bei der
Straßensperre standen genau in meinem Blickfeld. Momentan taten sie nichts.

„Wie viele sind das eigentlich?" fragte Harry.

„Bullen oder Demonstranten?" kam vom Fenster zurück.

„Demonstranten natürlich", knurrte Harry.

Darüber konnte man sich am Fenster nicht einigen, die
genannten Zahlen variierten von siebzig bis
zweihundertfünfzig. Im Radio sprach man später von
vierhundert, und in der Regionalzeitung am folgenden Morgen war von achthundert die Rede. Uns aber, die wir zugesehen hatten, erschienen diese Zahlen viel zu hoch. Unbestreitbar handelte es sich jedoch um den größten Aufmarsch
außerhalb des Schützenfestes seit Kriegsende 1945.

Inzwischen meldeten die Kolleginnen am Fenster, der
Demonstrationszug stocke, weil die Teilnehmer an der
Einmündung der Raiffeisenstraße in die Friedrichstraße
nicht wussten, wohin sie sich wenden sollten. Auf dem
Kugelmann-Platz hatte man in diesem Moment den
Lautsprecher erfolgreich angeschlossen. Nach einigen schril-
len Rückkopplungen begrüßte eine Frauenstimme die
Anwesenden. Der Demonstrationszug löste sich spontan auf
und wurde Teil der Kundgebung.

„Liebe Mitbürgerinnen und Mitbürger, liebe Wardenburger deutscher Herkunft", hallte die körperlose Stimme durch
die Friedrichstraße, dass Tassen im Regal über der
Kaffeemaschine vibrierten. Die Versammelten antworteten
mit Johlen und Pfeifen auf die Anrede der Vorsitzenden.

„Wir als besorgte Bürger haben den scheußlichen Mord
in dieser friedlichen Gemeinde zum Anlass genommen, uns
zu Wort zu melden und unser Anliegen an die Öffentlichkeit

zu bringen. Was ist in dieser Gemeinde geschehen? Eine junge Frau am Anfang ihres Lebens, blühend, hoffnungsvoll, voller Lebensfreude, starb durch die Hand ihres eigenen Bruders. Die Medien sprechen von Ehrenmord. Wir widersprechen energisch. Es geht nicht um Ehre. Es geht um Unterdrückung. Es geht um die Beschneidung von Freiheit. Dem wollen wir uns entgegenstellen und unseren Widerstand zu Gehör bringen!"

Pfiffe und Rufe ertönten. Für die Polizisten musste der Lärm in der schmalen Straße kaum zu ertragen sein.

„Wir fordern unser Recht! Wir fordern unser Recht, dass solche Verbrechen nicht in unserer Mitte geschehen. Wir verlangen von unseren Politikern, dass sie Gesetze zu unserem Schutz verabschieden. Wir verlangen von unseren Polizisten, dass sie uns tatkräftig verteidigen. Denn unser aller Leben ist gefährdet."

Wieder ertönten Pfiffe und Rufe, lauter als zuvor. Bei uns am Fenster meinte eine Kollegin, ihre Trommelfelle seien definitiv gefährdet. Wir anderen kicherten.

„Dieser Staat, diese Regierung, die vorgibt von uns gewählt worden zu sein", setze die Stimme erneut an.

„Ist sie doch", brummte Harry.

„Und die außerdem behauptet, unsere Interessen zu vertreten, diese Regierung hat in einem jahrzehntelangen Hätschelkurs zugelassen, dass sich mitten in unserer Mitte eine fremde und radikale Kultur ausbreiten konnte!" Der Geschäftsinhaber von gegenüber rieb seine Ohren.

„Mitten in unserer Mitte?" fragte ich Harry. Der zuckte mit den Schultern.

„Diese Regierung hat mit unseren Steuergeldern Fanatikern und unbelehrbar Rückständigen erst die Möglichkeit gegeben, ihr unwürdiges Tun zu planen und durchzuführen. Aus unserer Mitte, in unseren Schulen, in unseren Kindergärten drängen sie sich in den Vordergrund und verkünden ihre hasserfüllte Botschaft an uns und unsere Art zu leben! Ihre verschleierten Vertreterinnen schleimen sich ein in das Mitleid und in die Verwaltung unseres Landes. Das wahre Gesicht des Hasses lacht hämisch unter jeder Burka auf unseren Spielplätzen und Marktplätzen, wo sie uns als schwarze Masse zu überfluten gedenken, wo sie angeblich für Freiheit kämpfen und doch nur die Abschaltung der Atomkraftwerke meinen, damit wir unsere Seele für ihr Öl verkaufen. Aber", und erwartungsvolle Ruhe lag über der Friedrichstraße, „weder Islamisten noch linke Agitatoren dürfen unsere Freiheitsrechte antasten. Wir haben ein Recht auf Schulen ohne verschleierte Frauen!" Es dauerte eine Weile, bis der Jubel verhallte.

„Wir haben ein Recht zu entscheiden, woher wir unseren Strom beziehen! Wir haben ein Recht auf unsere Atomkraftwerke, die wir dem überlegenen Wissen unserer deutschen Ingenieure verdanken und die preiswerten Strom für alle, für alle, sage ich, produzieren." Die Reaktion der Masse klang uneinig, aber durchaus positiv.

„Und darum müssen wir uns wehren. Wir müssen diesen Mord zum Anlass nehmen, umzudenken und zu handeln. Wer hat es zugelassen, dass diese Sozialschmarotzer sich in unseren Nachbarschaften eingenistet haben, dass sie mit dem Gestank ihrer mit unseren Steuergeldern vollgestopften Kochtöpfen unsere Atemluft verpesten, dass sie mitten unter uns ihre platte und argumentenlose Sprache sprechen dürfen? Wer hat es zugelassen, dass sie auf unseren Schulhöfen den Lehrern hämisch ins Gesicht lachen und ihnen auf dieser geistlosen Sprache spotten und ihre bekopftuchten Agentinnen sich in jede Elternversammlung und jeden Supermarkt eingeschlichen haben? Diese Verantwortlichen ziehen sich von ihrer Verantwortung zurück. Wir müssen handeln. Jetzt. Heute noch. Wir müssen uns wehren gegen die Laus in unserem Pelz. Wir müssen die Schmarotzer ausmerzen. Bedenken wir ..." Die Stimme wartete, bis der Tumult sich gelegt hatte.

„Bedenken wir, nach welchen Menschen dieser Platz benannt ist. Er ist eine Gedenkstelle für Menschen, die wegen ihres Glaubens ermordet wurden. Das christlich-jüdische

Europa muss aufstehen und an diesem geheiligten Ort
schwören: Wir lassen uns unsere Art zu leben nicht nehmen!
Von niemandem! Wer sich nicht anpasst, stirbt aus, das ist
eine Lehre der Natur. Halten wir es ebenso. Werfen wir den
ersten Stein! Wer sich nicht integriert, muss gehen.
Verschwindet aus Deutschland!"

Wir sahen nicht genau, was auf dem Kugelmann-Platz
vor sich ging, aber wir bemerkten die Anspannung unter den
Polizisten an der Absperrung. Der Geschäftsinhaber von
gegenüber wurde grob in seinen Laden geschoben. Die
Friedrichstraße herauf klang der Lärm einer Menschenmasse
in Uneinigkeit. Plötzlich hörte ich Leute rennen, während die
Polizisten zum Kugelmann-Platz vorrückten. Es klirrte
mehrmals, einmal bei uns unten im Gebäude und einmal
beim Friseur gegenüber, wo ein Stein durch die
Schaufensterscheibe geflogen war.

„Weg vom Fenster!" schrie Harry.

Die Kolleginnen wichen etwas zurück, gerade so weit,
dass sie noch sehen konnten, was vor dem Haus vor sich
ging. Wäre auch ein Stein durch das Fenster der Teeküche
geflogen, hätten die Scherben jede von ihnen getroffen.
Während Harry deshalb Vorhaltungen machte, hörte ich, wie
jemand aus dem Treppenhaus in den Flur von „Crea. Heim
und Pflege" kam. Ernst Loga erschien im Türrahmen. Als
Leiter des mobilen Pflegedienstes war sein Büro im Erdgeschoss untergebracht, von wo er ein Auge auf das Kommen
und Gehen der Pflegerinnen und die Vorgänge im
Kundenzentrum hatte. Wie seine Pflegekräfte trug Ernst
Loga die Uniform von „Crea. Heim und Pflege" und er war
mit Sicherheit der denkbar beste Werbeträger. Der Streifen
Blut auf dem rechten Ärmel gehörte allerdings nicht dazu.

„Ernst!" riefen die anwesenden Frauen. Er sah uns an,
besonders mich in meiner nach wie vor erhöhten Position.

„Ihr steht hier oben und schaut in aller Ruhe aus dem
Fenster", konstatierte er in dramatisch erhobener Stimmlage.
Frau von Geldern, die offenbar allein am Fenster ihres Büros

die Vorgänge auf der Straße verfolgt hatte, wurde hinter ihm sichtbar.

„Herr Loga. Wessen Blut ist das? Doch nicht Ihres?" Ernst wandte sich graziös zu ihr um, dabei streckte er den rechten Arm nach vorne, so dass Länge und Breite des Blutstreifens für alle sichtbar wurden.

„Nein. Glücklicherweise nicht. Ein Stein hat die Scheibe des Kundenzentrums durchschlagen. Frau Oldieks wurde von einer Scherbe verletzt." Alle raunten ihre Bestürzung.

„Schlimm?" erkundigte sich Frau von Geldern bleich. Ernst Loga schüttelte sein Haupt. Er sah exakt so aus, wie man sich einen Fernsehdoktor wünschte, als er beruhigend die Hand unter dem blutigen Ärmel auf ihre Schulter legte.

„Seien Sie unbesorgt, Frau von Geldern. Es ist nur ein Kratzer. Ich habe den Schnitt bereits versorgt."

Nun redeten alle durcheinander. Ich kletterte unterdessen von meinem Stuhl. Nach Ernsts Schilderung hatte Frau Oldieks im Kundenzentrum, das von der Friedrichstraße nur durch die Schaufensterscheibe getrennt wurde, gerade einen Papierstau im Faxgerät beseitigt, als diese Scheibe zerbarst. Hätte sie an ihrem Schreibtisch gesessen oder, was sie mit Sicherheit Sekunden vorher noch getan hatte, neugierig am Fenster gestanden, wären ihr Stein und Scherben ins Gesicht geflogen.

Währenddessen waren die Vorgänge auf der Straße aus dem Ruder gelaufen. Per Lautsprecher wurden die Demonstranten polizeilich aufgefordert, Friedrichstraße und Kugelmann-Platz zu räumen. Von der Oldenburger Straße hörte man ein Martinshorn. Es gingen noch mehrere Scheiben zu Bruch, ehe die Polizei die Ausschreitungen unter Kontrolle hatte. Eine halbe Stunde später, als Harry und ich schon wieder in unserem Büro saßen und Frau Oldieks Verletzung als Versicherungsfall besprachen, brachte das Radio einen ersten Bericht von den Ereignissen in Wardenburg.

„Da gehen Leute nach Hamburg oder Berlin", kommentierte Harry. „Gewaltbereite Demonstranten haben wir auch in Wardenburg."

Bundesweit wurde von den Ausschreitungen im Anschluss an die Beisetzung des Opfers des Wardenburger Ehrenmordes berichtet. Bekannte von mir aus dem ganzen Land mailten oder schickten SMS. Meine Mutter meldete sich auf dem Handy von der Nordseeküste, an die mein Vater sie zur Feier des Tages gebracht hatte. Dietmar rief an und wollte wissen, wie es mir ging. Heidi, nachdem sie sich vergewissert hatte, dass Haus und Wohnung intakt waren, kam auf dem Rückweg zu ihrem Personaldienstleister an der Oldenburger Straße bei mir vorbei.

„Eure Fensterscheibe ist nicht als einzige kaputt. Die Apotheke, den Friseur, und den Verbrauchermarkt hat es auch getroffen, außerdem eine Wohnung bei mir im Haus und den Döner-Imbiss. Den Döner-Imbiss haben sie außerdem geplündert, wie es aussieht."

„Den Döner-Imbiss?" entfuhr es Harry. „Wo soll ich in der Pause essen?"

„Hol dir was beim Bäcker. Die Polizisten haben den aber fast leer gekauft", gab Heidi zurück, die bei aller Sorge um ihre Wohnung natürlich daran gedacht hatte, eine kleine Tüte vom Bäcker mitzunehmen. Da meldete sich das mütterliche Gen der Umsicht. Ich berichtete von unserer Frau Oldieks.

„Gibt es noch andere Verletzte?" wollte Harry wissen. Heidi hatte von einer Kundin des Friseurs gehört, wusste aber nichts Genaues. Später sprach man in den Medien einhellig von vier Verletzten, darunter einem Polizisten.

*

Die Ereignisse um die Beisetzung von Nilüfer Tolka wurden deutschlandweit in den Medien analysiert. Es handelte sich um die schwersten Ausschreitungen dieser Art, die es bislang in Deutschland im Anschluss an eine Beisetzung gegeben hatte. Im Rathaus sah man sich gezwungen, bekannt zu geben, dass die Urheber nicht aus Wardenburg stammten. Genaueres wurde nicht mitgeteilt, aber es sickerte durch, dass der dubiose Bürgerverein seinen Hauptsitz gar nicht in Wardenburg hatte, sondern in Celle.

Eine Frau Herta Stelljeeilers trat als Vorsitzende in einem Privatsender vor die Kamera und wiederholte dort die Kernthesen ihrer Rede auf dem Kugelmann-Platz. In dem Interview war sie nur bereit zuzugeben, sie sei aus Celle, habe aber Verbindungen zu Wardenburg und halte es nach wie vor für ihre Pflicht, gegen unsaubere Machenschaften dort vorzugehen. Wohl informierte Wardenburger verbanden sie in den folgenden Tagen mit einer Herta Wratzek, die vor dreißig Jahren einmal kurz in der Wardenburger Ortschaft Südmoslesfehn gelebt haben sollte. Ob sich jemals klärte, wer sie war, erfuhr ich nie, ebenso wenig ob sie für das Aufstacheln der Kundgebungsteilnehmer zur Verantwortung gezogen wurde.

Harry vertrat die Ansicht, was sie gesagt habe, sei Volksverhetzung gewesen. Er erklärte jedem in der Teeküche, Frau Stelljeeilers habe nicht als erste derartige Aussagen ungeschoren machen dürfen. Schließlich forderte Frau von Geldern ihn auf, politische Diskussionen in seiner Freizeit zu führen. Daran hielt er sich, murmelte aber etwas über rechte Gesinnung.

*

Meine Mutter hatte sich am Abend von Nilüfers Beisetzung Sorgen gemacht, ob ihre Geburtstagsfete wie geplant würde stattfinden können. Doch an den folgenden Tagen ereignete sich nichts, was eine Verschiebung notwendig gemacht hätte. Mein Vater stellte mit seiner Auszubildenden ein beeindruckendes warmes Buffet her, selbstverständlich aus von ihm bezahlten Lebensmitteln. Dieses Buffet brachte Andy Vosgerau zum Dorfgemeinschaftshaus in Hohenfelde, das Heidi im Namen unseres Vaters für die Fete gemietet hatte. Auf diese Weise blieb das Haus meiner Eltern von Gästen unbehelligt, und Andy hatte sich bereits mit seiner

Frau Kirsten und seinem Kollegen Gert Tamminga freiwillig für das Putzen am nächsten Vormittag gemeldet. Dass Heidi und ich mitputzen würden, stand von vorneherein fest, ebenso dass wir beide und Andrej die einzigen Personen unterhalb der Dreißig wären. Bis zum nächstjüngsten Gast klaffte eine Lücke von über einem Jahrzehnt.

Außer mir kam nur der Sohn der aktiven Großeltern Braasch alleine. Der war achtunddreißig, unverheiratet, und Elke Braasch sollte vertraulich zu meiner Mutter gesagt haben, wenn er wenigstens schwul wäre, würde sie sich weniger Sorgen machen. Ich kannte Malte Braasch, so wie man als Kind jemanden kennt, der im Nachbarhaus wohnt, aber viele Jahre älter ist. Meines Wissens hatten wir nie mehr als fünf Worte in Folge gewechselt. Malte hatte Optiker gelernt, als ich zur Grundschule ging, war bei der Bundeswehr, während ich die Orientierungsstufe besucht hatte und mit Volkan in eine Klasse gegangen war, und war anschließend aus dem stillen Tal ausgezogen. Jetzt lebte er im Oldenburger Stadtteil Bloherfelde in einer Eigentumswohnung, arbeitete bei einem Optiker in der Innenstadt und war Vorsitzender eines Puzzlevereins. Meine Mutter hatte ihn vermutlich aus Mitleid, weniger mit ihm als mit seinen Eltern, eingeladen. Trotz bester Vorsätze bereitete es ihr Mühe, die Gesichtszüge zu kontrollieren, als Malte ihr ein selbsthergestelltes Puzzle vom Wardenburger Glockenturm, dem Wahrzeichen der Gemeinde, überreichte.

„Danke, Malte. Das wäre nicht nötig gewesen", brachte sie ein wenig heiser hervor. Malte rückte seine Brille zurecht.

„Das war keine Mühe für mich. Lediglich die Auswahl des Motivs hat mich vor eine Herausforderung gestellt. Es sollte etwas Lokales sein, da kam nur der Glockenturm in Frage. Aber welche Aufnahme eignete sich am besten? Du wirst sehen, Tante Kati, dass ein Schwarm Kohlmeisen an den Fugen über dem Torbogen sitzt. Ich finde, die Vögel geben dem Turm eine besondere Note." Meine Mutter nickte.

„Ich bin sehr gespannt", murmelte sie. Malte nickte seinerseits und zog von dannen.

„Glücklicherweise kommt er nie zu uns", flüsterte mir meine Mutter zu, als sie den Karton mit dem Puzzle zu den anderen Geschenken stellte.

„Aber seine Eltern sind oft bei euch", gab ich zu bedenken. „Vielleicht fragt er sie, ob du das Puzzle aufgehängt hast."

„Wenn Elke fragt, sage ich ihr, das Puzzle hängt im Schlafzimmer", gab meine Mutter zurück. Ich nickte. Es war unwahrscheinlich, dass die Braaschs durch eine Besichtigung kontrollieren wollten, wo das Geschenk ihres Sohnes untergebracht worden war.

Gert Tamminga, Polizist mit dem gemessensten Schritt Wardenburgs, spielte DJ und versorgte die Gäste mit Musik ihrer Jugend. Zur Feier des Tages trug er ein an der Brust offenes Hemd aus einem mit Silber-Lamé durchwirkten Stoff. Heidi hatte bei seinem Eintreffen so sehr kichern müssen, dass Andrej sie vorsichtshalber in die Teeküche manövriert hatte. Seitdem waren die beiden nicht mehr aufgetaucht. Ich drehte meine Runde als Tochter der Gastgeberin und plauderte mit den Gästen. Alle kannte ich fast mein gesamtes Leben, da gab es viele Anknüpfungspunkte für Small Talk. Dass Dietmar in dem großen Haus bei Oberlethe schmollte, störte mich nicht. Ohne ihn fühlte ich mich wohler. Ich entschuldigte mich damit, dass er nicht zu den Gästen gepasst hätte. Inwiefern er sich weniger hätte einfügen können als Andrej, der inzwischen aus der Teeküche aufgetaucht war, um Getränke auszuschenken, wusste ich nicht zu sagen. Es blieb nur eine unbestimmte Gewissheit und meine Erleichterung über eine Nacht ohne Dietmar in meinem früheren Zimmer. Dass dies nach nur zwei Wochen nicht das richtige Gefühl sein sollte, war mir bewusst.

Nachdem ich meinen Anteil der Gastgeberpflichten erfüllt hatte, suchte ich meinen hochbeladenen Teller balancierend einen Sitzplatz.

„Christa!" Andy Vosgerau winkte mich zu ihm und Kirsten an einen Tisch. Ich stellte Teller und Glas ab und ließ mich auf den dargebotenen Stuhl fallen.

„Tolle Musik. Gert sollte das professionell machen", bemerkte Andy.

Wenn er nicht seine Polizeiuniform trug, bevorzugte er die robusten Kleidungsstücke aus dem Sortiment des Raiffeisenmarktes. Allerdings favorisierte er auch privat Nachtblau. Für meine Mutter trug er an diesem Abend jedoch ein dunkelrotes Hemd mit ockergelber Krawatte. Kirsten, die wegen ihrer Schichten als Krankenschwester in Oldenburg selten mit ihm gemeinsam unterwegs war, hielt ihn fest im Blick.

„Ich hab gehört, du hast dir einen neuen Freund zugelegt", begann Andy seine freundschaftliche Befragung. „Ist er hier?"

„Nö", entgegnete ich. „Der muss nicht überall mit hin."

„Richtig so. Und wie geht es deiner Vermieterin?" Ich musste zugeben, dass ich schon länger nichts mehr von der gehört hatte.

„Hast du etwas von der Kundgebung am Mittwoch mitbekommen?" fragte Kirsten unnötigerweise. Die Frage anders zu stellen, wäre jedoch schwierig gewesen.

„Im Kundenzentrum wurde eine Scheibe eingeworfen. Die Kollegin war glücklicherweise nicht an ihrem Schreibtisch, sonst wäre sie schwer verletzt worden. So hat sie nur einen Schnitt an der Hand."

„Du meine Güte", entgegnete Kirsten. Sie schien sich immer zu wundern, was außerhalb der Klinikmauern passierte und Leute zu ihr in die Notaufnahme führte.

„Jörn sagt, du bist mit diesem Tolka zur Schule gegangen?" bemerkte Andy ein wenig zu beiläufig, wie auch Kirsten merkte. Sie runzelte die Stirn. Ich zuckte mit der Schulter, in deren Verlängerung ich keine Gabel zum Mund steuerte.

„Nur die sechste Klasse an der Orientierungsstufe. Aber er hat keinen bleibenden Eindruck hinterlassen." Andy nickte.

„Uns war die Familie nicht bekannt. Die sind nie wegen irgendetwas aufgefallen. Ruhige Mitbürger, wie wir sie uns wünschen." Mit uns meinte er selbstverständlich die Polizei, mit der seine Persönlichkeit gelegentlich zu verschmelzen schien.

„Ist es denn wahr, dass der Vater freigelassen worden ist?" Sofort bereute ich meine Frage. Andy verzog das Gesicht, als verspürte er ein plötzliches Stechen im Oberkiefer.

„Das ist so."

„Warum?" setzte ich hinterher, wenn ich ihn schon einmal zu einer Aussage hatte bewegen können.

„Das weiß ich nicht. Vermutlich kann man dem Vater nicht nachweisen, dass er etwas mit dem Mord an seiner Tochter zu tun hat. Genauso wenig wie mit dieser Geschichte mit der Zwangsheirat, vor der die jüngere Tochter gerettet werden sollte." Ich sah ihn an.

„Wieso nennst du das eine Geschichte? Sollte sie denn nicht heiraten?" fragte ich. Andy schüttelte den Kopf.

„Deine alte Lehrerin, wie heißt die noch mal?"

„Frau Schuhmann-Schulz?" schlug ich ahnungsvoll vor. Andy nickte.

„Rosa Fleecejacke und blaue Haare? Ja, die. Irgendwie kam sie mir bekannt vor. Also, diese Frau Schuhmann-Schulz ist am Freitag vor drei Wochen bei uns in der Wache aufgelaufen und berichtete von einer ihrer Schülerinnen, die in Bremen zwangsverheiratet werden sollte. Man ist in solchen Fällen gehalten, schnell zu handeln. Wir haben die Informationen an die Bremer Kollegen weitergegeben und auch das Jugendamt eingeschaltet."

„Und?" fragte ich, denn das war offensichtlich alles gewesen, was man in Wardenburg unternommen hatte. Andy trank einen Schluck Bier. Kirsten neben ihm hatte ein Alkoholfreies vor sich.

„Ich weiß alles Weitere nur, wie es mir erzählt wurde. Die Bremer Kollegen sind also zu dem Haus gefahren, das deine Frau Schuhmann-Schulz genannt hat. Und da war eine riesige Hochzeitsgesellschaft, wie das bei denen üblich ist. Und da waren in einem Zimmer ein paar Mädchen, die geheult haben. Heißt es. Kann man aber nicht als Indiz nehmen. Ihr Mädels habt ja alle ein wenig nah am Wasser gebaut." Kirsten und ich schnaubten ihn von zwei Seiten an. Er tat so, als müsse er sich das Gesicht abwischen.

„Anwesende ausgenommen, natürlich. Also, eins von den Mädchen war im Brautkleid und ein anderes war Frau Schuhmann-Schulzes Schülerin. Die Kollegen haben gefragt, ob alles mit rechten Dingen zuging. Da sind die Männer laut geworden und haben gesagt, natürlich, was sonst? Es hat dann eine Rangelei gegeben. Nicht doll, aber ein paar der Männer sind verhaftet worden. Und die Schülerin von Frau Schuhmann-Schulz hat das Jugendamt mitgenommen."

„Ja, das ist doch genau das, was in der Zeitung stand", protestierte ich, denn seine Andeutungen hatten mich Anderes erwarten lassen. Andy tätschelte meinen Arm.

„Du bist doch ein schlaues Mädchen, Christa. Ja, genau so hat es in der Zeitung gestanden. Hör erst mal weiter. Also, das Mädchen im Brautkleid war volljährig und ist gleich mit einer Anwältin angekommen. Die sagt, dieses Mädchen wollte freiwillig heiraten und die Schülerin von Frau Schuhmann-Schulz wäre nur Gast gewesen. Tatsächlich hat sich auch kein potentieller zweiter Bräutigam gefunden. Der Bräutigam selbst, der eine, den sie da gefunden hatten, hat geschworen, er wollte das Mädel im Brautkleid heiraten. Nur das, ausschließlich. Das Wardenburger Mädel hat nichts anderes gesagt. Da sind die Männer wieder frei gelassen worden. Die Anwältin hat Theater gemacht wegen der gesprengten Hochzeit." Ich überlegte.

„Ich habe Volkan am Dienstag danach gesehen. Da hatte er einen Bluterguss im Gesicht." Andy verdrehte die Augen.

„Jetzt mach nicht so ein vorwurfsvolles Gesicht, Christa. Im Gegensatz zu dir habe ich den Kerl nie im Leben gesehen. Vielleicht ist er gegen eine Tür gelaufen. Türen gibt es viele, und manchmal sind sie geschlossen, wenn sie offen stehen sollten. Oder umgekehrt. Du weißt schon."

Dazu sagte ich nichts. Ich hatte das Bild meiner ehemaligen Klassenlehrerin in ihrer puderrosa Fleecejacke vor Augen, wie sie mit wehender fasanenblauer Strähne von ihrem beherzten Eingreifen berichtete. Anscheinend konnte Andy Gedanken lesen.

„Mach der Frau keinen Vorwurf, Christa. Sie hat einen Verdacht gemeldet, so wie ein verantwortungsvoller Bürger es tun sollte." Aber das meinte ich nicht, wenn ich mit gerunzelter Stirn den Kopf schüttelte.

„Ist denn Buket Tolka wieder bei ihren Eltern?"

„Wer?" fragte Andy.

„Na, Frau Schuhmann-Schulzes Schülerin wahrscheinlich", warf Kirsten ein. Er zögerte, schüttelte den Kopf.

„Ich glaube nicht. Sie sollte zurückgebracht werden. Aber als dann der Bruder ihre Schwester umgebracht hat, hat das Jugendamt sie in Obhut behalten. Wahrscheinlich ist sie da immer noch, angesichts der Umstände." Kirsten seufzte.

„Das ist alles so schrecklich. Auch wenn man sieht, wie sich das ganze Leben im Ort verändert hat. Und diese Ausschreitungen. Wie im Hamburger Schanzenviertel." Andy schüttelte den Kopf.

„Na, so schlimm glücklicherweise nicht, Kirsten. Am Mittwoch ist das Pflaster am Kugelmann-Platz unten geblieben. Aber es stimmt schon, dass sich etwas verändert hat. Gestern hat ein Schüler eine Flasche Reinigungsbenzin im Drogeriemarkt geklaut, sie im Döner-Imbiss ein paar Häuser weiter ausgegossen und ein Streichholz reingeworfen." Kirsten und ich holten tief Luft.

„Was?" Andy seufzte.

„Das Streichholz war aus, ehe es in das Benzin gefallen ist, und der kleine Möchtegern-Brandstifter war schon aus der Tür und hat es nicht gemerkt. Aber es hätte schlimm ausgehen können. Wir haben den Kleinen am Markt aufgegriffen. Wisst ihr, wie alt der war? Dreizehn."

Wir ließen diese Information auf uns wirken, während Gert auf der Tanzfläche einheizte. Die Tänzer verstanden die Texte kaum besser als vor einem Vierteljahrhundert, was ihrer Hingabe keinen Abbruch tat. Andy klopfte im Takt auf sein Glas.

„Weißt du etwas über die Ermittlungen in Nilüfers Fall?" fragte ich ihn. Er musterte mich.

„Spielst du etwa wieder Detektivin?"

„Nein!" Ich war beleidigt, denn so etwas machte ich nicht mehr, jedenfalls nicht mehr ernsthaft. Er wartete meine Antwort nicht ab.

„Ich weiß, ihr wart Klassenkameraden, Christa. Aber ich bin bei der Schutzpolizei, wie die Leute nach wie vor sagen. Wir haben nichts mit den Ermittlungen zu tun. Alles, was ich durch eine ehemalige Kollegin, die jetzt in Oldenburg arbeitet, weiß, ist, dass das Mädel vom Handy des Bruders eine SMS bekommen hat. Es sollte zu dieser Autobahnunterführung kommen. Weshalb sie dahingefahren ist, ohne auch nur zurückzufragen, was das soll, verstehe ich, ausschließlich als Privatperson natürlich, nicht. Aber sie ist statt nach Oldenburg zur Berufsschule zu fahren zur Autobahnunterführung an den Ruten geradelt, hat ihr Fahrrad da abgestellt und anscheinend eine ganze Weile gewartet. Es wurden Zigarettenkippen von ihr gefunden. Er scheint über den Deich gekommen zu sein, hat sie mit dem Messer aus Jörns Küche erstochen und ist wieder über den Deich weg. Das war am Mittwoch vor zwei Wochen. Es hat die ganze Zeit geregnet, und die Spuren sind kaum zu gebrauchen. Du weißt ja, da ist alles Sand und der Weg steht sowieso die halbe Zeit unter Wasser. Und den Deich kannst du vergessen. Wie ein Schwamm. Das Messer stammt aber eindeutig aus Jörns Küche, und Jörn hatte den Tolka die ganze Zeit schon in Verdacht, das Ding geklaut zu haben. Ja, und der Tolka schweigt stur. Der hilft sich nicht."

„Aber das Blut spritzt doch, wenn man auf jemanden ein-
sticht", wandte Kirsten ein. Andy zuckte mit den Schultern.

„Möglich. Über Blut und so hat die Kollegin nicht
gesprochen. Es wird noch überprüft, ob die Bremer
Verwandten sauer sind, dass wegen den Wardenburger
Tolkas die Hochzeit geplatzt ist. Ist ja auch ärgerlich. Und
wahrscheinlich teuer. Und der gute Ruf ist hin. Da könnten
die Bremer Tolkas auf die Idee gekommen sein, dass sie es
den Tolkas bei uns zeigen. Die Kollegen in Bremen kümmern sich um die Tolkas dort."

„Und was ist mit der Geschichte aus der Zeitung, dass sie
einen Verehrer abgewiesen haben soll? Hat man den befragt?
Oder gab es den gar nicht?" Andy sah mich an, als wäre ich
ein hoffnungsloser Fall, den man schleunigst aus dem Verkehr ziehen sollte.

„Och, Lütte, was soll das? Ja. Das war nur ein Gerücht.
Bestimmt hat so ein nettes Mädchen Verehrer gehabt. Mit
einem soll sie im Frühjahr mehrfach gesehen worden sein.
Die Eltern bestreiten das allerdings und, wie gesagt, der Bruder macht den Mund nicht auf. Aber das ist sozusagen inter-
ner Klatsch, Christa. Und denk bitte daran: Es soll nicht an
die Öffentlichkeit. Klaro?"

„Klaro", gab ich zurück.

„Na, dann komm, Kirsten." Andy zog seine Frau auf die
Tanzfläche, wo er sich erstaunlich geschmeidig bewegte, als
ob er immer noch in Discos führe.

Ich sah den beiden zu, während ich meinen Salat aufaß.
Zumindest hatte Frau Schuhmann-Schulz Buket Tolka davor
bewahrt, ebenfalls von ihrem Bruder niedergemetzelt zu
werden. Vielleicht waren die Ereignisse am vorhergehenden
Wochenende in Bremen zusammen mit der drohenden
Kündigung zu viel für Volkan gewesen. Womöglich war er
einfach durchgedreht, erweiterter Selbstmordversuch vielmehr als Ehrenmord. Oder es wären doch die brüskierten
Bremer Verwandten gewesen. In dem Fall bliebe allerdings
die Frage, wieso ein Anruf von Volkans Handy Nilüfer zu

dieser abgelegenen Autobahnunterführung gelockt hätte. Selbst die vertrauensvollste Schwester der Welt wäre nur im Notfall bei strömendem Regen mit dem Fahrrad an einen Ort gefahren, zu dem man nur über einen unbefestigten Feldweg oder den grasbewachsenen Deich kam, und das einzig auf eine SMS hin. Heidi hätte ich so nicht treffen wollen und auch sonst keine Person. Sicher hatte Nilüfer geglaubt, es gäbe einen guten Grund für so ein heimliches Treffen mit Volkan, nur dass ich mir so einen Grund nicht vorstellen konnte. Und dann fiel mir der Mann auf der Rückbank ein. Am Tag meiner einzigen Begegnung mit Nilüfer hatte ich seinen ausrasierten Nacken und die hoch gegelten Haare durch die Heckscheibe von Nilüfers Auto gesehen. Als ich vor Malte Braasch auf die Tanzfläche flüchtete, rief ich mir jedoch in Erinnerung, dass ich nicht jeden, der zufällig meinen Weg kreuzte, verdächtigen dürfe.

*

Am Sonntagvormittag nahm ich wie versprochen an der Reinigungsparty teil. Um elf Uhr gab es dann einen Reste-Brunch im Haus meiner Eltern. Ich blieb so lange, bis Dietmar mit Sicherheit seinen Spätdienst am Hoteltresen angetreten hatte, um anschließend ohne Voranmeldung nach Sandkrug zum Tagungshaus der Muh zu fahren.

Als ersten traf ich Edu, der in Gleichmut die Brombeerhecke an der Grenze zum Staatsforst beschnitt. Zwar trug er Arbeitshandschuhe, von den Handgelenken bis zu den Ellenbogen waren seine Arme dennoch zerkratzt. Ich überlegte, ob das eine Strafaktion oder eine Übung in Disziplin sein sollte, begrüßte ihn aber mit der Feststellung, dass er noch in Sandkrug sei. Er zog eine abgeschnittene Ranke aus der Hecke, ehe er sich langsam zu mir umdrehte.

„Das bin ich, Christa Hemmen." Auf seinem Gesicht lag diese spezielle Ausdruckslosigkeit der Muh, die nicht von Apathie, sondern von fehlendem Ausdruck für die Gedanken und Gefühle, die existieren mussten, herrührte. Angesichts solchen nicht-Ausdrucks zog ich es vor, keine Unterhaltung zu beginnen.

„Das ist schön. Ist Bea wieder da? Ich möchte sie sehen." Er zögerte.

„Sie ist aus Nideggen zurück", bestätigte er dann langsam, ohne am Satzende die Stimme zu senken. Einen Moment wartete ich, ob er weitersprechen würde. Dies tat er nicht, behielt den Mund aber leicht geöffnet, als wartete auch sein Mund auf die ausbleibenden Worte. Schließlich klappte er die Lippen fest aufeinander. Wahrscheinlich wäre es das Beste, alles Weitere mit Bea zu besprechen.

Ich winkte Edu zu und ging zur Vordertür. An der Rezeption saß eine junge Muh, die mich mit der ausgesuchten Höflichkeit von Muh ohne Kontakt zur Welt begrüßte.

„Hallo, Inna Muh. Ich möchte zu Bea."

„Christa Hemmen hat Glück. Bea Muh ist in ihrem Büro."

„Danke." Ich lief den gewohnten Weg in den ersten Stock, wo Beas Büro lag.

Ihr Büro war der Ort, an dem sie mich üblicherweise empfing. Privaten Raum beanspruchten Muh nicht. Mir hätte ein Leben in so einer Klassenfahrtatmosphäre nicht gefallen, aber Muh kannten von klein auf nur diese Lebensweise. Vielleicht weil Muh sich als Gruppe ohne Einzelpersonen darstellten, hatte ich mir in dem Jahr meiner Bekanntschaft mit dem Sandkruger Zentrum nicht die Frage gestellt, ob dort bereits Fürsorgegemeinschaften existierten. Es war anzunehmen, dass sie sich anders gaben, als Paare in der Welt. Womöglich benötigte man einen geübteren Blick als meinen, um zu erkennen, wer bei Tisch nebeneinander saß, weil ein Gespräch fortgesetzt werden sollte, und wer auf diese Weise Solidarität praktizierte.

Allein vor dem Computer saß Bea. Ich klopfte an den Türrahmen. Sie zuckte heftig zusammen und rutschte mit dem Ellenbogen über die Schreibtischkante ab.

„Tut mir leid!" rief ich, als sie ihren Ellenbogen reibend zu mir kam.

„Christa Hemmen, du brauchst dich nicht zu entschuldigen. Ich war in Gedanken und abwesend, obwohl ich mich auf das Jetzt konzentrieren sollte." Sie reckte sich zu einer Umarmung. „Aber manchmal glaubt man, das Jetzt ist zu viel und zu dauerhaft."

„So kann es einem gehen", stimmte ich ihr zu, dabei musterte ich sie.

Ihre Haare waren bis zur Breite eines Daumens gewachsen und bedeckten den Schädel wie ein bräunliches Fell. Die Tiefe der Falten an Augen und Nase sprachen vom Ausmaß des Zuviel.

„Bist du krank?" fragte ich sie. Bea machte sich nicht die Mühe, überrascht dreinzusehen.

„Nur müde. Aber darüber darf ich jetzt nicht nachdenken."

„Wieso nicht?" wollte ich wissen. Sie lehnte in der Teeküche neben dem Wasserkocher, der nur langsam anfing zu rauschen.

„Weil ich dann anfangen würde, an meiner Kompetenz zu zweifeln." Ich fragte lieber nicht weiter. Unerwartet lieferte Bea einen eigenen Gesprächsbeitrag.

„Ich habe die Ausschreitungen in Wardenburg im Fernsehen gesehen."

„Du siehst fern?" Ich war verblüfft, aber Bea schüttelte den Kopf.

„Ich wurde aufgefordert, eine Aufzeichnung anzusehen und dazu Stellung zu nehmen." Meine Verblüffung nahm zu.

„Wer hat dich dazu aufgefordert? Und wozu?" Bea warf mir einen geduldigen Blick zu.

„Der Kodexmeister. Ich sollte ihm sagen, ob meiner Ansicht nach die Sicherheit dieses Zentrums gefährdet ist. Ich sagte, dass ich das nicht glaubte." Mir kam ein Gedanke, der mir äußerst unangenehm war.

„Wissen die anderen Muh hier von den Ausschreitungen in Wardenburg?" Bea goss den Tee auf.

„Ja. Es lässt sich beim besten Willen nicht vermeiden, die Schlagzeilen zu lesen, wenn man Zeitungen für die Seminarteilnehmer auf den Tischen verteilt. Außerdem erhält in meiner Abwesenheit immer ein Muh Erlaubnis, auf bestimmte Seiten im Internet zuzugreifen. Dieses Mal war es Inna Muh. Dieser Zwischenfall hat sie sehr beunruhigt, sagt sie, und ich kann sie gut verstehen. Sie stammt aus einem Zentrum bei Raeren, wo lange keine Kommunikationsmedien geduldet wurden. Die heutige Führung gestattet so etwas nicht mehr. Muh sind keine Gefangenen. Sie sind frei in ihren Entscheidungen, die sie bescheiden, selbstlos und rücksichtsvoll treffen. Oh, Christa!"

Bea ließ sich auf einen Stuhl fallen und vergrub das Gesicht in den Händen. Bestürzt kniete ich neben ihr und strich ihr über den Rücken.

„Was ist los?" fragte ich bemüht ruhig, denn Bea so zu sehen, war beunruhigend für mich. Sie war ansonsten so vorbildlich gefasst, dass ich die Frau hinter der bescheidenen Fassade völlig verdrängt hatte. Beim Klang entfernter Stimmen richtete Bea sich auf. Mit den Zeigefingern wischte sie sich unter den Augen, ehe sie das Teenetz aus der Kanne hob und über dem Spülbecken ausdrückte. Ihre Nasenspitze zuckte.

„Spinnst du?" entfuhr es mir. „Du verbrühst dich." Zu meiner Überraschung war ihre Handfläche kaum gerötet, als sie sie mir hinhielt.

„Konzentration", sagte sie leise.

Ich trottete hinter ihr her in ihr Büro. Bea füllte zwei Tassen.

„Mir wurde eine Entscheidung aufgebürdet. Der Kodexmeister überlässt die Wahl allein mir. Folge ich den Argumenten, die ich ihm selbst vorgebracht habe, werden alle Kodexwächter der Muh verpflichtet, diese Argumente bei ihren Entscheidungen in Betracht zu ziehen. Folge ich den Argumenten nicht, bleibt alles beim Alten. Bis ein anderer

Muh die Problematik erneut aufwirft. Und ich kann mir vorstellen, dass es nicht lange dauern würde."

Natürlich sah ich nun ihr Dilemma, ohne wirklich zu verstehen, worum es ging. Bea war sehr geschickt darin, den Kern ihres Arguments nicht zu nennen und sich leichtfüßig um den heißen Brei zu bewegen. Aber an diesem Tag umhauchte sie Melodramatik, und das hatte ich bei ihr noch nie erlebt.

„Sag doch einfach, worum es geht", warf ich etwas gröber ein, als ich wollte. Bea nickte.

„Im August wurde ich beauftragt, einen Muh in ehelicher Führung anzunehmen. Dies geschah im Stil der alten Führung, und tatsächlich erging dieser Auftrag an mich aufgrund der Bitte eines Kodexmeisters, dessen Einstellung die der alten Führung ist. Du weißt, dass Muh nach Liste in die Ehe gegeben werden. Es gibt eine Männerliste und eine Frauenliste. Wer auf der einen Liste an erster Stelle steht, wird beauftragt, den ersten der anderen Liste in ehelicher Führung und Fürsorge anzunehmen. Der Listenplatz ergibt sich aus der Abwägung verschiedener Faktoren, welche im Einzelnen zu beschreiben, jetzt zu weit ginge." Bea machte eine Pause, als müsse sie überlegen, wie eine Selbstverständlichkeit ihrer Gemeinschaft einer Außenstehenden wie mir vermittelt werden könnte.

„Aber Leo sagt, er wird auch nicht auf einer Liste geführt", warf ich ein. Bea nickte langsam.

„Leo. Ja. Der würde jeden Muh in den Wahnsinn treiben, um es einmal in den Worten der Welt zu sagen."

„Aber wieso?" fragte ich.

Neben Bea war Leo mein bevorzugter Muh in Sandkrug. Er konnte reden und fand sogar die Pointen in Witzen. Aber genau diese Eigenschaften schienen sein Problem zu sein. Bea sah mich aufmerksam an, als wollte sie prüfen, wie weit meine Parteinahme für ihn ginge.

„Leo ist wie jemand aus der Welt. Ich könnte mir vorstellen, als Reaktion auf sein striktes Geburtszentrum. Bescheiden, ja, gehorsam auch, aber mit geringer Bereitschaft hinzunehmen. Nicht, dass er Vorgaben nicht akzeptieren würde. Nun, in einer ehelichen Fürsorgegemeinschaft hätte er die Verantwortung, mit dem anderen Muh Übereinkünfte zu treffen. Seine Methode würde aus Reden bestehen. Die meisten Muh nehmen hin und üben sich in Bescheidenheit."

„Moment", warf ich ein, denn ich glaubte, einen Widerspruch zu sehen. „Wie kann man hinnehmen, was niemand angeordnet hat? In einer Zweiergruppe können nicht beide einfach hinnehmen." Ich sah Bea herausfordernd an, aber sie lächelte nur.

„Muh können das." Ich stöhnte. Beas Lächeln wurde noch offener und umfassender.

„Du bist aus der Welt, Christa. Deshalb gelingt es dir nicht, diesen Weg der Lösungsfindung durch beidseitige Hinnahme nachzuvollziehen. Aber du sollst nicht mit einem Muh leben, und Leo wird nicht auf der Männer-Liste für die Zuweisung in eheliche Fürsorge geführt."

Ich nickte unter ihrem Blick, dessen Gewicht ich geradezu spüren konnte. Es war mir unangenehm, meine Person innerhalb eines Satzes mit Leo verbunden zu hören, obwohl das wahrscheinlich Zufall war. Bea sprach in einem ziemlich geschäftsmäßigen Ton weiter.

„Was nicht heißt, dass er niemals zugewiesen werden kann. Beispielsweise könnte er einer Kodexwächterin zugewiesen werden, wie das in solchen Fällen von der alten Führung gehandhabt wurde. Aber mittlerweile ist das unüblich."

„Bis auf Edu", warf ich schnell ein, um das Gespräch von Leo und mir abzulenken. Auf Beas Gesicht mischte sich die Geschäftsmäßigkeit mit etwas, das bei Menschen in der Welt an Verdruss erinnert hätte.

„Ja. Bis auf Edu. Der ist, wie du weißt, untergetaucht. Seine Familie, die zwar als Muh in der Welt lebt, aber die Wege der Welt nicht erkennt, weiß das nicht. Die Eltern haben weder Briefe von ihm erwartet noch Besuche, und sein Ausbleiben während des Studiums hat sie nicht verwundert. Edu hat gemerkt, dass er in der Welt nicht ohne die Gemeinschaft im Rücken leben kann. Er ist ein Muh. Aber er würde den Muh in sich zu überwinden versuchen, um in der Welt das zu leben, was er nach wie vor für Freiheit hält. Daran wird er scheitern."

„Woher willst du das wissen? Das ist doch nicht zwangsläufig so", widersprach ich, für die Freiheit ein Leben ohne erzwungene Bescheidenheit bedeutete.

„Ein Muh möchte bescheiden sein. Die Welt vernichtet die Bescheidenen. Ein Muh möchte in der Gemeinschaft arbeiten. Die Welt vernichtet Gemeinschaften, indem sie Zwietracht und Neid sät. Edu hat das alles hinter sich. Was glaubst du, weshalb er so viel arbeitet? Er arbeitet bis zur Erschöpfung, um sich selbst nicht zu spüren. So machen es Menschen in der Welt."

„Warum will er dich nicht heiraten?" fragte ich gereizt. Wenn Beas Problem mit dieser Verweigerung verbunden war, sollte sie es einfach sagen. Statt Empörung angesichts meines Tons glaubte ich, Erheiterung über die lange hinausgezögerte Frage zu lesen. Doch der Augenblick war schnell vorüber. Beas Mundwinkel senkten sich beredt.

„Er sagt, seine bescheidene Hinnahme reiche nicht aus, um mit einer Frau zu leben. Aber das ist kein Argument."

„Warum nicht?" wollte ich wissen, dabei überlegte ich, ob Edu schwul sein könnte.

Mit Muh Neigungen jeglicher Art zu verbinden, erschien eine unsinnige gedankliche Übung, waren sie doch so individuell wie Becher für Getränkeautomaten. Doch hinter Beas gleichmütiges Äußeres hatte ich gelegentlich geblickt und dort einen Menschen mit Gefühlen und Zweifeln gesehen. Die sprach unterdessen ein wenig ungeduldig weiter.

„Das habe ich dir doch schon erklärt. Eheliche Fürsorge hat mit gelebter Sexualität nur so weit etwas zu tun, wie die Muh in bescheidener Hinnahme übereinkommen."

„Beidseitige Hinnahme", ergänzte ich, um meine Fassungslosigkeit zu überspielen, doch Bea nickte zufrieden.

„Genau, Christa Hemmen. Nur etwa die Hälfte der Fürsorgegemeinschaften hat Kinder. Die Gründe zu erforschen, steht niemandem zu. Die andere Hälfte hat zumeist mehrere Kinder. Auch da verbietet es sich zu fragen, weshalb."

Ich schüttelte den Kopf. Mochte Bea es als Zeichen der Zustimmung nehmen, bei mir überwog Fassungslosigkeit über diese absurde Mischung aus ideologisch motivierter Zuweisungspraxis und Desinteresse an dem, was in einer Fürsorgebeziehung zwischen den Muh vor sich ging. Bea machte eine Pause, ehe sie mit gerunzelter Stirn fortfuhr.

„Edu Muh überträgt eine Problematik aus der Welt in die Strukturen der Muh. Aber Muh finden nicht auf der Grundlage privater Emotionen zusammen, sondern um Gemeinschaft zu schaffen und zu erhalten. Die frühen Muh bildeten eine Gemeinschaft, in der Verfolgte oder deren Angehörige Aufnahme finden konnten. Daher stammt unser Name: minder und heimatlos. Muh mögen im praktischen Umgang bestimmte Muh bevorzugen, Freundschaft oder Liebe im Sinne der Welt kennen sie nicht. Sie sind Teil der Gemeinschaft, und das für immer."

Bea sah mich an. Weder aus ihrer Stimme noch ihrem Ausdruck sprach der Wusch nach Rechtfertigung. Sie war so überzeugt, dass ich mich schämte, die Vorstellungen der Muh nicht nachvollziehbar, dafür aber abstoßend zu finden.

„Junge Muh mögen das Konzept romantischer Liebe als befreiend empfinden. Eine romantische Liebesbeziehung ist jedoch störanfällig. Störungen bringen Enttäuschung mit sich. Muh sind so einer Enttäuschung schutzlos ausgeliefert."

„Das geht jedem so", widersprach ich. Es war mir unangenehm, Bea so über Liebe reden zu hören. Ich empfand die unbestimmte Furcht, eine Selbstverständlichkeit werde mir entzogen. Bea nickte.

„Ich sehe, du weißt, wovon ich spreche. Wer aber davon ausgeht, dass es Enttäuschung geben könnte, baut Schutzwälle auf. Muh gehen davon aus, dass die Gemeinschaft immer da ist. Dies erwartet ein Muh auch von der romantischen Liebe, findet aber nur Enttäuschung. Die meisten kehren zurück in die verlässliche Gemeinschaft. Was aus den anderen wird, wurde nicht untersucht."

Ich fand, Bea sprach sehr kühl über die Verzweiflung von Muh, die mit den Gegebenheiten in der Welt nicht zurechtkamen. Doch ihre Ausführungen waren theoretisch, gründeten nicht auf eigener Erfahrung. Das jedenfalls unterstellte ich ihr. Ich wollte keine Zweifel, keine Emotionen, die über milde Freude hinausgingen, bei ihr erleben. Ich wollte Bea sicher haben, eine berechenbare Gesprächspartnerin, die mich annahm, ohne mich zu belasten. Mit angezogenen Beinen in einem Rattansessel kauernd hatte ich Bea in einer Mischung aus Langeweile und Befremden zugehört.

„Was heißt das alles jetzt für dich?" wollte ich wissen. Bea sah mich fragend an.

„Für mich?"

„Ja. Dein Dilemma mit deiner Entscheidung." Ihr Blick klärte sich.

„Ach so, ja. Nun, das ist eigentlich ganz einfach darzustellen. Also, nach meinem Dafürhalten gehen Edus Vorbehalte darauf zurück, dass er keinen Weg sieht, Erfahrungen aus der Welt aus seinem Leben in der Gemeinschaft auszublenden. Es stünde meines Erachtens jedoch nicht im Widerspruch zu dem Verständnis einer Fürsorgegemeinschaft, wenn zwei Frauen oder zwei Männer einander zugewiesen würden. Dies habe ich dem Kodexmeister mitgeteilt. Die Frage ist, und damit setze ich mich seit Tagen auseinander, ob das Einräumen so einer Zuweisungspraxis nicht ein Nachgeben gegen Ansprüche der Welt an Menschen ist oder im Gegenteil eine Befreiung von diesen Ansprüchen. Geschlecht als Ausschlusskriterium scheint mir im Gegensatz zu bescheidener Hinnahme einer Zuweisungsentscheidung zu stehen."

„Ihr müsstet weitere Listen anlegen", schlug ich vor. Tatsächlich fand ich Beas Überlegungen so absurd, dass ich

Mühe hatte, ihr Dilemma als solches anzuerkennen. Zu meiner Überraschung schenkte mir Bea das strahlende Lächeln einer absolut Überzeugten.

„Das halte ich im Prinzip für unnötig. Die Listen müssten einfach anders zusammengesetzt werden, Christa."

6 SICHTWECHSEL

DAS WOCHENENDE MIT der Geburtstagsparty meiner Mutter und Beas Referat über die Ehen der Muh bildete den Ausklang des September und läutete eine ereignislose Zeit ein. Nachdem die Fensterscheiben in der Friedrichstraße ersetzt worden waren, erinnerte nichts mehr an die Ereignisse im Umfeld von Nilüfer Tolkas Beisetzung. Innerhalb einer Woche sank Wardenburg zurück in die emsige Ruhe einer blühenden Gemeinde mitten in der Provinz. Die Internetseite, von aufrichtig Empörten betrieben, die Nilüfers Namen für die Dauer von zwei Wochen im Kampf gegen Zwangsehen und Ehrenmorde benutzt hatten, verwaiste. Im Ort sprach man über Nilüfer weder als junge Frau noch als Mordopfer, denn, obwohl sie im Ort gelebt hatte, war ihr Leben jenseits einer der feinen Grenzlinien verlaufen. Mit Sicherheit gab es Leute, die sie gekannt hatten und immer noch über sie sprachen, aber mit diesen Leuten hatte ich keinen Kontakt.

*

Das Gebäude bestand aus zwei Teilen, einem neuen aus Beton und einem alten aus Ziegeln. Die Bodenfliesen dort waren rotbraun marmoriert, teilweise mit einem schwarzen Muster eingelegt. Eine Steintreppe führte in das Souterrain, wo Sozialräume und Toiletten lagen. Hohe Heizkörper spendeten keinerlei Wärme. Einzelne Bodenfliesen kippten unter den Schritten. Die Leuchtstoffröhre schimmerte zur Hälfte violett und unterlegte ihr eigenes Flackern mit monotonem Summen.

Im gesamten Gebäude herrschte während des Unterrichts Ruhe. Nichts regte sich auf den langen Fluren, bis eine Tür aufgestoßen wurde. Ein Mädchen lief geräuschlos über den düsteren Flur, die Steintreppe hinunter und drückte die schwergängige Tür zu den Toiletten auf. Zögernd betrat es an den krustigen Waschbecken und blinden Spiegeln vorbei den angrenzenden Raum, wo die Toilettenkabinen hoch und vergilbt im Dämmerlicht lagen. Die hinterste Kabine stand offen. Jemand trat heraus. Das Mädchen schnappte nach Luft.

„Was glaubst du, warum in der SMS steht, dass du hierher kommen sollst?" Der Kuss zur Begrüßung war hungrig und grob. „Los, rein hier." Die Kabinentür wurde von innen verriegelt.

Kurz darauf verließ ein Mann in der Haltung eines Lehrers das Gebäude. Das Mädchen schloss die Tür der Kabine wieder ab und lehnte den Kopf an die kalte Wand. Langsam ordnete es seine Kleidung, wusch Gesicht und Hände und kehrte in den Unterricht zurück. Die Abwesenheit war kaum länger als zu erwarten gewesen und wurde von der Fachlehrerin nicht kommentiert.

*

An einem böigen Tag im Oktober wehte Frau Schuhmann-Schulz an den Briefkasten, in den ich gerade einen Umschlag gesteckt hatte. Das Fasanenblau war jetzt ein Weinrot, und die Fleecejacke ein Regencape in Dottergelb. Als ich sie begrüßte, musste ich an Andy Vosgeraus Bericht über den Einsatz der Polizei in Bremen denken. Er hatte gesagt, Frau Schuhmann-Schulz sei ihrer Pflicht als Bürgerin nachgekommen, und genauso schien Frau Schuhmann-Schulz zu denken. Sie hielt es jedenfalls nicht für notwendig, sich nach so vielen Wochen noch zu rechtfertigen.

„Ach, die kleine Buket ist wieder im Unterricht. Wurde auch Zeit, sie hatte schon viel Stoff versäumt. Ein Häuflein Elend, sag ich dir, Christa. Aber das ist unter den Umständen ja nicht überraschend."

Es war nicht überraschend, saß doch ihr Bruder wegen Mordes an ihrer Schwester in Untersuchungshaft. Auch schien mir fraglich, ob Buket Tolka ihrer Klassenlehrerin nach deren Eingreifen bei der Hochzeit in Bremen-Walle unbelastet gegenübertreten könnte. Aber das waren meine

Überlegungen, Frau Schuhmann-Schulz wäre sicher nie auf diesen Gedanken verfallen. Wie sie mir auch berichtete, wohnte Buket immer noch nicht wieder bei ihren Eltern. Auch das war angesichts der Umstände nachvollziehbar, und doch fand ich es bedrückend.

Frau Schuhmann-Schulz wäre nicht Frau Schuhmann-Schulz gewesen, hätte sie nicht in eine Begegnung von einer Minute Dauer Klatsch für eine Viertelstunde gepackt.

„Ich komme grade vom Lehrerausbildungsseminar in Oldenburg. Du weißt, dass ich immer gerne Referendare betreue. Einen guten Start ins Berufsleben soll man dem Nachwuchs geben. Sag mal, hab ich dich nicht letztens erst mit einem Sohn vom Waffen-Poepken gesehen? Wie heißt der noch? Dieter, oder? Kennst du auch den Bruder? Der hat die Tochter einer Kollegin auf Klassenfahrt angebaggert. Ist schon Jahre her, meine Kollegin hat ihn damals zur Rede gestellt und dann war Ruhe. Der Dieter hatte Probleme in Französisch, wenn ich mich richtig erinnere."

„Dietmar heißt er", sagte ich kühl, doch das fiel ihr nicht auf. Lachend schlug sie mir auf die Schulter.

„Ach ja, der Dietmar. Didi Poepken. Und sein lustiger Bruder. Also bis bald, Christa."

Die Bemerkungen über die Poepkens unterschlug ich später am Tag meiner Mutter, aber ich erzählte ihr, was Frau Schuhmann-Schulz mir über Buket mitgeteilt hatte.

„Christa, ich weiß, du sprichst nicht darüber. Buket Tolka lebt bei uns im Heim", sagte sie da. Ich betrachtete sie zweifelnd, denn ich hatte immer geglaubt, Jugendliche, die aus ihren Familien genommen worden waren, gingen auch an einem anderen Ort zur Schule.

„Ich habe keine Ahnung, wie die offizielle Regelung ist", gab meine Mutter zu, als fasste sie meine Skepsis als Vorwurf auf. „Sie ist jedenfalls vor drei Wochen oder so gekommen. Wo sie vorher war, weiß ich nicht." Zum Zeitpunkt unseres Gesprächs lag die verhinderte, aber nie geplante Zwangsheirat sechs Wochen zurück. Es war anzunehmen, dass Buket die ersten Wochen in Bremen untergebracht gewesen war.

„Die Betreuerinnen sagen, sie ist traumatisiert", berichtete meine Mutter. Dazu nickte ich, denn alles andere wäre verwunderlich gewesen. Aber auch Buket Tolka kannte ich nicht, hatte sie meines Wissens nie gesehen. Ich vergaß sie.

*

Dietmar wiederum sah ich nun brav, wann immer es sich anbot. Margo lud mich außerdem oft zu den Poepkens ein. Auf ihr Betreiben hin fuhr ich unter der Woche wenigstens einmal nach Oberlethe, meist besuchte ich die Poepkens auch am Wochenende. Mit meiner Familie oder meinen Freunden hatte ich kaum noch Kontakt. Mitte Oktober rief ich einmal im Tagungshaus an, aber Bea war auf Visitationstour zu ihren Muh in der Welt. Ich tröstete mich, dass es besser sei, wenn wir uns nicht treffen könnten. So musste ich mir keine Ausreden einfallen lassen, denn Dietmar, der die Befürchtungen meiner Eltern hinsichtlich muhischer Bekehrungsversuche teilte, hatte mir Besuche im Tagungshaus verboten.

Mein Leben drehte sich gänzlich um Familie Poepken, vor allem aber um Dietmar. Weil meine Wohnung günstig zu seiner Arbeitsstelle und zum Haus seiner Familie lag, verbrachte er einen Großteil seiner Freizeit und beinahe jede Nacht im Patenbergsweg. Niemand befand sich in der Wohnung unter mir, die Nachbarn wohnten jenseits von Hecken und Zäunen. Nun, in der kühleren Jahreszeit, hielt sich selten jemand in den Gärten auf. Was zwischen uns geschah, brauchte keine Zeugen, und in Oberlethe lagen die Schlafzimmer der anderen Familienmitglieder neben Dietmars. Einige Male, als ich mit auf seinem Zimmer gewesen war, hatte Robin den Kopf zur Tür hereingesteckt. Das war in Oberlethe sein gutes Recht, aber ich bestand darauf, dass meine Begegnungen mit Dietmar auf meinem Terrain stattfanden. Dort behielt ich einen Rest Selbstbestimmtheit, die mir in seiner Gegenwart immer häufiger entglitt. Selbstverständlich ließ Dietmar meine Argumente nicht gelten.

„Was wäre so schlimm daran, wenn Robin uns hört? Ich höre auch Margo. Die hat fast so ein lautes Organ wie du." Seine Ausdrucksweise missfiel mir, aber ich versuchte, beim Thema zu bleiben.

„Und wenn jemand in dein Zimmer kommt?"

„Na und? Was wäre so schlimm daran, wenn Robin dich so sehen würde? Der weiß, wie Frauen da unten aussehen."

„Ich möchte das nicht", wiederholte ich. Dietmar lachte.

„Ach, komm. Wenn wir zugange wären, und er reinkäme, da würdest du ihn doch einladen mitzumachen. Du bist doch so drauf."

Ich gab vor, seine Behauptung nicht zu verstehen. Tatsächlich wunderte ich mich anfangs, wie er auf diese Idee kommen konnte. Aber nachdem er sie bei mehreren Treffen geäußert hatte, fand ich es immer schwieriger, mich dagegen zu verwehren. Ich merkte sogar, dass mich die Vorstellung zu reizen begann, obwohl ich zur gleichen Zeit schockiert war.

*

Die Maisfelder rund um das Haus der Poepkens waren bis November alle abgeerntet und lagen gleich einer Steppenlandschaft unter dem Dunst aus den Entwässerungsgräben und aus dem Flüsschen Lethe, das unauffällig durch sein begradigtes Bett floss. Man sah tagsüber die Dächer der Nachbarn hinter den Bäumen, nachts schimmerten die Lichter fast so kalt wie Sterne, und nur gelegentlich fuhr ein Auto oder ein Radfahrer auf dem schmalen Kükkens Kamp. Als der erste richtige Herbststurm über das Wardenburger Land zog, verstand ich, weshalb alle Wohnhäuser hier draußen von Bäumen umgeben waren. Der Wind jagte über die Maisstoppel. Er riss die Abfälle der Ernte mit sich und fegte die Erde von den Feldern. Bodenerosion wurde einem exemplarisch vor Augen geführt.

Ich erwähnte dies an einem Abend Anfang November während jenes ersten Sturmes, nachdem ich mich von Wardenburg kommend dem Wind entgegengestemmt hatte.

Margo schüttelte verständnislos den Kopf, als ginge ihr mein Bericht über Erosion zu weit. Berthold nickte jedoch. Er war aus seinem geschäftlich genutzten Teil des Hauses herübergekommen und lehnte an der Wohnzimmertür, während ich sprach.

„Ich stimme Ihnen zu, Christa. Aber sagen Sie das mal einem Bauern hier. Früher wuchs hier kein Mais. Mein Vater baute Roggen an, Weizen, und er hielt ein paar Tiere. Davon konnte man mehr schlecht als recht leben. Deshalb hat er angefangen mit den Jagdgewehren. Einen kleinen Laden in Wardenburg hat er gehabt. Ich habe den Hof übernommen, als mein Vater 1973 gestorben ist. Mir war klar, dass ich mit der Landwirtschaft nicht reich werden würde. Da habe ich das meiste Land verkauft, den Rest verpachtet. Das Geld habe ich in den Laden gesteckt. Mit dem Versand haben wir 1982 begonnen. Zwei Jahre später brauchte ich den Laden in Wardenburg nicht mehr."

„Haben Sie jetzt noch eigenes Land?" fragte ich. Er kam näher und winkte Margo, ihm auf dem Sofa Platz neben mir zu machen.

„Interessiert Sie das? Ja, aber das Land ist verpachtet. Die Felder rings um das Haus gehören noch mir. Ich möchte nicht, dass mir Seniorenwohnungen oder Einfamilienhäuser, die aussehen, als hätte man sie am Fließband gebaut, vor das Fenster gestellt werden. Einsam ist es schon, aber man kann auch mal feiern, ohne dass die Nachbarn vor der Tür stehen. Die kriegen von uns nichts mit, und wir nichts von denen. Das ist gut so. Robin bekommt einmal das Haus mit dem Land. Da kann er selbst sehen, was er damit anfängt."

Ich wollte nicht fragen, was Dietmar zu erwarten hätte, lebte sein Vater nicht mehr. Die Brüder stünden auf jeden Fall gut da, selbst dann, sollte einer der beiden nur den Pflichtteil erhalten. Berthold nickte mir zu und ging wieder.

„Dietmar soll ausgezahlt werden, wenn Berthold mal nicht mehr ist", raunte mir Margo zu, kaum dass er aus der Tür war.

„Ich weiß, was du ihr jetzt erzählst, Margo", rief er über die Schulter zurück. Mir war das peinlich, aber Margo kicherte nur.

„Ich weiß zwar nicht, was Robin mit dem Versandhandel anfangen will, aber er soll ihn kriegen." Das erschien mir ungerecht.

„Dietmar verdient doch viel weniger als Robin. Weshalb kriegt der mehr?" Margo zwinkerte mir zu, wie um zu signalisieren, dass sie verstünde, weshalb ich Dietmars Behandlung kritisierte.

„Vielleicht überlegt Berthold es sich ja noch mal. Jetzt, nachdem Dietmar dich hat."

„Er hat mich nicht", widersprach ich, in der Hoffnung, dass das stimmte. Wegen ihres Gesichtsausdrucks fügte ich hinzu: „Ja, wir sind zusammen. Jetzt. Aber wer weiß, was in ein paar Jahren ist? Dein Schwiegervater darf sich von solchen Überlegungen nicht verleiten lassen, wider besseren Wissens sein Testament zu ändern."

Aus diesen Worten sprach wieder einmal die vernünftige Christa. Ich konnte Margo ansehen, dass sie von rationalen Überlegungen nichts zu halten vorhatte.

„Wieso wider besseren Wissens? Er hat oft genug gesagt, dass Dietmar erwachsen werden muss. Das macht er jetzt ganz prima. Er hat die Ausbildung geschafft und ist übernommen worden. Er hat dich als Freundin. Da braucht er die Girlys nicht mehr."

Den Sinn ihrer Bemerkung hatte ich noch gar nicht in seiner vollen Bedeutung erfasst, als Margo so rot anlief wie der Wein, nachdem sie sich nannte. Heftig tätschelte sie meinen Arm.

„Das ist alles nicht, wie du denkst. Und es ist vor dir gewesen, nicht wahr?"

„Was war vor mir? Die Eiszeit?" Es sollte ein Witz sein, um Margo zu beruhigen, doch die meinte nun, ich wäre böse auf sie oder auf Dietmar oder auf sie beide.

„Oh, Christa, nein! Was hab ich nur gesagt? Meine Güte, er ist doch noch so jung. Du weißt ja nicht, wie langsam

Jungs reif werden, ganz anders als wir. Früher, ehe er dich kannte, hat Dietmar auch schon mal Mädels mitgebracht, die er an der Berufsschule getroffen hatte. Kleine Friseurinnen und Hauswirtschaftsschülerinnen und solche von der Kinderpflegeschule. Die waren dann oft ziemlich jung, meinten Robin und Berthold jedenfalls. Vergiss nicht, wie viel älter die beiden sind. Und Berthold hat auch gesagt, dass Dietmar hier keinen Kindergarten aufmachen soll. Und Robin hat sich Sorgen wegen des Geredes gemacht. Er unterrichtet zwar nicht so viele Stunden an seinem Gymnasium, den Rest der Zeit ist er im Lehrerseminar. Aber er wollte nicht, dass es heißt, bei ihm zu Hause laufen junge Mädchen rum. Solche Geschichten verbreiten sich schneller als einem lieb sein kann, und ob die Eltern an der Schule geglaubt hätten, dass die Mädels Dietmars sind?"

Sie machte es nur noch schlimmer. Ich hätte amüsiert sein können, wäre da nicht diese Stimme in meinem Hinterkopf gewesen, die tuschelte und zischte und etwas von einem Vierjährigen faselte.

„Margo, hör auf damit. Hat Dietmar mit diesen Mädchen etwas gehabt?" Ihre Wangen, die gerade wieder ihre normale Farbe angenommen hatten, flammten erneut auf.

„Mit der einen oder anderen vielleicht. Was weiß ich denn?" Plötzlich wusste ich, dass sie es sehr wohl wusste, dass sie vermutlich auch wusste, was Dietmar und ich taten, wenn wir zusammen waren und wie er mir Gehorsam anerzogen hatte. Die Stimme in meinem Hinterkopf empfahl Neugier, meine Furcht vor Peinlichkeit drängte jedoch zu schweigen. Das Mittel der Wahl war ein Angriff.

„Hast du nicht selbst etwas mit ihm gehabt?" Margo starrte mich einen Moment an, ehe sie gekünstelt lachte.

„Behauptet er das? Das ist Unsinn. Das ist absoluter Quatsch, Christa. Es muss dir doch klar sein, dass ich …" Nun erst wurde sie rot. „Dass ich mit Robin ausgesorgt habe", beendete sie ihren Satz und sah mich herausfordernd an. „Denkst du, ich habe Lust, ewig irgendwelchen Leuten

Vermögensanlagen aufzuschwatzen, die sie nicht brauchen und die eh kaum was abwerfen? Wir haben gerade eine Wirtschaftskrise überstanden und die nächste steht bevor. Die Banken stellen sich neu auf. Leute mit meiner Ausbildung gibt es massenhaft. Wenn ich Glück habe, lassen sie mich noch ein paar Jahre weiterarbeiten, aber bei der ersten Gelegenheit wird meine Stelle zugunsten von irgendwelchen Synergieeffekten abgebaut. Einem Beamten kann das nicht passieren. Und Robin will noch ein paar Besoldungsstufen rauf und richtig in die Schulbehörde, vielleicht ins Kultusministerium. Dazu Bertholds Geschäft … Christa, es wäre ein Fehler, so eine Investition wegen ein bisschen Spaß mit dem kleinen Bruder zu riskieren."

Das war ehrlich. Ich glaubte Margo und vergaß die Girlys. Die waren Vergangenheit. Allerdings fragte ich mich noch, ob die Eltern der Berufsschülerinnen gewusst hatten, weswegen ihre Töchter mit Dietmar aufs Land gefahren waren.

*

Nach dem Sturm rief ich am Donnerstag den selbsternannten Vertreter von Sandra Menserhagens Interessen oder einfach den Mann, der hinter dem Vermögen meiner Vermieterin her war, an. Schon früher hatte Walter Priem sich als ihr Beschützer aufgespielt. Jetzt, nachdem sie sich in der Klinik verbarrikadiert hatte, kümmerte er sich um Angelegenheiten wie das Haus, in dem ich meine Wohnung mietete. Es war mir immer etwas peinlich, mit Walter Priem zu tun zu haben, der Sturm hatte jedoch einen Baum auf das Nachbargrundstück geweht. Walter Priem versprach, noch am Abend vorbeizukommen. Sein angekündigter Besuch zwang mich, Dietmar abzusagen. Der quengelte.

„Muss er heute kommen?"

„Ja, das Ganze muss so schnell wie möglich geregelt werden, damit der Baum vom Grundstück der Nachbarn kommt."

„Und kann er nicht früher kommen?"

„Offensichtlich nicht, sonst hätte er einen früheren Termin genannt." Dietmar zögerte. Ich wartete am Telefon auf den Vorschlag, den er unter Garantie machen würde.

„Dann komme ich zu dir." Das wollte ich vermeiden. Ich wusste, dass Dietmar sich aufspielen würde, als wäre er der Mieter meiner Wohnung. Schlimmstenfalls würden meine Nebenkosten erhöht, weil ich einen Mitbewohner beherbergte.

„Nein, das wirst du nicht. Ich komme zu dir nach Oberlethe, sobald der Herr Priem weg ist." Er produzierte einen Laut wie der Vierjährige in seinem Kopf.

„Aber bei mir zu Hause quatschst du immer mit Margo oder meinem Vater. Und Sex willst du auch nicht."

„Na und?" Innerlich zuckte ich bei diesem Vorwurf zusammen, aber das Thema war unpassend für ein Telefonat von Büro zu Büro, auch ohne Harrys interessierte Anwesenheit. Der war zu Tisch im Döner-Imbiss und hatte versprochen, mir einen Krautsalat mitzubringen. Jeden Augenblick konnte er zurückkommen. „Ich muss jetzt aufhören", improvisierte ich.

„Bitteschön. Hör auf. Heute Abend kannst du zu Hause bleiben." Der Hörer knallte auf die Gabel. Ich musste zugeben, dass sich die altmodischen Apparate besser für dramatische Einlagen eigneten als die modernen. Man konnte nicht so laut auf einen Knopf drücken.

Ich legte das Telefon neben die Tastatur meines Rechners und überlegte, ob wir den ersten Krach unserer Beziehung hatten. Ich hätte mich elend fühlen und Harry, der gerade mit meinem Krautsalat in einer Styropordose ins Büro schlenderte, aus tränenverhangenen Augen ansehen sollen. Aber meine Augen waren nicht nur wegen des Bildschirmarbeitsplatzes trocken. Ich fühlte mich kein bisschen niedergeschlagen und freute mich auf einen Dietmar-freien Abend. Noch mit dem Krautsalat auf der Gabel wählte ich Heidis Nummer.

„Hast du heute Abend Zeit? Wir müssten uns aber bei mir treffen, weil Walter Priem vorbeikommen will. Letzte Nacht ist ein Baum aus Sandras Garten auf das Nachbargrundstück gefallen."

„Du, das ist schlecht. Ich fahre zu Druschka. Er hat Borschtsch gekocht. Nach dem Rezept seiner Oma. Wieso bist du heute Abend allein? Sonst hängst du doch immer mit Dietmar und der Zicke rum."

Meine Schwester witterte nun immer ein Drama, wenn ich nicht mit Dietmar zusammen war. Sie hatte ihn mittlerweile gesehen und als zu mickrig für ihren Geschmack befunden. „Die Heringshemden brauchen etwas Solides", sagte sie jedoch großzügig. Nach ihrer Meinung galt für ihn dasselbe wie für mich, und deshalb sollten wir uns miteinander arrangieren.

„Nein, Heidi. Wir sehen uns heute Abend einfach nicht. Ich möchte Dietmar nicht im Hintergrund herumhängen haben, wenn Walter Priem da ist." Das war mir herausgerutscht. Harry, der seine Post durchging, ließ sich nichts anmerken. Ich schob die Gabel mit dem Krautsalat in den Mund. Heidi lachte.

„Oh, Christa. Tu nicht so taff." Sie überlegte. „Ich kann wirklich nicht kommen. Aber komm du doch einfach zu Druschka, wenn der Priem abgehauen ist."

So hielten wir es. Ich fuhr nach Oldenburg und aß erstmals von Andrej Gekochtes.

„Behalt du deinen Druschka. Der kocht wie Vati", flüsterte ich Heidi zu, während Andrej in der Küche war.

„Na, so gut kocht er nun nicht. Aber er ist in der Lage, die Küche aufzuräumen. Das gefällt mir", gab sie zu.

*

Ich hörte den Rest der Woche nichts mehr von Dietmar. Nachdem er meine Zeit über Wochen in Anspruch genommen hatte, fiel es mir schwer, die scheinbar endlosen Stunden zwischen Arbeitsende und Arbeitsbeginn zu füllen. Mein Verstand sagte mir zwar eindringlich, er müsse sich melden, da ich nichts verbrochen hätte. Aber mit jedem Tag wurde ich unruhiger und ich begann, mir einzureden, ich hätte ihn am Montag nicht einfach ausladen dürfen. Seine Abwesenheit quälte mich, die Angst ihn nie mehr zu sehen, hielt mich mit beinahe körperlichen Schmerzen wach. Wenn Dietmar in der Vergangenheit Grenzen überschritten hatte, war es mir unmöglich gewesen, ihm körperlichen Widerstand zu leisten. In diesen langen Nächten ohne ihn begriff ich, dass ich ihm nicht widerstehen wollte. Ich war nichts ohne ihn und er konnte mich haben, wie er wollte, wenn er wiederkäme. Bei Tageslicht schalt ich mich für dieses Gewimmer, doch die Novembertage waren kurz.

Am Freitag fuhr ich nach der Arbeit auf gut Glück zum Tagungshaus der Muh. Da Dietmar fort war, durfte ich sein Verbot ignorieren. Auch gäbe es bei den Muh nichts, was mich an ihn erinnerte. Der Sturm hatte sich ausgeblasen und die letzten Wolken mitgenommen. Das Laub der Buchen leuchtete orange, das der Eichen gelb, Farben, die man gemeinhin gar nicht mit dem November verband. Von dem turbulenten Wetter der letzten Tage sprachen noch Äste und Zweige auf den Radwegen entlang der Straße. Doch wohin man sah, wirkten die Leute erleichtert, wieder einmal Sonnenschein zu sehen.

Im Garten der Muh lustwandelten ältere Damen, wahrscheinlich Teilnehmerinnen des Seminars „Körperempfinden – sich selbst finden". Weitere Damen saßen an den kleinen Kaffeetischen im Foyer, tranken grünen Jasmintee und blätterten in den Zeitschriften oder unterhielten sich lautstark. Neben seiner üblichen Tätigkeit an der Rezeption ging Leo mit einer Kanne herum und füllte in vollendeter Schlichtheit Tassen auf. Mir nickte er kurz zu, als er mich am Tresen bemerkte. Doch es vergingen noch einige Minuten, bis er einer Dame zu deren Zufriedenheit versichert hatte, Bescheidenheit und Demut führten auch im Alltag zu Gelassenheit. Ich hörte dem Gespräch über das allgemeine Geplapper zu, bis Leo sich bescheiden zum Tresen begab und den Teewagen so platzierte, dass die Damen nicht direkt neben uns standen, wollten sie sich nachschenken.

„Hallo, Leo. Wie sieht's aus bei euch?" Mir war, als wäre ein Schatten über sein Gesicht gezogen und hätte sich wieder aufgelöst, als er den Blick zu mir hob.

„Wir haben keine weiteren baulichen Veränderungen durchgeführt." Ich hielt ein Lachen zurück.

„Das meinte ich damit nicht, Leo. Ich wollte sagen …"

„Ich weiß genau, was du sagen wolltest, Christa Hemmen." Bis dahin hatte ich von einem Muh nie eine Äußerung gehört, die man als patzig hätte bezeichnen können. Während ich ihn noch anstarrte, hatte er sich innerlich wie äußerlich geordnet. „Ich habe die Bedeutung deiner Frage durchaus verstanden, Christa Hemmen. Aber ich dachte, unter den Umständen sei eine simple Antwort angemessen. Das war selbstverständlich unbescheiden. Ich bitte um Verzeihung." Ich starrte weiter.

„Ich verzeihe dir", sagte ich dann langsam, während ich sein Gesicht nach Anzeichen von Ironie absuchte. Leo neigte den Kopf. Er war frisch rasiert und das selbst für Muh radikal, vom Orange seiner Haare war nichts zu erahnen. „Ist Bea im Haus?" fragte ich.

Es erschien mir sinnlos, weiter mit ihm zu reden. Leo erschien mir abgelenkter, als die Lautstärke der schnatternden Damen rechtfertigte. Auf meine Frage hin konzentrierte er den Blick auf mein linkes Ohrläppchen, wie Muh es oft machten, wenn sie bescheiden direkten Blickkontakt vermeiden wollten, nicht jedoch er.

„Bea ist in ihrem Büro, Christa Hemmen."

Ich bedankte mich und erklomm die Treppe in den oberen Bereich des Gebäudes. Bea studierte dort Zettel auf einem Klemmbrett. Inna Muh, eine Thermoskanne wie eine Bombe in der Hand, stand ihr gegenüber und blickte an Bea vorbei. Ich sah, wie ihre Lippen sich bewegten. Bea wandte sich um.

„Christa Hemmen." Es war eine kurze Feststellung, aber sie klang erleichtert. Inna Muh trug die vermeintlich explosive Thermoskanne in die Teeküche. Bea nahm mich am Arm. „Heute Morgen bin ich erst zurückgekehrt. Ich mache gerade meine Runde durch das Haus."

Ich folgte ihr durch die Seminarräume bis zu einer Tür. Es stand nicht „privat" daran, bei Muh existierte nichts Privates, aber die Tür sah privat aus. Bea blieb stehen.

„Das Beste wird sein, du gehst in mein Büro. Ich inspiziere kurz die Schlafräume, dann komme ich zu dir." Ihre Geschäftsmäßigkeit war ungewohnt und ein wenig befremdlich, aber ich konnte sehen, dass sie gerne mit mir reden wollte.

Gehorsam setzte ich mich an den kleinen Rattantisch in Beas Büro. Post stapelte sich ungeöffnet, ein schmaler Ordner lag aufgeschlagen auf dem Schreibtisch, darin kräuselten sich Zettel mit eiligen Notizen. Neben dem Schreibtisch auf dem Boden standen ein Rucksack und eine Umhängetasche, aus der ein weiterer Ordner ragte. Inna Muh erschien mit einer Tasse Tee, lächelte meine Schulter an und trug den Rucksack hinaus. Es verging fast eine Viertelstunde, in der mein Tee auf Trinktemperatur abkühlte und ich die Tasse leerte, bis Bea kam. Inna Muh folgte ihr und erhielt einen der Zettel vom Klemmbrett ausgehändigt.

„Die Gegenstände müssten laut Inventar vorhanden sein, Inna. Sieh nach, wo die Sachen stehen und ob sie dort einen Zweck erfüllen." Mit gebeugtem Kopf verließ Inna das Büro. Bea sah mich an. Sie hatte offensichtlich nicht viel geschlafen.

„Du warst weg?" fragte ich verwundert, denn bei meinem letzten Anruf vor mehr als zwei Wochen war sie bereits auf Visitation gewesen. Bea nickte.

„Ja. Ich habe die mir anvertrauten Muh in der Welt besucht. Normalerweise teile ich mir die Besuche auf, aber ich hatte in den vergangenen Monaten zu viele Termine in Nideggen."

„Wo leben diese Muh in der Welt?" wollte ich wissen. Bea lachte, dabei errötete sie ein wenig.

„Einer wohnt in Magdeburg. Der ist gut zu erreichen. Die anderen in kleinen Dörfern im Harz, in Angeln und einer in einem Ort an der dänischen Grenze. Der Transporter bleibt hier beim Zentrum, deshalb fahre ich mit dem Zug auf Nahverkehrsstrecken. Und bis auf den Muh in Magdeburg leben alle Muh sehr spartanisch. Dagegen ist dieses Haus hier vollgestopft mit unnötigem Luxus." Ich sah mich um. Bis auf die Regale und den Schreibtisch gab es nur einen Rattantisch, zwei Rattanstühle und die Vorhänge.

„Auf diese Vorhänge kann das Büro verzichten", sprach Bea in meine Betrachtungen hinein. „Ich habe überlegt, ob man die Gardinen in allen Räumen abnehmen sollte. Aber es bietet sich nicht an. In den Seminarräumen braucht man sie auch zur Verdunkelung, und selbst Muh mögen es nicht, wenn man ihnen von draußen beim Essen oder Schlafen zusieht. Aber die Raumtemperatur kann man vielleicht reduzieren. Wir dürfen neben der Arbeit im Tagungshaus nicht vergessen, dass wir in der Welt sind, um zu ertragen." Sie machte eine Pause, um über etwas nachzudenken. „Das müssen wir uns selbst immer wieder vergegenwärtigen. Man kann vieles verändern, und in der Welt müsste vieles verändert werden, doch der erste Schritt eines jeden sollte immer sein zu prüfen, ob er nicht mehr hinnehmen muss."

Bea hob den offenen Ordner an, fuhr mit der Hand über die eselsohrigen Notizen und warf ihn mit allen Anzeichen milder Verdrossenheit wieder auf den Stapel ungeöffneter Post. Sie seufzte, legte ihn ordentlich neben den Stapel und sah mich an.

„Weißt du, Christa, mir fällt immer wieder auf, dass die schwierigste Veränderung die Herstellung wahrer Bescheidenheit ist. Wenn ich erwarte und verlange, stoße ich an Grenzen. Diese Erfahrung macht unglücklich. Reduziere ich meine Erwartungen, gewinne ich Freiraum für neue Handlungswege." Ich betrachtete sie skeptisch.

„Ist das die Ideologie, die ihr den Damen da unten vermittelt?" Bea hatte offensichtlich das Thema wechseln wollen. Sie stutzte und überlegte kurz.

„Du benutzt so gerne das Wort Ideologie, Christa. Ja, wahrscheinlich ist das die Ideologie, obwohl wir dem Veranstalter nur die Räumlichkeiten zur Verfügung stellen. Das Thema wählt er selbst. Und die Teilnehmer, oft diese älteren Damen aus der Welt, suchen Heil. Aber Heil können Muh oder sonst ein Veranstalter nicht anbieten, genauso wenig wie Heilung oder Erlösung. Wer das verspricht, ist unredlich. So ein Veranstalter dürfte auch nicht in unseren Räumen Seminare durchführen."

„Ärzte können Heilung bringen", wiedersprach ich. Bea nickte.

„Gewiss. Im Rahmen ihrer Möglichkeiten. Alles hat Grenzen. Auch die Medizin. Darüber sprach ich letztens mit dem Muh in Magdeburg." Wieder schien ein zartes Rosa über ihre Wangen zu huschen. „Er ist Arzt. Noch unter der Führung meiner Mutter hat er in Oldenburg gearbeitet, inzwischen liegen seine Aufgaben in Magdeburg und Berlin. In Berlin ist er kostenlos für einen Verein tätig, der Menschen ohne Aufenthaltsberechtigung betreut. Man nennt sie in der Welt Illegale. Es sind Leute wie die frühen Muh, nur haben sie meist viel Schlimmeres erlebt. Diese Leute sind bescheiden geworden, so bescheiden, dass der Muh sie bewundert, weil er unter seinen privilegierten Umständen nie so weit kommen kann. In der Magdeburger Klinik feilschen Patienten wegen der Größe der Narbe um Rabatte, nachdem sie dem Tod knapp entronnen sind."

„Man will das Beste", gab ich zu bedenken, obwohl ich in meiner Gesundheit durchaus bereit war, das Feilschen der Patienten zu tadeln.

„Ja, Christa. Das will auch ein Muh. Aber man muss prüfen, was das Beste ist und ob es das ist, wonach uns begehrt." Bea war unterdessen aufgestanden und hatte eine Runde durch das Büro gedreht. „Wie oft habe ich als junge Muh gegen die Regeln unserer Gemeinschaft rebellieren wollen? Als ich älter wurde, habe ich Menschen getroffen, die nicht Muh sind, aber frei, weil sie auch nicht in der Welt

leben. Ich habe in Liège eine Ordensschwester kennengelernt, die als Krankenschwester in Indien war. Sie erzählte
mir von ihrer Arbeit in den Slums von Delhi, wie schrecklich
und wie beeindruckend. Und da habe ich es verstanden,
Christa. Meine Freiheit finde ich nur in der Freude, meine
bescheidenen Kräfte für die Gemeinschaft einzusetzen. Deshalb habe ich entschieden und dem Kodexmeister mitgeteilt,
dass Edu eine Zuweisung nach seinen Kriterien erhalten
soll."

Es war eine lange Rede gewesen, während der vor Beas
Fenster die Dämmerung eingezogen war. Erst jetzt fiel mir
auf, dass ich in ihrem Büro fror. Mein Unterkiefer zitterte,
während ich Bea bei ihren Wanderungen entlang der Regale
beobachtete. Nun war sie stehengeblieben und sah zu mir,
die sie in dem düsteren Büro vermutlich nur als Schattenriss
vor dem helleren Flur wahrnahm. Ich sammelte meine
Gedanken.

„Was bedeutet das konkret?" fragte ich. Bea legte die
Hände vor der Brust zusammen.

„Auf meine Empfehlung hin hat der Kodexmeister die
Zuweisung eines männlichen Muh vorgenommen, der
Erfahrungen mit der Welt gemacht hat und dessen Festigung
in der Lehre erfreulich fortgeschritten ist."

Mein erster Gedanke war, wie bemerkenswert schnell die
Muh ihre Zuweisungspolitik für Fürsorgegemeinschaften
hatten ändern können. Zweifel meldete sich jedoch, wie
immer, wenn es um Regelungen des vermeintlich Privaten
durch die Gemeinschaft ging.

„Was sagt Edu dazu?"

„Er hat die Entscheidung hingenommen. Nach, wie mir
schien, unnötig langer Überlegung. Zurzeit befindet er sich
bei seinen Eltern, um ihnen die neue Entwicklung zu erklären. Wir erwarten ihn morgen zurück."

„Er bleibt also in diesem Zentrum?" „Der belgische
Generalleiter und der Kodexmeister waren einer Meinung
dahingehend, dass ich die Führung dieser Fürsorgegemein-

schaft behalte. Man spricht mir aufgrund meines Alters eine größere Flexibilität zu."

Ich sah zu, wie Bea langsam zu ihrem Schreibtisch ging und das Licht einschaltete. Ihrem Gesicht war keine Regung anzusehen, aber ihre Stimme klang vor allem erleichtert, als sei sie froh, selbst der ehelichen Fürsorge entgangen zu sein.

„Wer ist der andere Muh?" wollte ich wissen. Bea hielt die Hand auf dem Lichtschalter und sah mich an.

„Leo Muh. Seine Reaktion war … kontrovers." Darunter konnte ich mir nichts vorstellen, doch es erklärte Leos ungewöhnliche Abgelenktheit.

„Er wirkte eben auf mich nicht ganz bei der Sache." Ich musste husten, obwohl ich nicht erkältet war. Immer noch betrachtete Bea mich unnötig aufmerksam.

„Möglich. Er arbeitet noch an der Hinnahme. Das dauert immer länger bei ihm."

In diesem Augenblick spürte ich meine Enttäuschung sich wie ein Loch in meinem Herzen auftun. Eilig suchte ich nach einer Erklärung für mein Gefühl und nannte es Missfallen über eine derartige Entscheidung an den betroffenen Muh vorbei. Aber, sagte ich mir um Vernunft ringend, das ginge mich nichts an. Außerdem hatte ich einen Freund in der Welt, falls der zurückkäme, hatte auf jeden Fall meine eigene Existenz, in der für jemanden wie Leo kein Platz gewesen wäre.

„Trini wird enttäuscht sein", sagte ich, meine Gefühle auf den Teenager übertragend. Bea stand immer noch neben ihrer Schreibtischlampe.

„Dazu besteht kein Anlass. Leo verbleibt in diesem Zentrum."

„Meinst du nicht doch, dass sie sich mehr erhofft haben könnte als hier und da ein Gespräch mit ihm? Du hast sie nicht grundlos immer fort von Leo zu den anderen Muh geschickt." Bea setzte sich zu mir.

„Ja. Wahrscheinlich war das ein Grund für diese Maßnahmen. Offiziell habe ich sie damit begründet, dass Muh nicht zu viel Kontakt zu einer bestimmten Person aus der Welt haben sollten." Ich sah zu Bea, die nun gähnte und sich reckte.

„Ist es denn für dich gut, so viel mit mir zusammen zu sein?" Ich musste provozieren, um mich von dem nach wie vor nagenden Gefühl in meinem Bauch abzulenken. Ihre Ausführungen hatten mich daran erinnert, dass Muh keine Freunde haben und die Anwesenheit Dritter ertragen sollten. Bea setzte sich auf, als müsse sie sich rechtfertigen.

„Ich glaube, ja. Du ermöglichst mir Einblicke und Sichtweisen, die mir neu sind. Als Kodexwächterin sollte ich mich um eine differenzierte Sicht bemühen. Nur dann kann Führung gelingen."

Ich konnte nicht einschätzen, ob sie das wirklich meinte und wie viel davon Bea als Bea und nicht als Kodexwächterin gesagt hatte. Langsam sah ich mich im Raum um, in der Hoffnung, Inspiration für meine nächste Bemerkung aus einem der Gegenstände darin zu ziehen. Währenddessen trat Inna mit einer Liste zu Bea.

„Bea Muh, alles ist vorhanden." Bea nahm die Liste und überflog sie seufzend.

„Danke, Inna. Lös bitte Leo an der Rezeption ab. Er soll sofort zu mir kommen." Inna nickte und verschwand.

„Wäre es nicht besser, ich gehe?" fragte ich. Leo jetzt zu sehen, fiele mir nicht leicht, gleichgültig wie egal mir sein Schicksal war. Bea hielt in der Bewegung inne.

„Das überlasse ich dir. Wir haben keine Geheimnisse. Du kannst alles hören." Während ich zögerte, kam Leo mit einem für Muh verstockten Gesichtsausdruck.

„Inna Muh sagt, du wünschst mich zu sprechen?" Bea nickte.

„Ich habe mit Inna die Räume inspiziert. Der kleine Raum am Ende des Flurs wird euch überlassen. Die benötigten Einrichtungsgegenstände sind im Zentrum vorhanden. Hier ist die Liste." Leo nahm sie und steckte das Papier ohne darauf zu sehen ein. Bea überging dies. „Hast du deinen Eltern geschrieben?" Er schüttelte den Kopf. „Und es bleibt

dabei, dass du nicht zu ihnen fahren willst?" Er nickte. Bea
sah ihn an, aber er hielt den Kopf gesenkt. „Das respektiere
ich. Aber informieren musst du sie. Geh jetzt in das Refektorium und schreibe den Brief. Bitteschön, Papier und Stift.
Bis zum Essen muss der Brief fertig sein. Ich gebe ihn morgen früh in die Post." Wieder nickte Leo. Er nahm Papier
und Kugelschreiber und verließ das Büro.

Die kleine Szene war mir unangenehm gewesen.
Offensichtlich zog Leo bei allem inneren Widerstand offenen Protest nicht einmal in Erwägung. Dies mitanzusehen
weckte Ärger, nicht unbedingt gegen Bea oder die Gemeinschaft Muh. Es war ein ungerichteter Ärger, in den auch
mein diskretes Schweigen eingeflossen war. Ich konnte nicht
ausblenden, dass Leo und ich in etwa gleichaltrig waren, und
Bea war nicht nennenswert älter. Ich an Leos Stelle hätte mir
grundsätzlich verbeten, dass über mich verfügt würde. Auch
hätte ich besondere Probleme damit gehabt, eine so tiefgrei-
fende Entscheidung aus dem Mund einer jungen Person zu
akzeptieren. Aber dann fiel mir ein, wie ich mich Dietmar
untergeordnet hatte. Scham stieg in mir auf, weil ich bereit
gewesen war, von ihm hinzunehmen, während ich Leo vorwarf, den Entscheidungen seines Kodexmeisters Folge zu
leisten.

„Muh", bemerkte Bea mit einem langen Blick auf mich,
„wissen, dass sie Teil der Gemeinschaft sind. Sie wissen, dass
die Gemeinschaft um ihr Wohlergehen besorgt ist und keine
Entscheidung treffen würde, die ihnen schadet. Es ist für
Menschen aus der Welt nicht immer nachvollziehbar, was
gut für einen Muh ist." Meine zwiespältigen Gefühle mussten sehr offensichtlich gewesen sein, denn Bea strahlte ver-
stärkt Milde aus.

„Christa. Nehmen wir ein Beispiel. Eine Frau aus der
Welt wird in den Medien von Bildern beschossen. Aus diesen Bildern lernt sie zu begehren, was sie nicht hat. Und weil
ihr die Bilder stets vor Augen stehen, bedauert sie, kein Leben nach den Bildern zu besitzen. In solchen Fällen greifen

Menschen aus der Welt oft nach etwas, was sie selbst als Zweit- oder Drittbestes verstehen. Das gilt auch für andere Menschen. Hast du mir nicht selbst gesagt, dass du mit diesem Mann nur zusammen bist, weil du Sex wünschst?"

Ich protestierte. Mehr war von Dietmar nicht zu wollen, mehr schien er auch nicht unter einer Beziehung zu verstehen, aber ihn als zweit- oder drittbeste Lösung abzutun, ginge zu weit. Vor allem schien es mir nichts Gutes über mich auszusagen, wenn ich meine Existenz auf Dietmar, den Zweit- bis Drittbesten, ausrichtete.

„Was ist denn nach deiner Meinung die beste Lösung? Auf den einzig richtigen zu warten? Auf meinen Seelenverwandten? So etwas gibt es nicht." Ich hatte hinzufügen wollen, für mich gebe es den einzig richtigen Partner nicht, unterließ es aber.

„Nein. Das hieße ja, romantische Beziehungen wären das Mittel, Zufriedenheit in allen Lebensbereichen herbeizuführen. Romantische Liebe war nie ein Allheilmittel, wenn ich die Literatur richtig deute. Sie war Quelle von viel Leid und nur wenig Lust. Jenes Prinzip, nach dem der Weg durch Qualen zu Erlösung und Glück führt, hat gar religiöse Komponenten. Muh werden nicht erlöst. Das brauchen sie nicht, weil sie Unbill hinnehmen."

Bea lächelte bei diesen Worten verständnisvoll und strahlte umfassende Bescheidenheit aus. Ich starrte sie nur an, was auf ihr Lächeln nicht den geringsten Einfluss nahm. Nach einem beklemmend langen Augenblick besann ich mich auf Argumente.

„Bea, mein ehemaliger Klassenkamerad hat seine eigene Schwester erstochen, weil sie seiner Ansicht nach die Gemeinschaft Familie verraten hat. Und weißt du, worin der Verrat bestand?"

Bea schüttelte den Kopf. Sie musterte mich erwartungsvoll, falls ich ein Argument vorbrachte, welches ihre Lehren als Scherbenhaufen zusammenfallen lassen würde. Dies nähme sie dann hin, theoretisch zumindest. In diesem Augenblick unter Beas freundlicher Aufmerksamkeit fiel mir auf, dass Nilüfers Verrat an ihrer Familie, dessentwegen die Mord als Mittel zur Wiederherstellung der Ehre herangezogen hatte, niemals in den Medien benannt worden war. Die Gründe waren zu offenkundig, jeder wusste, was man darunter zu verstehen hatte. Im Allgemeinen wählte man den Begriff „Lebensstil", gern gekoppelt mit Adjektiven wie „westlich" oder „selbstbestimmt". Ich erinnerte mich nicht, ob ich in den Meldungen über den Wardenburger Ehrenmord diesen Begriff gehört hatte. Aber ich wusste genau, dass mir auch im Nachhinein kein Klatsch über die ermordete junge Frau zu Ohren gekommen war. Nach dem Mord hätte die unsichtbare Trennlinie eigentlich brüchig werden müssen, denn üble Nachrede sickerte besser durch als Lob.

„Westlicher Lebensstil", sagte auch ich jetzt, um etwas als Erklärung vorbringen zu können. Der Begriff erschloss sich einer Muh natürlich nicht.

„Sie wollte leben wie wir."

„Wie ihr?" Sie zog die Brauen hoch. „Diese junge Frau lebte doch in der Welt. So wie du."

„Man muss differenzieren", teilte ich ihr mit. Währenddessen überlegte ich, wie man einer Muh die Unterschiede zwischen den Hemmens und den Tolkas, zwei Familien in der Welt, nahebringen konnte, ohne auf zu grobe Klischees zurückzugreifen. Als sie in Erwartung einer Belehrung durch mich den Kopf zur Seite legte, gab ich dieses Unterfangen auf. „Hier geht es um Männer und Frauen. Äh ... um Rechte. In Deutschland dürfen Frauen und Mädchen tun, was sie möchten. Kein Mann darf etwas dagegen sagen oder tun, nur weil er ein Mann ist." Bea nickte. Sie folgte mir mühelos.

„Wie bei den Muh." Ich beließ es für den Moment dabei, obwohl ich anderer Meinung war. Muh ließen sich schlecht in bekannte Schemata einpassen.

„Bei Leuten wie Volkans Familie ist das nicht so. Da dürfen Frauen nicht tun oder sagen, was sie wollen. Und sie müssen ein Kopftuch tragen." Wieder nickte Bea. Ich musterte sie und fragte mich, ob es angezeigt wäre, auf Schleier und rasierte Köpfe einzugehen. Aber rasierte Köpfe waren bei Muh universell.

„Und diese Schwester hat einen ... westlichen Lebensstil ... geführt?" Ich wollte dies bejahen, dachte aber erst einmal nach. Gesehen hatte ich Nilüfer Tolka einmal, als sie Volkan zur Arbeit gefahren hatte, bauchfrei und im Minirock, stark geschminkt außerdem.

„Das hat sie, ja."

Die Szene stand mir noch vor Augen: das Auto quer zur Zufahrt zum Personalparkplatz der „Fischerkate", Nilüfer an der offenen Fahrertür, wie sie mit dem Finger auf die Rückfront des Hotelgebäudes zeigte und dazu einige schnelle Sätze sagte. Damals hatte es mich nicht interessiert, mir war die Geburtstagsplanung für meine Mutter durch den Sinn gegangen. Ein Gefühl hatte mir gesagt, mein Auftauchen hätte etwas unterbrochen. Eigentlich hätte für Nilüfer kein Anlass bestanden, Volkan etwas an der „Fischerkate" zu zeigen. Umgekehrt wäre es nachvollziehbarer gewesen, denn er arbeitete in dem Gebäude. Er hätte ihr beispielsweise deuten können, wo die Bürofenster meines Vaters lagen. Dorthin hatten die beiden aber nicht gesehen.

Wenn ich nun an den Tag vor ziemlich genau zwei Monaten zurückdachte, war mir, als hätten Nilüfer und Volkan in Richtung der Verwaltung geblickt. Die lag im Hotelbereich des Komplexes, von der Küche aus gesehen auf der anderen Gebäudeseite. Weshalb sie das hätten tun sollen, entzog sich meiner Vorstellungskraft. Vielleicht bildete ich es mir einfach nur ein, weil nun ich immer dorthin sah, wenn ich von dieser Seite über den Parkplatz ging. Möglicherweise, wenn auch nicht sehr wahrscheinlich, hatte Nilüfer Volkan auf ziehende Vögel, eine auffällige Wolkenform oder ein Flugzeug aufmerksam gemacht. Es jetzt in Erfahrung zu bringen, wäre unmöglich und in keiner Weise zielführend.

Bea seufzte.

„Nun, das sind selbstverständlich abweichende Varianten. Nichtsdestotrotz sehe ich keine prinzipiellen Unterschiede. Nach dem, was ich beobachtet habe, wird in der Welt abweichendes Verhalten bestraft, bis hin zur Zerstörung des Abtrünnigen. Das ist für mich kennzeichnend." Dazu sagte ich nichts mehr.

„Bleibst du zum Essen?" fragte Bea dann. Ich überlegte. Niemand wartete auf mich. Dietmar sollte den ersten Schritt machen. Aber die Vorstellung, Leo zu begegnen, war heute unerträglich.

„Nein, tut mir leid. Ich habe eine Verabredung." Ich wusste nicht, dass diese Lüge das Ende einer Illusion über mich selbst einleiten würde.

*

Ich hatte die Vorstellung, meine leere Wohnung zu betreten, nicht ertragen können und war nach meinem Besuch bei Bea stundenlang herumgefahren. Als ich nach Hause kam, war es nach Mitternacht, die Straßenlaternen auf dem Patenbergsweg brannten längst nicht mehr. Ich ging über den Plattenweg zur Tür, wobei ich mit den Fingern den Haustürschlüssel am Bund zu identifizieren versuchte. Als ich gerade die Tür aufgesperrt hatte, klang hinter mir ein Geräusch. Im nächsten Moment atmete ich Dietmar. Er schob mich ins Haus und drückte die Tür mit dem Fuß zu.

„Es tut mir so leid", flüsterte er, während seine Finger bereits an meinem Körper zugange waren. Erst nachdem er mich auf den kalten Stufen genommen hatte, gingen wir in meine Wohnung. Ein Kondom hatte er natürlich nicht verwendet, aber daran dachte ich erst, als ich mich auszog. Dietmar lachte. Es war, als wäre er die letzte Woche nicht gewesen.

„Bist du prüde. Man kann doch nicht immer daran denken."

„Man muss", sagte ich kurz, denn das Hochgefühl auf der Treppe hatte sich bei dem Gedanken an mögliche Folgen in Luft aufgelöst.

„Nimm die Pille wie alle Frauen", riet er mir. Ich seufzte.

„Dietmar, es geht nicht nur um Schwangerschaft. Obwohl das schlimm genug wäre. Es geht auch um AIDS." Nun wurde er wütend.

„Meinst du, ich ficke wild in der Gegend rum?" Ich musste an die Girlys denken.

„Hier geht es ums Prinzip."

„Du und deine Prinzipien. Reden so deine Muh? Redet so deine Bea? Bei der warst du doch, obwohl ich gesagt habe, dass ich das nicht will. Treibst du es lieber mit der?" Ich starrte ihn an. Er raufte sich die Haare.

„Jetzt fällt mir nichts mehr ein. Du tust einfach nicht, was ich dir sage. Dabei ist es in deinem Interesse. Aber du bist ja blind. Gib's zu, da läuft so ein Kahlköpfiger rum, den du geil findest." Ich schwieg, obwohl es notwendig gewesen wäre zu widersprechen. Dietmar lachte schallend, dann stemmte er die Hände in die Seiten. „Entschuldige dich."

Das tat ich. Auch verlangte ich nicht mehr von ihm, ein Kondom zu verwenden. Ich wusste, wie großzügig er meinen Gehorsam belohnen würde. Danach hatte ich gehungert. Kraft für Auflehnung brachte ich nach der langen Woche nicht mehr auf.

„Sollen wir Robin nicht dazu einladen?" fragte Dietmar, als er am Sonntagabend nach Oberlethe aufbrach. Ich schüttelte den Kopf, während er mich langsam auf Mund und Hals küsste. „Wir werden sehen", flüsterte er, ehe er die Wohnung verließ.

Montagnachmittag brachte er seinen Bruder mit. Als ich Robin sah, hatte ich zuerst Angst, weil ich nicht abschätzen konnte, wie weit sie mit mir gehen würden. Aber Dietmar hatte diesen Moment gut vorbereitet. Ein paar Worte und Berührungen genügten, bis ich dem seltsamen Reiz dieser Situation erlag. Robin ließ Dietmar höflich den Vortritt, schließlich war ich, wie er erklärte, dessen Freundin. Nachdem er uns eine Weile zugesehen hatte, begann er, detaillierte Anweisungen zu erteilen, was wir miteinander tun sollten. Als er sich schließlich meiner bemächtigte, war ich soweit, dass ich jedem beliebigen Mann zu Willen gewesen wäre. Nachdem sie fort waren, lag ich kotzend und heulend auf dem Badezimmerboden.

Die Woche über sah ich keinen der beiden. Robin rief jedoch am Dienstag an, um sich für den angenehmen Nachmittag, wie er sich ausdrückte, zu bedanken. Dietmar arbeitete an allen Tagen spät. Ich war in einem Ausnahmezustand. Jeden Abend fürchtete ich, er käme nach seinem Dienst in den Patenbergsweg und verlangte Zugriff auf meinen Körper. Dennoch kauerte ich vor dem Telefon, in der Hoffnung, er meldete sich, zitternd vor Verlangen und angeekelt von meiner Schwäche. Willfährigkeit blähte sich in meinem Inneren auf und nahm mir jede Kraft. Ich hätte alles getan, was Dietmar verlangte. Aber er kam nicht, rief nicht einmal an, und ich haderte und sehnte alleine.

*

Erst am Freitag klingelte Dietmar nach Dienstschluss und nahm mich umstandslos auf dem Laminat im Wohnzimmer. Dabei schlug er mehrmals meinen Kopf gegen den Boden. Selbstverständlich entschuldigte er sich. Es sei durch seine Unbeherrschtheit geschehen, er werde alles wiedergutmachen. Das tat er auf seine Weise. Das Laminat verließen wir die ganze Nacht nicht.

„Heute kommst du mit zu mir. Ich kann dich so nicht alleine lassen", sagte er beim Frühstück, nachdem er mir ein Kühlkissen aus der Apotheke besorgt hatte.

Ich widersprach nicht, dazu schmerzte mein Kopf zu sehr, außerdem kratzte mein Hals. Die Naht der Jeans scheuerte, deshalb zog ich einen Rock an, ehe wir nach Oberlethe fuhren. Den ganzen Nachmittag hatte ich Margo gegenüber ein schlechtes Gewissen. Mehr als einmal glaubte ich, sie musterte mich von der Seite, doch wahrscheinlich bildete ich mir das nur ein.

Robin entschuldigte sich bald, er habe noch zu arbeiten. Da ich keinesfalls dort übernachten wollte, war ich in meinem eigenen Auto gekommen und hatte schon bei der

Begrüßung angekündigt, ich wollte nach dem Tee zurückfahren. Niemand erhob Einwände. Als der Kuchen gegessen war, verabschiedete ich mich Margo. Dietmar begleitete mich hinaus. In der Remise, wo die Autos der Poepkens standen, brannte Licht.

„Hast du den ehemaligen Pferdestall schon gesehen?" fragte er. „Nicht für Reitpferde. Für die Arbeitstiere." Ich verneinte und sagte, Ställe interessierten mich nicht.

„Ach was. Komm. Es wird dir gefallen."

Wir gingen an den Autos vorbei nach hinten in eine Kammer, wo man früher das Pferdegeschirr aufbewahrt hatte. Nun war es ein Lagerort für Gartenmöbel und kälteempfindliche Pflanzen. An einem Regal lehnte Robin und spielte mit einem roten Stück Stoff. Auf dem Boden lag eine fleckige Matratze.

„Nein", sagte ich ohne Überzeugung, spürte aber schon beim Anblick seiner Hände eine verräterische Erregung in mir aufsteigen. Robin presste bereits seine Zunge in meinen Mund, gleichzeitig legte er mir das Stoffstück um den Hals. Es war ein billiges Seidenimitat, am Rand mit goldfarbenen Pailletten besetzt und eine solche Mischung aus Schweiß und Parfüm ausdünstend, dass sie mir den Atem nahm.

„Rot ist so eine schöne Farbe. Für große und kleine Mädchen", flüsterte er.

Als ich nach Luft schnappen wollte, zog er den Schal enger und reichte die Enden seinem Bruder. Mit dem Druck des Stoffes gegen meine Kehle gab ich nach und überließ mich ihnen. Die ganze Zeit fror ich. Alles war kalt, der Betonboden, die Schranktür, gegen die meine Füße gelegentlich stießen, die Luft, die ich stoßweise einatmete. Nur mein Unterleib glühte, als ich zusah, wie der Dampf von ihren schwitzenden Körpern über mir aufstieg.

Als sie fertig waren, boten sie mir an, im Haus zu übernachten, es sei schon spät. Ich schüttelte den Kopf, zog meine Jacke an, nahm meine Schuhe, Slip und Reste der Strumpfhose und gab Robin den Schal zurück. Nach mehreren Fehlversuchen gelang es mir, mein Auto zu starten. Bis zum Kükkens Kamp konnte ich fahren, dann öffnete ich die Tür und erbrach alles, was an diesem Nachmittag in mich hineingezwungen worden war, auf das Pflaster. Die resultierende Leere war erleichternd und ernüchternd zugleich.

*

Wie lange ich in der Remise gewesen war, wusste ich nicht und ich war nicht in der Verfassung, auf die Uhrzeit zu achten. Ich fuhr weiter, folgte automatisch dem Kükkens Kamp auf den Tungeler Damm, bog Richtung Wardenburg ab, passierte aber im Ort die Einmündung des Brooklandswegs, die ich hätte nehmen müssen, um zu meiner Wohnung zu kommen. Dorthin wollte ich nicht, sofern ich überhaupt etwas wollte, und geradeauszufahren war viel leichter. Es galt, allen Komplikationen auszuweichen, wenn ich weiterfunktionieren wollte.

In meiner Wohnung würden sie mich finden, dort blieb mir nur zu tun, was sie von mir verlangten. Eigenes Denken, eigenes Handeln war an diesem Ort unmöglich geworden. Ich sei nicht auf der Flucht, sagte ich mir. Ich hatte mich unter Kontrolle. Diese Kontrolle musste ich behalten. Ich wollte fort aus ihrer Reichweite, nicht mehr verfügbar sein, mich vermengen mit der Dunkelheit. Hinter Wardenburg war es dunkel, nur schwarze Wolken lagen über dem flachen Land, und hinter Sandkrug standen die Bäume schützend beidseitig der Fahrbahn. Da war der Hasbruch, schwärzer als die Straße, finsterer als der Himmel. Anfang November verbarg das Laub noch die Lichter der Häuser auf ihren tiefen Grundstücken.

Auch vom Tagungshaus war kaum etwas zu sehen. Die Laternen am Tor waren gelöscht. Inzwischen fror ich so sehr, dass ich kaum Kontrolle über meine Finger hatte, als ich das Auto vor dem geschlossenen Eingangstor zum Stehen brachte. Ich unternahm nicht einmal den Versuch, den Zündschlüssel herauszuziehen, wahrscheinlich ließ ich auch die Tür einfach offen. Verschlossen war das Tor glücklicherweise nicht. Ich schob es gerade weit genug auf für mich, stakte bis zur gläsernen Haupttür. Die gab auf Druck nicht nach, dahinter sah ich nur Dunkelheit. Panik stieg in mir hoch, würgte beinahe wie der scheußliche rote Schal, nur von innen, als blähte mein Hals sich auf. Meine Hand fuhr über die Hauswand, auf der Suche nach der Klingel. Ich schlug auf alles, was sich aus dem Putz hob. So erwischte ich auch den Klingelknopf. Mit der Handfläche auf der Klingel stand ich, bis ich bewegliche Schatten im Foyer bemerkte. Das plötzliche Licht hinter der Glastür blendete mich. Jemand schloss auf und öffnete die Tür.

„Ich will zu Bea", sagte ich. Zwischen den Schatten wurde geflüstert, dann sagte einer:

„Christa Hemmen. Selbstverständlich." Man ließ mich ein. Blicklos ging ich vorbei an den Muh Richtung Treppe. Jemand erschien neben mir.

„Christa?" Es war Bea.

Beim Klang ihrer Stimme fiel meine Kontrolle zusammen. Tränen sprudelten aus meinen Augen, ich schluchzte und zitterte, dass ich kaum Atem fand. Was um mich geschah, nahm ich zwar wahr, doch nichts davon hatte Bedeutung. Als ich mich beruhigte, fand ich bestätigt, was ich zuvor nur am Rande mitbekommen hatte. Ich lag in einem Seminarraum auf einer Gymnastikmatte, eine Wolldecke bedeckte mich bis zum Kinn. Neben mir kauerte Bea, zwei andere Frauen saßen an der Wand. Meine Jacke hatten sie mir ausgezogen und natürlich entdeckt, was der knielange Rock kaum verbergen konnte. Sofort war ich wie angeschaltet. Ich wollte mich rechtfertigen, Erklärungen liefern, doch mein geschwollener Hals ließ dies nicht zu. Bea gab ein Zeichen. Die eine Frau schenkte Tee ein und reichte mir einen Becher. Für die Wärme war ich dankbar, wenn der Kräutertee auch abstoßend schmeckte.

„Du bist krank, Christa Hemmen." Ich erkannte Inna Muh und schüttelte den Kopf.

„Kalt."

„Dir ist kalt, weil du krank bist", sagte sie ungerührt und legte die Hand an meine Stirn. Sie sah Bea an, die nickte.

„Ich bereite dir ein Bett." Die beiden Frauen verließen den Seminarraum.

Bea zog mir die Decke wieder bis zum Hals und legte den Arm um mich. Ich ahnte, was sie nun sagen würde.

„Was ist passiert, Christa?"

„Nichts", behauptete ich. Sie schwieg einen Moment.

„Das ist nicht die Wahrheit."

„Nein", gab ich zu. Aber ich wusste nicht mehr, was die Wahrheit war.

„Möchtest du jemanden anrufen? Einen Arzt?" Sie zögerte. „Die Polizei?" Mir wurde noch kälter.

„Nein. Es war alles ... freiwillig." Bea überlegte.

„Freiwillig?"

„Nicht gegen meinen Willen." Das schien es eher zu treffen, aber mein Kopf fühlte sich viel zu schwer an, um dem Gedanken zum Ende zu folgen. „Solange sie dabei waren, ... wollte ich es."

Das glaubte ich, gleichzeitig zweifelte ich an dieser Darstellung, nur wusste ich nicht, weshalb. Im Nachhinein war ich nur sicher, dass ich weder Dietmar noch Robin je wieder sehen wollte. Bea rang derweil mit sich. Sie kannte ihre Pflichten, aber das Einschalten von Autoritäten aus der Welt widersprach ihrer muhischen Grundhaltung.

„Du weißt, dass die Polizei ...", sagte sie ihrer Pflicht schuldend.

„Keine Polizei." Sie nickte, sichtlich unbehaglich, weil sie überzeugt war, einen Fall für die Mächte der Welt vor sich zu haben.

Nach dem Duschen zog ich langsam Unterwäsche aus den Gemeinschaftsbeständen der Muh an. Bei jeder Bewegung erinnerte mich die kratzende Baumwolle, wie wund ich dank Dietmars und Robins gemeinsamer Bemühungen war. Wieder würgte es in meinem Hals, und ich musste mich setzen. Auch das tat weh. Bei Beas Eintreten setzte ich das Ankleiden fort.

„Deine Kleider sind in der Waschmaschine. Aber die Strumpfhose ist völlig zerrissen. Du solltest sie trotzdem aufbewahren, falls …"

„Schmeiß sie weg." Dazu sagte Bea nichts. Sie führte mich über einen Flur, den ich noch nie betreten hatte.

„Du schläfst heute Nacht auf der Krankenstation. Wenn du möchtest, bleibe ich bei dir."

„Bleib", sagte ich. Es schien mir das Beste.

In dem Raum standen zwei Betten jeweils an einer Wand, es gab ein Waschbecken und einen Schrank. Spiegel hingen bei den Muh nur in den Besuchertoiletten, aber die glatten Schranktüren reflektierten schwach mein Bild. Meiner Meinung nach sah ich bis auf den Handtuchturban, einen Fön konnte Bea mir nicht anbieten, normal aus. Aber Kopf und Unterleib schmerzten weiterhin, und ich fühlte mich seltsam schwer. Zu meiner Überraschung hing meine Handtasche an einem Kleiderhaken, darunter standen meine Schuhe.

„Dein Schlüssel ist in der Tasche", beruhigte mich Bea, als sie mir ins Bett half. Inna Muh hatte eine Wärmflasche hineingelegt und Kräutertee bereitgestellt. „Trink den Tee."

Um jeder weiteren Diskussion zu entgehen, leerte ich einen Becher.

*

Am nächsten Morgen hatte ich erhöhte Temperatur. Bea bot wieder an, eine Ärztin zu holen. Ich witterte eine Falle und lehnte ab. Außerdem glaubte ich zu müde zu sein, um eine Untersuchung ertragen zu können. Mit dem Gedanken schwand die Müdigkeit. Ich tappte zu dem Kleiderhaken und holte mir meine Handtasche ins Bett. Darin fand ich mein Handy. Es gab zwei entgangene Anrufe von Dietmar und einen von Heidi. Die rief ich zurück.

„Wo bist du, Christa? Ich habe bei dir zu Hause angerufen. Hängst du in Oberlethe herum und lässt dich von Dietmar verwöhnen?"

„Nein", sagte ich kurz und musste husten.

„Bist du krank? Wo bist du?" Ich entschied mich für eine familiengerechte Variante.

„Es stimmt schon, ich war gestern Nachmittag in Oberlethe. Anschließend bin ich zu Bea gefahren und da krank geworden. Ich weiß nicht, ob ich morgen arbeiten kann." Heidi äußerte sich besorgt, wenn auch nicht sehr. Es war die Jahreszeit für Erkältungen.

„Wann kommst du nach Hause?" wollte sie nur wissen.

Die Frage konnte ich nicht beantworten. Hatte ich in der Nacht noch geglaubt, Schlaf und heißer Tee wären alles, was ich benötigte, fühlte ich mich nun zunehmend elender. Inzwischen bezweifelte ich sogar, dass ich selbst Auto fahren könnte, denn etwas in meinem Kopf fing laut zu pochen an, sobald ich den Blick konzentrierte.

„Notfalls hole ich dich ab", versprach Heidi und wollte das Gespräch beenden.

„Heidi", sagte ich lauter, als meinem Hals in diesem Moment gut tat. Nachdem ich gehustet hatte, sprach ich weiter. „Hör zu, das ist wichtig. Ich mache mit Dietmar Schluss. Warum, erzähle ich dir, wenn wir uns treffen. Sag ihm nicht, wo ich bin. Ich will ihn nicht sehen."

„Habt ihr euch gestritten?" fragte Heidi in einem fast schon pikierten Ton, als ob ich nicht ebenso wie sie berechtigt wäre, mit einem Mann Schluss zu machen.

„Ja. Nein. Es ist schwieriger. Ich erzähl's dir später." Heidi seufzte genervt.

„Meinetwegen. Du musst wissen, was du tust. Da findet dich mal einer nett …"

„Heidi!"

„Okay. Ruf mich an, falls du abgeholt werden musst."

Ich dankte ihr für dieses Angebot, gleichzeitig hätte ich ihr den Hals umdrehen können, weil sie so tat, als wäre ich nur mit Mann vollständig. An diesem Morgen hätte ich Unvollständigkeit vorgezogen.

Gegen Mittag überredete mich Bea, eine Ärztin rufen zu lassen. Noch vor dem Mittagessen erschien eine jüngere Frau mit sehr langen, sehr glatten Haaren, die absolut gerade geschnitten über ihren schwarzen Rollkragenpullover hingen. Sie stellte natürlich Fragen zu den blauen Flecken an meinem Hals, aber ich machte ihr begreiflich, dass mein roter Rachen mich viel mehr plagte. Daraufhin verschrieb sie mir ein Antibiotikum und empfahl, mich wegen der Infektion am nächsten Tag krankschreiben zu lassen. Nachdem sie fort war, stopfte ich schnell ihren Prospekt einer Beratungsstelle in Oldenburg unter das Kopfkissen. Bea kam gleich darauf zu mir und drängte wie die Ärztin, ich solle mich krankschreiben lassen. Mir waren das zu viele gutgemeinte Ratschläge, deshalb sagte ich nur, ich wollte es mir überlegen. Anschließend bat ich Heidi, mich abzuholen. Erst nach dem Anruf fiel mir ein, dass Heidi seit Jahren keinen Muh mehr getroffen hatte. Sie wusste von dem Tagungshaus bei Sandkrug, doch sie hatte es immer abgelehnt, mich zu Bea zu begleiten. Dass sie jetzt kommen wollte, fand ich mutig von ihr.

Langsam zog ich meine eigenen Kleider an. Die Muh hatten für mich eine Ersatzstrumpfhose besorgt, wahrscheinlich aus Beständen eines Kiosks mit Sonntagsöffnung. Bea lieh mir einen Wollschal, den ich um die Blutergüsse am Hals wickelte, bis ich aussah, als trüge ich einen orthopädischen Kragen. Vielleicht hätte der gegen das Stechen im Nacken und hinter der Stirn geholfen. Jede plötzliche Bewegung meines Kopfes vermeidend ging ich hinunter ins Foyer, um dort auf Heidi zu warten. Leo war an der Rezeption. Als er mich sah, kam er zu mir.

„Christa Hemmen, Inna sagt, du bist krank?"

„Ja", sagte ich und sank in den Rattansessel, den er mir hingeschoben hatte. Nun bot er mir Tee an, doch ich lehnte ab mit der Begründung, meine Schwester werde mich gleich abholen. Seine Augenbrauen zuckten kurz.

„Entschuldige die Frage. Sie ist unbescheiden und dient nur meinem persönlichen Interesse …"

„Heidi war mit Greta Muh zusammen entführt." Er senkte den Blick. „Das wolltest du doch fragen, oder?" fragte ich. Er nickte, sah dann plötzlich auf und grinste.

„Es ist schwierig, bescheiden zu sein, wenn man es mit gleich drei berühmten Personen zu tun hat." Trotz meiner Kopfschmerzen musste auch ich grinsen.

„Oh je. Wer ist das denn alles?"

„Bea Muh, Christa Hemmen und Christa Hemmens Schwester."

„Ruhm ist vergänglich", sagte ich weise und fühlte mich für den Augenblick auch so. Er nickte in vollendeter Bescheidenheit.

„Ruhm ist Schall und Rauch. Aber man lernt aus dem Erlebten." Sofort kam ich mir albern vor. Wenn ich an den Vortag dachte, erschien ich mir als die dümmste Person im weiten Umkreis.

„Und was lernt man?"

„Bescheidenheit", entgegnete er und warf mir einen raschen Blick zu, der dennoch scharf genug schien, meine Stimmung zu lesen. „Und Verzeihen." Ich musste ihn vorwurfvoll angestarrt haben, denn er neigte den Kopf etwas und mied meinen Blick. „Nicht den anderen. Sich selbst. In der Welt spricht man davon, dass man mit sich selbst ins Reine kommen soll. Dann kann man bescheiden hinnehmen, dass alle auf einen sehen. Aus welchen Gründen dies auch sein mag." Ich ließ mir seine Worte durch den Kopf gehen, soweit der so sperrige Gedanken zuließ.

„Ich fürchte, momentan ist Denken nicht gut für mich", wiegelte ich ab. Er nickte und legte eine Hand auf meine. Das kam unerwartet, war aber angenehm. Eine Weile saßen wir schweigend nebeneinander, bis das Telefon klingelte und er an seinen Posten zurückkehren musste.

Bea kam aus einem Seminarraum.

„Hast du alles, Christa?" Ich nickte, noch zu verwundert über Leos Geste.

Heidi kam in diesem Moment durch die Glastür. Hinter ihr erschien Andrej. Neugierig sah er sich im Foyer um und grinste erfreut, als er mich entdeckte. Heidi hatte sich auf dem Weg zu mir unauffälliger umgesehen. Die letzten Meter blickte sie unverhohlen auf Bea, die neben meinem Sessel stehen geblieben war.

„Du bist Bea, nicht wahr?" sagte sie sofort. Bea neigte den Kopf leicht, ehe sie zu Heidi aufsah.

„Ja, die bin ich. Ich erinnere mich an dich, Heidi Hemmen." Heidi errötete, was man äußerst selten bei ihr sah, weil sie ihre Wangen stets geschickt schminkte. Sie gaben sich nicht die Hand, lächelten auch nicht, sondern sahen sich an, bis Andrej entschied, dass er sich lange genug zurückgehalten hatte.

„Hallo, moin. Andrej Gregorewitsch Schelupa." Er hielt Bea seine riesige Hand hin, und Bea ließ ihre Hand darin verschwinden und drücken, ohne das Gesicht zu verziehen.

„Willkommen im Tagungshaus der Muh. Ich bin Bea Muh, die Leiterin der Einrichtung."

„Schöne Haus in Wald. Opa haben eine Datsche in Wald. Ural. Da wir Männer treffen uns zum Jagen. Früher, vor Ausreise. Opa auch lange tot. Kennen Sie Tscheljabinsk?"

Bea bedauerte, noch nie weiter östlich als Berlin gewesen zu sein. Andrej nickte. Das sagte man ihm in dieser Gegend öfters. Er schielte kurz in Richtung des Computers an der Rezeption, wo Leo mit nur mäßig disziplinierter Neugier saß und erst auf Bescheidenheit schaltete, als er sich beobachtet fühlte. Andrej sah wieder auf Bea herab.

„Muh? Eine ziemlich alberne Name." Heidi stieß ihm energisch wie ineffektiv in die Seite. Bea dagegen musterte ihn milde und, wie mir schien, amüsiert.

„Ich stimme Ihnen zu, Andrej Gregorewitsch Schelupa." Bei seinem vollständigen Namen zog er die Brauen hoch. Bea wischte letzte Spuren des Amüsements von ihrem Gesicht und erwiderte seinen Blick in absoluter und inhaltsloser Offenheit. „Muh ist ein Akronym aus den Anfangsbuchstaben der Wörter minder und heimatlos. Minder, weil wir von geringer Bedeutung sind. Heimatlos in einer Welt, die keine Freiheit kennt."

„Aber dies schöne Haus", widersprach Andrej Bea, während Heidi an seinem Ärmel zog. Offener als je zuvor lächelte Bea zu ihm auf.

„Auch eine Schnecke trägt ein Haus. Hat sie aber ein Nest?"

Ich hustete, ursprünglich zur Ablenkung, dann jedoch weil ich nicht mehr aufhören konnte. Heidi ließ von Andrejs Arm ab und fuhr zu mir herum.

„Wieso bist du eigentlich krank?" verlangte sie zu wissen.

„Ohne Jacke draußen gewesen", krächzte ich. Sie verdrehte die Augen.

„Du solltest auf Mutti hören. Die hält nichts davon, wenn man ohne Jacke rausgeht", gab sie zurück.

Andrej ließ sich meinen Autoschlüssel geben und bot mir seinen Arm an. Es war, als stützte ich mich auf eine Mauer. Hinter uns gingen Heidi und Bea. Sie wechselten einige Worte, und ich ärgerte mich wahnsinnig, dass ich über Andrejs Konversation nicht verstehen konnte, was sie miteinander sprachen.

Jemand hatte mein Auto neben das Tor gefahren. Ich war es mit Sicherheit nicht gewesen. Andrej half mir auf den Beifahrersitz, auf dem er mich sorgfältig zudeckte. Inzwischen war Heidi zugestiegen und nahm den Schlüssel an sich. Andrej stieg in seinen Wagen.

„Wie kommen wir jetzt wieder nach Wardenburg?" fragte sie. Ich beschrieb ihr den Weg nach Sandkrug, den Rest der Strecke kannte sie.

„Na dann." Andrej folgte uns langsam durch den Wald und an den Weiden der Bösches vorbei zur Straße. „Also, was ist passiert? Wieso bist du in diesem Haus krank geworden?" verlangte Heidi zu wissen, als wir Richtung Sandkrug rollten. Sie hatte fast fünf Minuten geschwiegen und meinte wohl, ausreichend Rücksicht bewiesen zu haben.

„Ich bin bei Margo draußen gewesen. Ohne Jacke. Als ich hier ankam, hatte ich schon Fieber, glaube ich."

„Du warst also mit Dietmar in Oberlethe, bist ohne Jacke herumgelaufen und hast Schluss mit ihm gemacht."

„So ähnlich", gab ich zu, ergänzte aber, falls Dietmar sich mitleidheischend an sie heranmachen sollte: „Nur dass er es noch nicht weiß."

„Dass du krank bist?"

„Auch. Dass Schluss ist. Solltest du ihn oder Margo treffen, weißt du Bescheid."

„Nö. Ich verstehe auch nichts."

Wir erreichten Sandkrug, wo Heidi der Ausschilderung nach Wardenburg folgte.

„Du bist oft bei Bea, stimmt's?" fragte sie, nachdem wir den Ort wieder verlassen hatten und uns auf der Straße nach Wardenburg befanden. Andrej war vorher schon geradeaus nach Oldenburg gefahren.

„Ja. Könnte man vielleicht sagen." Heidi starrte betont nach vorne.

„Sprecht ihr manchmal ... über das damals?" Ich war erleichtert, dass sie sich an der alten Geschichte abarbeiten wollte.

„Nicht mehr, Heidi. Aber wir haben darüber gesprochen."

„Sie sagt, Greta geht es gut. Sie macht Ziegenkäse." Ich hatte Ziegenkäse aus Gretas Produktion probiert und auch meinem Vater eine Kostprobe mitgebracht. Der war vor Begeisterung in die Luft gesprungen und hatte behauptet, Leute, die solchen Käse machten, kämen direkt in den Himmel.

„Ja. Vati schmeckt er." Sie nickte mit gerunzelter Stirn.

„Vermutlich. Was der so mag."

Sie erwähnte Dietmar oder die Muh nicht mehr. In meiner Wohnung heizte sie das Schlafzimmer, bereitete eine Wärmflasche vor und kochte mir eine Kanne Tee mit Kräutern aus dem Garten von Andrejs Oma.

„Ich habe ein Antibiotikum. Wahrscheinlich brauche ich mich nicht krankschreiben zu lassen", beruhigte ich sie. Nachdem sie mir das Telefon und einen Stapel Zeitschriften neben das Bett gelegt hatte, blieb sie einen Moment stehen.

„Dann weiß ich nicht, was seit gestern aus dir geworden ist?" erkundigte sie sich von der Tür aus. Ich nickte. Sie seufzte.

„Du musst es wissen. Also, gute Besserung."

*

Ich blieb zwei Tage ohne Krankschreibung zuhause. Das Antibiotikum half schnell. Am Montagabend sah meine Mutter bei mir vorbei. Hätte ich nicht zufällig aus dem Küchenfenster gesehen, wäre ich bei ihrem Klingeln nicht an die Tür gegangen. Meine Mutter lieferte vitaminreiche Kost, außerdem eine spezielle Teemischung von Andrejs Oma, von der ich nun zwei Dosen besaß, und ein paar Stücke vom Sonntagskuchen. Über die freute ich mich am meisten. Ehe sie ging, warnte ich meine Mutter, dass ich mit Dietmar Schluss machen wollte. Sie zog zwar eine Grimasse, als schmerzte die Nachricht sehr, gestand mir aber zu, am besten zu wissen, was für mich richtig sei.

Dietmar selbst rief mich nicht mehr an, aber das hatte er in den letzten Wochen bereits vermieden. Ich fürchtete, er werde abends vor dem Haus lauern, aber falls er das tat, zeigte er sich nicht. Erleichtert wie ich darüber war, konnte ich so auch nicht Schluss machen. Einzig zu diesem Zweck wollte ich ihn nicht treffen. Für mein Verhalten bei einer Begegnung, sprich für meine Standhaftigkeit, konnte ich nicht garantieren. Zu leicht hatte er mich in den letzten Wochen in seinem Sinne beeinflussen können. Weil ich den unklaren Stand der Beziehung nicht länger hinnehmen wollte, schickte ich ihm am Donnerstag eine Mail. So kurz wie möglich teilte ich ihm mit, kein Interesse an weiterem Kontakt zu ihm und anderen Mitgliedern der Familie zu haben. Nachdem ich die Mail abgeschickt hatte, kam ich mir wie ein Teenager vor. Eine Antwort erhielt ich nicht.

*

Sicherheitshalber verbrachte ich das nächste Wochen-
ende bei meinen Eltern, die mich gerne päppelten. Mein
Vater ließ durchblicken, dass er über meine Mutter von der
Trennung gehört hatte.

„Es mag vielleicht ungerecht sein, Christa, aber so groß
ist der Verlust nicht", meinte er.

Nun war mein Vater noch nie so erpicht auf Schwieger-
söhne gewesen wie meine Mutter, auch hatte er alle Anwär-
ter, die Heidi und ich nach Hause gebracht hatten, misstrauisch beäugt. Von daher überraschte mich der Tenor seiner
Bemerkung nicht. Natürlich stimmte ich ihm zu, fragte aber,
weshalb er das sagte, ohne Dietmar Poepken zu kennen.
Mein Vater sah mich vorwurfsvoll an.

„Wieso nicht kennen? Didi Poepken arbeitet schließlich
auch in der ‚Fischerkate'. Und froh sein kann er, dass er
übernommen wurde. Für einen mit Abitur hat er sich ganz
schön schwer getan mit der Berufsschule. Nicht nur mit dem
Stoff, auch was sein Verhalten anging. Und nach dem, was
Ted erzählt hat, hätte ich ihn nicht übernommen. Wenn
einer von meinen Azubis nicht in der Spur bleibt, sag ich
dem jungen Chef immer gleich, dass der Betreffende mit der
Abschlussprüfung gehen kann. Aber oben in der Verwaltung
sind sie so heiti-teiti. Und wahrscheinlich brauchten sie drin-
gend jemand. Aber ich hätte lieber beim Arbeitsamt nachgefragt. Ich glaube, Ted hat sich von Didis Vater überreden
lassen. Der alte Poepken war ein Kumpel vom alten Chef.
Der kannte den Ted schon als kleinen Jungen."

Bei besagtem Ted handelte es sich um den jungen Chef.
Thede Frölje, wie er eigentlich hieß, gehörte zu den Männern, die selbst im reiferen Erwachsenenalter von ihren
Mitmenschen als Söhne wahrgenommen wurden. Seit über
zehn Jahren führte Thede Frölje den Familienbetrieb. Teds
Vater, für alle Welt der alte Chef, war, wie man so schön
sagte, mit weit über achtzig Jahren in den Stiefeln gestorben,
also im Gesellschaftssaal am Ausschank zusammengebro-
chen. Ted hatte nach fast dreißig Jahren als zweiter Mann auf

der Brücke die Leitung von Hotel und Restaurant übernommen. Inzwischen blickte er auf seinen sechzigsten Geburtstag zurück und hatte einen selbstgezeugten Nachfolger in der
Küche als zweiten Mann stehen. In Wardenburg galt er aber
weiter als der junge Chef der „Fischerkate", dem aufgrund
seiner Jugend verrückte Neuerungen zuzutrauen waren.

Ich kannte Onkel Ted mein ganzes Leben und wusste,
dass er hohe Ansprüche an seine Leute stellte. Mit meinem
Vater kam er gut zurecht, obwohl das wegen der häufigen
lautstarken Auseinandersetzungen selbst enge Mitarbeiter
bestritten hätten. Beide herrschten als Autokraten über ihren
Bereich und konnten sich über eine vermutete Einmischung
fürchterlich aufregen. Umso merkwürdiger fand ich es, wenn
mein Vater behauptete, der junge Chef habe sich überreden
lassen, Dietmar wider besseres Wissen nach der Ausbildung
zu übernehmen.

„Onkel Ted lässt sich doch nicht reinreden", widersprach
ich. Mein Vater hob die Hände.

„Der Sturkopf ist normalerweise unzugänglich für schöne
Worte und für Argumente. Aber ich weiß, dass der alte
Poepken da seine Finger im Spiel hatte. Maite hat es so gut
wie zugegeben, als ich damals gefragt hab, ob der alte
Poepken den jungen Chef bestochen hat. Und wenn eine
solche Sachen weiß, dann ist es Maite."

Maite Bruns, die Weggefährtin meiner Mutter aus Ausbil-
dungszeiten, war nicht nur Hausdame, sondern auch Onkel
Teds Vertraute. Dietmar, der keine Ahnung hatte, wie gut
ich Maite kannte, hatte oft darüber geklagt, dass sie von derrem Schreibtisch aus seine Arbeit mit scharfen Augen verfolgte und andauernd etwas an ihm auszusetzen hatte. Wenn
jemand wusste, welche Gespräche wegen seiner Übernahme
geführt worden waren, dann war es Maite. Wenn sie deswegen unzufrieden gewesen wäre, hätte sie Dietmar konsequent
auf die Finger geschaut.

Andererseits wollte ich schlecht über ihn denken, und
Hinweise, dass andere Leute auch nicht gut über Dietmar

dachten, nahm ich nur zu bereitwillig auf. Es ärgerte mich ungemein, dass ich mich auf seine Manipulationen eingelassen hatte. Erklären konnte ich mir mein Nachgeben nicht mehr, aber nichtsdestoweniger war ich fest entschlossen, in Zukunft kontrolliert zu bleiben.

Elke Braasch von nebenan kam am Sonntag kurz mit derrer Enkelin Nadine vorbei.

„Wie ist es denn so in Frau Schuhmann-Schulzes Klasse?" fragte ich Nadine. Ich wusste mit einem Teenager wie ihr nichts anzufangen, während meine Eltern und ihre Großmutter frohgemut davon ausgingen, junge Leute kämen immer miteinander zurecht. Nadine schien ebenfalls nicht begeistert zu sein, ergriff aber dankbar die Gelegenheit zum Lästern.

„Diese Frau ist echt heftig, Christa." Das beschrieb Frau Schuhmann-Schulz treffend.

„Ja, sie hat einfach viel zu viel Energie", stimmte ich zu. Nadine nahm ihre Finger zu Hilfe.

„Herbstbasar, Weihnachtstheater, Bewerbungstraining, Waldaufräumen in Gloysteinsfuhren, Abschlussbuffet. Fünf Großveranstaltungen plant die Tante. Als ob wir nur sie im Unterricht hätten und keine anderen Lehrer, die Hausaufgaben aufgeben. Und Freizeit will man ja auch haben." Ich nickte mitfühlend.

Frau Schuhmann-Schulz schickte nach wie vor eine zehnte Klasse los, um das Wäldchen neben der Schule von Müll zu befreien. In meinem Jahrgang hatte sie diese Aktion erstmals angestoßen, zwei Jahre später waren Heidi und Greta Muh während des Müllsammelns entführt worden. Frau Schuhmann-Schulz ließ völlig unbeeindruckt weiterhin jedes Jahr Getränkedosen, Zigarettenkippen, gebrauchte Kondome und Hundekot sammeln und posierte in den Umsonstzeitungen mit ihren Schülern. Vor ein paar Jahren hatte die Aktion einen Preis gewonnen, seitdem wusste ich, wie Frau Schuhmann-Schulz Verbrechen trotzte. Um etwas zu sagen, erwähnte ich den Preis. Nadine schnaubte.

„Oh, klar. Den Waldemar-Tönnies-Preis für praktizierten Umweltschutz an Schulen. Da kriegt man so eine Plakette, die man auf seiner Internetseite zeigen darf. Und zweihundert Euro für die Klassenkasse. Aber das war ein anderer Jahrgang. Die Türkin, die sie ermordet haben, war da drin."

Diese Bemerkung führte mir wieder einmal vor Augen, wie eng die Kreise, in denen man sich bewegte, tatsächlich waren. Natürlich war Nilüfer Tolka zur Schule gegangen, so wie Volkan und Buket auch, und dass sie Schülerin am Everkamp gewesen war, hätte mir schon früher einfallen sollen. Dass ich nicht daran gedacht hatte, lag vermutlich daran, dass Nilüfer Tolka für mich nicht existiert hatte, nicht als ich noch nichts von ihr wusste, aber auch später nicht. Sie war für mich, und vermutlich für viele Wardenburger, einfach Volkans jüngere Schwester und sein Opfer. Darüber hinaus gab es nichts über sie zu wissen.

„Geht deren Schwester nicht in deine Klasse?" fragte ich. Nadine nickte. „Wie geht's der denn jetzt? Unter den Umständen?" Das schien Nadine nicht zu wissen. Sie zuckte aufwendig mit den Schultern.

„Wir sollen nicht darüber reden, sagt Frau Schuhmann-Schulz", rechtfertigte sie, dass sie auch nicht darüber nachdachte. Frau Schuhmann-Schulzes Diktum zeigte wie immer Wirkung.

Nachdem Elke Braasch und Nadine wieder gegangen waren, vertrieb ich mir die Zeit am Computer meiner Mutter. Ich kontrollierte meine E-Mails, unter denen weiterhin keine Nachricht von Dietmar oder einem anderen Poepken war, und surfte dann zu meiner alten Schule, dem Schulzentrum mit Haupt- und Realschule am Wardenburger Everkamp. Einige Jahrgänge gab es noch, während die integrierte Gesamtschule Schuljahr für Schuljahr wuchs. Das Schulleben schien trotz Abwicklung zu blühen. Auf der Startseite prangte die Plakette der Waldemar-Tönnies-Stiftung, dazu gab es einen Link zu dem Bericht über die Preisverleihung vor drei Jahren. Ein Foto zeigte Frau Schuhmann-Schulz mit einer Handvoll Schülern ihrer damaligen zehnten Klasse. Man sah einen feisten blonden Jungen, einen langhaarigen Jungen, zwei blonde Mädchen und ein dunkelhaariges. Laut Bildunterschrift handelte es sich bei der Dunkelhaarigen um Nilüfer Tolka. Ich betrachtete das Bild eingehend. Für mich war es der einzige Hinweis, dass Nilüfer Tolka bereits vor drei Jahren existiert hatte.

Neugier und Nostalgie veranlassten mich, weiter auf der Seite der Schule zu surfen. Wann ich zuletzt dort gewesen war, wusste ich nicht mehr, aber damals hatte die Seite anders ausgesehen. Die Berichte gingen jedoch weit genug zurück, um mir Dietmar in der neunten Klasse zu zeigen. Mit sehr gemischten Gefühlen betrachtete ich sein Bild. Auch er hatte eine Vergangenheit, war wie ich erst zur Realschule und dann in Oldenburg zum Gymnasium, in seinem Fall zum Wirtschafts-Gymnasium an der Berufsschule II gegangen. Vor allem hatte es ihn gegeben, ehe ich ihn kennengelernt hatte. Diese Vorstellung bereitete mir ähnliches Kopfzerbrechen wie bei Nilüfer Tolka. Auch deren Schwester Buket tauchte mehrmals auf Bildern aus dem vergangenen Schuljahr auf. Anscheinend war sie in der neunten Klasse in einer Art Bollywood-Tanz-AG gewesen. Die Mädchen aus der AG hatten beispielsweise zur Verabschiedung eines Lehrers getanzt. Es gab ein Bild von der Aufführung und ein Gruppenfoto, auf dem der Schulleiter, der in den Ruhestand wechselnde Lehrer und sieben Mädchen in leuchtend bunten Saris abgebildet waren. Drei der Tänzerinnen wirkten ein wenig echter, wenn sie auch beileibe nicht indisch aussahen. Die drei mussten Buket und ihre beiden Freundinnen sein, mit denen sie zu Frau Schuhmann-Schulzes Verdruss Türkisch, und das zu schnell zum Mithören, sprach. Buket war tatsächlich, nicht nur in der Sprache ihrer Lehrerin, das kleinste Mädchen in der Truppe, an diesem Tag strahlend in Türkis und Rot. Ich nahm an, dass viel Zeit würde vergehen müssen, ehe sie wieder so strahlen könnte wie an diesem Tag vor knapp zehn Monaten.

7 EINSICHTEN

IN DER ALTEN Donnerschweer Straße, abseits des Stadtzentrums von Oldenburg zeigte sich kein Fußgänger. Autos mieden diesen verkehrsberuhigten Abschnitt, besonders jetzt, kurz bevor im Zentrum die Geschäfte öffneten. Den Kragen seines dunklen Mantels hochgeklappt, die Hände tief in den Taschen vergraben blickte der Mann in die Einmündung der Milchstraße. Aus dem Haus der Arbeitsloseninitiative trat eine Gruppe Frauen. Der Mann nahm sie kurz in Augenschein, aber sie waren zu alt, und aus einer Gruppe heraus sprach er prinzipiell keine an. Die Frauen hatten ihn vermutlich bemerkt, denn sie drängten sich zusammen. Blauer Zigarettenqualm entwich an mehreren Stellen unter dem Rand ihres Regenschirms. Der Mann im Mantel rümpfte die Nase und schob sich noch etwas weiter von den Frauen fort.

Als er sich schon entschieden hatte, nicht länger zu warten, huschte ein schmaler Schatten aus der Milchstraße.

„Na endlich", sagte der Mann um seinen ungnädigsten Ton bemüht. Das Mädchen sah zu ihm auf.

„Ich musste warten, bis alle wieder im Klassenraum waren." Er betrachtet sie von seiner nicht beeindruckenden Höhe aus. Der Kleinen erschien er riesig.

„Ich dachte, du kneifst", sagte er kühl.

„Ich kneife nicht", widersprach sie leise.

„Dann steig jetzt ein. Wann musst du zurück sein?"

„Mein Zug fährt um 14.30 Uhr", antwortete das Mädchen.

Sie fuhren unter der Eisenbahnbrücke hindurch und an der Front des Bahnhofs vorbei. Die Innenstadt erwachte gerade erst. Für die Arbeit korrekt gekleidete Menschen eilten über die Ampeln, blind für individuelle Autos, gar für deren Insassen. Das Mädchen sah die Passanten, betrachtete im Vorbeifahren einzelne Personen und wünschte halb, mit ihnen an den Schaufenstern vorbeizuziehen.

Der Wagen passierte auf seinem Weg die Ampelstaus der in die Stadt Strebenden, bog am Schlossgarten von den bekannten Straßen ab. Alle Häuser hier waren fremd, wichen bald in Vorgärten zurück, rückten auseinander, bis sie ganz verschwanden. Felder erstreckten sich farblos. Knoten kahler Bäume regten sich nicht, Krähen standen wie Vieh auf leeren Maisfeldern. Am Ende eines unbefestigten Wegs lag ein Haus abgeschieden hinter Bäumen. Zwei kleinere Autos standen im Hof.

„Hier wohnst du?" wagte das Mädchen zu fragen. Es hatte lange geschwiegen.

„Natürlich. Komm." Wider Erwarten gingen sie nicht in das große Haus. Beinahe enttäuscht ließ das Mädchen sich zu einem kleineren Gebäude neben der Einfahrt schieben. Der Griff um den Arm wurde fester.

„Eine Garage?"

„Was sonst?" Das Mädchen zögerte. Er schob es weiter in einen kleinen Raum.

„Sag hallo zu meinem Bruder."

∗

Es sollten noch zwei weitere Tage vergehen, ehe ich Dietmar zu Gesicht bekam. Ich war an jenem Mittwoch aus Ahlhorn zurückgekommen, wo die Umbauarbeiten so weit fortgeschritten waren, dass wir für die Wohnungen inserieren konnten. Diese Botschaft wollte ich Harry überbringen, doch als ich ihn in unserem Büro suchte, war er bereits zu Tisch. Ich beschloss, zur Bank zu gehen und mich anschließend mit meinem belegten Brötchen aus der Ahlhorner Bäckerei im Büro zu verpflegen. Meine Bank lag nicht weit von „Crea. Heim und Pflege" an der Oldenburger Straße. Ich brauchte nicht einmal die Straßenseite zu wechseln. Auf dem Weg dorthin winkte ich Harry zu, der wie immer im Döner-Imbiss saß. Unser gemeinsames Büro roch stark nach seinen täglichen Besuchen dort. Ein längerer

Verdauungsspaziergang hätte vielleicht geholfen, seine Kleidung auszulüften, aber unglücklicherweise war der Weg von Tür zu Tür in weniger als fünf Minuten zu bewältigen.

Als ich aus der Glastür meiner Bank trat, überquerte Dietmar bei fließendem Verkehr die Oldenburger Straße. Da er mich offenkundig gesehen hatte, blieb ich stehen. Das war ein Fehler, doch in diesem Augenblick dachte ich nicht darüber nach. Er erreichte den Gehweg mit Mühe und Not, weil die Autofahrer das grüne Ampellicht nutzen wollten und nicht auf kreuzende Fußgänger achteten.

„Christa!" rief er schon auf der Straße. „Warte einen Moment." Da ich bereits still gestanden hatte, fand ich die Bitte unnötig. Er holte tief Luft. An diesem kalten Tag Ende November trug er einen Mantel über seinem grauen Anzug. Darüber stand sein Gesicht farblos. „Ich muss mit dir reden", informierte er mich.

Ich nickte ahnungsvoll. Sicherheitshalber stopfte ich die Hände tief in die Taschen meiner Jacke. Da er vergeblich versucht hatte, meine Hand zu ergattern, rang er seine beiden vor der Brust.

„Du hast Schluss gemacht! Einfach so? Per Mail? Was soll das?"

„Hättest du dich gemeldet, hätte ich es dir am Telefon gesagt", entgegnete ich. Er starrte mich an.

„Ich habe dich angerufen." Dazu nickte ich.

„Ja. Da war ich krank."

„Du warst krank? Warum hast du nichts gesagt? Ich hätte dich gepflegt." Ich hätte schweigen sollen.

„Ich habe Schluss gemacht. Vergiss das nicht." Er hörte nicht auf zu starren.

„Aber es lief doch so gut zwischen uns", wandte er ein. Mein Bauch gab widerstrebende Signale von Erregung und Panik. Einen Moment lang glaubte ich, ihm vor die Füße kotzen zu müssen.

„Nein", gab ich zurück. „Gar nichts lief gut. Ich habe die Nase voll von dir." Ich wandte mich um und strebte Richtung „Crea. Heim und Pflege". Dietmar lief mir nach.

„Christa, das meinst du nicht ernst, nicht wahr? Gib zu, dass es dir gefallen hat. Komm, ich hab Pause. Wir fahren in deine Wohnung. Da zeig ich dir, wie gut es für dich ist, wenn du mit mir zusammen bist." Ich blieb stehen. Auch das war ein Fehler, einer unter vielen.

„Es ist aus." Er packte meinen Arm, gleichzeitig kam sein Gesicht näher.

„In der Remise hat es dir gefallen, oder? Du hättest dich hören sollen. Keiner würde glauben, es hätte dir keinen Spaß mit uns beiden gemacht. Aber okay, vielleicht bin ich allein dir lieber. Ich liebe dich nämlich, ich …"

„Verschwinde! Es ist aus. Merk dir das", zischte ich, doch er kam noch näher.

„Du geile Sau. Dein Zicken macht mich total an." Ich riss mich los. Dietmar lachte und wollte mich wieder festhalten, als Harry über den Verkehrslärm rief:

„Alles klar, Christa?"

„Du lässt mich in Ruhe, sonst rufe ich die Polizei!" brüllte ich Dietmar an und drehte mich um. Hinter mir stand Harry im Hemd, ein Faden Krautsalat hing an seinem Kragen. In der Tür des Imbisses fröstelte ein junger Mann in weißem T-Shirt und kurzem Vorbinder. Dietmar warf Harry einen bösen Blick zu und rannte davon.

Ich folgte Harry in den Imbiss, dessen nach dem Steinwurf neu eingesetztes Fenster noch nicht mit Werbung beklebt war. Erst jetzt bemerkte ich einen weiteren Mann, der hinter der Theke stand und von dort freie Sicht auf die Straße hatte.

„Alles klar bei Ihnen?" fragte er mich, aber ich war zu verwirrt, mehr zu tun als zu nicken.

„Trink einen Tee", riet Harry, der seine Mahlzeit wieder aufgenommen hatte.

Ein Glas Tee erschien vor mir. Ich brachte ein Lächeln zustande. Der Imbissangestellte lächelte zurück. Vielleicht war es Zufall, doch wie mir nun auffiel, trug er seine Haare ähnlich wie Harry. Sie lagen in einer kompakten Matte von den Augenbrauen zu den Schulterblättern, jedoch in sich gewellt, was bei Drehungen des Kopfes einen interessanten Effekt ergab. Der Mann hinter dem Tresen hatte eine gewöhnliche massiv gegelte Kurzhaarfrisur. Er sagte nun etwas, was ich nicht verstand. Sein Kollege winkte bei der Antwort vage nach draußen. Mir war, als hätte er Volkans Namen verwendet, aber natürlich konnten die Worte auch einfach nur ähnlich geklungen haben.

Die Glocke über der Tür klingelte. Eine gegen den eisigen Wind in ein dickes Wolltuch gewickelte Frau blieb im Rahmen stehen, den Blick auf die Oldenburger Straße, und stellte über die Schulter eine Frage. Der Mann hinter dem Tresen gab eine kurze Antwort, worauf die Frau sich zu mir umdrehte.

„Moin", sagte sie und betrat den Imbiss endgültig.

Die Tür fiel wieder zu und hielt die kalte Luft draußen. Als jetzt die Frau ihren Schal abwickelte, erkannte ich in ihr eine der Pflegerinnen von „Crea. Heim und Pflege". Emine hieß sie, und Ernst Loga hatte Zweifel an ihrer Identifikation mit dem Pflegeberuf. Seiner Meinung nach mussten mobile Pflegerinnen nach Antritt ihres Dienstes zehn bis fünfzehn Kilogramm zunehmen und durften danach nicht weniger als siebzig Kilogramm auf die Waage bringen. Emine hatte seit ihrem Dienstantritt abgenommen. Sie war wie ich auf der hageren Seite mit hervortretenden Wangenknochen und langen dünnen, berufsmäßig schmucklosen Fingern. Harry nickte ihr zu, als kenne er sie gut. Wahrscheinlich war dem so, schließlich verbrachte er auf die Woche verteilt fast einen halben Arbeitstag in dem Imbiss. Unterdessen sprach die Frau leise am Tresen mit dem kurzhaarigen Mann, der ihr dabei ein in Alufolie gewickeltes Paket reichte. Harry bezahlte. Mein Tee sollte aufs Haus gehen, wofür ich mich bei dem Mann mit der Mattenfrisur herzlich bedankte. Die Frau hatte ihren Schal wieder umgebunden und ging mit uns hinaus.

Mir war es peinlich, als wir zu dritt in die Friedrichstraße bogen. Selbstverständlich handelte es sich bei „Crea. Heim und Pflege", wie Frau von Geldern zu sagen pflegte, um eine Organisation von Engagierten, die alle wie in einer Familie zueinanderstünden, um gemeinsam das große Ziel zu erlangen. Wenn sie auf Dienstbesprechungen so redete, herrschte immer absolutes Schweigen. Einmal hatte sie vorgeschlagen, ein gemeinsames Lied anzustimmen. Ernst Loga war zur Erleichterung aller aufgestanden und hatte öffentlich bekannt, er für sein Teil könne nicht singen. Selbst Harry, der Ernst ansonsten wie die Pest verabscheute, hatte nachher zugegeben, nur Ernst habe das Blatt wenden können. Sogar Frau von Geldern bewunderte seine Fernsehserienschönheit so sehr, dass sie ihm pink errötend die Androhung einer Probe seines Gesangs durchgehen ließ. Bei allem Gerede von großer Familie und vereintem Streben existierte bei „Crea. Heim und Pflege" jedoch ein Oben, dem Harry und ich zuzurechnen waren. Dementsprechend gab es auch ein Unten. Ernst Loga mochte mit uns am Besprechungstisch sitzen, seine weiße Kluft zeichnete ihn als Angehörigen der niederen Ränge aus. Emine in ihrer Arbeitshose war an jenem Mittag ebenfalls eindeutig als eine von unten erkennbar.

„Wer war der Typ?" fragte mich Harry in ihrer Hörweite, als wären meine Angelegenheiten Wardenburger Allgemeingut oder wenigstens das von „Crea. Heim und Pflege". Eine Antwort stand ihm jedoch zu.

„Das war mein Ex-Freund. Ich habe mit ihm Schluss gemacht. Das hat er nicht begriffen." Harry knurrte. Dass er in der Blüte seiner Jugend einmal meine jetzige Vermieterin hatte heiraten wollen, verlieh ihm anscheinend väterliche Rechte.

„Belästigt er dich?" Ich warf einen Blick auf Emine, die einen Meter vor mir herging, wie um zu zeigen, dass sie nicht beanspruchte, zu uns zu gehören.

„Ich habe ihn eben zum ersten Mal wiedergetroffen. Ich hoffe, er kapiert jetzt, dass Schluss ist."

„Der Kumpel deines Vaters ist bei der Polizei hier in Wardenburg, oder?" Ich nickte. „Manchmal ist es gut, einen Bullen zu kennen", gab er zu bedenken

„Das sagst du mir, linker Straßenkämpfer?" rang ich mir einen lauen Scherz ab. Harry behauptete immerhin, als Student einmal einen Stein in die ungefähre Richtung eines Polizeiautos geworfen zu haben. Nun, am Hofeingang zu „Crea. Heim und Pflege", lachte er behäbig und bewegte mit einer Hand seine Filzmatte über den Schädel.

„Ja. Ich sagte auch, manchmal, Christa."

Wir betraten das Gebäude. Wäre Emine nicht bei uns gewesen, hätten wir die Tür zum Treppenhaus an der Friedrichstraße benutzt. So aber waren wir kollegial mit ihr in den Hof eingebogen. An der Tür zum Sozialraum der Pflegerinnen und mobilen Reinigungskräfte blieb Emine stehen. Harry, der vorausgegangen war, bemerkte das nicht.

„Dietmar Poepken ist kein guter Mann", sagte sie leise. Ich blieb stehen. Sie biss sich auf die Lippen.

„Kennen Sie ihn denn?" fragte ich. Sie nickte.

„Von der Schule." Ratlos standen wir uns gegenüber. „Sind Sie froh, dass Sie ihn los sind", bekräftigte Emine. Harry drehte sich an der Tür zum Treppenhaus nach mir um.

„Kommst du, Christa?"

„Gleich, Harry!" Aber Emine war schon zu ihren Kolleginnen gegangen.

Für Harry gab es keinen Anlass, das Thema Ex-Freund derter auszuführen. Er hatte einige Punkte bezüglich der Ahlhorner Wohnungen mit mir zu besprechen. Daraus ergaben sich weitere Fragen, die wir zu klären hatten, ehe wir uns unseren regelmäßigen Aufgaben zuwandten. Den Krautfaden zupfte ich ihm vom Kragen, ehe er zu Frau von Geldern ging. Damit war zunächst der gesamte Zwischenfall abgehakt.

*

Am folgenden Nachmittag stand Margos orangefarbener Handtaschengeländewagen im Patenbergsweg. Ich bemerkte ihn erst, als ich schon geparkt hatte. Zu diesem Zeitpunkt war Margo ausgestiegen und zu meiner Fahrertür gekommen.

„Hallo, Christa", begrüßte sie mich und machte Anstalten, mich zu umarmen. Nicht unfreundlich wehrte ich sie ab. Die Nähe eines Mitglieds des Poepken-Haushalts konnte ich nicht ertragen.

„Darf ich dich kurz sprechen, Christa?" fragte sie. Da sah ich mich außerstande abzulehnen. Langsam folgte sie mir die Treppe hinauf. In meiner Wohnung war es kühl. Margo fröstelte und drängte sich an einem Heizkörper.

„Möchtest du einen Tee?" fragte ich sie.

Ich stand auf Strümpfen da, während sie auf den Absätzen ihrer kniehohen Lederstiefel balancierte. Donnerstag war einer ihrer kurzen Arbeitstage, und sie hatte sich offenkundig zu Hause schon ihres Bankkostüms entledigt. Die Vorlieben ihres Mannes schlugen sich eventuell im knappen Sitz von Hose und Pullover nieder. Ich fragte mich, ob sie von Robins Besuch in meiner Wohnung und dem Treffen in der Remise wusste und was sie davon hielte.

„Es geht um Dietmar. Du hast Schluss mit ihm gemacht", begann Margo, nachdem ich ihr Tee eingeschenkt hatte. Das bestätigte ich.

Wir saßen in meiner Küche. Dort auf dem Boden vor dem Schrank hatte ich unter Dietmar gelegen und durch den Nebel einer leichten Gehirnerschütterung sein Tun zugelassen. Mir wurde übel, wenn ich daran dachte, doch gleichzeitig meldete sich eine abgeschwächte Sehnsucht. Dieses Gefühl durfte nicht an Stärke gewinnen. Margo musterte mich offen.

„Aber warum, Schätzchen? Ihr habt euch doch so gut verstanden. Alle haben das gesehen."

„Ich habe meine Gründe", entgegnete ich. Was alle gesehen hatten, wollte ich lieber nicht wissen. Margo verzog den korallenroten Mund.

„Er vermisst dich."

„Ich ihn nicht", log ich, denn ein Teil von mir wäre wahrscheinlich vor ihm in die Knie gegangen und hätte Abbitte geleistet.

„Er braucht dich", fuhr Margo fort. Das erschien mir unwahrscheinlich. Jede dumme Gans konnte seine Bedürfnisse befriedigen. Sie brauchte nur ihren Verstand auszuschalten, wie ich es getan hatte. Margo seufzte.

„Du verstehst das nicht, Christa. Er braucht dich. Eine Frau, die ihn führt. Er kann sonst nicht … funktionieren."

„Funktionieren?" gab ich trocken zurück, weil die Formulierung so unerwartet war.

„Ja, Christa. Er braucht dich. Er leidet. Seine Arbeit leidet. Er vergeht sich nach dir." Sie sah mir fest in die Augen. „Er muss dich haben dürfen." Ich schluckte.

„Ich will ihn nicht mehr sehen, Margo. Du solltest jetzt gehen und ihm das sagen." Sie zögerte, die Augen auf meinem Gesicht.

„Vielleicht. Aber hat es irgendetwas gegeben … einen Streit … eine Auseinandersetzung?" Es war unmöglich, nicht an die Remise zu denken. Margos Ausdruck wurde härter. „Der Sex war gut, oder?" fragte sie spitz. Ich musste nicken. „Na also. Was willst du mehr? Hör zu, Christa. Du bist eine vernünftige Frau. Er braucht das. Sein Charakter muss noch geformt werden. Dietmar ist jung. Er braucht Stabilität. Dafür kann er dir im Bett einiges bieten. Er ist gut im Bett."

„Dein Mann auch", warf ich ihr an den Kopf. Sie zuckte mit den Schultern.

„Sieh mal an. Das ging ja fix. Ja, die beiden haben ihre Qualitäten. Allein oder zusammen. Aber auf Dauer ist es nicht gut für Dietmar. Er braucht eine Frau für sich. Du bist die Richtige."

Hätte Margo ihn jetzt aus ihrer Handtasche hervorgezaubert, ich wäre seinen Entschuldigungen nicht gewachsen gewesen. Doch Margo konnte nicht hexen. Ich schaffte es, zur Tür zu zeigen.

„Tut mir leid, Margo. Es ist aus."

„Wie du meinst. Auf deine Verantwortung." Ohne mich anzusehen, ging sie hinaus.

Ich klebte am Fenster, bis ihre Rücklichter um die Ecke verschwanden, dann ließ ich mich auf den nächsten Stuhl fallen. Zu meinem Ärger zitterten meine Knie. Etwas hatte Dietmar an sich, das mich dazu brachte, mich so dämlich aufzuführen. Was das war, wusste ich nicht. Ich hätte auch früher nie geglaubt, dass ich so naiv und manipulierbar wäre. Margo dagegen hatte so etwas erwartet. Offenbar war es für sie nichts Neues, dass ihr Mann sich an den Freundinnen seines Bruders bediente. Mochte er sich darüber beklagen, wenn über die Girlys im Hause Poepken geredet wurde. Zugegriffen hatte er mit Sicherheit bei den Berufsschülerinnen, die Dietmar aus der Stadt aufs Land brachte, in dieses große Haus, wo neugierige Nachbarn ein Fernglas gebraucht hätten.

*

Arbeit war legitime Flucht. Ich glaubte nicht, dass es gut wäre, wenn ich alleine in meiner Wohnung säße. Erstens würde ich grübeln, zweitens wäre es nicht auszuschließen, dass ein oder zwei der Poepken-Brüder vorbeikämen, um mich zur Vernunft zu bringen. Freitag blieb ich deshalb bis nach halb vier Uhr bei „Crea. Heim und Pflege". Erst als Frau von Geldern in Mantel und Schal in der Bürotür erschien, packte ich eilig meine Sachen zusammen.

„Frau Hemmen, verbringen Sie nicht Ihr Wochenende hier."

„Nein, nein", versicherte ich eilig. Sie sollte nicht glauben, ich hätte kein Privatleben. „Ich musste nur einige Notizen in die Datenbank einpflegen."

Damit war ich tatsächlich beschäftigt gewesen. Solche Tätigkeiten konnte ich besser erledigen, wenn Harry nicht an seinem Platz saß. Seine Aufgaben verlangten zahlreiche Telefonate mit oft älteren Klienten. Mit denen sprach er laut und äußerst langsam. Das lenkte mich ab, besonders an Tagen, an denen mich wie heute andere Gedanken bedrängten.

Frau von Geldern schien auf mich zu warten. Ich fuhr in meinen Mantel und trat an ihr vorbei auf den Flur. Diese Frau erschien mir zunehmend wie eine unerreichbare Stilikone. Sie trug ihren neuen Wollmantel so, als besäße sie ihn seit zwanzig Jahren. Auch ihre Faltenröcke sahen so aus, als wären sie entworfen worden, damit in ihnen Frauen jeden Alters und unabhängig von der Figur wie ionische Säulen aussähen.

„Was halten Sie davon, Frau Hemmen, wenn Sie zusammen mit Herrn Meinert ein neues Kundenzentrum in Rhauderfehn aufbauen? In gleichberechtigter Position, obwohl Sie natürlich deutlich jünger sind. Sie machen weiter die Akquise und er die Beratung für die Wohnungen. Dazu würden wir für die Bürotätigkeiten eine Hilfskraft einstellen." Sie blieb an der Glastür stehen und sah mich an. „Überlegen Sie es sich. Das wäre ab dem zweiten Quartal des nächsten Jahres. Die Leitung einer Außenstelle ist zeitaufwendig, aber Sie sind ja ungebunden. Und es gäbe auch mehr Geld."

„Wie viel mehr?" fragte ich schockiert, so ein Angebot zwischen Tür und Angel zu erhalten. Sie war nicht sicher.

„Das hängt von der Hauptstelle in Kamp-Lintfort ab. Aber unabhängig von der Summe rate ich Ihnen anzunehmen." Ich versprach, es mir zu überlegen. Mein Schicksal schien besiegelt, und wenn ich auch wahrscheinlich nicht zu den Faltenröcken aufsteigen würde, hielt ich Seidenhalstücher mit Anker oder Hufeisen nicht länger für ausgeschlossen.

*

Zuhause zog ich Jeans und in einem Anflug von Rebellion einen roten Fleecepullover an. Warme Kleidung war notwendig, weil der Wind seit gestern an Stärke zugenommen hatte und sich als Sturm versuchte. Mir wurde diese Entwicklung erst bewusst, als ich Wardenburg über Astrup verlassen hatte und an den offenen Feldern vor Sandkrug vorbeikam, wo eine heftige Böe mich fast in den Gegenverkehr gedrückt hätte. Das einsame Windrad vor Sandkrug war aus dem Wind gedreht und stand still, während loses Laub und Zweige über die Straße fegten. In Sandkrug vollzog ich den rechtwinkeligen Abzweig nach Süden, so dass ich am Staatsforst Hasbruch vorbei Richtung Kirchhatten fuhr. Die Bäume schirmten die Straße gegen den Wind ab, als ich einen Blick nach oben wagte, sah ich aber, wie ihre Wipfel gezaust wurden. An der Kreuzung vor Kirchhatten bog ich Richtung Sandhatten ab. Nun blies mir der Wind entgegen, zudem irritierte mich die tiefstehende Sonne. Kurz bevor die kleine Straße zum Tagungshaus der Muh auf den Wöscheweg mündete, sah ich vor mir ein Warndreieck am Straßenrand. Dahinter rangierte ein Traktor. Ich schaltete die Warnblinkanlage ein und hielt neben dem Graben.

Ein trauriger Mann, dessen Anzughosen von den Knien abwärts nass herunterhingen, sah mir erwartungslos entgegen.

„Sie sind nicht vom Automobilclub", teilte er mir mit. Dies konnte ich nur bestätigen.

„Hatten Sie einen Unfall? Brauchen Sie Hilfe?" fragte ich dennoch. Trostlos schüttelte er den Kopf.

„Nein, danke. Wie Sie sehen, ist da schon diese Dame."

Ich sah mich nach einer Dame um und entdeckte Frau Bösche, Trinis Mutter, auf dem Traktor. Zwei kleinere Leute, die trotz ihrer diversen Schichten wärmender Kleidung als Muh erkennbar waren, machten sich an einem Auto zu schaffen. Die vordere Hälfte, von Leuten wie meinem Vater respektlos als Schnauze bezeichnet, steckte im Graben. Der war an dieser Stelle glücklicherweise nicht sehr tief, auch fiel die Böschung für einen Straßengraben sachte ab, aber dafür war er bis zum Rand mit braunem Wasser gefüllt. Das erklärte auch die nassen Hosenbeine, an denen angefaulte Entengrütze und Stroh klebten. Das Straßenschild lag unter dem Auto.

„Was ist passiert?" fragte ich den halbnassen Fahrer. Er hob die Hände.

„Ich war auf dem Weg zur Autobahn. Okay, ich habe telefoniert, aber es war auch wenig Verkehr. Dann hat mich eine Böe erwischt. Mit einer Hand konnte ich nicht gegensteuern …" Er sah mich an. „Jetzt ist auch noch der Akku alle." Mitfühlend nickte ich.

Frau Bösche hatte inzwischen das Auto aus dem Graben gezogen. Der eine Muh umkreiste es. Ich folgte dem Fahrer zu dessen nicht billigem Gefährt. Frau Bösche sprang auf die Straße. Sie trug eine Fellweste über ihrem dicken Holzfällerhemd und eine Pudelmütze, unter der Haare wie Stahlwolle hervorquollen. Bis auf diese Haare glich sie den Muh auf den ersten Blick sehr.

„Ah, Frau", begrüßte sie mich. Seit weit über einem Jahr gelang es ihr nicht, einen Namen mit mir zu verknüpfen. Sogar Bea lächelte darüber.

Aber an diesem Tag war Bea nicht vor Ort. Der eine Muh entpuppte sich als Inna Muh, die kenntnisreich mit Haken und Winde des Traktors hantierte. Der andere Muh schien dem Akzent nach Edu Muh zu sein. Er erklärte dem Fahrer gerade in knappen Hauptsätzen, dass er mit seinem Auto nicht weiterfahren könne.

„Woran sehen Sie das?" fragte der Mann in der nassen Hose. Seine Zähne klapperten. „Ich sehe nichts, nicht mal einen Lackschaden." Mit der Hand wischte er Entengrütze von der Motorhaube, die an meiner Seite durchaus eingedellt war, wo sie den Pfosten des Straßenschildes vor sich her geschoben hatte. Edu Muh blieb geduldig.

„Ich sehe das an dem Wasser, das aus dem Motor läuft", sagte er zur linken Schulter des Mannes und zeigte auf die braune Pfütze unter dem Wagen. Es tropfte immer noch stetig. Der Fahrer seufzte tief.

„Ah, ja." Er sah sich um. Frau Bösche kam hinzu.

„Da ist Wasser im Motorraum, Herr. Ich schleppe Sie auf den Hof. Da können Sie telefonieren."

„Aber ich habe den Automobilclub schon angerufen. Und der Akku ist leer", klagte der Mann bibbernd. Inna reichte ihm ihr Handy.

„Sagen Sie, dass Sie auf meinem Hof sind", riet Frau Bösche. Der Mann sah uns alle einzeln an, dabei wedelte er beide Hände mit den zwei Handys vor unseren Gesichtern.

„Und die Nummer? Der Akku ist leer." Tränen liefen über seine Wangen und tropften auf das bisher makellose Jackett.

Es endete damit, dass ich auf meinem Handy die Nummer des Automobilclubs suchte und der freundlichen Stimme erklärte, wo das Unfallfahrzeug zu finden wäre. Frau Bösche lud die Muh und mich ein, mit auf den Hof zu kommen. Inna und Edu zögerten. Ich erklärte ihnen, dass Bea es ungern sehen würde, wenn sie Frau Bösche brüskierten. Inna schien sich mit der Vorstellung, Frau Bösche weiter behilflich zu sein, eine Brücke zu bauen.

„Es schickt sich, angefangene Hilfe zu Ende zu führen", sagte sie zu Edu. Der äußerte sich zwar nicht weiter, stieg aber in mein Auto, als ich ihm die Tür aufhielt. Inna saß bei mir vorne. In der Wärme der Kabine zog sie Mütze und Schal herunter und lächelte meine Nasenspitze an. „Danke. Die Wärme tut gut."

„Das finde ich auch", sagte ich und fragte, ob die beiden Muh etwas über den Unfall wüssten. Doch sie waren von Bea erst losgeschickt worden, nachdem Trini mit der Nachricht eingetroffen war.

Ich fragte mich, weshalb Bea ausgerechnet diese beiden ausgewählt hatte. Edu kam aus einer Familie von Hufschmieden und war wahrscheinlich die Arbeit mit schwerem Gerät gewöhnt, bei der kleinen Inna konnte ich mir das nicht vorstellen, obwohl ich sie so geschickt an der Winde gesehen hatte. Als ich das zu ihr sagte, lächelte sie so bescheiden, dass es fast nicht auszuhalten war.

„In meinem Geburtszentrum war ich Traktorist. Ein Traktor ist ein wichtiges Gerät auf einem Hof. Über viele Jahre habe ich gelernt, was nötig ist."

„Warum bist du denn dann in dieses Zentrum geschickt worden, wo es keine Landwirtschaft gibt?" fragte ich erstaunt. Der Ideologie irrationale Entscheidungen zuzuschreiben, wäre ein Leichtes gewesen. Aber ich hatte mittlerweile gemerkt, dass die Muh sich etwas bei ihren Zuweisungen dachten. Inna schwieg einen Moment.

„Ein Muh wird nicht nur nach seinen Kenntnissen eingesetzt. Es gab andere Gründe, und die kamen mir sehr entgegen", sagte sie dann.

Ich fragte mich, ob ihr leises Lächeln mit einer für mich nicht wahrnehmbaren Fürsorgebeziehung erklärbar sei. Einen anderen Grund für eine Versetzung in ein Zentrum, wo sie nicht nach ihrer Qualifikation eingesetzt werden konnte, sah ich nicht. Inna grinste nur, als könne sie meine Gedanken lesen und freue sich darüber, wie abwegig sie waren.

Kurz darauf saßen wir in Frau Bösches Küche. Dem Fahrer des Unfallwagens hatte sie eine Hose und eine Strickjacke ihres Mannes überlassen. Etwas später kam ein Wagen vom Automobilclub. Ich bot mich an, die Muh zum Tagungshaus zu bringen.

„Bea Muh wollte mit Trini wegfahren", sagte Inna von sich aus zu meinem Kinn.

Aber ich bestand darauf, die beiden zu fahren, auch wenn ich anschließend wieder umkehren müsste. Als wir vom Hof rollten, winkte der Fahrer des Unfallwagens uns nach und rief laut „Vielen Dank". Ich winkte kurz, dann machte ich Inna darauf aufmerksam, dass er Hajo Bösches Jacke und Hose trug. Sie sah mir vor Überraschung ins Gesicht, ehe sie den Blick senkte.

„Hose und Jacke sind nicht verantwortlich", gab sie zu bedenken. Ich nickte seufzend. Hinter uns regte sich Edu.

„Wofür?" Da wir sowieso gerade an der Hofausfahrt standen, drehten wir uns beide zu ihm um. Seit seiner Bemerkung über das Wasser aus dem Motor hatte er nichts mehr gesagt.

„Hajo Bösche, der Mann dem die geliehenen Kleider gehören, saß im Gefängnis. Er ist jetzt in einer speziellen Klinik." Da Edu nur mit gerunzelter Stirn dasaß, drehte ich mich nach vorne und fuhr weiter.

„Was hat er getan?" wollte er schließlich wissen.

„Neugier ist unbescheiden", mahnte Inna.

„Inna, ich finde, er sollte es wissen. Alle Leute hier wissen Bescheid. Deshalb wird Trini auch immer geärgert", wandte ich ein.

Gegen ihren Willen wollte ich nichts sagen. Edu hätte aber meiner Ansicht nach wissen sollen, was über die Leute auf dem befreundeten Hof gesagt wurde. Trini verbrachte nach wie vor so viel Zeit im Tagungshaus, dass er sich gewiss fragte, wer sie eigentlich war. Inna überlegte.

„Er hat Menschen getötet, Edu", sagte sie dann in so heiserer Stimme, dass auch er sofort merkte, dass schlimme Dinge geschehen waren.

Zwei Minuten später hielten wir vor dem Tagungshaus. Der rote Transporter der Muh stand nicht auf seinem Platz, aber fremde Autos zeigten, dass ein Seminar noch nicht zu Ende gegangen war. Im Foyer herrschte die Unordnung, wie Seminarteilnehmer sie gewöhnlich nach einer Pause hinterließen. Leo sammelte Tassen ein, die nicht auf den Servierwagen zurückgestellt worden waren. Edu ging wortlos an ihm vorbei, Inna dagegen blieb stehen und berichtete kurz von der Bergungsaktion. Zum Schluss gestand sie, bei Frau Bösche Tee getrunken zu haben.

„Christa Hemmen sagte, man folgt Einladungen. Außerdem musste das Auto abgeschleppt werden", fügte sie hinzu. Leo nickte.

„Das Brauchtum der Welt ist zu respektieren", entgegnete er ernst. „Bea sagt, es ist richtig, Leute aus der Welt mit Aufmerksamkeit zu bedenken, wenn sie aufmerksam zu Muh sind. Swantje Bösche ist aufmerksam zu Muh. Und sie ist Trinis Mutter." Inna nickte. Sie wirkte erleichtert, als sie davoneilte. Leo stapelte die Tassen auf dem Metallwagen.

„Wurde jemand verletzt?"

„Nein", erwiderte ich. „Der Fahrer war ein bisschen durch den Wind." Er zog die Brauen hoch.

„Verwirrt?"

„Ja. Und dann war auch noch sein Akku alle. Der vom Handy. Wo ist Bea? Sie soll weggefahren sein?"

„Sie wollte nicht lange bleiben. Sie hat Trini zu einem Vorstellungsgespräch gefahren."

Das klang außerordentlich nach Belangen der Welt und Einmischung in die Angelegenheiten der Bösches. Außerdem fragte ich mich, wer Trini mit ihrer Vorliebe für schrille Farben einstellen sollte und für welche Tätigkeit. Trini versprach, auch über die Teenagerzeit hinaus wenig Seriosität zu zeigen. Tauchte sie in Begleitung einer Muh auf, fühlte sich wahrscheinlich so mancher Arbeitgeber auf den Arm genommen. Aber Bea konnte sich Namen merken und besaß große Disziplin, deshalb wäre sie vielleicht trotz geschorener Haare eine bessere Begleitperson für ein Vorstellungsgespräch als Frau Bösche. Am Ende meiner Überlegungen fragte ich:

„Wo denn?" Eine genaue Antwort konnte Leo nicht geben, aber was er sagte, überraschte mich.

„In dem Seniorenheim, wo Bea mit den Leuten spricht." Es stellte sich heraus, dass Bea unter der Woche an einem Vormittag unentgeltlich in einem Oldenburger Seniorenheim Bewohner besuchte, die ansonsten keine Besuche erhielten. „Sie sagt, diese Leute sind von der Welt vergessen. Sie sind darin Muh ähnlich und haben daher Anspruch auf Anteilnahme." Leo sagte das mit gerunzelter Stirn, als widerstrebe es ihm, einen so gewagten Gedanken hinzunehmen.

Während wir noch am Servierwagen standen, flog die Glastür auf und ein Wollknäuel kullerte herein. Eigentlich war es Trini, doch sie hatte so viel bunte Wolle an ihrem

Körper untergebracht, dass man sie auch auf den zweiten Blick nicht erkannte. Über lila Strumpfhosen trug sie schwarze Strümpfe bis zum Knie und Stiefel mit Fellbesatz, der schwarze Rock erreichte gerade die Mitte der Oberschenkel und bedeckte kaum die grünen Shorts darunter. Über dem Ganzen hing ein roter Anorak mit Fell an Kapuze und Saum. Mütze, Schal und Handschuhe waren gelb. Hätte sie ein Rentier mit sich geführt, wäre dies durchaus passend erschienen. Sie sprang Leo entgegen, der nicht anders konnte als sie aufzufangen, sonst wäre er rücklings gegen den Tresen geprallt. Gebannt starrte ich auf die beiden, erschrocken und verärgert zugleich. Dann nahm Leo die Hände von der Stelle, wo unter Daunenmantel und Pullover Trinis Taille sein musste, und legte sie auf seinen Rücken. Trini strahlte uns beide an.

„Ich hab den Job! Leo, ich hab den Job. Und wenn ich es gut mache, wollen die mich ausbilden." Wir gratulierten ihr nun, dabei betrachtete ich verstohlen Leo. Dessen Gesicht war gerötet.

Erst jetzt kam auch Bea herein. Für den offiziellen Auftritt beim Vorstellungsgespräch trug sie einen langen dunklen Mantel, wie er Fanatikern aller drei Buchreligionen für Frauen genehm gewesen wäre. Der darüberstehende rasierte Kopf der Muh weckte aber eher das Bild eines jungen Mönchs. Allerdings ging Bea sehr aufrecht. Sie war unübersehbar Kodexwächterin und ihre Bescheidenheit trotz des vorgestreckten Kinns so intensiv, dass man instinktiv einen Schritt zurückmachte. Als Kodexwächterin erinnerte sie mich manchmal an meine Mutter im Dienst der Hauswirtschaft.

„Trini, deine Mutter möchte hören, ob du erfolgreich warst. Leo, der Servierwagen hat außerhalb der Pause im Foyer nichts zu suchen. Hallo, Christa." Jeweils mit gesenktem Kopf zogen Trini und Leo ab. Bea schenkte mir einen ihrer offenen Blicke.

„Es geht dir besser." Dazu nickte ich nur. Sie ging in Richtung der Treppe. „Komm mit hoch, Christa. Bleibst du zum Essen? Bitte! Wir haben uns kaum gesehen." Ich versprach zu bleiben. Oben im Büro entledigte sich Bea ihres Mantels, wusch die Hände und goss Tee auf.

„Es ist zwar fast schon Zeit zum Essen, aber es war so kalt im Transporter. Die Heizung funktioniert auf kurzen Strecken nicht. Erst ab zwanzig Kilometern wird es allmählich wärmer."

„Was ist das für ein Job für Trini?" fragte ich. Bea wurde ernster.

„Aushilfe in der Hauswirtschaft. Du hast mich darauf gebracht."

„Ich?" fragte ich überrascht zurück. Bea lächelte milde.

„Ja, du. Du hast von der Hauswirtschafterin bei deiner Mutter erzählt. Dass es so schwierig ist, eine junge und gut ausgebildete Hauswirtschafterin zu finden. Trini ist anstellig, nur fehlt ihr die Orientierung. Ich habe ihrer Mutter vorgeschlagen, dass sie im Seniorenwohnheim in Oldenburg erst einmal aushelfen soll. Sie war einverstanden. Die Welt macht es jungen Leuten wie Trini schwer. In Sandkrug wissen alle, wer ihr Vater ist. Mörderkind ruft man sie. In Oldenburg kennt sie keiner. Außerdem", an dieser Stelle zog Bea ihre Brauen hoch und sah mich an, „hängt sie dann nicht immer im Foyer herum und lenkt Leo ab."

„Lenke ich ihn auch ab?" fragte ich, denn anders konnte ich mir ihren Blick nicht erklären. Vielleicht hatte sie seine Hand auf meiner gesehen, als ich vor zwei Wochen auf Heidi gewartet hatte. Bea lächelte nur über den Rand ihrer Tasse hinweg.

„Vielleicht." Das hörte ich durchaus gern, auch wenn ich mir nicht vorstellen konnte, was ich mit einem Muh anfangen sollte. Aber mir war klar, dass Bea Leo auf seine Angelegenheiten konzentriert haben wollte.

Wir gingen hinunter ins Refektorium, wo zwei Muh gerade den Tisch deckten. Inna trat zu uns, um Bea Bericht zu erstatten, aber Bea unterbrach sie.

„Ihr wart zu zweit. Wo ist Edu?" Inna sah etwas unbehaglich aus.

„Draußen. Er sammelt sich."

„Es gibt Zeiten für alles. Wenn man sich nur in sich selbst versenkt, bleibt nichts, was man finden könnte. Hol ihn her." Für Bea war das ungeduldig gesprochen. Sie sah mich ein wenig besorgt an. „Das ist die Reaktion. Er war in der Welt und hat sich dort verloren. Jetzt ist er wieder bei der Gemeinschaft, aber er findet nicht den Weg in ihre Mitte. Er versucht es zu sehr." In diesem Moment folgte Edu, Gesicht und Hände noch vom Wind gerötet, Inna ins Refektorium. Mit gesenktem Kopf ignorierte er alle im Raum befindlichen Muh. Ich war beeindruckt von so viel stiller Nichtachtung. Auf Beas glatter Kinderstirn zeigten sich Andeutungen von Falten.

„Edu Muh, draußen ist es kalt. Es spricht nicht von Bescheidenheit, dennoch draußen zu sitzen. Es spricht von Sturheit. Ich sage dir das jetzt und bitte dich, während der Sammlung über den Unterschied nachzudenken. Und nun berichte mir bitte von dem verunglückten Autofahrer." Das tat er mit gesenktem Haupt. Neben ihm stand eine entspannte Inna. Ihr schien das Abenteuer vom Nachmittag gutgetan zu haben.

Die anderen Muh schenkten uns keine weitere Beachtung. Nachdem der Tisch fertig gedeckt war, suchten sich nach und nach alle Bewohner Plätze am langen Tisch. Ich schlüpfte auf meinen üblichen Sitz neben Leo. Er grinste mich an. Bea saß am Kopfende, Inna setzte sich an Leos andere Seite. Jemand deutete Edu auf einen freien Platz Bea gegenüber. Er setzte sich dorthin und starrte zur Abwechslung auf seinen Teller. Bea wartete einen Moment, auch als es schon ruhig geworden war. Sie hoffte anscheinend, er sähe hoch. Aber Edu war offenbar fest entschlossen, sein Gesicht niemandem mehr zu zeigen. Nach der Grußformel begann die Mahlzeit mit der üblichen Klassenfahrtlautstärke.

Inna berichtete ihrer Nachbarin von der Abschleppaktion. Sie erwähnte sogar die von Frau Bösche freigiebig verteilten Kleidungsstücke ihres Mannes. Leo drehte sich zu ihr um.

„Hat sie das getan? Aber sie hat ihm nichts gesagt, oder?" Inna schüttelte den Kopf. Ihre Nachbarin machte große Augen. Leo sah mich an. „Es ist eine schöne Geste und spricht von Großzügigkeit. Aber es ist auch ein wenig pietätslos."

„Der Mann weiß ja nicht, wessen Hose er anhat", sagte ich. Leo neigte den Kopf zu mir, seine Schulter stieß an meinen Oberarm.

„Christa Hemmen ist eine tapfere Frau in der Welt", flüsterte er. Mein Blick zuckte zu ihm. Er sah nur gleichmütig zu mir auf, vielleicht ein wenig zu gleichmütig für das Glitzern in seinen Augen.

„Ich wünschte, du hättest Recht", murmelte ich. Er nickte.

„Ich nehme an, wer erschreckende Dinge erlebt hat, empfindet solches Lob anders, als es Außenstehende vermuten würden. In der Welt schaffen Leute sich ihren Anschein und glauben daran, egal was sie tun. Wenn Christa Hemmen das niemals machen würde, wäre sie den Muh ähnlicher." Ich war ein wenig bestürzt.

„Tue ich das denn?" fragte ich. Er sah an mir vorbei zu Bea.

„Ich sagte, wenn sie es nie machen würde. Es ist nicht an mir zu behaupten, sie täte es."

„Du sprichst wie ein Orakel", bemerkte ich, während meine Aufmerksamkeit der Stelle meines Armes galt, gegen die seine Schulter immer noch lehnte. Er sah zu mir auf.

„Das würde ich niemals wagen. Es wäre unbescheiden." Dabei lächelte er. Inna hatte offensichtlich zugehört und sah mich an, als er zwischen uns seine Portion Goulasch in Angriff nahm.

„Leo Muh redet viel. Er weiß vielleicht auch, was er sagt."

„Das hoffe ich", warf er mit vollem Mund ein. Sie grinste.

„Aber weiß er, was er tut? Wissen Männer in der Welt, was sie tun, Christa Hemmen?"

„Meistens nicht", gab ich spontan zurück. Inna brach in schallendes Lachen aus, während ich merkte, wie ich rot anlief. Verstohlen sah ich zu Bea, aber die aß beinahe verträumt, als säße sie ganz allein am Tisch.

*

Nachdem ich ihr geholfen hatte, das Refektorium zu fegen, gingen wir in ihr Büro. Wo die anderen hingingen, hatte ich nach über einem Jahr noch nicht herausgefunden.

„Vielleicht möchtest du lieber mit Leo und Inna über die Welt reden", bemerkte sie, als wir ihr dunkles Büro betraten. Es waren zahlreiche neue E-Mails eingegangen. Sie seufzte beim Anblick der Liste, sah dann zu mir. Ich war froh, dass bei der schwachen Beleuchtung durch den Monitor das Glühen in meinen Wangen für sie nicht sichtbar wäre. Zum zweiten Mal an diesem Abend war ich rot geworden.

„Nur wenn du mitkommst", erwiderte ich und betrachtete sie beim Durchsehen ihrer Post. Ohne den Blick zu heben, schnaubte sie leise.

„Das ist leider ... Sagen wir besser, es wird nicht empfohlen. Kodexwächter haben Distanz zu halten. Darum kann ich nicht einfach zu den anderen Muh gehen, Christa. Sie müssen meine Anwesenheit verlangen. Du dagegen bist frei, in dem Raum neben dem Refektorium mit ihnen bis zur Sammlung zu reden. Leo wäre sicher erfreut."

„Wie meinst du das?" fragte ich unbehaglich. Sie studierte eine Mail. Ich sah ihre Augen über die einzelnen Zeilen wandern.

„Er genießt deine Gegenwart." Das mochte auf Gegenseitigkeit beruhen. Aber ich wollte mir nicht eingestehen, dass ein Mann, der mir bis zur Nasenspitze reichte und seine mandarinroten Haare rasierte, für mich mehr als ein angenehmer Gesprächspartner hätte sein können.

„Er scheint auch Inna zu mögen. Und Trini."

„Inna ist seine Schwester, und Trini ist zu jung. Die wäre wohl auch in der Welt zu jung." Ich dachte an die Girlys, sagte aber nichts. Bea ging zu einer anderen Mail über.

„Persönliche Vorlieben sind natürlich. Wir alle neigen dazu, mit bestimmten Menschen mehr Zeit zu verbringen, andere dagegen zu meiden. Ich zum Beispiel bin jedes Mal froh, dich zu sehen, Christa. Dagegen suche ich einen bestimmten Muh in der Welt nur ungern auf. Doch ich bin Kodexwächterin. Seit ich neunzehn bin, lebe ich mit der Verpflichtung, mir Anvertraute zu führen. Ich habe zu jeder Zeit in allem für die Muh da zu sein. Um das leisten zu können, sehe ich mir jeden genau an, zu jeder Stunde. Aber mein Blick darf keinen verfolgen. Daher übe ich mich auch in Distanz. Ich umschließe die Gemeinschaft mit beiden Armen, bin nicht ihr Zentrum, sondern ihr Raum. Und ich muss vertrauen, dass ich im Falle der Schwäche ebenfalls aufgefangen werde." Ich fühlte mich getadelt.

„Warum sagst du mir das? Das weiß ich doch." Bea schaltete die Schreibtischlampe an und drehte sich zu mir.

„Christa Hemmen, ich sehe, dass du nicht mehr von Leo erwartest als Worte und Sympathie. Also sei ruhig. Mehr kannst du nicht von ihm erwarten. Versteh mich nicht falsch. Er ist ein Muh. Er weiß, wer er ist und was er ist und wohin er gehört. Seine Freiheit liegt nicht da, wo du Freiheit erwartest. Vielleicht missdeutest du seine Worte. Um es wie in der Welt zu sagen: Er will dich nicht in sich verliebt machen. Ich höre, wie er manchmal Worte verwendet, die du so deuten könntest. Er mag klingen wie ein Mann aus der Welt, aber er spricht als Muh."

Ärgerlich stand ich auf und ging entlang der Regale hin und her. Es war kalt hier oben, weil Bea bescheiden an Heizung für sich sparte. Unten im Refektorium war es warm und hell gewesen, dort wo die ihr anvertrauten Muh saßen, aßen, redeten. Ich fragte mich, ob sie wussten, worauf Bea verzichtete und wie sie den Verzicht begründete. In ihrer

Askese war sie zu bewundern, aber sie nahm Beschwernisse in Kauf, die künstlich herbeigeführt worden waren. Das schien mir nicht für eine moralische Höhe zu sprechen, die berechtigte, mir Vorhaltungen zu machen.

„Meinst du, ich sollte ihn nicht ablenken, weil er jemanden heiraten soll, der ihn nicht einmal ansehen kann?" platzte ich heraus. Bea stutzte. Anscheinend hatte ich sie getroffen, aber nicht an der Stelle, an der ich sie hatte treffen wollen. Sie überlegte einen Moment, während sie mich aufmerksam musterte.

„Christa, ich habe schon einmal versucht zu erklären, was eheliche Fürsorge bedeutet. Mit einer Heirat im Sinne der Welt hat diese Einrichtung wenig zu tun. Ihr Ziel ist nicht Reproduktion, auch nicht Romantik, nicht einmal Produktion. Sie ist gelebte Solidarität in allen Lebenslagen. Als Äquivalent der Welt steht nur die Heirat zur Verfügung. Wir sind gehalten, die Regeln der Welt zu achten. Daher registrieren wir Geburten und Todesfälle und lassen Fürsorgegemeinschaften als Ehen sanktionieren." Ich winkte ab.

„Sollte man seinem Partner nicht wenigstens in die Augen sehen können?" Bea biss sich auf die Lippen.

„Ja", sagte sie dann. „So wie jedem anderen in der Gemeinschaft."

Ich setzte mich wieder und dachte an Dietmar. Dem wollte ich nicht mehr in die Augen sehen, ihn gar nicht mehr sehen. Zu wissen, dass er existierte, war schon zu viel. Selbst die Minimalgrundlage einer muhischen Fürsorgebeziehung sah ich nicht erfüllt. Über Solidarität schien er sowieso kaum zu verfügen, allenfalls gegenüber seiner Familie, gegenüber Robin natürlich, aber das hatte wenig mit Respekt zu tun.

„Man hat ein Recht darauf, glücklich zu sein", murmelte ich.

Es war nicht für Bea bestimmt gewesen, sie hatte es jedoch gehört.

„Nein, Christa. Selbst in der Welt nicht. Man hat jedoch das Recht, Glück zu wünschen. Und man ist verpflichtet zu prüfen, ob die Kriterien für Glück, die man an das Leben anlegt, solche sind, die Glück tatsächlich zulassen. Mein Glück ist, wenn die mir Anvertrauten in Sicherheit leben, wohl versorgt sind und sich guter Gemeinschaft erfreuen. Daran trage ich Anteil, sowohl an der Herstellung so einer Situation, als auch an der Zufriedenheit der Gemeinschaft. Ich bin sicher, dass du dein Glück selbst finden kannst, Christa. Andere können es dir nicht geben." Sie überlegte. „Oder nur im übertragenen Sinne." Nach einer Pause fügte sie hinzu:

„Ich habe gelernt, die Welt als eine Art Gemeinschaft außerhalb unserer Gemeinschaft zu sehen. Es trägt zu meinem Glück bei, dich zu kennen. Daher möchte ich dir sagen, dass du wie eine Anvertraute für mich bist." Betroffen kauerte ich auf meinem Stuhl. Ich hatte von Liebeserklärungen gehört, Freundschaftserklärungen hatten eine ähnliche Wirkung. Bea lehnte sich auf ihrem Stuhl zurück und starrte an die Decke.

„Auf der Wächterschulung war ich total verliebt, wie man in der Welt sagt. Er war ein Sohn der Ausbilderin und lebte mit ihr in der Hauptstelle in Liège. Ich suchte Gelegenheiten zu arrangieren, um ihn zufällig zu treffen. Manchmal sind wir zusammen spazieren gegangen. Wir haben uns sogar geküsst." Sie lachte und schüttelte über ihre Erinnerungen den Kopf.

„Er wurde in die Gegend um Roermond geschickt, um sich dort einem Zentrum anzuschließen. Das war schon zu Beginn meiner Ausbildung entschieden worden, hatte also nichts mit mir zu tun. Aber ich habe sein Weggehen als Bestrafung empfunden. Mein Stolz war gekränkt. Ich nehme an, du kennst das Gefühl." Natürlich kannte ich es.

„Und ich kam mir dumm vor. Denn vielleicht, dieser Gedanke musste erst reifen, hatte er in jeder Schulung eine Freundin. Ich weiß es bis heute nicht. Aber heute interessiert mich diese Frage überhaupt nicht mehr. Letztes Jahr habe ich ihn bei einer Wächterversammlung getroffen. Sie fand in

dem Zentrum statt, in dem er jetzt lebt. In ehelicher Fürsorge, mit drei Kindern. Und ich war erleichtert, dass ich
ihm frei begegnen konnte." Bea sah mich an.

„Wenn man dem anderen nicht frei begegnen kann, muss
man sich fragen, weshalb das so ist. Man muss vielleicht
Ängste überwinden. Oder Scham. Was Freiheit ist, entschei-
det man selbst. Nur dann kann man hinnehmen, dass man
angenommen wird. Nur dann kann man selbst annehmen,
Christa."

Mir war weiter unbehaglich zumute, weil Bea mich so
aufmerksam ansah. Sie sprach nicht mehr über sich selbst,
auch nicht über Leo. Ich war gemeint, und ich ahnte, worauf
sie anspielte und wonach sie nie direkt fragen würde. Aber
sie suchte nach Antworten. Erklären konnte ich ihr nicht,
was an jenem Sonnabend vorgefallen war. Vielleicht war es
mit meinem Einverständnis geschehen, gewiss jedoch gegen
meinen Willen. Mit Freiheit hatte es jedenfalls wenig zu tun
gehabt.

Etwas im Büro piepte. Es war Zeit für die Sammlung.
Abseits der Muh kniete ich auf meinem Stück Teppich,
während Bea die Sammlungsformeln sprach. Die Gemeinschaft kniete auf den blanken Holzdielen, rasierte Köpfe
gesenkt, Hände auf den Knien, die Gesichter entrückt. Wie
mir schon früher aufgefallen war, blieb einzig Edu unruhig.
Es schien, als fände er in sich nicht den Zugang zu dem
ideellen Kelch relevanter und irrelevanter Gedanken,
symbolisiert durch Beas Klangschale, die zu trennen Zweck
der Sammlung war. Vielleicht versuchte er es zu sehr, wühlte
in seinem Inneren zu wild in der Schüssel mit Erbsen und
Asche, Relevanz und Irrelevanz, so dass Bilder und Ideen
ständig gegeneinander verrutschten und sich umso mehr
mischten. Nicht einmal seine Knie konnte er ruhig am Boden halten, weil der irrelevante Schmerz der Knochen auf
dem Holz ihn ablenkte von relevanten Gedanken.

Ich schloss die Augen, spürte den Protest meiner eigenen
Gelenke. Wie immer, wenn ich aus Höflichkeit vorgab, in
mich versunken zu knien, kreiste in meinem Kopf eine zähe

Gedankensuppe. Ich war jedes Mal ein wenig abgestoßen von der Unordnung in mir, fragte Bea aber hinterher nie, wie dem beizukommen wäre. Die ewige Befürchtung, bekehrt zu werden, hielt mich zurück. Ungeklärt rührte sich die rotgraubraune Gedankenmasse vor meinem Auge, grüne und weiße Blitze zuckten darüber wie bei schlechtem Empfang eines Fernsehkanals. Dann sah ich plötzlich Emines farbloses Gesicht dicht vor mir, so wie ich sie in Wirklichkeit nie gesehen hatte.

„Dietmar Poepken ist kein guter Mann", sagte sie tonlos. Ich war sicher, dass es nicht ihre Stimme war. „Ich kenne ihn von der Schule." Das hatte sie so nicht gesagt, davon war ich überzeugt. „Dietmar Poepken ist kein guter Mann. Seien Sie froh, dass Sie ihn los sind." Ihr Gesicht verlor sich wieder in einer Masse bildloser Gedanken.

Der Ton von Beas Klangschale rief mich zurück. Um mich herum erhoben sich Muh. Leo unterstützte meinen Entknotungsprozess mit einer Hand an meinem Ellenbogen.

„Christa Hemmen sollte mehr Sport treiben. Gymnastische Übungen etwa."

„Christa Hemmen ist gut in Form", gab ich zurück, war aber zu abgelenkt, um mir auch noch Sorgen um seine Hand an meinem Rücken zu machen. Er hob mein Teppichstück auf und legte es für mich auf den Stapel, wo die kleinen Annehmlichkeiten für Gäste aus der Welt lagerten.

„Hattest du schon einmal Visionen?" fragte ich ihn. Er drehte sich zu mir um. In seinem Blick war Überraschung, bis bescheidene Ausdruckslosigkeit darüber glitt.

„Visionen? Nein. Ich würde in so einem Fall um medizinischen Beistand bitten", fügte er hilfsbereit hinzu. Man konnte bei Muh nie ganz sicher sein, wie weit ihre Äußerungen ernst gemeint waren. Aber Leos Empfehlung klang so, als wüsste er mit meiner Frage nichts anzufangen.

„Dachte ich mir. Danke." Er nickte, unter seiner Bescheidenheit sichtlich irritiert. Inna tauchte neben ihm auf. Ich wusste jetzt, dass die beiden Geschwister waren. Sonderlich ähnlich sahen sie sich nicht. Rasur und ein besonderer Gesichtsausdruck milderten ihre persönlichen Eigenheiten zu einer freundlichen Gleichheit, einer optischen Solidarität gewissermaßen.

„Ich fahre jetzt nach Hause. Gute Nacht", sagte ich zu den beiden und ging eilig, um mich von Bea zu verabschieden. Nachdem wir uns an der Tür umarmt hatten, sah sie mir aufmerksam ins Gesicht. Was immer sie sah, schien sie zu beruhigen.

„Komm gut nach Hause", sagte sie. Ich versprach es.

*

Am Wochenende putzte ich meine Wohnung einschließlich der Fenster und beschäftigte mich intensiv mit der Frage, ob ich als Frau von heute eine Adventsdekoration benötigte. Im vorigen Jahr hatte meine Mutter den Adventsbasar der Landfrauen in Emstek aufgekauft und bei diesem Feldzug Gestecke für die gesamte Familie sowie für ihr Mädchenwohnheim besorgt. Als Hauswirtschaftsleiterin lag es ihr im Blut, jahreszeitlich angemessen zu schmücken. Da das Dekorationsleitbild im Dezember weihnachtlich ausgerichtet war, griff sie Ende November reflexartig zu Tannengrün und Goldpapier. Dieses Jahr fuhr meine Mutter weder nach Emstek noch besuchte sie sonst eine Adventsausstellung.

Ich fühlte Erleichterung ob der einfachen Klärung eines vermeintlichen Streitpunkts, ohne zu bedenken, dass meine Mutter eine Frau von regelmäßigen Gewohnheiten war. So rief sie mich am folgenden Donnerstag an und bat harmlos um einen Gefallen.

„Mein Auto ist in der Werkstatt. Das ist nicht schlimm, denn ich kann den Kleinbus vom Wohnheim nach Bad Zwischenahn nehmen. Vati bringt mich morgens zur Arbeit, aber am Nachmittag arbeitet auch er. Könntest du mich abholen, Christa?"

Heidi hatte sie nicht gefragt, denn Heidi sollte sich um Andrej kümmern, damit der irgendwann einen Heiratsantrag machte. So wollte meine Mutter an einen Schwiegersohn kommen. Weil ich als Verheiratungskandidatin vorerst ausfiel, durfte ich sie chauffieren.

„Okay", sagte ich. „Aber wozu brauchst du den Kleinbus?"

„Ich muss etwas abholen, das ich in Bad Zwischenahn bestellt habe. Über meine Freundin da habe ich ein Superangebot erhalten. Da musste ich zugreifen."

Ihre Freundin leitete die Hauswirtschaft eines Seminarhauses von bundesweitem Renommee. Anfragen für Tagungsräume kamen aus allen Bundesländern, und die Freundin regierte über ein Heer aus Hauswirtschafterinnen, Köchinnen und Hilfskräften. Meine Mutter hätte auch gerne so eine Schar unter sich gehabt, aber sie wusste, dass die Freundin auf eine eigene Familie hatte verzichten müssen. Das relativierte das Prestige auf erträgliche Maße.

Ich war naiv genug, ohne weitere Fragen zu versprechen, meine Mutter am Donnerstag gegen siebzehn Uhr, also lange nach ihrem üblichen Dienstschluss, beim Wohnheim in Harbern II abzuholen. Für Ortsfremde ist es immer wieder erstaunlich, dass es im Großraum Wardenburg nummerierte Dörfer gibt und sogar Wardenburg als Hauptort der Gemeinde in Bezirke mit römischen Ziffern aufgeteilt ist. Harbern existierte zweimal. Harbern I bestand hauptsächlich aus Häusern entlang des nördlichen Abschnitts der Ammerländer Straße. Es begann mit einem grünen Ortsschild und endete am Küstenkanal, der es von der B401 trennte. Harbern II war etwa einen Kilometer nach Südwesten gelegen.

Beide Orte gehörten zum äußersten Bereich der Gemeinde Wardenburg und zugleich des Landkreises Oldenburg. Im Küstenkanal verlief die Grenze zum Landkreis Ammerland, westlich von Harbern II begann der Landkreis Cloppenburg. Während Wardenburg Ort auf dem eiszeitlichen Geröllhaufen, der die Wildeshauser Geest begründete, lag, durchzogen um Harbern II Entwässerungsgräben schnurgerade die Landschaft. Auf ehemaligen Moorwiesen weidete Vieh, daneben erstreckten sich die Steppen abgeernteter Maisfelder.

Die Abgeschiedenheit der kleinen Ortschaft kam dem Mädchenwohnheim zugute, denn wenn die Bewohnerinnen auch nicht gerade versteckt werden sollten, war Distanz zu Angehörigen wie Nachbarn erwünscht. Das Grundstück des Heims erstreckte sich abseits der Landstraße zwischen zwei Entwässerungsgräben und einem Wäldchen von der Größe eines halben Fußballfeldes. Zur Straße hin gab es einen weiteren Graben, in dem aber nur selten Wasser stand. Hochgewachsene und ziemlich struppige Kiefern schirmten das Gebäude vor den Blicken Neugieriger ab. Auffällig war im Vorbeifahren lediglich das Fehlen eines gepflegten Gartens, wie man ihn vor den anderen Häusern sehen konnte. Das Haus selbst war ein langgestrecktes Gebäude mit zwei Etagen, das gut daran tat, sich hinter den Kiefern zu verbergen. Auf einer geteerten Auffahrt konnte man am Haus vorbei zu der Garage des Heims, einem bröckeligen Betonzweckbau der Nachkriegsjahre, fahren. Daneben lag ein kleiner Hof für die Müllcontainer, und außerdem führte eine Tür in den Wirtschaftsbereich des Gebäudes.

Bei meiner Ankunft stand der Kleinbus mit offener Schiebetür vor dem Eingang, aus dem gerade meine Mutter trat.

„Christa, wir sind gleich fertig. Komm, du kannst helfen." Meine Mutter kannte keine Skrupel, ihre Umwelt zu aus ihrer Perspektive sinnvollen Arbeiten einzuspannen. Zwei der Bewohnerinnen waren schon abgeordnet und schleppten Arme voll Tannengrün. Meine Mutter drückte mir stachelige Zweige in den Arm.

„Die sind für uns. Pack sie schon mal bei dir in den Kofferraum. Siehst du den Stapel da? Das kommt alles mit." Mit diesen Worten schnappte sie sich weitere Zweige und lief damit ins Haus.

Mir blieb nichts übrig, als das Tannengrün gemäß ihrer Anweisung in meinen Kofferraum zu schichten. Als der

Stapel abgetragen war, sah ich draußen niemanden mehr. Ich folgte den Tannennadeln in einen Raum bei der Küche, wo zwei Mädchen Zweige in Wassereimer stellten. Meine Mutter reichte mir einen Besen.

„Beim Seminarhaus wurden einige Tannen gefällt. Da musste ich zugreifen. Alles kostenlos. Einen Kuchen habe ich ihr mitgebracht."

Ich fegte den Flur, unterdessen brachte meine Mutter den Kleinbus in die Garage. Eines der Mädchen verschwand, das andere kontrollierte den Wasserstand in den Eimern. Es kam mir vage bekannt vor.

„Ich bin übrigens Christa. Die Tochter von Frau Hemmen", sagte ich, um etwas zu sagen. Das Mädchen nickte.

„Ich weiß", entgegnete es und kehrte die Nadeln für mich auf ein Blech. Meine Mutter kam herein.

„Das ist nett, Buket. Ist Jacky schon hochgegangen? Dann kannst du jetzt auch gehen. Wir sehen uns morgen." Buket murmelte etwas, das Tschüss hätte heißen können, und verschwand. Nachdem meine Mutter die Hintertür abgeschlossen hatte, fuhren wir in meinem nach Tannenwald duftenden Auto zur Straße.

„Das war Buket Tolka", informierte sie mich. „Sie ist ein nettes Mädchen. Eigentlich gehört sie nicht in so ein Haus, wo alle so überdreht sind. Aber anscheinend will man sie nicht zu ihrer Familie zurücklassen. Die Eltern bemühen sich über eine Anwältin, aber sie dürfen sie nicht besuchen. Sie dürfen nicht einmal zur Schule kommen, um ihre Tochter zu sehen."

„Und daran halten die sich?" Weit vom Haus der Tolkas konnte die Schule nicht liegen. Meiner Meinung nach wäre es den Eltern ein Leichtes gewesen, Buket dort zu treffen. Meine Mutter seufzte.

„Buket sagt, sie haben Angst. Das Jugendamt droht, Buket anderswo unterzubringen. Und sie fürchten, dass ihnen ihr Aufenthaltsstatus aberkannt wird, wenn sie sich nicht an die Weisungen halten. Sie sind ja vor dem Gesetz auffällig geworden."

„Ich dachte, der Vater hat mit dem Mord nichts zu tun", wandte ich ein. Meine Mutter zuckte mit den Schultern.

„So heißt es. Buket sagt das. Über die ganze Geschichte spricht sie nicht, aber das hat sie gesagt. Irgendwie ist das alles … komisch."

„Komisch?"

„Ja." Mehr sagte sie nicht, und ich unterließ es, weiter zu fragen.

Aber ich wusste, dass meine Mutter als komisch bezeichnete, was sich naheliegenden Erklärungen entzog. Wenn ihr Buket nicht so verstört erschien wie die anderen Bewohnerinnen des Heims, dann verhielt die sich anders, vermutlich der Welt jenseits der Kiefern angepasster. Meine Mutter verfügte nicht über lateinische Fachbegriffe für das Auftreten der Mädchen. Sie sah jedoch klar, wer belastbar war und wer labil, und sie hatte eine Art, Leute zum Reden zu bringen, die ich bewunderte, seit sie mir nicht mehr peinlich war. Ihr hatte Buket gesagt, dass ihr Vater nichts mit dem Mord an ihrer Schwester zu tun hatte. Das konnte eine Fehleinschätzung sein oder auch Wunschdenken, aber es entsprach der Entscheidung der Staatsanwaltschaft, die Herrn Tolka aus der Untersuchungshaft entlassen hatte.

Während ich die Tannenzweige am Haus meiner Eltern wieder auslud, überlegte ich, was ich eigentlich über die sogenannten Ehrenmorde wusste. Geplant und verübt wurden solche Taten meist von männlichen Familienmitgliedern, wenn auch weibliche Verwandte an der Entscheidung zur Tat beteiligt sein konnten. Die Vorstellung war unangenehm genug, ich nahm aber an, dass in so einer Familie die Spannungen wahrnehmbar waren, Opfer also nicht wirklich überrascht sein konnten und jüngere Schwestern vermutlich auch nicht, weil im Vorfeld gewiss auch ihr Verhalten sanktioniert wurde.

„Möchte Buket nicht nach Hause?" fragte ich meine Mutter, nachdem ich mich zum Abendessen eingeladen hatte. Die reichte mir zwei Teller aus dem Geschirrschrank.

„Sie sagt jedenfalls, dass sie es möchte, Christa." Ich stellte die Teller auf den Tisch und empfing Tassen und Untertassen.

„Dann hat sie wohl keine Angst?" Meine Mutter hielt mir das Besteck hin.

„Angst? Doch. Doch, ich glaube, Angst hat sie. Aber, und das finde ich unter den Umständen bemerkenswert, nicht vor den Eltern. Da bin ich sicher. Einmal hat sie gesagt, alles wäre nur ihretwegen passiert. Die Bezugsbetreuerin meint, traumatisierte Mädchen hätten oft Schuldgefühle. Auch wenn sie nicht verantwortlich sind oder, besser gesagt, nichts ausgelöst haben. Aber … sie sagt auch, dass Buket auffallend gut über ihren Vater spricht. Und über den Bruder. Dass der ihr helfen wollte. Aber das soll auch mit dem Trauma zu tun haben. Ich weiß es nicht. Vielleicht ist das so."

Wäre Volkan Nilüfers Mörder und wüsste Buket das, bräuchte sie keine Angst zu haben und könnte sagen, was sie über die Tat wusste. Er befand sich in Untersuchungshaft und würde für lange Zeit ins Gefängnis kommen, hielte der Richter ihn für schuldig. So sagte ich mir und wunderte mich quasi als Privatperson, während mein studiertes Ich Bukets Trauma als hinreichende Erklärung akzeptierte.

*

Meine Mutter hatte aus den in Bad Zwischenahn organisierten Zweigen selbstverständlich Adventsgestecke hergestellt und verteilte diese nun freigiebig. Auch Heidi und ich bekamen eins. Heidi war von ihrem sehr angetan, wie ich am ersten Adventssonntag sah. Ich betrachtete ihr Wohnzimmer und dann meine Schwester, die wie einem Werbeflyer für Sekretariatsdienste entstiegen selbst gebackene Plätzchen und Mutters Stollen auf einem Glasteller arrangierte. Sie gab sich immer so abgeklärt, wenn es aber hart auf hart kam, behängte sie Tannenzweige mit Wichteln und Engeln. Andrej kam kurz darauf und betrachtete die Konstruktion aus Reisig, Tannengrün, Zapfen, Schleifen und Kerzen fasziniert.

„Kati ist Meisterflorist", stellte er fest. In ihrer Gegenwart hätte Andrej meine Mutter wahrscheinlich nicht Kati genannt, aber in den letzten Wochen hatte er vor Heidi und mir immer nur diese Namensform verwendet.

Heidi lächelte fast so milde wie Bea es konnte. Bei ihr bedeutete dieses Lächeln allerdings eine Art Rührung angesichts der Naivität eines Mannes. Ihre Freunde, hatte ich festgestellt, missdeuteten das Lächeln ausnahmslos. Auch jetzt erwiderte Andrej es ohne Argwohn und versenkte sich hinter seinem Netbook. Heidi und ich nahmen beide ein weiteres Stück Stollen, der mit dem Gesteck aus dem stillen Tal gekommen war.

„Du hast mir nie erzählt, weshalb du letzten Monat ohne Jacke herumgelaufen bist", sagte Heidi dann.

Sie sprach leise und schnell, weil Andrej Gesprächen dann angeblich nicht folgen konnte. Ich hielt seine Beteuerungen für Tarnung und warf einen misstrauischen Blick in seine Richtung. Am Knöchel des rechten Mittelfingers kauend starrte Andrey auf sein Display. Der Mann war zwar wie nicht anwesend, erzählen mochte ich Heidi trotzdem nichts.

„Wie das halt passiert. Dietmar hat mir die Außengebäude gezeigt, nachdem ich zum Tee bei Margo gewesen war. Da hab ich mich wohl erkältet."

„Außengebäude", sagte Heidi skeptisch. Ich nickte.

„Ja. Eine Garage in einem ehemaligen Stall."

„Toll." Die Intonation schloss Begeisterung aus. „Hast du etwas gegen Garagen oder waren die nicht der Grund, weshalb du Schluss gemacht hast?"

„Natürlich nicht. Wir passen einfach nicht zusammen. Er ist auch zu jung." Heidi musterte mich von Kopf bis Fuß.

„Leiden tust du ja nicht sehr."

„Wieso denn auch?" empörte ich mich. „Ich hab doch Schluss gemacht. Außerdem habe ich ihn mit der Krankheit sozusagen ausgeschwitzt." Dazu bedachte Heidi mich mit einem Blick, der mich ganz klar auf die Seite der hoffnungslosen Fälle stellte.

Das reichte noch nicht. Sie sollte überzeugt sein, dass Dietmar selbst für jemanden wie mich nicht als letzte Hoffnung taugte. Daher erzählte ich ihr in einer bereinigten Version, wie er mich wegen des Schlussmachens auf offener Straße beschimpft hatte. Sie sollte ihn als schuldig einstufen und, falls er mich über sie zu erreichen versuchte, nicht auf seine Schmeicheleien eingehen. Heidi hörte mit gerunzelter Stirn zu.

„Was sollte das denn? Spinnt der?" Sie war es gewohnt, dass geschasste Männer bettelnd hinter ihr herliefen, sich öffentlich zu Boden warfen oder den Hauseingang mit Rosen versperrten.

„Ja, das tut er", entgegnete ich so fest, dass sie mich aufmerksam betrachtete. Einen Kommentar gab sie nicht ab. Als weiteres Argument gegen Dietmar erzählte ich auch von Emines geflüsterter Bemerkung, er sei kein guter Mann.

„Kennt diese Frau ihn denn?"

„Offenbar waren sie beide an der Everkampschule."

Ich hätte nicht sagen können, ob sie im gleichen Jahrgang gewesen waren. Dietmar wirkte jünger als sein Alter, und Emine kannte ich gerade gut genug vom Sehen, dass ich ihr einen Namen zuordnen konnte. Sie altersmäßig einzuschätzen, überstieg mein Vorstellungsvermögen. Allenfalls jünger als ich, traute ich mir als Beschreibung zu.

„Ich war auch an der Everkamp und ich kenne beide nicht. Auch nicht diese Nilüfer, die der Bruder erstochen hat", gab Heidi zu bedenken.

Ich nickte, machte sie aber nicht darauf aufmerksam, dass sie während ihrer Schulzeit immer im Mittelpunkt gestanden hatte. Aufgrund ihrer langen, blonden Haare und eines aufgesetzten lauten Lachens, dessen sie sich schon lange nicht mehr bediente, hatten sich ab der sechsten Klasse vor allem männliche Schüler um sie geschart und ihr die Sicht auf andere Leute genommen. Ich fand es immer wieder erstaunlich, an wie wenige ehemalige Mitschüler Heidi sich erinnern konnte.

„Die beiden sind jünger als du", sagte ich nur und wartete ab, ob sie es verkraften konnte, älter als jemand zu sein.

„Nun, dann ist es klar", gab sie unbeeindruckt zurück. „Wer kennt schon Leute aus unteren Klassen?" Dazu nickte ich nur. Heidi setzte ihr weises Gesicht auf. „Grundsätzlich solltest du nicht so viel darauf geben, was diese Pflegerin gesagt hat, Christa. Wahrscheinlich war sie mal mit Dietmar zusammen, und er hat sie verlassen. Da redet sie natürlich nicht gut über ihn."

Nun wusste ich, dass Dietmar in einer Hinsicht zumindest kein guter Mann war. Hätte Emine Theresia oder Jacqueline geheißen, wäre ich zum gleichen Schluss wie Heidi gekommen. Mädchen mit diesen Namen waren mit Männern zusammen, oft auch mit den weniger guten, und während sie nur selten aus ihren Erfahrungen lernten, sprachen sie gerne schlecht über die weniger guten Männer aus ihrer Vergangenheit. Aber Emine gehörte zu den Leuten jenseits der feinen Grenzlinien, Leute, die man nur bei der Arbeit traf. Sie wäre niemals Dietmar Poepkens Freundin gewesen und hätte nicht erfahren können, worin sein nicht-gut-Sein bestand. Vielleicht waren ihre Worte nur so dahin gesagt gewesen, als Signal weiblicher Solidarität gewissermaßen, vielleicht war er mit ihrem Bruder, Vater, Cousin oder Onkel in Streit geraten und sie mochte ihn deshalb nicht oder hatte ihn nicht zu mögen. Heidi hatte wahrscheinlich insofern Recht, als dass ich nicht viel auf Emines Bemerkung geben sollte.

„Wie dem auch sei, ich habe Schluss gemacht und lege keinen Wert mehr auf weiteren Kontakt zu ihm. Das musst du respektieren", sagte ich zum Abschluss. Heidi seufzte betont tief.

„Du musst es wissen", gestand sie mir gnädig zu.

Mit diesem Gespräch war das Thema Dietmar zu den Akten gelegt. Aus meiner Familie erwähnte ihn niemand mehr.

8 WINTEREINBRUCH

DER ERSTE SCHNEE des Winters fiel vor dem offiziellen Winteranfang. Die Sportanlage war weiß und bald mit Eiszapfen verziert, entlang der Bushaltestellen am Everkamp hatten Gemeindebedienstete graue Schneehaufen aufgehäuft. Dunkle Bäche Schmelzwasser liefen daraus in die Gullys. Wer an den Haltestellen wartete, hätte über die Straße hinweg zwischen den Stämmen im Wäldchen Gloysteinsfuhren bewegliche Schatten wahrnehmen können. Außer dem Mädchen schien sie niemand zu bemerken.

Einmal stand er nach der Pause wie ein Lehrer nahe dem Haupteingang und nickte den Schülern zu. Die meisten ignorierten ihn. Das Mädchen machte rechtzeitig kehrt und rannte zu einer anderen Tür. Ein anderes Mal überbrachte ein Fünftklässler einen Umschlag.

„Von deinem Schatz!" rief der Junge, ehe er lachend davonrannte.

Drei dunkle Köpfe beugten sich über den Umschlag und seinen Inhalt, einem einfachen weißen Papierbogen, darauf eine krude Zeichnung.

„Zeig das der Schuhmann-Schulz", riet die eine Freundin.

„Sag es deiner Bezugsbetreuerin", meinte die andere.

„Gib's der Anwältin deiner Eltern", sagte die erste. Das Mädchen in der Mitte zerriss Umschlag und Briefbogen in tausend kleine Fetzen. Die sorgfältig manikürten Hände zitterten.

*

Dass Muh Weihnachtsbäume aufstellten, hatte mich im vorigen Jahr verwundert. Dieses Jahr fand ich es immer noch merkwürdig, aber ich wusste nun, dass die Weihnachtsbäume im Foyer ein Zugeständnis an die Erwartungen der Seminarteilnehmer waren. Weihnachten als Fest feierten die

Muh nicht. Die frühen Muh hatten gelernt, dass sie von der Kirche keine Unterstützung zu erwarten hatten. In aller Bescheidenheit hatten sie eigene Bräuche begründet. Diese verlangten Disziplin, aber keine Dekoration. Aus Rücksicht auf die Gefühle der ihr anvertrauten Muh hatte Bea das Schmücken bis auf den Dienstag nach dem zweiten Advent hinausgezögert. Mit mir in beratender Funktion behängte sie im Foyer zwei Kiefern. Von der Rezeption aus verfolgte Leo unser Tun.

„Ist das ein Test, Bea?" fragte er schließlich, als wir unser Werk aus einigen Metern Abstand begutachteten. Sofort bekam Bea einen besonderen Gesichtsausdruck.

„Ein Test? Wie meinst du das, Leo Muh?" Er druckste herum.

„Diese geschmückten Bäume. Du hast gesagt, die sind für die Gäste. Aber ..." Zu meiner Verwunderung hatte er offensichtlich Probleme, die Tannenbäume in ihrer Kaufhauspracht anzusehen. Bea sah ihn in geduldigem Ernst an.

„Die Gäste kommen aus der Welt. Dort sind sie es gewohnt, um diese Zeit des Jahres geschmückte Nadelbäume zu sehen. In unserem Tagungshaus möchten wir ihnen an dem Ort, an dem sie ihre Pausen verbringen, gewohnte Anblicke bieten. Natürlich wissen wir, dass dies nur mit Glaskugeln geschmückte Nadelbäume sind. Sie sind nur für die Augen der Seminarteilnehmer, aber die Nasen der Muh können von ihren ätherischen Ölen profitieren. Riech nur, Leo. Der Tannenduft ist wohltuend für die Atemwege. Denke heute Abend bei der Sammlung darüber nach und versuche auch jetzt schon, die ätherischen Öle für dich zu nutzen. Du bist erkältet." Skeptisch holte er so tief Luft, wie sein Schnupfen es zuließ.

„Ätherische Öle sind gut für die Atemwege. Das weiß ich, Bea. Aber diese Dekoration. Wenn ich hinsehe, bekomme ich Kopfschmerzen."

„Nimm einen Schal und geh ein paar Minuten vor die Tür. Ich bleibe an der Rezeption." Dankbar ging er, nach Männerart ohne Schal, hinaus.

„Was hat er denn?" fragte ich, meine Fassungslosigkeit nur mühsam zurückhaltend. Bea trat hinter den Rezeptionstresen und ließ sich auf den Stuhl dort fallen.

„Panik. Du weißt, Leo und Inna kommen aus einem Zentrum, das lange sehr konservativ geführt wurde und immer noch wird. Inna ist da nie herausgekommen, ehe sie in dieses Zentrum berufen wurde. Von ihren Reaktionen letztes Jahr weiß ich, dass ich sie vorsichtshalber nicht im Foyer arbeiten lassen werde, solange die Weihnachtsbäume hier stehen. Mit Leo ist die Sache anders. Er wollte in der Welt leben. Die Vorweihnachtszeit in der Welt erwies sich jedoch als zu viel für ihn."

„Wie das?" fragte ich, obwohl es mir bei vorweihnachtlichen Streifzügen durch Kaufhäuser kaum anders erging. Bea betrachtete nachdenklich einen vergoldeten Engel.

„Ausschlaggebend war eine betriebliche Weihnachtsfeier. Die hat ihn vollkommen durcheinandergebracht und abgestoßen. Tanz, Alkohol ... Ein Muh versteht die Notwendigkeit nicht." Dies sagte Bea sehr ernsthaft, während sie den Engel und überzählige Glaskugeln in Schachteln packte. Leo tat mir leid. Ich musste mich zügeln, nicht zu ihm jenseits der Glastür zu blicken. Bea sprach derter. „Nach eigener Aussage stand er am fünfundzwanzigsten Dezember kurz vor einem Suizid. Glücklicherweise hatte er sein Passwort für das Muh-Netzwerk noch. Er hat sich eingeloggt, das nächste Zentrum gesucht und ist hingefahren."

Ich sah mich im Foyer um. Es sah gemütlich aus mit den beiden Weihnachtsbäumen und den kleinen roten Christsternen in grünen Töpfen auf jedem Tisch. Draußen vor der Glastür fröstelte Leo mit verschränkten Armen und stampfte gegen die Kälte auf den Schnee. Eine Postfrau betrachtete ihn erstaunt. Zuvorkommend hielt er die Tür auf und folgte ihr zurück in die Wärme. Ich goss ihm einen Tee aus der

Kanne für die Seminarteilnehmer ein. Sein Gesicht schimmerte violett.

„Trink das", befahl ich besorgt. Dankbar nahm er die Tasse, blieb aber nicht bei mir stehen, sondern lehnte sich mit dem Rücken zu den Bäumen gegen einen Heizkörper. Wenn es nicht so tragisch gewesen wäre, hätte ich gelacht.

„Und du meinst, er kann es aushalten, an der Rezeption zu arbeiten und ständig diese Weihnachtsbäume zu sehen?" fragte ich Bea leise.

„Ja, das meine ich", antwortete sie und stand auf, um seinen Platz freizugeben. „Vielleicht braucht er Auszeiten. Die kann er sich nehmen, ich werde darauf achten. Wenn er mit der Gemeinschaft ist, bleibt er nicht allein. Die anderen werden ihm helfen. Inna ist für ihn hierher berufen worden, damit er neben mir einen engen Ansprechpartner hat. Das ist gelebte Solidarität, wie Muh sie verstehen. Und nun muss ich in die Küche. Ich habe in dieser Woche den Dienst für die Abendmahlzeit." Wir verabschiedeten uns. Während ich ihr nachsah, trug Leo seine leere Tasse herbei.

„Danke für den Tee, Christa Hemmen. Es war kalt draußen."

„Es liegt Schnee. Übrigens bist du erkältet und Bea hatte dir gesagt, du solltest einen Schal mitnehmen", konnte ich nicht an mich halten, ihn zu schelten. Vor den Fenstern lag der Schnee bis kurz vor das Haus, wo das überhängende Dach ihn abgehalten hatte.

„Ich werde das nächste Mal an den Schal denken", versprach er, ehe er mir zuzwinkerte. „Mutter Christa?"

Verlegen kichernd nahm ich ihm die Tasse ab, um sie auf den Servierwagen zu stellen. Teilnehmer strömten lachend aus einem Raum. Wir traten von dem Wagen zurück, damit sie sich mit Getränken versorgen konnten. Ich suchte verkrampft nach einem anderen Thema.

„Wann ist denn der große Tag?" Er sah mich verständnislos an. Zu spät fiel mir ein, dass Muh wahrscheinlich kein Aufhebens um Übergangsrituale jeglicher Art machten.

„Deine Fürsorgegemeinschaft."

„Ach so." Großes Interesse schien er an dem Thema nicht zu haben. „Demnächst, schätze ich. Es musste abgesprochen werden, ob der deutsche Kodexmeister oder der belgische Generalleiter zuständig ist. Das werden sie geklärt haben. Die Formalitäten der Welt benötigen mehr Zeit. Das wird erst im nächsten Jahr sein. Bea weiß das alles genau. Warum fragst du, Christa Hemmen?" Vielleicht hätte ich gern einen spielerischen Ton in seiner Frage gehört, doch Leo stellte sie, als hätte ich mich lediglich nach der Uhrzeit erkundigt.

„Neugier."

„Verzeihlich." Nun lächelte er, aber flüchtig, als fände er das Thema insgesamt bedeutungslos und ein wenig unter seiner Würde, was für einen Muh beinahe skandalös war.

„Wie geht es dir dabei?" konnte ich nicht lassen zu fragen. Er schien verwundert, dass ich so hartnäckig blieb.

„Gut. Es wurde eine weise Entscheidung gefällt. Sie ist zu meinem Besten und zum Nutzen der Gemeinschaft. Der Fortbestand der Gemeinschaft wird gefestigt durch solidarische Kleingruppen."

Das hatte er schön aufgesagt. Ich glaubte ihm kein Wort, wollte es nicht glauben. Etwas in mir begehrte auf, wenn ich mir vorstellte, wie andere, die ihn nicht einmal kannten, Bereiche seines Lebens regelten, die sonst überall in der Welt als tabu für äußere Einmischung galten. Es war besser nicht darüber nachzudenken, auch nicht zu fragen, weshalb ich mich so aufregte. Eifersucht hätte dahinterstecken können.

„Wie geht so etwas vor sich? So ein Fürsorgeversprechen?" erkundigte ich mich ebenso widerstrebend wie neugierig. Leo zuckte mit den Schultern.

„Man legt eben ein Fürsorgeversprechen ab. Nach fünf Jahren wird es erneuert. Oder nicht. Aber meistens."

„Wie bitte? Ehe auf Zeit?" Sein Seufzen klang so geduldig wie Beas.

„Ja, natürlich. Vergiss nicht, Christa Hemmen, dass die frühen Muh auseinandergerissene Familien und von ihren Herkunftsfamilien verstoßene Frauen unterstützen mussten. Oft gab es noch einen Ehemann oder Verlobten, nur, der war im Gefängnis oder beim Militär. Fürsorgegemeinschaften versprechen sich eben dies: für die Dauer ihres Bestandes Fürsorge in allen Belangen, also Nahrung, Kleidung, Unterkunft, Unterstützung beim Broterwerb. Nach Ablauf der verabredeten Zeit sind beide Parteien frei und könnten zu Ehepartnern nach den Gesetzen der Welt zurückkehren. Wenn es keine Ehepartner gibt, erneuert man das Fürsorgeversprechen, nach heutiger Praxis optional erneut für fünf Jahre oder fristlos. Der Einfachheit halber nimmt heute der Kodexwächter das Nachfolgeversprechen ab. Manche Muh ziehen es auch vor, mit einem anderen Partner ein Fürsorgeversprechen abzulegen. Man ist da eigentlich nicht festgelegt. Aber nur wenige Muh bleiben immer allein. Wir suchen die Gemeinschaft." Muh waren pragmatische Leute.

Ich betrachtete Leo, der zwischen den Seminarteilnehmern durch die Glastür auf den verschneiten Rasen blickte. Der mandarinrote Schimmer an seinen Schläfen biss sich mit dem weihnachtlichen Rot der Dekoration. Mit einem Ruck kehrte Leben in ihn zurück. Er sah mich grinsend an.

„Was machen deine Visionen, Christa Hemmen?" Ich konnte mir nicht vorstellen, was er meinte.

„Visionen? Habe ich nicht. Ich bin kein Medium, falls du das meinst." Er zögerte, offensichtlich im Unklaren, wovon ich redete, blieb aber bei seinem neuen Thema.

„Du hast mich vor zwei Wochen gefragt, ob ich schon einmal Visionen hatte. Das war nach der Sammlung, abends." Ich erinnerte mich dunkel. An einem hellen Tag wie diesem war mir jene Frage peinlich.

„Oh, ja. Wie kommst du darauf, dass ich Visionen habe? Du hast mir an dem Abend gesagt, du würdest in so einem Fall um medizinischen Beistand bitten. Glaubst du, ich brauche den?" Halb fürchtete ich, meine Frage könnte er als Flirtversuch deuten, aber Leo schüttelte ernsthaft den Kopf.

Eine Teilnehmerin sprach ihn an, er notierte, dass zum Ende des Seminars ein Taxi bestellt werden sollte. Die Seminarteilnehmer kehrten in ihren Raum zurück. Leo begann, die Tassen einzusammeln. Ich half ihm. Nachdem alle Tassen auf dem Servierwagen standen, konnte ich mich nicht länger zurückhalten.

„Warum fragst du nach meinen Visionen?" Leo ordnete indes die Tassen auf dem Servierwagen. Er tat dies unnötig sorgfältig angesichts der Tatsache, dass man sie in der Küche rigoros in die Spülmaschine räumen würde.

„Ich könnte mir vorstellen, dass deiner Frage an mich eine Einsicht vorausgegangen ist. Du bist nicht mit den Techniken der Sammlung vertraut. Es ist vielleicht möglich, dass eine plötzliche Einsicht wie eine Vision wirkt, wenn man nicht weiß, was einen erwartet."

Ich sah mich im Foyer um. Sämtliche Seminarteilnehmer hatten den Weg in ihren Raum gefunden. Draußen schien die Sonne schräg auf den glitzernden Schnee. Amseln hüpften darüber, Kohlmeisen hingen an einem umgedrehten Tontopf mit selbsthergestelltem Körnerfutter in Fett.

„Erzähl mir von diesen Einsichten, Leo", verlangte ich. Er machte ein unbehagliches Gesicht.

„Ich weiß nicht, ob ich das kann. Ich bin nicht besonders gut geschult in solchen Techniken. In meinem Heimatzentrum hat man nicht viele Worte darum gemacht. Das meiste habe ich erst hier von Bea gelernt. Frag die." Mir war, als müsste ich jetzt sofort wissen, was es mit den Einsichten und Visionen auf sich hatte.

„Bea steht für die nächsten beiden Stunden in der Küche. Bitte, Leo." Ich lächelte ihn an.

Er errötete, murmelte etwas und schob den Servierwagen davon. Ungeduldig wartete ich auf ihn, aber mit schlechtem Gewissen. Ich hatte ihn nicht unter Druck setzen wollen. Erleichtert sah ich ihn gleich darauf mit einem kleinen Tablett zurückkommen. Zwei Becher Tee standen darauf. Einen davon reichte er mir.

„Ich will es gerne versuchen zu erklären, Christa Hemmen. Bea sagt, es wird mir helfen, Klarheit über mein eigenes Sammeln zu gewinnen." Er hatte um Erlaubnis fragen müssen. Ich biss mir auf die Lippen, setzte mich aber auf den Rattanstuhl, den er für mich zurechtgeschoben hatte. Leo selbst blieb stehen und sah auf mich herab.

„Es ist so, Christa Hemmen, dass wir Menschen im Alltag keine Kontrolle über unsere Gedanken haben. Den meisten sind wir uns nicht bewusst. Sie geschehen einfach. In der Sammlung sollen Muh sich ihrer Gedanken bewusst werden. Bea sagt, es ist eine Methode, passiv zu denken, aber den Gedanken aktiv zuzusehen. Muh lernen die Grundlagen schon früh, schon vor der Gemeinschaftsphase. Man sucht Ruhe und findet sich. So hat meine Mutter immer gesagt, wenn wir uns gesammelt haben. Später, wenn man älter ist, kann man andere Techniken lernen. Aber das Prinzip ist immer gleich: In der Ruhe tritt man neben sich und verfolgt das eigene Denken. Ich selbst bin nicht gut darin. Ich beherrsche nur eine Technik einigermaßen und es fällt mir oft schwer, meine Gedanken überhaupt zu sehen. Bea sagt, ich hätte zu viele im Kopf, und das, weil ich die Sammlungstechniken nicht verinnerlicht habe. Kennst du diese Hefte, die Geschichten in Bildern erzählen?"

„Meinst du Mangas? Oder Comics?" Er nickte.

„Ja, Comics. Komisches Wort. Wenn du so eine Seite mit Bildern auf eine Töpferscheibe legst und dann die Scheibe anstößt, verschwimmen die Bilder vor deinen Augen. Sie bewegen sich zu schnell. Wenn du die Scheibe bremst, dreht sie sich langsamer. Bei einer bestimmten Geschwindigkeit ist es dir auf einmal möglich, die Bilder zu erkennen und zu verstehen, was sie darstellen. Diesen Punkt versuchen Muh in der Sammlung zu erreichen. Wer gut ist, lässt die Bilder, oder besser die Gedanken, ganz langsam ziehen. Ich schaffe das nur manchmal und immer nur kurz." Erwartungsvoll sah er mich an. Ich erwiderte seinen Blick ebenso erwartungsvoll.

„Und?" fragte ich. Er runzelte die Stirn.

„Solche kurzen Sequenzen nennen wir Einsichten. Sicht hinein in einen Gedanken. Bea fordert uns auf, unsere Einsichten zu sammeln und zu bearbeiten. Damit meint sie, das, was wir sehen, sollen wir bewusst betrachten und versuchen, uns die Szene aus der Erinnerung vor Augen zu führen. Denn oft unterscheidet sich das Bild der Einsicht vom Bild der Erinnerung. Ich glaube", er wurde rot, womöglich wegen seiner Einmischung in mein Seeleninneres, „dass du bei der Sammlung eine spontane Einsicht hattest." Ich schloss die Augen und rief mir die Szene, die ich während der Sammlung gesehen hatte, zurück.

„Wenn ich bei euren Sammlungen bin, schließe ich die Augen. So wie jetzt. Dann sehe ich meistens etwas Dunkles, das sich dreht."

„Ja", hörte ich Leo sagen. „Das ist bei mir auch so. Meistens." Er lachte verlegen. „Bea meint, gemessen an meinem Alter wäre das ziemlich wenig." Wieder lachte er. „Aber sie meint auch, dafür dass ich eine Weile ganz mit dem Sammeln aufgehört habe, ist es akzeptabel. Ich kann mich noch entfalten." Ich öffnete die Augen und sah zu ihm auf. Alles, was er sagte, klang aufrichtig, beinahe treuherzig. Ich empfand Mitleid, beneidete ihn aber auch für seine Gewissheit.

„Was muss ich tun, um mit dieser Einsicht arbeiten zu können?" erkundigte ich mich.

Seine Hände lagen auf der oberen Kante der Stuhllehne, sehr weiß, wie seine ganze Haut, die Unterarme mit blassen Sommersprossen in der Farbe seiner Haare bedeckt. Unter seiner petrolfarbenen Tunika für den Dienst an den Teilnehmern trug er einen schwarzen Rollkragenpullover, der die Blässe seiner Haut, das Rot der Nase und das Orange der Haare hervorhob. Er wirkte auf mich wie von einem fernen Planeten in diesen Raum versetzt. Am liebsten hätte ich ihn bei der Hand genommen und auf den Stuhl neben meinem gezogen. Aber mir war klar, dass er einem Übermaß an

Emotionen würde ausweichen wollen. Was er zu sagen hatte, war kompliziert und persönlich genug. Seine Erfahrungen bei der Sammlung teilte er sonst nur mit seiner Kodexwächterin, und nun sprach er mit einer Frau aus der Welt darüber.

„Wir lernen, uns an das Ereignis zu erinnern. Wenn es nicht zu lange zurückliegt, ist das meist einfach. Es sei denn, man hat in der Situation Schlimmes erlebt. Dann sollte man nicht ohne einen erfahrenen Kodexwächter versuchen, an der Einsicht zu arbeiten. Das ist in deiner Einsicht nicht so, oder?"

Ich errötete, weil ich ungewollt an den Sonnabend in der Remise denken musste. Doch meine Einsicht, so die Erinnerung an Emine eine war, betraf eine harmlose Szene. Leo musterte mich aufmerksam, als wäre er unsicher, wie er mein Erröten deuten sollte. Mir fiel ein, dass seine Schwester mich an jenem Sonnabend betreut und sich um meine Kleidung gekümmert hatte. Spuren der beiden Männer hatten sich an meinem ganzen Körper und auch an meiner Kleidung befunden. Ihm hätte Inna eventuell Andeutungen gemacht.

„Nein", versicherte ich ihm. Er seufzte erleichtert, ich wünschte, erleichtert meinetwegen.

„Also, man folgt den Bildern aus der Einsicht. Wenn es viele zusammenhängende sind, geht das leicht. Oft sieht man den Unterschied zur Erinnerung sofort. Dann kommt die richtige Erinnerung. Man betrachtet sie, sooft man möchte. Aber manchmal geht sie einfach weg, besonders wenn man sie zu sehr halten will. Bea sagt, man soll die Bilder ihren Weg gehen lassen. Was weg geht, kommt irgendwann wieder, aber man kann es nicht erzwingen. Jede Erinnerung folgt eigenen Mustern. Das muss man respektieren. Wer seine Erinnerungen respektiert, respektiert sich. Das macht gleichmütig und erlaubt es hinzunehmen." Es schien ihm wichtig zu sein, diesen letzten Satz noch angebracht zu haben. Ich nickte. Hinzunehmen war ein wichtiger Aspekt der muhischen Lehre, Ideologie sagte ich gewöhnlich, obwohl ich einsah, dass dieses Wort nicht in allen Bereichen zutraf.

„Danke, Leo", sagte ich. Er hielt mir die Tür auf.

„Es war zu meinem Nutzen, Christa Hemmen", versicherte er, als ich an ihm vorbeiging.

*

Es war auch zu meinem Nutzen gewesen, aber das wusste ich noch nicht. Ich fuhr nach Hause, erledigte ein paar Arbeiten im Haushalt und goss einen Tee auf. Draußen war es dunkel geworden. Noch drei Arbeitstage lagen vor mir, dann hätte ich Urlaub. Die Vorstellung, lange schlafen zu können, gefiel mir. Ich fühlte mich müde, nicht nur weil ich einen Arbeitstag und ein kompliziertes Gespräch mit Leo hinter mir hatte. Zum Jahresende erschien es mir immer so.

Da ich dank der Fürsorge meiner Mutter ein Adventsgesteck besaß, zündete ich die Kerze an. Langsam nippte ich an meinem Tee. Aus der Kerzenflamme trat Emine zu mir, nah und mich hoch überragend, obwohl sie kleiner war als ich und unsere flüchtige Bekanntschaft Distanz verlangte.

„Dietmar Poepken ist kein guter Mann. Wir kennen uns aus der Schule. Seien Sie froh, dass Sie ihn los sind."

So sprach sie in meiner Einsicht, aber die war, wie Leo gesagt hatte, dass es oft passierte, nicht wie in der erinnerten Situation. Langsam, den Blick um die Flamme gehüllt, ließ ich die Erinnerung an jenen Mittwoch vor drei Wochen zurückkehren. Wir hatten im Flur des Pflegedienstes gestanden, weil Emine mit Harry und mir aus dem Döner-Imbiss gekommen war. Auf dem Weg hatte sie unser Gespräch über Dietmars Ausfälligkeiten mitangehört. Im Imbiss hatte sie zuvor kurz mit den beiden Angestellten gesprochen. Beim Betreten des Imbisses hatte sie auf die Straße gezeigt und etwas zu den Männern gesagt, ehe ihr Harry und ich aufgefallen waren. Und ehe sie gekommen war, hatten die Männer sich unterhalten, und ich hatte gemeint, Volkans Name wäre gefallen. Die Flamme wurde groß vor meinen Augen. Etwas sagte mir, ich sollte mit Emine reden. Denn, obwohl es in meiner wohl sortierenden Weltsicht unmöglich war, kannte sie Dietmar Poepken eventuell besser als gut für sie gewesen war.

Am nächsten Morgen parkte ich wie immer mein Auto bei Heidis Haus und kürzte den Weg zu meinem Büro über den Hof von „Crea. Heim und Pflege" ab. An diesem Morgen steckte ich jedoch den Kopf in den Sozialraum der Pflegerinnen. Emine war nicht da, aber das wäre zu viel erwartet gewesen. Immerhin wusste die eine anwesende Pflegerin, dass Emine mittwochs ihren Dienst erst zur Übergabe um vierzehn Uhr antrat.

Das passte in meinen Zeitplan. Die Vormittagstermine schob ich so zusammen, dass ich gegen vierzehn Uhr dreißig wieder in Wardenburg war. Die Übergabe lief noch. Ich hörte Ernst Logas Fragen und die Antworten der Pflegekräfte. Ohne Rücksicht auf meine Ungeduld besprachen sie ausführlich das Problem der Straßenverhältnisse. Viele Pflegerinnen fuhren in aller Frühe zu Klienten in abgelegenen Dörfern, wenn die Straßen noch nicht geräumt waren. Ich hörte Ernsts Versprechen, dass in einem Winter mit Schnee im Dezember Januar und Februar schneefrei bleiben würden. Frauenstimmen lachten, es rückten Stühle.

Die Tür öffnete sich. In voller Schönheit trat Ernst Loga auf den Flur. Sofort wurde es dort heller, als strahlte seine Aura bis in die Ecken hinter dem Kopierer. Er trug einen cremeweißen Baumwollrolli unter seinem Kasack, der den butterkekszarten Braunton seiner Haut diskret betonte. Mein Anblick zauberte ein herrlich lässiges Lächeln um seinen Mund.

„Hallo, Christa. Suchst du mich?" Ich brachte es kaum übers Herz, ihm zu sagen, dass ich auf Emine wartete, doch er nahm es gefasst. „Schade, Christa. Wir sehen uns nur bei den Dienstbesprechungen oben. Einen schönen Tag wünsche ich dir." So schritt er den Flur hinunter zu seiner Bürotür, trotz der weißen Arbeitsschuhe wie in Cowboystiefeln. Als ich mich umdrehte, stand Emine neben mir. Seltsamerweise erschien sie nicht überrascht von meiner Anwesenheit auf dem Territorium der Pflegerinnen und Reinigungskräfte.

„Kann ich Sie sprechen?" fragte ich. Sie nickte. Die Kolleginnen gingen zu ihren Dienstwagen, wir in die Teeküche. Stühle gab es hier nicht. Im Dunst aus frisch gebrühtem Kaffee und langsam modernden Kaffeefiltern lehnten wir jeweils eine Schulter gegen die Wand und betrachteten uns wachsam. Das Licht in dem fensterlosen Raum war nicht das Beste. Ich sah nun, dass Emine jünger war als ich, aber wegen der stärkeren Tönung von Teint und Haaren fand ich es trotz der glatten Haut schwierig zu entscheiden, wie alt sie sein mochte.

„Es geht um Dietmar Poepken", begann ich einfach und beobachtete, wie ihre Wangen sich verfärbten.

„Ja?" fragte sie, klang aber nicht so desinteressiert, wie sie wohl hoffte.

„Erinnern Sie sich: Vor etwa drei Wochen haben Sie mir gesagt, Dietmar wäre kein guter Mann. Sie sagten, ich solle froh sein, wenn ich ihn los wäre." Nervös kaute sie an ihrer Unterlippe. Ich fand, dies wäre nicht der Ort für taktvolles um den heißen Brei Gerede. „Daran müssen Sie sich doch erinnern."

„Ja, ja. Ich erinnere mich. Ich habe das gesagt. Und?"

„Warum?" Wir sahen uns an. Sie spielte auf Zeit.

„Warum?"

„Ja. Warum haben Sie das gesagt? Das sind schwere Anschuldigungen." So hieß es in Kriminalfilmen. Emine wirkte unbeeindruckt.

„Es ist nicht verboten, über Leute zu reden." Mir langte es. Ich hatte das bohrende Gefühl, von dieser Frau etwas Wichtiges in Erfahrung bringen zu können. Was das sein könnte, vermochte ich nicht zu sagen. Sicher war nur, dass sie es bisher noch nicht gesagt hatte.

„Stimmt. Aber wenn man über Leute redet, muss man mit Rückfragen rechnen. Sie hatten damals keinen Grund, überhaupt irgendetwas zu sagen. Aber Sie haben es gesagt, und ich möchte jetzt wissen, weshalb." Emine begutachtete ihre kurzen unlackierten Fingernägel.

„Sind Sie wieder mit ihm zusammen?" fragte sie halblaut und schielte zu mir. Ich schüttelte den Kopf. „Wollen Sie das denn?" Wieder schüttelte ich den Kopf.

„Als Sie an diesem Mittwoch vor drei Wochen in den Döner-Imbiss an der Ecke zur Oldenburger Straße gehen wollten, haben Sie ihn da getroffen?" Emine drehte die Augen zur Decke.

„Ja. Können wir woanders reden? Nicht hier. Im Auto. Kommen Sie mit."

Wir gingen hinaus zu dem Wagen von „Crea. Heim und Pflege", einer der kleinen Flotte cremefarbener Kleinwagen mit den Crea-Streifen auf den Türen. Trotz ihres Fleecepullovers fröstelte Emine, aber auch ich in meiner Daunenjacke fand das Wageninnere kühl. Der Geruch der Pflegetasche auf der Rückbank hinter mir trug nicht dazu bei, meinen erregten Magen zu beruhigen.

„An dem Tag habe ich Dietmar getroffen. Davor lange nicht mehr. Sehr lange. Bestimmt sechs Jahre. Ich glaube nicht, dass er mich erkannt hat. Der nicht." Sie blickte auf das Lenkrad vor sich.

„Waren Sie befreundet?" Es war rundheraus gefragt, geleitet von ihrem extremen Zögern. Ohne aufzusehen, nickte sie. Ich wartete.

„In der Schule. Neunte Klasse. Er war im Jahrgang über mir." Nach fast drei Minuten seufzte sie. „Hören Sie, was ich jetzt sage …"

„Ich weiß", versicherte ich, ohne zu wissen. Sie schloss die Augen.

„Alles war heimlich. Das war so schwierig. Auto fahren konnten wir nicht. Er hatte in den letzten Wochen vor den Sommerferien keinen richtigen Unterricht mehr. Ich habe Entschuldigungen gefälscht und bin mit dem Fahrrad zu ihm nach Oberlethe gefahren. Wohnt er da noch?" Ich nickte. „Sein Bruder arbeitete dann. Der war Lehrer. Sein Vater war auch weg. Der war sehr streng und durfte nicht wissen, dass Dietmar mit einer wie mir zusammen war. Die Mutter war tot, aber sie hatten eine Haushälterin. Darum konnten wir nicht ins Haus. Aber hinter der Garage …"

„Ein kleiner Raum. Ich weiß." Sie warf mir einen Blick zu.

„Ich wollte erst nicht. Aber er hat mich beschimpft und gesagt, ich liebe ihn nicht. Und er würde meinem Vater sagen, dass ich ihm nachlaufe … Ich hab dann gemacht, was er wollte." Schweigend saßen wir nebeneinander.

„Oft?"

„Ein paarmal. Dann waren Ferien. Der Lehrer-Bruder war dann zu Hause. Und meine Mutter hätte gefragt, wo ich hinwill. Aber ich war froh für diesen Grund, ihn nicht mehr zu treffen. Und er hat sich nicht mehr gemeldet." Nun hatte sich bewahrheitet, was ich vorher für unwahrscheinlich erklärt hatte. Aber Emine war noch nicht zu Ende.

„Mein Vater ist ein Vetter von Volkan Tolkas Mutter. Ich kenne die Familie sehr gut. Volkan ist wie ein Bruder. Nilüfer war wie eine Schwester. Auch Buket. Im letzten Winter hat Nilüfer mir erzählt, dass sie einen deutschen Freund hat. Dietmar Poepken. Ich war entsetzt. Ich wollte ihr alles sagen, aber ich habe mich so geschämt. Besonders als ich gehört habe, dass Volkan und Dietmar … nicht Freunde waren, aber gute Kumpels. Und Volkan fand es in Ordnung, wenn Nilüfer mit Dietmar ging. Den Eltern haben sie nichts gesagt." Ich drehte mich zu ihr um.

„Dietmar war ein Kumpel von Volkan? Aber …" Ich brach ab, weil ich nicht mehr wusste, was ich hatte sagen wollen. Es passte nicht zu dem, was ich aus den Medien wusste, und auch nicht zu dem, was Dietmar gesagt hatte. Emine seufzte wieder.

„Sie kannten sich von früher, auch wenn Volkan älter ist. Keine Ahnung, woher. Alles war gut für Nilüfer. Ich dachte, sie hat Glück. Er ist nicht mehr so gemein, und Volkan passt auf sie auf. Aber dann im Frühling hat sie Schluss gemacht. Und Volkan war auch nicht mehr mit ihm befreundet."

„Weshalb?"

„Das weiß ich nicht." Aber ich sah ihr an, was sie dachte. Ich dachte es auch.

„Er wollte Sex und war … grob?" Emine nickte.

„Ja. Das heißt, das glaube ich. Gesagt hat sie nichts. Sie war überhaupt komisch danach. Volkan auch. Er hat wieder angefangen, zu trinken und sich zu prügeln. Sie hätten ihn im Juli sehen sollen, wie er da aussah. Und dann war Nilüfer tot. Und sie behaupten jetzt alle, Volkan hätte sie getötet."

„Alle?" fragte ich und dachte an die beiden Männer im Döner-Imbiss. Emine verzog den Mund.

„Die Zeitungen sprechen von Ehrenmord." Ich sah sie an.

„War es das nicht?" Sie zuckte mit den Schultern.

„Keine Ahnung. Volkan und Nilüfer hatten ähnliche Vorstellungen vom Leben."

Ich nickte zweifelnd. Immerhin wusste ich jetzt, dass ich kein Einzelfall gewesen war. Emine war es wie mir ergangen, sie ein frühes, ich ein spätes Girly. Ob Nilüfer auch eins gewesen war, würden wir wohl nie erfahren.

„Man hört nichts über Nilüfer. Kein Gerede vom westlichen Lebensstil …" Ich brach ab. Emine sah mich ein wenig mitleidig an.

„Nein. Man denkt es nur. Aber die Leute haben auch vorher nicht geredet, weil es nichts zu reden gab." Ich nickte eilig, weil mir die Fragen allmählich peinlich wurden.

„Wie haben Nilüfer und Dietmar es denn vermieden, dass jemand merkt, dass sie zusammen waren? Es genügt doch nicht, nach Oldenburg oder Wildeshausen zu fahren. Früher oder später trifft man doch immer Bekannte." Emine sah genervt aus.

„Volkan war meistens dabei. Anfangs zumindest. Da hat man schon mal die eine oder andere Bemerkung gehört, wieso er seine Schwester mitschleppt. Später hat Nilüfer die Berufsschule geschwänzt. Das hat Volkan nicht gewusst. Sie ist morgens nach Oldenburg zur Kinderpflegeschule gefahren. Nach der Pause hat sie Dietmar getroffen, und der hat sie mit zu sich nach Hause genommen. Ohne Volkan. Das hat sie mir selbst erzählt, als sie noch mit Dietmar zusammen war. Das war eine Zeitlang okay für sie. Und dann nicht mehr." Sie angelte ihr Handy aus der Jackentasche. "Ich muss jetzt zu meiner Runde aufbrechen. Die alten Leute rufen immer gleich an und beschweren sich, wenn man nicht pünktlich ist. Bei mir sowieso. Von einer Türkin erwarten sie noch mehr, dass sie pünktlich ist. Türken kommen ja immer zu spät, nicht wahr?" Ich öffnete die Tür.

"Danke", sagte ich. Sie wandte mir das Gesicht zu und stellte die Frage, die ich längst erwartet hatte.

"Warum wollen Sie das alles wissen?" Ich hielt beim Aussteigen inne.

"Manchmal, wenn ich im Dunkeln nach Hause komme, habe ich Angst, dass er irgendwo lauert", gestand ich. Sie nickte, als wüsste sie genau, was ich meinte, sagte aber nichts mehr. Ich schlug die Tür zu und ging wieder ins Gebäude. Hinter mir fuhr der Kleinwagen vom Hof.

*

Am Freitagvormittag fand bei "Crea. Heim und Pflege" eine kleine Weihnachtsfeier statt. Frau von Geldern hatte ein Buffet liefern lassen, wahrscheinlich um auf diese Weise eine Abendveranstaltung zu umgehen. Es kamen einige Mitarbeiter von anderen Niederlassungen und den Zweigstellen, aber hauptsächlich blieben wir Wardenburger unter uns. Ernst Loga schenkte uns eine halbe Stunde seiner Zeit, Frau Oldieks aus dem Kundenzentrum kam in ihrer Mittagspause. Für die Pflegerinnen und Reinigungskräfte hatte Ernst im Sozialraum Kuchen auffahren lassen, seiner Theorie folgend, dass ausschließlich wohlgenährte Pflegerinnen ihre Arbeit erfolgreich ausübten.

Gegen dreizehn Uhr endete die etwas peinliche Versammlung in der Verwaltungsetage. Ich nahm mein Präsenttütchen in Empfang, goss die Blumen im Büro gründlich und drehte die Heizung herunter. Als Harry mir frohe Weihnachten wünschte, trug er bereits seine Fellmütze, in der er wie ein russischer Holzfäller aussah.

„Fährst du weg?" fragte er im Abstieg zur Straße.

„Wo sollte ich hinfahren?" fragte ich. Er lachte.

„Malediven, Thailand, Garmisch-Partenkirchen. Wo junge Leute hinwollen."

„Ich nicht", gab ich zurück und winkte ihm zu, ehe ich nach links zu meinem Auto ging und er nach rechts zu seinem, das er auf dem Parkstreifen an der Straße abgestellt hatte. Ernst Loga trat mit einer in Lammleder gehüllten Begleiterin aus dem Hof. Das musste seine Lebensgefährtin, die meines Wissens die Wellness-Abteilung eines Hotels in Bad Zwischenahn leitete, sein. Beide winkten zu mir und beide ignorierten Harry, der sie ebenso ignorierte.

Während des Vormittags hatte es stark geschneit. Inzwischen sprachen die Leute offen von der Möglichkeit weißer Weihnachten. Der Himmel über Wardenburg war hellgrau, als hielte er noch mehr Schnee in Bereitschaft. Nachdem ich den ganzen Vormittag über aus Langeweile immer wieder kleine Portionen vom Buffet gegessen hatte, fühlte ich mich satt und träge. Hätte nicht so viel Schnee gelegen, wäre ich spazieren gegangen, so fiel mir nichts Besseres ein, als Bea anzurufen. Die sagte, ich könne gern kommen. Wegen der tiefhängenden Wolken dämmerte es bereits, als ich in den Weg abbog, der von der Landstraße in das Waldviertel mit dem Tagungshaus einbog. Wie ich eher zufällig bemerkte, war das Straßenschild seit dem Unfall vor zwei Wochen nicht mehr aufgestellt worden. Die Gemeindearbeiter würden in diesem Jahr kaum noch Gelegenheit dazu finden. Geräumt war der Weg auch nicht, aber Traktorräder hatten Schneisen in den Schnee gefräst. Ich dankte Frau Bösche und eierte weiter bis zum Waldrand. Dort lag weniger Schnee und ich kam besser vorwärts.

Tatsächlich standen am Tor des Tagungshauses einige Autos geparkt. Es hatten sich also Tagungsgäste und Dozenten durch den Schnee gekämpft. Ich fuhr zum Hausparkplatz der Muh. Neben dem roten Transporter stand ein älterer Wagen mit Dürener Kennzeichen. Das Auto war vom Schnee befreit worden, als wollte der Gast aus Düren demnächst aufbrechen. Im Foyer arbeitete Trini am Kopierer. Anscheinend hatte sie von Leo den Auftrag erhalten, für ein Seminar Unterlagen zusammenzustellen, denn sie wählte die Vorlagen nach einer Liste aus. Leo selbst telefonierte indessen. Worte wie Schneepflug und undurchdringlich fielen, woraus ich schloss, dass Bea ihn mit einem Behördengespräch betraut hatte. Aus dem nächstgelegenen Seminarraum klang Applaus. Leo blickte in die Richtung, sah mich, nickte mir kurz zu und führte das Telefonat fort. Muh, wenn sie mit Auftrag telefonierten, waren ausdauernd und ließen sich weder von Warteschleifen noch mehrfachem Weiterverbinden schrecken. Ich ging an ihm vorbei bis zur Treppe, wo mir Bea mit einem robust gebauten Mann entgegenkam. Er trug in der einen Hand einen kleinen Pappkoffer, unter dessen Deckel der Ärmel eines Schlafanzugs heraushing. In der anderen Hand hielt er eine Aktentasche viel größeren Ausmaßes. Bea ging mit gebeugtem Haupt neben ihm. Ich blieb am Fuße der Treppe stehen. Der Mann sah nun zu mir. Bea räusperte sich.

„Kodexmeister, das ist Christa Hemmen." Auch der Kodexmeister kannte meinen Namen. Er sah zu mir auf, und eine Welle der Bescheidenheit brach über mich.

„Christa Hemmen. Ein Name aus der Welt, den Muh in ganz Europa voll Respekt hören. Die Muh in diesem Zentrum können Bescheidenheit üben an der Ehre, welche die Bekanntschaft mit ihr mit sich bringt." Verblüfft ließ ich meine Hand schütteln.

Der Kodexmeister lächelte milde. Er war vermutlich nicht älter als meine Eltern, obwohl solche Vergleiche bei Muh aus einem unbekannten Grunde nicht passten. Sein dunkler Parka hing offen bis zu den Knien. An den Ärmeln waren die Säume abgestoßen, ein Knopf an der Strickjacke darunter baumelte lose, weiße Schneeränder zeigten sich an den Schuhen. Vor mir stand der Führer aller Muh in Deutschland, der Hüter ihrer Lehre und Verwalter eines wahrscheinlich nicht unbeträchtlichen Immobilienvermögens, aber man musste ihm ins Gesicht sehen, um zu erkennen, dass es sich bei dem stämmigen kleinen Mann nicht um einen Stadtstreicher handelte.

Der Kodexmeister sah mich aus großen blanken Augen in seinem alterslosen und zugleich faltigen Gesicht an, dabei lächelte er voller Gleichmut. Aber sein Handschlag war eher der eines Handwerkers, und seine Handflächen sprachen von harter Arbeit.

„Bleib im warmen Haus, Bea", sagte der Kodexmeister, während er noch meine Hand hielt. „Christa Hemmen hat den Weg hierher gefunden. Demnach ist die Straße passierbar."

„Ein Traktor hat den Schnee verdichtet. Man kann auf der Straße fahren, aber es ist glatt. Auf der Landstraße ist gestreut", stammelte ich. Er nickte.

„Die gute Swantje Bösche hat geholfen." Nun ließ er meine Hand los und nahm seine Taschen wieder auf. Sein Abgang aus dem Foyer verlief so unspektakulär wie der eines Seminarteilnehmers, den ein Handy-Telefonat aus dem Haus führte. Der Postfrau hielt er noch die Tür auf, und sie nickte ihm kurz zu, wie sie jedem Muh zugenickt hätte, ahnungslos, wen sie da vor sich hatte. Bea nahm die Briefe gleich selbst in Empfang. Ihre Augen hatten einen ungewohnten Glanz, wie andere ihn unterm Weihnachtsbaum bekommen.

„Der Kodexmeister ist beeindruckend", teilte ich ihr mit, um etwas zu sagen. Sie nickte.

„Er nimmt die Verantwortung bescheiden hin. Solcher Gleichmut ... solche spirituelle Ruhe ... Ich fürchte in aller Bescheidenheit, dass mir solche Kraft immer fehlen wird."

„Wie ist sein Name?" fragte ich. Zwar wurden Muh namentlich nicht vorgestellt, aber mir schien, bei einem Muh von solchem Rang sollte der Name genannt werden. Bea sah mich groß an.

„Er trägt keinen Namen mehr."

„Keinen Namen?"

„Er ist der Kodexmeister."

„Und wie unterscheidet man die verschiedenen Kodexmeister?" wollte ich wissen. Die Muh schienen ihre Führer aber nicht zu unterscheiden.

„Die Lehre bleibt gleich. Nur der Muh, der sie bewahrt, ändert sich. Er tritt als vergänglicher Mensch bescheiden zurück hinter das Immerwährende." Ich fragte nicht weiter. Das Leuchten in Beas Augen verriet, dass sie sich noch in, gewiss bescheidener, Verzückung befand, als sie, die Briefumschläge an die Brust gedrückt, mit mir in ihr Büro ging.

„Als du anriefst, ging ich davon aus, dass der Kodexmeister schon abgereist wäre, wenn du ankommen würdest. Aber die Straße von diesem Haus bis zum Wöscheweg war kaum passierbar. Hier wird nicht geräumt, weißt du? Ich selbst habe Trinis Mutter gebeten, einen Weg herzustellen. Und dann habe ich Leo beauftragt, die Gemeinde oder den Landkreis oder die Straßenwacht, wer immer zuständig sein mag, von den Verhältnissen in Kenntnis zu setzen und Abhilfe zu verlangen. Hier stehen so viele Häuser mit Kindern und alten Leuten, ein Behindertentransport muss fast bis zu uns fahren, und unsere Seminargäste wollen auch an- und abreisen können."

„Damit wird Leo eine Weile beschäftigt sein", murmelte ich. Bea legte die Umschläge auf ihren Schreibtisch und sammelte benutztes Teegeschirr ein. Offenbar hatte sich der Kodexmeister vor seiner langen Fahrt durch den Schnee noch einmal gestärkt.

„Ja. Es wird ihm helfen, seine Gedanken auf das Jetzt zu fokussieren." Sie räumte das Geschirr in die Spülmaschine und setzte Wasser für frischen Tee auf. „Du möchtest bestimmt etwas Heißes trinken. Mir ist aufgefallen, dass du im Büro gefröstelt hast."

„Allerdings, Bea", sagte ich ernsthaft. „Du reduzierst ja die Temperatur bei dir auf das gerade noch Erträgliche." Sie biss sich auf die Lippen.

„Du meinst, ich prahle mit Selbstbescheidung?" Ich überlegte, wie ich mir diesen Ausdruck übersetzen sollte.

„Wahrscheinlich meine ich das. Was ich sagen will: Es ist unsinnig, diesen Raum unbeheizt zu lassen, wenn rundherum in den Seminarräumen die üblichen Temperaturen herrschen. Zwanzig Grad, nicht wahr? Mehr durch die Menschen da drin. Und hier? Fünfzehn?" Sie nickte, tatsächlich verlegen.

„Aber, Christa, weißt du, der Teil des Gebäudes, in dem unsere Schlafräume liegen, wird noch von der alten Heizungsanlage beheizt. Bei diesen Außentemperaturen sind es dort nur fünfzehn bis achtzehn Grad. Da muss ich mich doch hier bescheiden."

„Die anderen Muh sind tagsüber auch im Warmen", gab ich zurück, fühlte mich aber amüsiert. Bea vergaß das Wasser. Der Kocher schaltete ab.

„Einige haben Pflichten draußen."

„Die kommen auch wieder rein", entgegnete ich. Sie runzelte die Stirn und schaltete den Wasserkocher erneut an.

Das Telefon klingelte auf der Hausleitung. Leo teilte mit, im Laufe des Nachmittags solle ein Räumfahrzeug kommen. Man habe ihm jedoch nicht sagen können, wann.

„Das glaube ich erst, wenn es da ist", murmelte Bea. Während der Tee zog, ging sie die Post durch. Bei einem Brief stutzte sie, drehte ihn mehrmals um und klopfte schließlich damit auf die Tischkante.

„Ein Problem?" fragte ich. Sie sah nicht auf, aber was ich von ihrem Gesicht sehen konnte, verriet Ratlosigkeit.

„Was? Nein. Kein Problem …", murmelte sie langsam und griff ebenso langsam zu ihrem Handy. Nach einem Augenblick legte sie es vor sich auf den Tisch, diesmal mit einem Ausdruck, der bei ihr Ärger verriet. „Er geht nicht ran. Dieser Muh …" Sie unterbrach sich und wählte eine andere Nummer aus. „Bea. Ist Edu bei euch? Wo? Warum geht er nicht an sein Handy? Nein, du brauchst ihn nicht zu rufen. Danke." Sie sah mich an. „Er macht da weiter, wo er aufgehört hat."

„Wo denn?" fragte ich, aber sie hatte schon die nächste Nummer getippt.

„Bea. Geh rüber in das Planungsbüro und schick Edu Muh zu mir. Er soll sofort kommen, hörst du?"

Ich zog es vor, in die Teeküche zu gehen und das Teenetz aus der Kanne zu nehmen. Durch den Türrahmen sah ich Bea an ihrem Schreibtisch sitzen. An den Rahmen der anderen Tür klopfte Edu. Geduld glättete Beas Züge, als sie zu ihm sah, doch ihre Stimme klang streng.

„Edu Muh, warum gehst du nicht an dein Handy? Du bist nicht erreichbar." Er neigte den Kopf.

„Der Akku war leer. Er lädt im Schlafraum." Sie schloss die Augen für Bruchteile von Sekunden länger als ein Blinzeln verlangt hätte.

„Das Handy kann an deinem Arbeitsplatz laden. Du hast momentan den Vorteil einer Aufgabe, die dies erlaubt. Außerdem ist die Zeit für abgeschaltete Handys von der Abendmahlzeit bis nach dem Frühstück, sofern der Muh sich im Haus befindet. Sorge dafür, dass der Akku ab jetzt in diesem Zeitraum aufgeladen wird."

„Ja, Bea." Er stand mit gesenktem Kopf und hängenden Armen vor ihr. Sie starrte auf die jämmerliche Gestalt, besann sich aber auf den Brief in ihrer Hand.

„Du hast Post. Ich wollte dir den Umschlag jetzt aushändigen und nicht vor den anderen." Er hob den Kopf und sah sie an, als hätte sie behauptet, ein Dinosaurier verlange ihn zu sprechen.

„Post?" wiederholte er. Es schien selten vorzukommen, dass Muh Briefe erhielten. Vorsichtig, als fürchtete er, das Papier sei mit einem Kontaktgift behandelt worden, nahm Edu den Umschlag. Er studierte die Adresse, drehte den Umschlag um und las den Absender. Langsam reichte er Bea den Umschlag zurück.

„Zerreiß den Brief." Selbst Bea schien überrascht.

„Warum? Ich werde das tun, wenn du es möchtest, aber deine Bitte ist ungewöhnlich." Er rang um Worte.

„Es sollte so sein." Bea zögerte.

„Möchtest du denn nicht wissen, was in dem Brief steht? Er ist an dich gerichtet."

„Nein. Ich wünsche es nicht zu wissen." Sie überlegte.

„Man kann auf dem Umschlag vermerken, dass die Annahme verweigert wurde, und den Brief wieder in die Post geben."

„Dann bitte ich, dass du es so machst, Bea."

„Sicher?"

„Sicher." Vor seinen Augen schrieb sie ‚Annahme verweigert' auf den Umschlag und legte ihn in den Postausgangskorb.

„Kann ich jetzt gehen?" fragte er. Sie nickte. Ich wartete, bis er fort war, ehe ich die Teekanne ins Büro trug.

„Warum hat er das gemacht?" Sie warf einen langen Blick auf den Umschlag in ihrem Postausgangskorb.

„Ich weiß es nicht", sagte sie mit Betonung auf dem Verb. Einen Moment lang schien sie noch zu überlegen, dann sah sie mich an.

„Was gibt es Neues in der Welt?" Erleichtert erzählte ich ihr von meinem Gespräch mit Emine. Bea hörte sich alles an, ehe sie den Blick auf mich hob. Wenn sie mich so ansah, fürchtete ich immer, sie läse auf der Rückseite meiner Augen das Spiegelbild meiner Gedanken.

„Wie bist du darauf gekommen, diese Frau solche Dinge zu fragen?" erkundigte sie sich dann. „Mir scheint, das war alles äußerst persönlich." Für jemanden aus einer Gemeinschaft ohne Privates sprach die Frage von erstaunlicher Einsicht in die Verhältnisse in der Welt. Ich wurde verlegen, als ich ihr gestand, dass mein Gespräch mit Leo über Einsichten den Ausschlag gegeben hatte. Bea nickte.

„Ach, ja. Er bat um Erlaubnis, über Sammlungstechniken sprechen zu dürfen. Mir war nicht klar, dass du ermittelst."

„Ich ermittle nicht!" widersprach ich vehement. „Mich haben nur einige Fragen beschäftigt, und die mussten beantwortet werden."

„Mussten sie? Stand Zwang dahinter?" erkundigte sich Bea mit gehobenen Brauen. Meine Verlegenheit heftete sich an das Wort Zwang und weitete sich aus. Bildfetzen von jenem Sonnabend in der Remise, von dem, was Dietmar gesagt und getan hatte und wie er es gesagt hatte, stoben auf und senkten sich wieder. Bea behielt mich im Blick, als ich aufstand und mich sofort wieder fallen ließ.

„In gewisser Weise", stammelte ich. „Aber auch das ist … persönlich." Obwohl Bea nun mit der Teekanne hantierte, glaubte ich, ihren Blick weiter zu spüren.

„Dieser Mann setzt Frauen unter Druck, damit sie Dinge tun, die sie nicht tun wollen", stellte sie gemessen fest.

„Ja", brachte ich heraus. Sie schenkte mir Tee ein.

„Und das seit Jahren."

„Offensichtlich."

„Er mag wohl junge Mädchen." Sie sah mich wieder direkt an.

„Anscheinend." Ich war nun überzeugt, dass ihre Vorstellung von dem, was mir vor fünf Wochen passiert war, den Tatsachen ziemlich nahe kam. Aber ihr Fazit überraschte mich, auch wenn ich mich außerstande sah, es zu kommentieren.

„Das ist nicht hinzunehmen." Bea stand auf und drehte den Reglerknopf des Heizkörpers auf die höchste Stufe. Draußen blinkte orange ein Schneepflug.

Weil die Straßenverhältnisse so unsicher waren, lehnte ich eine Einladung zum Abendessen bei den Muh ab. Lieber wollte ich über die Waldstraße fahren, solange der Schnee geräumt war. Im Foyer fanden wir Leo, der zusah, wie Trini sich einen über zwei Meter langen Schal um Hals und Kopf schlang.

„Sie sieht aus wie ein grüner Spaghetti-Knoten, Bea", kommentierte er den Aufzug des Mädchens, errötete und senkte den Blick. Bea betrachtete Trini, die uns aus ihrem Wollbezug angrinste.

„Du hast nicht Unrecht, Leo Muh", gab sie zu. „Hauptsache, dir ist warm, Trini." Dabei sah sie vielsagend auf den kurzen Rock, unter dem dürre Beine in handgestrickten roten Wollstrümpfen herausragten.

„Schon okay, Bea", versicherte Trini und wanderte hinaus in die Dunkelheit.

„Geht sie allein zum Hof?" fragte ich entsetzt. Leute wie Dietmar Poepken sammelten womöglich auch in Sandkrug Mädchen auf. Leo sah aus, als wollte er Trini zurückrufen, aber Bea schüttelte ungeachtet dessen, was wir eben besprochen hatten, den Kopf.

„Es ist nicht weit. Wenn sie hier auf dem Land als selbstständige Frau aufwachsen soll, darf sie keine Angst vor dunklen Wegen haben. Und die hat sie nicht." Sie sah mich an, als müsse sie sich rechtfertigen. „Trotz allem, was passiert ist, hat sie keine Angst", betonte sie. Beruhigt war ich durch ihre Versicherung nicht. Um mich abzulenken, sah ich Leo an.

„Dank deines Einsatzes am Telefon kann ich jetzt sicher bis zum Wöscheweg fahren. Der Kodexmeister ist offensichtlich auch durchgekommen." Er senkte den Blick.

„Ich danke Christa Hemmen für ihr Wohlwollen. Mein Telefonat erfolgte einzig aufgrund der Umsicht meiner Kodexwächterin." Ich betrachtete ihn, bereit zu einer spitzen Replik, doch als er aufsah, blinkte kein Schalk aus seinen Augen.

„Was wollte der Kodexmeister eigentlich bei euch?" fragte ich stattdessen halb zu Bea gewandt. „Das ist doch kein Wetter für eine Visitationsreise quer durch Deutschland, oder?" Bea sah mich offen an.

„Der Kodexmeister kam in Ausübung von Rat und Beistand. Leo hat gestern sein Fürsorgeversprechen abgelegt." Leo nickte. Sein Blick war weit weniger offen. „Solidarität übt sich", fuhr Bea nachdenklich fort. Er sah sie an.

„In diesem Jahrhundert manifestiert sie sich über den Versorgungsaspekt hinaus", war sein Beitrag, der aus einer Werbeschrift der Muh hätte stammen können, verbreitete diese hochbescheidene Gemeinschaft Werbung.

„Du sagst es, Leo Muh. Kein Muh darf je vergessen, dass unsere Solidarität nicht auf die Stillung der Grundbedürfnisse beschränkt bleiben darf."

„Da wir von der Stillung der Grundbedürfnisse sprechen: Christa Hemmen, bleibst du zum Essen?" wechselte Leo eilig das Thema. Dabei sah er mich direkt an, wie um aus der Frage eine Einladung zu machen.

Jetzt hätte ich gerne zugesagt. Aber nachdem ich mich schon von Bea verabschiedet hatte, blieb mir nur, ihm zu sagen, dass ich an diesem Abend nach Hause fahren wollte. Leo zuckte mit den Schultern, was ihm einen Blick von Bea einbrachte. Schnell ordnete er seine Züge zu beispielhaftem Gleichmut. Die beiden standen nebeneinander an der Glastür und sahen mir nach, als ich durch den Schnee zum Auto stapfte. Ich fragte mich, ob Bea ihn maßregeln würde.

9 WEIHNACHTSWUNDER

WEIHNACHTEN IN MEINER Familie war nie das beschauliche Familienfest, wie die meisten anderen Leute es feiern. Meine Eltern mussten an Heiligabend und an den Feiertagen regelmäßig arbeiten. Als Heidi und ich noch ganz klein gewesen waren, hatten wir den Heiligabend nur mit der Mutter meiner Mutter gefeiert, mit der Oma, die damals bei uns im Haus wohnte. Meine Mutter leitete in dieser Zeit noch die Hauswirtschaft eines Altenheims in Oldenburg und trug die Verantwortung für das Gelingen der Weihnachtsfeier dort. Später als Haushälterin in dem großen Nachbarhaus hatte sie gegen einundzwanzig Uhr Zeit für ihre Kinder gehabt, musste aber morgens wieder dem alten Herrn Berger das Frühstück zubereiten.

Seit sie in dem Mädchenwohnheim arbeitete, stand sie regelmäßig an Heiligabend und am zweiten Feiertag in der Küche, am ersten Feiertag versorgten sich die Bewohnerinnen selbst. Mein Vater war, solange ich denken konnte, am vierundzwanzigsten Dezember meist erst nach Mitternacht nach Hause gekommen, wenn die Küche geschlossen und für den nächsten Tag vorbereitet war. Auch hatte er immer an mindestens einem Feiertag gearbeitet, in den letzten Jahren normalerweise an beiden. Dieses Jahr hatte er allerdings am fünfundzwanzigsten Dezember frei.

Dies war der Grund, weshalb ich in diesem Jahr am vierundzwanzigsten Dezember allein in meiner Wohnung saß. Heidi war bei Andrej und würde mit ihm am nächsten Tag ins stille Tal fahren. Ich hatte mir mein Lieblingsessen gekocht und einen bevorzugten Film eingelegt, aber wann immer ich aus dem Fenster sah und in den Nachbarhäusern weitere angezündete Tannenbäume aufleuchteten, wurde ich schwermütig. Es half wenig, mich daran zu erinnern, dass ich in weniger als vierundzwanzig Stunden auch unter einem geschmückten Baum sitzen würde. An Heiligabend war ich alleine.

Anders als an anderen Tagen hätte niemand meiner Freunde Zeit zum Telefonieren gefunden. Bea zu besuchen, wäre selbstverständlich möglich gewesen. Sie hatte es mir sogar angeboten, nachdem ich die späte Familienfeier erwähnt hatte. Noch fühlte ich mich jedoch nicht so vereinsamt, dass ich den 24. Dezember mit den Muh verbringen musste. Für die war es ein normaler Donnerstag, der erste von zehn Tagen, an denen das Tagungshaus geschlossen bleiben sollte. Bea hatte eine Grundreinigung angeordnet und auch das Entfernen der Weihnachtsdekoration aus dem Foyer. Für einige Muh wäre dies eine Erleichterung. Ich fragte mich, wie sich Leo fühlte, nachdem er mehr als eine Woche unter den geschmückten Bäumen gearbeitet hatte. Ihn erinnerten die Kiefern an seinen gescheiterten Ausbruchsversuch aus der Gemeinschaft. Inzwischen saß er wieder in einem Zentrum der Muh, beschied sich auf Gehorsam und hatte ein Fürsorgeversprechen für einen Muh abgelegt, dem er aus quasi politischen Gründen zugewiesen worden war.

Diese Überlegungen stimmten mich nicht weihnachtlich, vielmehr ließen sie mich rastlos und unzufrieden mit mir selbst zurück. So kam es, dass ich am Freitag unnötig früh zu meinen Eltern aufbrach. Deren Haus duftete. Mein Vater befand sich in der Küche und kochte, was er als einfaches Weihnachtsmenü im Familienkreis bezeichnete. Bei der Haustür standen zwei mit Handtüchern abgedeckte Plastiktragekisten.

„Oh, Christa", sagte meine Mutter und umarmte mich. „Frohe Weihnachten. Du bist früh."

„Ich dachte, ich könnte vielleicht etwas helfen", log ich. Natürlich wussten Heidi und ich, dass unsere Eltern in der Selbstinszenierung von Weihnachten bei Hemmens nicht gestört werden wollten. Zu meiner Überraschung strahlte meine Mutter auf.

„Oh, super. Siehst du die Kisten?" Ich nickte wachsam. Die Frage klang verdächtig nach einem Auftrag. „Ich habe gestern die Geschenke für die Mädels und die Kolleginnen vergessen. Die wollte ich gerade hinfahren. Das könntest du doch jetzt machen." Ich nickte. Der Schnee der letzten Woche hielt sich nur noch in unberührten Gärten und dort, wo Schneehaufen aufgeworfen worden waren. Eine Fahrt nach Harbern II am ersten Weihnachtsfeiertag wäre zwar nicht die viel besungene Schlittenfahrt, dafür aber glättefrei.

Meine Mutter erklärte detailreich, wo ich parken und bei welchem Namen ich klingeln sollte, welcher Betreuerin die Kisten anzuvertrauen wären und, falls die nicht greifbar sein sollte, wer die Kisten an welchen Ort stellen könnte. Ich versicherte ihr mehrfach, der Situation gewachsen zu sein, und fuhr los. Die Straßen lagen an diesem Feiertagsmorgen verlassen. Ein einziges Auto begegnete mir, ein überdimensionierter Geländewagen mit viel zu breiten Reifen. Später am Nachmittag wagten sich sicherlich noch andere Leute in normalen Autos auf die Straße, um Verwandten oder Freunden Besuche abzustatten.

An der Einfahrt zum Wohnheim türmten sich noch Reste vom Schnee, die Sonne hatte den Rasen jedoch weitgehend abgetaut. Ich fuhr zum Haupteingang, klingelte nach Anweisung und übergab einer gerührten Betreuerin die Kisten.

„Frau Hemmen ist eine gute Seele", versicherte sie mir.

Meine Mutter hörte ich ungern so beschrieben. Für mich bedeuteten die Worte wohlmeinend und ineffektiv, während meine Mutter als fleischgewordene Kompetenz durch die Welt schritt. Entgegnen wollte ich nichts darauf, daher wünschte ich nur frohe Weihnachten und ging zu meinem Auto.

Zum Wenden musste ich auf den Hof fahren, wo meine Mutter den mit Tannengrün beladenen Kleinbus abgestellt hatte. Vor der Garage lag ein heruntergetauter grauer Schneehaufen, der Bereich daneben war noch dünn mit vereistem Schnee bedeckt. Eine Linie Fußspuren führte vom Haus über die ansonsten makellose Fläche hinter die Garage. Ich nahm die Spuren wahr, machte mir aber nicht bewusst, was sie bedeuten könnten, bis ich nach der erfolgreichen Wende von der anderen Seite aus über den Schnee zur Garage sah. Dort hinter dem Betonblock kauerte jemand. Ich zögerte, ließ die Scheibe an der Beifahrertür hinunter.

„Hallo! Alles klar da hinten?" Die Gestalt wandte lediglich den Kopf in meine Richtung, ansonsten rührte sie sich nicht.

Das war zumindest ungewöhnlich. Bei laufendem Motor stieg ich aus und ging nachsehen, wer dort hockte. Es war Buket in Jeans und Sweatshirt, mit blauen Lippen und einem Bluterguss an der Schläfe. Anscheinend hatte sie versucht aufzustehen, denn der Schnee zwischen der Garage und den Kiefern an der Grundstücksgrenze war von ihren vergeblichen Versuchen zerwühlt.

„Was um Himmels Willen machst du da? Was ist passiert?" rief ich.

Sie hatte geweint, das sah man noch auf ihrem bleichen Gesicht, und offensichtlich konnte sie nicht sprechen. Ich half ihr aufzustehen und führte sie zur Haustür. Dabei schwieg sie die ganze Zeit. Ich fürchtete, das Gehen sei nicht gut für sie, weil sie bestimmt eine Gehirnerschütterung hatte. Aber sie hielt die Finger so fest in meine Jacke gekrallt, dass ich nicht glaubte, sie absetzen zu können, um Hilfe zu holen. Also hielt ich das steife Mädchen am Arm, während ich alle Klingeln betätigte und auf eine Betreuerin wartete. Diejenige, der ich die Geschenke überreicht hatte, öffnete und fiel bei Bukets Anblick aus allen Wolken.

„Buket? Was ist los? Wo kommst du her? Warum bist du überhaupt draußen?"

„Sie hat hinter der Garage im Schnee gesessen", erklärte ich, während wir zu zweit das Mädchen in den nächstgelegenen Raum führten.

Weitere Hausbewohnerinnen kamen hinzu. Es erhob sich ein Sturm der Aufregung mit Anteilen aus Entsetzen,

Prophezeiungen, hysterischem Geschrei und einer hilfrei-
chen Person, die eine Decke brachte. Mein Vorschlag, den
Notarzt zu rufen oder mit Buket nach Oldenburg in die
Notaufnahme zu fahren, wurde abgetan.

„Sie muss warm werden. Der Rest ergibt sich dann
schon", sagte eine Betreuerin.

Buket hatte mich aufmerksam betrachtet, während ich
über die Vorzüge der Notaufnahme sprach. Nun ließ sie den
Kopf nach vorne fallen. Schließlich wurde sie von einer
Betreuerin auf ihr Zimmer gebracht. Der Schwarm der
übrigen Bewohnerinnen folgte ihnen. Plötzlich war es ganz
still in dem kleinen Raum, in dem sich außer mir nur noch
zwei Betreuerinnen befanden.

„Das war gut, dass Sie Buket gefunden haben", sagte die
eine. Die andere wollte wissen, wo sie gesessen hatte. Beide
erschienen nicht verwundert, dass ihnen eine ihrer
Bewohnerinnen unterkühlt und verletzt zurückgebracht
worden war. Sie nahmen ungewöhnliches Verhalten als
selbstverständlich hin. Es gehörte zu den Bewohnerinnen
wie die ausschließlich traurigen Geschichten, die sie in das
Wohnheim geführt hatten.

Ich verabschiedete mich und trat hinaus in die gleißende
Wintersonne. Auf meiner Uhr war es jetzt erst halb zehn.
Plötzlich fiel mir auf, dass alle Bewohnerinnen noch in
Schlafanzügen und Nachthemden herumgelaufen waren.
Selbst die Betreuerinnen hatten sich nur einen Bademantel
übergeworfen. Buket dagegen trug Jeans und ein Sweatshirt.
Als sie das Haus verlassen hatte, war sie immerhin so weit
angezogen gewesen, dass sie Fremden unter die Augen kom-
men konnte. Für eine Flucht wäre ihre Ausstattung dagegen
nicht angemessen gewesen.

Der Motor meines Autos lief immer noch. Ich zog den
Zündschlüssel ab und sah mich um. Vor mir lag der kleine
Hof mit der Betongarage und den Müllcontainern, begrenzt
durch das Haus und die Kiefern. Wo Buket gesessen hatte,
schimmerte die benachbarte Kuhweide gelbgrün durch

schüttere Zweige. Zwischen der Garage und den Müllcontainern zog sich die dünne Schneefläche. Drei Spuren führten nun darüber, Bukets und meine, überlagert von unserer gemeinsamen. Ich folgte unseren Spuren. Der Schnee war hier im Schatten noch gefroren und krachte laut beim Darübergehen, während hinter mir vom Hausdach Tauwasser tropfte. Kleine Eiszapfen hingen wie eine Verzierung rund um das Garagendach. Moos marmorierte die Mauern in Grün- und Grautönen. Die Lufttemperatur lag leicht über null Grad, aber Buket hatte den Boden so stark aufgescharrt, dass der erdige Geruch vielleicht davon herrührte.

Vorsichtig trat ich in die Spuren, die meine Füße hinterlassen hatten, und blickte entlang der Rückseite der Garage. Zu den ersten Kiefernzweigen blieb ein Gang von einem halben bis einem Meter Breite. Schnee lag dort fast keiner, dafür hingen die Eiszapfen länger. Unter ihnen am Boden waren vereiste Stellen, wo die gefrorene Erde das Tauwasser nicht hatte aufnehmen können. Direkt hinter den Kiefern hing rostiger Stacheldraht. Offenbar war er an den Stämmen befestigt, Zaunpfosten sah ich nicht. Hinter dem Stacheldraht verlief ein Entwässerungsgraben, dahinter lag die Weide. Ich duckte mich unter den Kiefernzweigen hindurch bis zum Stacheldraht. Der Graben war etwa einen Meter breit, tief ausgehoben, mit schwarzem Wasser am Grund und einer braunen Eiskante. Ein solider Zaun begrenzte die Weide auf der anderen Seite. Von meinem Standpunkt aus sah ich in etwa fünfzig Meter Entfernung die Landstraße und die Bäume um das Grundstück jenseits der Weide. Auf der stand einzig eine umgedrehte Viehtränke.

Mehr war nicht zu sehen, und nichts davon erschien mir so spannend, dass ein sechzehnjähriges Mädchen deshalb ohne Jacke im Schnee stehen wollte. Auch sah ich nichts, was Buket den Bluterguss an der Schläfe eingebracht haben könnte, denn obwohl direkt hinter der Garage Eis am Boden war, befand sich an der Stelle, wo ich sie gefunden hatte, keines. Auch waren die Eisflächen zu nah an der Mauer. Normalerweise hätte Buket dort nicht ausrutschen können.

Mir war inzwischen kalt geworden und ich wollte zurück zu meinem Auto. Die Betreuerinnen hatten wahrscheinlich noch gar nicht bemerkt, dass es noch auf dem Hof stand. Wenn weder meine Mutter noch Olga kochten, blieb die große Küche geschlossen. Zu diesem Hof blickten aber nur die Fenster des Anbaus mit den Wirtschaftsräumen und darüber das Büro der Leiterin, die sich in Urlaub befand. Buket wusste das alles. Normalerweise hätte niemand sie gesehen und niemand sie gefunden. Es konnte jedoch nicht ihr Ziel gewesen sein, hinter der Garage zu erfrieren.

Ich war beinahe wieder bei meinem Auto, als ich unter einer Kiefer etwas Schwarzes liegen sah. Instinktiv bückte ich mich und hob den Gegenstand auf. Es war ein neuer schwarzer Fingerhandschuh aus Leder, wie manche Männer sie beim Autofahren überzogen. Für meine Hand wäre er zu groß gewesen, sehr viel größer war er aber nicht. Vor allem aber haftete keinerlei Schmutz daran. Er konnte nicht über Nacht unter der Kiefer gelegen haben, dafür fühlte er sich zu warm und zu trocken an. Ich blickte zurück zu dem Haus. Männer gab es dort keine, die einzigen, die kamen, waren Behördenvertreter, meist vom Jugendamt. Selbst wenn ich mich irrte, wenn der Handschuh doch ein Damenhandschuh sein sollte, gehörte er mit Sicherheit keiner der Bewohnerinnen und wahrscheinlich auch keiner Betreuerin, zumal Buket offensichtlich als einzige an diesem Morgen das Haus verlassen hatte.

Gedankenverloren blickte ich hinter den Müllcontainern an den Kiefern entlang. Es waren alte, hochgewachsene Bäume, die unteren Äste entfernt und aus irgendeinem Grunde, der vor zwanzig Jahren einleuchtend gewesen sein musste, in doppelter Reihe gepflanzt. Leichter Schnee war im Laufe der letzten Woche von den oberen Ästen herunter gerieselt und hatte sich zwischen den Baumreihen als weißes Band auf den roten Nadeln abgelegt. In Höhe der Müllcontainer war ein halber Fußabdruck zu sehen, größer als meine Abdrücke und größer als Bukets, deren Turnschuhe gröbere Spuren hinterließen als meine Stiefeletten.

Ich hielt inne, sah mich um und ging hinter den Containern das weiße Band entlang bis zum Ende des Grundstücks. Dort war es demjenigen, der die Kiefern gesetzt hatte, nicht gelungen, eine saubere Ecke anzulegen. Zum Zaun hin hingen Schneereste in den hochgeschossenen, schwarz vertrockneten Unkrautpflanzen. Ein gefrorener Sauerampfer war niedergetreten, der Absatz frisch und klar erkennbar in einem angetauten Maulwurfshügel. Wieder hielt ich inne. Mir war vage bewusst, dass unter meinen Füßen eventuell Spuren vernichtet würden, aber, und dies war mir sehr viel gegenwärtiger, Buket würde nicht darauf bestehen, die Polizei zu rufen. Daher würde niemand die Spuren sichern wollen. Schaden könnte es dagegen nicht, den Fußspuren zu folgen, um festzustellen, wo der unbekannte Mann auf das Grundstück gelangt war.

So ging ich weiter unter den Kiefern, nun an der Schmalseite des Grundstücks parallel zum Haus und gleichzeitig parallel zur Landstraße dahinter. Eindeutige Hinweise, dass hier kürzlich jemand gegangen war, entdeckte ich nicht, aber an der nächsten Ecke war der Zaun bis auf den Boden gedrückt worden. Dies mochte schon länger der Fall gewesen sein, vieles schien mir dafür zu sprechen. Wichtiger war jedoch, dass hier kein Graben verlief, sondern ein kleiner Kiefernwald gepflanzt war. Der hätte sowohl ausbüxenden Bewohnerinnen als auch heimlichen Eindringlingen Sichtschutz geboten. Diesseits des Zauns endeten die Kiefern an einem Streifen Brombeerranken. Im Wäldchen jenseits der Grundstücksgrenze bedeckten ebenfalls Kiefernadeln den Boden. Alle paar Meter waren kleine Hügel frisch und rot aufgeworfen, wo ein Schuh schwungvoll hochgenommen worden war. Die Hügelchen verliefen ein Stück entlang des Maschendrahts und bogen dann davon weg, strebten aber immer Richtung Straße. Breit war diese Kiefernpflanzung nicht. Auf der anderen Seite führte ein asphaltierter Weg entlang eines weiteren Grabens von der Landstraße zu einem unbekannten Ziel. Reifenabdrücke waren hier am Rand der Kiefernpflanzung im feuchten Boden erkennbar, aber ich hätte nicht sagen können, ob sie neu waren.

Langsam durchquerte ich das Wäldchen zurück zu meinem Auto. Buket, egal was sie draußen gewollt hatte, war anscheinend jemandem begegnet, einem Mann vermutlich, der sie geschlagen und zurückgelassen hatte. Ihr Bruder befand sich in Untersuchungshaft. Vielleicht war es ihr Vater gewesen oder einer ihrer Verwandten, etwa ein Bruder von Emine oder sogar einer der Bremer Tolkas, die immer noch wegen der von der Polizei gestürmten Hochzeit verärgert waren. Doch es blieb die Frage, weshalb die Verwandten sie nicht mitgenommen oder wie Nilüfer getötet hatten. Natürlich hätte es auch jemand anders sein können. Aber ich konnte mir nicht vorstellen, wer dafür in Frage käme. Als ich vom Grundstück fuhr, achtete ich auf die Fenster des Wohnheims. Niemand schien überprüfen zu wollen, wer das Gelände verließ.

*

Als ich das stille Tal erreichte, waren Heidi und Andrej gerade dort eingetroffen. In dem Trubel um ihre Ankunft konnte ich meiner Mutter nur versichern, dass die Geschenke überbracht worden waren. Für einen Bericht der übrigen Ereignisse blieb keine Zeit, weil mein Vater zu Tisch bat. Erst als ich nach dem Essen meiner Mutter half, Kuchen auf Platten anzurichten, erzählte ich von meinem Erlebnis. Sie drehte sich von der Schüssel ungeschlagener Sahne zu mir um.

„Das ist ja ... Du hättest mit den Betreuerinnen sprechen sollen." Auf diese Idee war ich in der Zwischenzeit auch schon gekommen.

„Buket hat auch nichts erzählt", wandte ich zu meiner Rechtfertigung ein. Meine Mutter zückte das Rührgerät.

„Sie war durchgefroren und stand unter Schock. Außerdem erzählen diese Mädchen Vieles, aber nicht das Wichtige." Während sie die Sahne schlug, trug ich den Kuchen ins

Wohnzimmer, wo Heidi und Andrej den Kaffeetisch deck-ten. Mein Vater schlief in seinem Sessel, der für den Weih-nachtsbaum wie jedes Jahr die Position hatte wechseln müs-sen.

„Wo warst du eben eigentlich? Du warst viel zu spät", fragte Heidi streng. Seit ich mit Dietmar Schluss gemacht hatte, kontrollierte sie mich engmaschig, falls ich weitere Anzeichen von irrationalem Verhalten aufwiese. Ich seufzte und berichtete vom Auftrag unserer Mutter und wie ich Buket gefunden hatte.

„Was hat die denn da draußen gemacht?" wollte Heidi in dem Moment wissen, in dem meine Mutter die geschlagene Sahne hereintrug.

„Christa glaubt, Buket hat sich mit jemandem getroffen", sagte sie. Das konnte ich nicht so stehen lassen.

„Ich weiß nicht, ob sie sich mit jemandem getroffen hat. Ich kann nur sagen, es sah auf jeden Fall so aus, als ob sie jemanden getroffen hätte, ob mit Verabredung oder ohne."

„Wer ist diese Mädchen?" erkundigte sich nun Andrej. Heidi, die das auch nicht wusste, sah zu mir.

„Sie ist die Schwester von dieser Nilüfer Tolka, die im September von ihrem Bruder an der Autobahnunterführung erstochen wurde", informierte ich sie.

„Ich mag diese Unterführungen sowieso nicht", mur-melte Heidi. Andrej runzelte die Stirn.

„Ja, wie Leute aus Kaukasus. Sind auch wild. Aber das kleine Mädchen. Wer hat getroffen? Und geschlagen?" Wir schwiegen einen Moment rund um den Tisch stehend, wäh-rend mein Vater vernehmlich schnarchte.

„Keine Ahnung", antwortete ich.

„Jörn! Der Kaffee ist fertig." Rief meine Mutter und sah uns an. „Die Kleine benimmt sich die ganze Zeit schon ko-misch. Als ob sie Angst hätte."

„Das Jugendamt hat sie doch bei euch untergebracht, da-mit sie in Sicherheit ist", warf Heidi ein. Mein Vater gähnte.

„Was ist?"

„Komm Kaffeetrinken, Vati. Ja, sicher vor einer Zwangsverheiratung", erklärte ich. „Aber wenn man Andy glaubt, sollte Buket nur als Gast auf die Hochzeit gehen."

Mein Vater rieb sich die Augen.

„Andy? Ist der hier?"

„Nein, Jörn. Nun werd' mal wach und komm an den Tisch. Es gibt Kaffee."

Mein Vater, der bis nach Mitternacht in der Küche der „Fischerkate" gestanden und anschließend unser Weihnachtsmenü gekocht hatte, stemmte sich aus dem Sessel und schlurfte an den Tisch. Meine Mutter gab uns anderen ein Zeichen, uns zu setzen. Andrej sank auf einen Stuhl, der unter seinem Gewicht knarrte.

„Vor was für eine Person sie soll gesichert werden?" erkundigte er sich. Mein Vater sah ihn verständnislos an.

„Gute Frage", entgegnete ich. „Andy sagt, sie sollte schon wieder zurück zu ihrer Familie geschickt werden, aber dann wurde die Schwester ermordet. Und weil es ein Ehrenmord war, und Volkan, also der Bruder, und erst auch der Vater in Untersuchungshaft saßen, hat man sie weiter im Heim gelassen."

„Aber ich glaube", sagte meine Mutter, „dass sie ganz gerne wieder zu ihren Eltern gehen würde. Die haben eine Anwältin eingeschaltet, die ziemlich hartnäckig ist. Letzte Woche ist die einmal aufgetaucht und hat sich mit der Frau Sonnemann, das ist die Leiterin von dem Wohnheim, angelegt. Aber diese Anwältin durfte auch nicht mit Buket sprechen."

„Von wem redet ihr?" wollte mein Vater wissen. Niemand beachtete ihn.

„Sie kann doch immer an der Schule mit ihr reden. Wie will diese Frau Sonnemann das verhindern?" fragte Heidi. Meine Mutter hob die Schultern, als wolle sie zum Ausdruck bringen, sie habe in dieser Angelegenheit nichts zu entscheiden.

„Eins steht für mich jedenfalls fest", teilte sie uns dann mit. „Die Kleine hat Angst. Und anscheinend nicht zu Unrecht. Christa, erzähl doch mal, was du beim Wohnheim entdeckt hast."

Unter den Augen meiner Familie berichtete ich von meiner Begehung des Grundstücks in Harbern II.

„Du weißt doch, dass du nicht selbst ermitteln sollst", protestierte mein Vater, bei dem Andy sich schon mehrfach, nicht zu Unrecht, fürchte ich, über meine Alleingänge beschwert hatte.

„Tut sie doch nicht", rief Heidi. „Sie hat sich nur umgesehen. Das hätte jeder gemacht. Oder, Druschka?" Andrej sah nicht so aus, als verspürte er trotz romantisierter Jagdaufenthalte in der Datsche seines Großvaters Lust auf einen Streifzug durch norddeutsche Gebüsche.

„Du etwa auch?" fragte mein Vater, sicher dass diese Tochter zu bedacht auf den Zustand ihrer Kleidung war, um durch Unterholz zu schleichen. Heidi zuckte mit den Schultern.

„Vielleicht. Im Notfall." Mein Vater schüttelte den Kopf.

„Du müssen erzählen Andy", meinte Andrej. Er hatte seinen Namensvetter auf dem Geburtstag meiner Mutter kennengelernt und gleich einige Gläser Wodka mit ihm geleert. Seitdem hielt er große Stücke auf den Polizeioffizier, wie er ihn nun nannte.

Darauf einigten die anderen sich. Ich sollte Andy, sobald der aus seinem Winterurlaub zurück war, von den Ereignissen am Wohnheim in Kenntnis setzen. Andy, darauf vertrauten wir alle, würde wissen, was zu tun sei.

*

Aber noch befand Andy sich mit Kirsten im Harz und würde dort bis ins neue Jahr bleiben. In der Zwischenzeit lief ich gleich am nächsten Montag in der Oldenburger Fußgängerzone Margo über den Weg. Ich sah sie, als ich vom Markt kommend die Achternstraße hochging, wie sie die Auslagen einer Parfümerie betrachtete. Es war mir zu

276

meiner Schande nicht möglich, an ihr vorbeizugehen, ob sie mich nun sah oder nicht, zumal ich außerdem befürchtete, ihr Mann oder Dietmar begleiteten sie. Lieber wandte ich mich um und ging die Achternstraße zurück, um mein Ziel auf einem anderen Wege zu erreichen. Aber nachdem ich kaum ein paar Meter gegangen war, rief Margo meinen Namen. Ich hätte einfach weitergehen sollen, doch stattdessen sah ich über meine Schulter, und sie nahm das zum Anlass, auf ihren hochhackigen Stiefeln über das notdürftig geflickte Pflaster vor der Dauerbaustelle zu mir zu laufen. Direkt vor mir bremste sie ab und ließ die bereits zur Umarmung ausgestreckten Arme fallen, als ihr einfiel, dass wir uns zuletzt im Streit getrennt hatten.

„Frohe Weihnachten, Christa", brachte sie heraus. Ich nickte hoheitsvoll, erwiderte ihren Gruß jedoch nicht. Margo hatte schon als Margot nicht gewusst, wie sie mit solchem Verhalten umgehen sollte. Sie sah mich mit einem kläglichen Ausdruck an, der so gar nicht zu ihrer hochpreisigen Ausstattung passen wollte. „Bist du etwa immer noch eingeschnappt?" Der leichte Ton misslang, ebenso der naive Augenaufschlag. Ich brauchte nichts zu tun, als sie anzusehen, es war sogar unnötig zu starren, weil sie von sich aus zu weinerlichem Plappern überging.

„Hast du etwa vor, mich zu schneiden, nur weil du nichts mehr mit Dietmar zu tun haben willst? So gemein kannst du nicht sein, Christa. Oder? Um alter Zeiten Willen? Oder, Christa? Wir waren doch immer Freundinnen." Bis auf die Jahre, in denen du gut ohne mich leben konntest, dachte ich. Ein Schatten dieser Worte war wohl auf meinem Gesicht zu lesen, denn sie zögerte. „Was Dietmar tut, ist eine Sache. Aber ich habe doch nichts mit ihm zu tun."

„Zumindest weißt du, wie er drauf ist, und hast mich ihm geradezu ins Bett gelegt. Und deinem Mann auch."

Margo sah nervös um sich. Wegen der Dauerbaustelle war das Pflaster zur Hälfte aufgerissen. Wir standen neben einem sandigen Loch, an dessen Grund sich ein Rohr hinzog. Die Kaufwilligen dieses Vormittags schoben sich an uns vorbei, aber niemand schien uns mehr Aufmerksamkeit zu schenken als dem riesigen Baufahrzeug ein paar Meter derter, obwohl alle Passanten auf dem Behelfspfad neben der Baustelle direkt an uns vorbei gehen mussten. Zahlreiche Ellenbogen stießen gegen uns, und so mancher Oldenburger dürfte Fetzen meiner Rede aufgeschnappt haben.

„Das ist jetzt wirklich nicht der Ort für Vorwürfe", begann sie, aber mir erschien der Ort genau richtig und sei es nur, weil er hell war und keine Gefahr bestand, ein plötzlich auftauchender Dietmar würde sich in unser privates Gespräch mischen und versuchen, mich zu manipulieren.

„Macht nichts, Margo. Hast du gewusst, dass Dietmar schon als Jugendlicher Mädchen zu euch ins Haus gebracht hat, um sie zum Sex zu zwingen? Hat er dich auch gezwungen oder hat dein Mann ihn eingeladen? Ohne dich zu fragen? Aber auch das dürfte dir egal gewesen sein, denn dein Mann ist ja in erster Linie ein Investitionsobjekt, ich vergaß." Sie flatterte mit den Augenlidern. Es war niedlich anzusehen und hatte für Robin Poepken sicherlich seinen Reiz, ließ es sie doch so mädchenhaft erscheinen, wie sie nicht mehr war.

„Du hast ihn eben nicht im Griff gehabt. Man muss Dietmar zeigen, wo es lang geht. Dann ist er lammfromm." Jede Erwiderung darauf hätte nur eine Obszönität sein können. Ich wandte mich ab. Margo drängte hinter mir her. Kurz vor dem Markt endete die Baustelle, Margo beschleunigte ihren Schritt und bekam meinen Arm zu fassen. Ich schüttelte sie ab.

„Hör zu. Wenn es dir Spaß macht, mit den beiden zu spielen, bitte. Es ist deine Sache. Aber ich entscheide, was mir Spaß macht und was ich will. Das respektiert dein werter Schwager nicht. Und bei deinem Mann bin ich mir auch nicht so sicher. Ich will jedenfalls nicht als Hüterin und erst recht nicht als Spielzeug für die beiden herhalten müssen. Es ist aus und vorbei. Und ich glaube, wir beide sollten uns auch nicht mehr sehen. Denn du, Margo, verteidigst ja eh nur, was die beiden treiben."

„Ich will Dietmar helfen!" schrie sie mich an, zum Amüsement einer Gruppe junger Männer, die an uns vorbeikam.

„Dem ist nicht zu helfen", gab ich zurück und wollte weitergehen. Margo hielt mich wieder fest.

„Christa. Denk doch nach. Du bist eine reife Frau und kannst mit seinen Spielchen umgehen. Du hast auch Gefallen daran, gib's zu. Aber was sollen diese jungen Dinger machen, denen er nachläuft, wenn er dich nicht hat? Kannst du das verantworten?" Ich stieß sie beiseite und stapfte derter, doch wieder hing Margo an meinem Arm. „Christa, denk nach. Du bist doch immer so vernünftig. Hast du denn kein Verantwortungsgefühl? Willst du es zulassen, dass einmal ein Girly seine Spielchen in den falschen Hals bekommt und zur Polizei läuft?" Ich drehte mich zu ihr um. Überrascht wich sie zurück.

„Und weshalb sollte ein Girly zur Polizei laufen, Margo?" Sie schüttelte den Kopf.

„Ich meine nichts. Gar nichts."

„Du meinst nicht zufällig, so ein Girly könnte meinen, es wäre vergewaltigt worden?"

„In dem Alter bildet man sich viel ein, auch so etwas. Da tut es ein bisschen weh, und sie denken, ihnen wäre ein Verbrechen angetan worden. Und die Mütter bestärken sie auch noch."

„Mit dir ist nicht zu reden, Margo. Du begreifst nichts. Gar nichts. Aber ich habe Schluss gemacht, und dabei bleibt es."

Eilig überquerte ich den Marktplatz. Die Türme der Lamberti-Kirche warfen ihre Schatten auf die Steine, als ich mich zwischen den anderen Fußgängern hindurchschob.

„Du dumme Kuh!" hallte es hinter mir her. „Ich will ihm nur helfen! Ich will nur Schlimmeres verhindern!"

Aber ich wagte keinen Blick zurück, erlaubte mir keinen Gedanken an das Lachen zweier anderer Männer, welches sich zweifelsohne auf Margos Ausbruch bezog. Dass ein

Geschlechtsgenosse der laut bekundeten Hilfe einer aufgebrezelten Frau bedurfte, schien Oldenburgs Männerwelt lediglich mit Schadenfreude zu erfüllen. Zu diesem Schluss kam ich später, nachdem ich meine Gedanken geordnet hatte. Zunächst schob ich mich so schnell wie möglich zum unteren Ende der Langen Straße und tauchte dort in der nächstbesten Buchhandlung unter.

Buchhandlungen, besonders die alteingesessenen, erwiesen sich immer als sichere Häfen für Menschen wie mich. Kleiderständer boten mehr Sichtschutz, doch Buchhandlungen glichen Kirchen in der Weise, dass sie Ruhe geboten und somit Ruhe schenkten. Während ich zunächst blicklos in eine obere Etage floh und mein Heil an einem Regal Wörterbücher suchte, fiel die Panik schnell von mir ab. Ich nahm ein Wörterbuch Hindi-Deutsch, Deutsch-Hindi, versenkte mich in die Systematik und fand meine Ruhe wieder zwischen den Schriftzeichen des Hindi. Die Angestellten belästigten mich nicht. Ich entsprach dem Prototyp der Oldenburger Bildungsbürgerin, ein wenig zu jung, aber von angemessener Biederkeit. Nachdem ich mich gefangen hatte, schlenderte ich zur soziologischen Abteilung, um mir einen von Statistiken strotzenden Band über das moderne Wohlfahrtswesen auszusuchen.

Bewaffnet mit einer roten Plastiktüte trat ich eine halbe Stunde später wieder auf die Lange Straße. Die Massen zogen jetzt dichter zwischen den Läden vorbei, weil mittlerweile Mittagspausler und Langschläfer ihre jeweiligen Horte verlassen hatten. Verglichen mit einem normalen Arbeitstag war zwischen den Jahren trotzdem nur wenig los. Margo sah ich nicht mehr. Es hätte mich auch überrascht, wäre sie weiterhin auf der Suche nach mir gewesen. Geduld besaß sie wenig, Ausdauer ebenfalls nicht.

10 EISZEIT

IN DEN LETZTEN Dezembertagen setzte erneut starker Schneefall ein. Wir feierten den Jahreswechsel bei Freunden von Andrej in der Kurlandallee im Norden Oldenburgs, immerhin so weit von Wardenburg entfernt, dass ich behaupten konnte, Sylvester wegzufahren. Im Vorfeld fürchtete ich, als Heidis Anhängsel wahrgenommen zu werden. Aber den meisten Gästen war gar nicht bewusst, dass ich mit ihr gekommen war. Sie erkannten lediglich an meinem Paketbandblond, dass es sich bei mir um eine Eingeborene handelte, weswegen sie mich ausgesucht höflich behandelten, als wäre ich nicht in der Lage, mich selbst am Buffet zu bedienen.

Neujahr war ein Freitag. Andrej hatte sich noch nicht so weit erholt, dass er aufrecht sitzen konnte, als Heidi und ich am späten Nachmittag aus der Kurlandallee aufbrachen. Ich setzte Heidi in ihrer Wohnung ab, fuhr nach Hause, duschte und traf mich mit ihr eine Stunde später bei unserer Mutter im stillen Tal. Mein Vater arbeitete die Spätschicht, nachdem er kurz vor Mitternacht nach Hause gekommen war. Auch unsere Mutter hatte Sylvester und Neujahr gearbeitet, wie an den meisten Tagen von sechs bis halb drei. Entsprechend müde empfing sie uns.

„Im Januar hab ich Urlaub", beruhigte sie mich, als ich ihr Vorhaltungen machte, sie verausgabe sich.

„Wie bist du denn heute Morgen durch den Schnee gekommen?" wollte Heidi wissen. Wir saßen in der Küche und belegten zusammen ein Blech Pizza. Zu müde einen Hefeteig herzustellen, konnte unsere Mutter nicht sein, wenn sich ihre Töchter angemeldet hatten. Nun lachte sie.

„Gar nicht so schlecht. Außer mir war niemand unterwegs. Da konnte ich mich auf mein Auto konzentrieren." Wir lachten ebenfalls. Sie schob die Pizza in den Ofen.

„Ach, die Weihnachtsgeschenke von Onkel Cord sind angekommen", fiel ihr dann ein.

Aus dem Hauswirtschaftsraum holte sie einen Karton. Cord, ein Cousin unseres Vaters, war ebenfalls Koch, arbeitete bei der Bundeswehr und lebte seit Jahrzehnten im tiefsten Bayern. Seine Päckchen schickte er prinzipiell erst am dreiundzwanzigsten Dezember ab und wunderte sich jedes Jahr bei seinem Anruf am ersten Weihnachtstag, dass wir sie nicht erhalten hatten. Jedes Jahr waren seine Geschenke großzügig und weitgehend nutzlos für ihre Empfänger. Dieses Jahr allerdings stieß Heidi einen verzückten Laut aus.

„Super! Genau das Richtige!" Meine Mutter und ich beäugten ungläubig die Kristallvase, die sie in die Höhe hielt. „Druschkas Oma hat demnächst Geburtstag. Jetzt habe ich ein Geschenk für sie", teilte sie uns in geradezu kindlicher Freude mit. Ich zeigte ihr meinen Kupferstichdruck eines unbekannten bairischen Marktfleckens um 1529.

„Mag sie auch so etwas?" Leider schüttelte Heidi den Kopf.

„Was nicht heißt, dass es nicht irgendjemanden gibt, der sich die Finger danach lecken würde", behauptete sie. Unsere Mutter zögerte.

„Meinst du wirklich?" fragte sie. „Ich zeig dir mal, was ich bekommen habe. Vielleicht findest du ja einen Interessenten." Sie ging nach nebenan ins Wohnzimmer, wo unter dem Tannenbaum noch die Geschenke lagerten. Zurück brachte sie einen mit Lederimitat bezogenen Schuber, in dem drei Bücher steckten.

„Was' Briefe eines Egerländer Landarztes'?" las ich und blätterte die nach längst erkaltetem Zigarrenrauch stinkenden Bände durch. „Wo hat er denn das aufgelesen?" Unsere Mutter seufzte.

„Keine Ahnung. Vati macht sich richtig Sorgen um Cord. Er findet ihn zunehmend merkwürdig. Auch am Telefon. Berufliche Unterforderung kann auf Dauer psychische Schäden verursachen." Wir nickten zweifelnd, dann nahm Heidi mir das Buch aus der Hand und blätterte es durch.

„Vielleicht wäre das was für Druschkas Onkel. Der in Emstek", meinte sie. Freudig schob meine Mutter ihr die Box mit den übrigen Bänden hin.

„Wenn er sich für so etwas interessiert, kann er die Bücher gerne haben. Bestimmt mag er auch Christas Kupferstich." Sofort hielt ich ihn Heidi hin.

„Ist das nicht etwas viel für einen Geburtstag?" fragte die, aber unsere Mutter zerstreute ihre Bedenken mit dem Hinweis, sie könne den Kupferstichdruck bis zum nächsten Weihnachtsfest zurückhalten. Heidi schien zu glauben, dass wir sie und Andrejs Familie zum Abladeplatz für ungewollte Geschenke machen wollten. Unsere Mutter stand eilig auf.

„Unsinn, Heidi. Wie kriegst du das alles mit? Am besten gebe ich dir eine von meinen Klappkisten." Sie warf durch die Glasscheibe in der Backofentür einen prüfenden Blick auf die Pizza und ging in den Hauswirtschaftsraum, wo sie die Klappkisten aufbewahrte.

„Nanu? Wo sind sie denn? Ach!" Sie kam zurück. „Ich habe in den Kisten, in denen du, Christa, die Weihnachtsgeschenke zum Heim gebracht hast, Altpapier vom Heim zum Container gefahren."

„Sind die noch im Auto? Soll ich sie holen?" Meine Mutter nickte.

Ich fand ihre Schlüssel am üblichen Ort und schlüpfte in ungeschlossenen Schuhen aus dem Haus. Ihr Auto stand in der Garage. Ich nahm die zusammengeklappten Kisten aus dem Kofferraum und trug sie in die Küche. Beim Aufklappen der einen Kiste segelte etwas Weißes an mir vorbei. Während unsere Mutter Heidis Geschenke in der Kiste verstaute, tauchte die unter der Küchenbank nach dem Zettel.

„Urgh! Was ist das denn?" Alarmiert sah unsere Mutter zu ihr. Derartige Laute legten Abstoßendes nahe und waren daher in ihrer Küche nicht gern gehört. Wortlos hielt uns Heidi einen aus einem Ringbuch gerissenen Zettel hin. Der Zeichnung darauf hatte jemand Zeit gewidmet und Details berücksichtigt, die man vielleicht nicht erwartet, sicherlich aber nicht gewünscht hätte. Die Position und die Aktivitäten der dargestellten Personen waren eindeutig, die Art und Weise der Darstellung legte Gewaltanwendung unangenehm nahe.

„Solche Zeichnungen machen die Mädchen bei dir im Heim?" fragte Heidi anklagend, als wäre unsere Mutter über die Hauswirtschaft hinaus auch für die Moral zuständig. Die sah unbehaglich aus, als bezöge sie den Vorwurf tatsächlich auf sich.

„Die meisten haben schlimme Sachen erlebt, bevor sie in das Wohnheim gekommen sind", entgegnete sie wie zur Rechtfertigung. Heidi rümpfte die Nase. Es war ihr anzusehen, dass sie das Blatt nicht in der Hand behalten wollte.

„Gib her", sagte ich und entsorgte den Zettel in der hauseigenen Sammelbox für Altpapier.

Etwas an der Zeichnung irritierte mich so sehr, dass ich immer darauf sehen musste, so wie man immer auf den Kadaver des überfahrenen Kaninchens am Straßenrand starren muss, falls etwas Ekelhaftes herausquillt, das man lieber nicht sehen möchte. Entschlossen knüllte ich den Zettel zusammen, ehe ich ihn wegwarf und mir etwas sorgfältiger als nötig die Hände wusch. Meine Mutter und Heidi hatten die mit den ausgemusterten Geschenken gefüllte Kiste inzwischen im Hausflur abgestellt. Erst als die Pizza aus dem Ofen genommen werden konnte, erholte sich unsere Stimmung wieder.

*

In den Medien begann man, von Schneechaos zu sprechen. Nachdem wir Weihnachten mit Restschnee und einen erneut verschneiten Jahreswechsel erlebt hatten, gingen den Leuten die weißen Flocken allmählich auf die Nerven. Jeden Morgen musste ich, ehe ich zur Arbeit fuhr, den Neuschnee weg fegen, und nach meiner Rückkehr am Nachmittag wieder. Um das Schneeräumen brauchten sich die Mieter in Heidis Haus nicht zu kümmern, aber durch die Schneehaufen auf ihrem Parkplatz blieb immer weniger Raum zum

Rangieren. Auf den Dienstbesprechungen wurde Ernst Loga, der auf den Malediven weilte, von einer Pflegerin vertreten. Die vermeldete in den ersten beiden Wochen des Jahres fünf Unfälle mobiler Pflegekräfte. Glücklicherweise blieb es bei Blechschäden und wütenden Anrufen wartender Klienten.

Die Realisation der Außenstelle in Rhauderfehn begann nun, Gestalt anzunehmen. In der dritten Januarwoche kam mittwochs ein Herr Dewenter aus Kamp-Lintfort. An diesem für ein bundesweit agierendes Unternehmen nicht sehr repräsentativen Standort befand sich die Hauptniederlassung von „Crea. Heim und Pflege". Herr Dewenter sprach mit Frau von Geldern und dann einzeln mit Harry und mir. Schließlich wurde ich mit Harry zu ihm in das Büro von Frau von Geldern gebeten.

„Dann sehen wir uns einmal Ihre neue Wirkungsstätte an", teilte er uns mit.

Frau von Geldern fuhr uns nach Rhauderfehn. In der Rhauderwieke hatte „Crea. Heim und Pflege" ein Ladenlokal in Sichtweite zum Medical Centre Rhauderfehn gemietet und den Hausbesitzer unter Druck gesetzt, die Fassade cremeweiß mit blauen und grünen Streifen neben der Tür zu streichen. Wegen des Wetters waren die Arbeiten in Verzug geraten, der Malermeister versicherte jedoch, bis April würde alles fertig sein.

Drinnen sah es nur bedingt besser aus. Zu viert standen wir auf dem mit Folie abgedeckten Holzboden und begutachteten die Farbmuster, die man für uns an der Wand aufgetragen hatte. Der Malermeister empfahl die hellste Variante, weil die Fenster relativ klein waren. Herr Dewenter und Frau von Geldern stimmten nach einer unnötig langen Diskussion zu, Harry und ich nickten. Während Frau von Geldern mit dem Vertreter der Hausverwaltung sprach, trat ich an das Schaufenster und blickte auf die breite Rhauderwieke, wo sich Autos und LKWs zwischen schmutzigen Schneehaufen schoben. Vereinzelte Radfahrer trotzten der Witterung und schlitterten parallel zur Straße auf den

Radwegen. Die Straße war breit, wahrscheinlich ein zugeschütteter Kanal. Von meinem Standort aus sah ich über die riesige vereiste Fläche des Parkplatzes vor einem Einkaufszentrum. Daneben gleisten die Scheiben des Medical Centres im Sonnenlicht. Ich wusste nicht, ob ich mich auf meine neue Aufgabe freuen sollte, aber ich war gezwungen, sie anzunehmen. Alles andere hätte mein Karriere-Aus bei „Crea. Heim und Pflege" bedeutet.

Meine Eltern waren stolz auf Heidi und mich. Beide Töchter übten Berufe aus, zu denen sie keine spezielle Arbeitskleidung benötigten. Für die meisten Leute wäre das kein wichtiger Aspekt, aber meine Eltern hatten am eigenen Leib erfahren, dass Arbeitskleidung, mit Ausnahme vielleicht eines Arztkittels, in Deutschland stigmatisieren konnte. Ich sollte nun eine Außenstelle meiner Firma leiten. Das beeindruckte sie, wie vermutlich nur Eltern beeindruckt sein konnten, während ich mich täglich fragte, ob ich für meine Tätigkeit nicht völlig überqualifiziert sei. Gewiss hätte jeder aufgeweckte Mensch meine Aufgaben zufriedenstellend erledigen können, aber „Crea. Heim und Pflege" wollte sich mit studiertem Personal präsentieren, um auf potentielle Klienten und Mitbewerber professionell zu wirken. Dass weder Harry noch ich die im Studium erworbenen Kenntnisse jemals in Ausübung unserer Pflicht anwenden mussten, spielte keine Rolle, unser Titel stand auf der Visitenkarte.

*

Es schneite weiter, und obwohl es mittlerweile wieder wahrnehmbar länger hell war, hielt der Winter Norddeutschland fest im Griff. Freitag fuhr ich über Sandkrug zu Bea. An der Tankstelle kam ein jüngerer Mann zu mir und fragte, ob ich mich in der Gegend auskennte. Sein Navigationsgerät wollte, dass er in eine Straße einböge, die anscheinend nicht existierte. Besonders gut kannte ich mich in Sandkrug nicht aus, aber ich fragte, wohin er wollte. Zur Antwort hielt er mir den Ausdruck eines Flyers des Tagungshauses der Muh hin.

„Die Straße gibt es", sagte ich.

Muh war er nicht, das sah ich sofort. Es erschien mir daher nicht notwendig zuzugeben, dass ich das gleiche Ziel wie er hatte. Doch ich erklärte ihm, dass das Straßenschild umgefahren worden war und er auf eine Lücke zwischen den Hecken achten sollte. Wenig überzeugt dankte er mir und startete sein Auto. Es hatte das Kennzeichen BOT, welches mir gänzlich unbekannt war. Sorgfältig füllte ich Frostschutzmittel in die Spritzanlage, wischte meine Hände ab und fuhr nun ebenfalls Richtung Tagungshaus.

Im Wöscheweg stieß ich wieder auf das Auto mit dem Kennzeichen BOT. Es stand mit eingeschalteter Warnblinkanlage bei einer Schneewand, hinter der es eigentlich zum Tagungshaus gehen sollte. Auch ich schaltete die Warnblinkanlage an und stieg aus. Der Mann war zu ärgerlich, um Überraschung über mein neuerliches Auftauchen zu zeigen.

„Das ist wahrscheinlich die Straße. Aber sehen Sie sich an, was der Schneepflug angerichtet hat. Ich war direkt dahinter und hab es selbst gesehen. Hätte ich das Gerät überholt, wäre ich jetzt am Ziel."

„Aber Sie wären in der Straße gefangen", erinnerte ich ihn. Er starrte mich wortlos an. Ich seufzte.

„Sie wollten doch zum Tagungshaus der Muh? Da will ich auch hin. Fahren Sie mir nach bis zu dem Bauernhaus da drüben. Von da müssen wir ein Stück zu Fuß gehen." Der Mann sah mich ob dieses Vorschlags alarmiert an.

„Wie weit ist es denn noch?" fragte er.

„Vom Hof aus etwas mehr als einen Kilometer. Wir müssen durch den Wald. Wenn Sie sie nett bitten, räumt Frau Bösche in der Zwischenzeit die Einfahrt hier."

„Wer ist das?"

„Die Bäuerin."

Dem Mann aus BOT blieb nur, meinen Vorschlag anzunehmen. Vorsichtig wendeten wir auf der verengten Straße, und ich fuhr voraus zum Hof der Bösches. Niemand schien da zu sein, also begannen wir unsere Wanderung, ohne vorher die Räumung der Zufahrtsstraße in die Wege geleitet zu haben. Inzwischen dämmerte es, und der Himmel sah aus, als wollte es weiter schneien. Vom Hof zum Wald lag der Neuschnee locker auf dem festeren Altschnee, was das Gehen beschwerlich machte. Im Wald kamen wir leichter voran. Ich zeigte dem Mann die Lichter des Tagungshauses. Es waren auffallend wenige.

„Hoffentlich findet Ihre Veranstaltung statt. Es haben in den letzten Wochen so viele Teilnehmer wegen der Witterung abgesagt, dass mehrere Seminare ausfallen mussten."

„Gehören Sie zu diesem Tagungshaus?" fragte der Mann meine Bemerkung ignorierend. Ich schüttelte den Kopf.

„Ich bin mit der Leiterin befreundet. Deshalb komme ich öfters hierher." Er musterte mich von der Seite, sagte aber nichts. Ein Stück weiter schwenkte der Weg tiefer in den Wald. Die Lichter der Häuser verschwanden zwischen den Bäumen.

„Dann sind Sie keine von denen?" erkundigte er sich. Ich fühlte mich angegriffen, zumal man mir ansehen konnte, dass ich keine Muh war.

„Nein", erwiderte ich kurz. Er achtete nicht auf meinen Ton.

„Aber Sie kennen die Leute da?" Ich entschied für mich, dass er an keinem Seminar teilnehmen wollte. Ein Nicht-Mitglied hätte jedoch keinen anderen Grund für einen Besuch dort gehabt.

„Ja", bestätigte ich. „Ich kenne die Leute." Wieder musterte er mich, und ich hätte schwören können, dass er auf eine weitere Frage brannte, sie aber nicht stellte.

Der Weg schwenkte wieder in Richtung der Häuser und führte uns zehn Meter vom Tor der Muh auf die Straße. Hinter den schneebedeckten Bäumen klangen Stimmen und Gelächter.

„Wir sind da", sagte ich und wies auf die offene Zufahrt. „Das Tagungshaus Muh."

Der Mann zögerte. Er blickte um sich, aber außer verschneiten Bäumen und einigen zwischen Schneehaufen geparkten Autos vor den anderen Häusern war nichts zu sehen. Auf dem geräumten Parkplatz der Muh stand kein einziges Auto. Offenbar fanden an diesem Tag keine Seminare mehr statt. Hinter der Hecke kreischte Trini „Hab dich!" und wieder lachten mehrere Leute. Ich sah auf meinen Begleiter, der unschlüssig auf dem Parkplatz stand, und ging an ihm vorbei auf das Gelände. Ein Schneeball flog haarscharf an mir vorbei.

„Ups, du bist nicht Bea!" rief Trini.

Eine große Anzahl Muh, anscheinend das gesamte Zentrum, arbeitete mit Schneeschiebern und Besen an einem Durchgang zum Haus. Beiderseits der geräumten Fläche türmten sich Schneewälle, so dass man hätte meinen können, man näherte sich einem Haus in Norwegen. Hinter den Wällen lagen die verschneiten Rasenflächen, über die Trini hüpfte. Ein Schneemann, der jeden Muh weit überragte, war errichtet worden. Er trug einen Zinkeimer als Hut und einen so giftig pinkfarbenen Schal, dass er nur aus Trinis Beständen kommen konnte.

„Hallo, Christa Hemmen. Wie kommst du hierher? Die Straße ist von der Welt abgeschnitten", begrüßte mich Leo Muh, nachdem er sich eines letzten Schneeballs auf Trini entledigt hatte. Mit einem Sprung überwand er den Schneewall und trat atemlos vor mich. Die übrigen Muh hielten im Schaufeln kurz inne und grüßten ebenfalls.

„Über den Bösche-Hof", erwiderte ich. „Trini, ist deine Mutter nicht da? Kann sie nicht helfen?" Trini kraxelte umständlich über den Wall.

„Nein. Sie besucht meinen Vater." Sie ließ den Kopf hängen. Ich war verlegen. Jemand gab ihr einen Schneeschieber, den sie jedoch nur als Stütze verwendete. Leo schob seine Mütze ein Stück aus dem Gesicht.

„Bea Muh befindet sich in Haus Nummer fünfzehn, Christa Hemmen", informierte er mich. „Wegen dem Schnee an der Mündung in den Wöscheweg kann der Behindertentransport nicht durchkommen. Die Nachbarin ist besorgt und hat Bea gebeten, wegen einer Lösung zu telefonieren."

Immer wenn ich zufällig von Beas Kontakten zu Menschen aus der Welt hörte, wunderte ich mich. Dabei wurde Bea nicht müde mir zu erklären, sie sei überzeugt, Muh sollten Kontakt zur Welt suchen, wo dies nützlich oder notwendig erscheine. Daher pflegte sie Kontakte zu allen Haushalten entlang der Straße und bot Hilfe an, wenn sie meinte, dies tun zu müssen. Offensichtlich gab es in der Nachbarschaft Leute, die ihren schlichten Pragmatismus zu schätzen wussten.

Inzwischen hatte sich mein namenloser Begleiter durchgerungen, das Gelände zu betreten. Ich bemerkte ihn hinter mir, während ich mich mit Leo unterhielt. Inna Muh, die Trini ihren Schneeschieber überlassen hatte, wandte das Gesicht zu ihm und schob den wollenen Rand ihrer Mütze bis über die Augenbrauen hoch.

„Guten Tag. Können wir etwas für Sie tun?" Der Mann trat neben mich. Aus den Augenwinkeln sah ich in diesem Augenblick Bea durch das Tor kommen.

„Ich weiß nicht. Vielleicht. Ich suche einen Herrn Muh. Edu Muh."

Erwartungsvoll sah er von einer tief vermummten Person zur anderen. Aber offensichtlich wusste er nicht, dass Muh sich als Einheit empfanden. Ein Fremder konnte sie nicht einfach nach einer oder einem aus ihrer Mitte fragen, denn eine Antwort hätte die betreffende Person aus der Gemeinschaft herausgehoben. Mich kannten alle Mitglieder des Sandkruger Zentrums und sie schienen Beas Theorie der Welt als Gemeinschaft um die Gemeinschaft so weit zu akzeptieren, dass sie meine Fragen nach ihr direkt beantworteten. Den Mann aus dem mysteriösen BOT trafen indes nur offene, völlig neutrale Blicke, als hätte er kein Wort gesagt. Die Wirkung war stets die Gleiche. Auch er wich einen halben Schritt zurück und stieß dabei gegen Bea.

Erschrocken fuhr er herum und sah sich vor einer dunkel verhüllten Person, die ihm gerade bis zur Brust reichte. Während er auf sie hinunter starrte, hob sie den Kopf. Die Kapuze ihres Mantels fiel zurück, und Beas offener Blick ruhte schwer auf ihm. Er trat wieder einen Schritt zurück vor so intensiver Bescheidenheit.

„Willkommen im Tagungshaus der Gemeinschaft Muh zu Sandkrug. Ich bin Bea Muh, die Kodexwächterin des Zentrums. Sie können alle Fragen an mich richten. Ich werde sie beantworten."

Ich sah, wie der Mann versuchte, Bea Muh in sein Weltbild einzuordnen. Sie stand ruhig da, während es wieder zu schneien begann. Dicke flaumige Flocken legten sich auf ihre Schultern. Kein Wort fiel. Die Muh behielten ihr Schweigen bei. Es war kein bedrohliches Schweigen, nur das gewollte Unterlassen sprachlicher Beiträge und deshalb ungemein irritierend.

„Ich suche Edu Muh. Man hat mir gesagt, dass er hier ist." Bea nickte. Sie sah auf ihre Muh.

„Edu Muh. Jemand wünscht dich zu sprechen."

Das Licht war bereits sehr trübe, und alle Muh trugen mehrere Schichten wärmende Kleidung in dunklen Tönen. In Wahrheit konnte Bea gar nicht erkennen, welche der Gestalten Edu war, aber wie sich zeigte, hatte sie ihn direkt angesehen. Er drückte seinem nächststehenden Muh den Stiel des Schneeschiebers in die Hand und trat vor zu Bea.

„Ich lehne das Gespräch ab", sagte er leise.

Ehe Bea reagieren konnte, war er über den Schneewall gesprungen und zwischen den kahlen Obstbäumen verschwunden. Der Mann aus BOT sah aus, als wollte er hinter ihm herlaufen, doch Beas Gegenwart konnte man nicht einfach verlassen. Sie sah zu ihm auf und dann zu Leo und mir.

„Wir setzen das Gespräch drinnen fort. Leo, begleite Trini nach Hause. Stelle sicher, dass genug Heizmaterial im Hause ist und heize für sie den Ofen an, ehe du wieder hierher kommst. Melde dich dann umgehend in meinem Büro. Die anderen setzen ihre Arbeit gemäß der Absprache fort. Christa, mein Herr, wir gehen ins Haus. Bitte."

Trini protestierte, aber Leo legte kurz eine Hand auf deren Arm und sie folgte ihm mürrisch vom Grundstück. Die anderen bewegten sich zwar wieder, nahmen ihre Arbeit jedoch nicht auf. Bea wies uns mit einer Hand vorauszugehen.

„Bei diesen Temperaturen ist Bewegung das einzige Mittel gegen Kälte", sagte sie allgemein, in einem nicht einmal sonderlich lauten Ton, aber alle, an denen sie vorbei gegangen war, begannen zu schippen.

„Du bist meine Übersetzerin", flüsterte Bea mir zu, als ich einwenden wollte, ich sei bei dem anstehenden Gespräch überflüssig. „Du musst ihm in den Worten der Welt erklären, worum es hier geht."

Ich hatte keine Vorstellung, worum es gehen könnte, nickte aber und folgte ihr zu einem Nebeneingang, wo in einem Vorraum auf der linken Seite in einem niedrigen Regal Schuhe und Stiefel abgestellt standen. Schneewasser tropfte in einen flachen Behälter unter dem Regal. Der Boden davor war nass und schmutzig. Bea streifte ihre Schuhe ab, mit den bestrumpften Füßen trat sie auf einen Teppich in der Mitte des Raumes, ehe sie aus einem Holzregal auf der rechten Seite ein Paar Schuhe für das Haus nahm. Zögernd entledigte sich der Mann aus BOT seiner Stiefel. Bea reichte uns aus einem Fundus Filzpantoffeln, ehe sie wortlos eine Tür öffnete.

Bald darauf saßen wir in ihrem Büro. Entgegen ihrer Gewohnheit hatte Bea die Deckenbeleuchtung eingeschaltet, ehe sie uns Plätze an dem kleinen Rattantisch zuwies. Der Mann betrachtete unwillig den spartanischen Raum mit den blanken Dielen. Bea trug einen dritten Stuhl herein und bald darauf eine Kanne Tee. Dem Mann reichte sie einen Teller Kekse.

„Bitte, bedienen Sie sich. Sie haben vermutlich eine lange Fahrt hinter sich. Leider kann ich Ihnen im Moment nicht

mehr anbieten. Ich habe in dieser Woche keinen Küchen-
dienst und deshalb keine Verteilungskompetenz über die
Lebensmittel. Aber Sie können gerne an unserer
Abendmahlzeit teilnehmen."

Der Mann war vor dem Teller zurückgewichen, als fürchtete er, die Kekse seien vergiftet. In schlichter Akzeptanz
seiner Ablehnung stellte Bea den Teller hinter seine Tasse,
damit er zugreifen konnte, sollte er seine Meinung ändern.
Ihren Mantel hatte sie abgelegt. Darunter trug sie ein ehe-
mals schwarzes Kapuzensweatshirt, in welchem sie wie ein
junger Mönch aussah. Die befremdeten Blicke des Mannes
nahm sie so gleichmütig hin, dass er es wahrscheinlich als
Arroganz interpretierte.

„Also", begann er und sah von Bea zu mir. „Ich möchte
wissen, was hier vorgeht." Beas Gesicht war vollkommen
ausdruckslos, als sie ihn ansah. Babys sahen so aus, ernst in
gewisser Weise, aber unbelastet und zugleich zuversichtlich.
An so ein Gesicht musste man sich gewöhnen. Den Mann
schien es zu irritieren. Er kniff die Brauen zusammen.

„Mein Name ist Bea Muh. In diesem Zentrum der
Gemeinschaft bin ich die Kodexwächterin. Ich bin berechtigt, für alle Muh in diesem Zentrum zu sprechen. Jede Ihrer
Fragen können Sie an mich richten. Ich werde sie beantworten. Vorher sollten Sie wissen, dass ich die mir anvertrauten
Muh hüte, als wären sie alle meine Kinder. Als Hüterin ihrer
Leiber und Seelen steht es mir jedoch nicht zu, Befehle zu
erteilen. Ich darf den mir Anvertrauten nur Empfehlungen
aussprechen. Von daher fürchte ich, Sie erwarten von mir,
was ich zu leisten nicht bemächtigt bin." Sie klang nicht
übermäßig ernst, als sie das sagte, sicherlich nicht drohend,
aber der Mann kniff nun auch die Augen zusammen.

„Dann haben Sie auf den Umschlag geschrieben, dass der
Brief zurückgehen soll?" Langsam nickte Bea.

„Das habe ich auf Wunsch von Edu Muh bei einem Brief
getan. Ich habe jedoch keine Kenntnis, wer der Absender
war." Das war nicht die volle Wahrheit. Bea hatte den Um-

schlag lange genug betrachtet, natürlich hatte sie den Absender gelesen und, wie ich sie kannte, sich bis hin zur Postleitzahl eingeprägt. Ich sah sie von der Seite an. Offener als ihr Ausdruck konnte ein Gesicht kaum sein. Aber ihre Nasenlöcher waren ganz leicht geweitet, als ob ihr die Aufrechterhaltung dieser Offenheit Mühe bereitete.

„Ich habe den Brief geschrieben", teilte ihr der Mann mit. Sie verzog keine Miene, aber ihr rechter Nasenflügel kam etwas weiter heraus. Dem Mann aus BOT fielen solche Details nicht auf, obwohl er sie weiter anstarrte.

„Das ist so, wenn Sie es sagen." Bea machte eine Pause. „Sie sollten mir Ihren Namen verraten", schlug sie milde vor. Der Mann starrte sie an.

„Frings", gab er dann knurrend zu, ehe er den Kopf in meine Richtung drehte und ungnädig sagte: „Wolfram Frings. Diplomingenieur. Aus Kirchhellen." Diesmal kopierte ich Beas ausdruckslosen Blick perfekt. Ich hatte keine Ahnung, wo dieser Ort liegen könnte. „Das ist im Landkreis Bottrop. Sagt Ihnen das was?" Von Bottrop glaubte ich schon gehört zu haben. „Hören Sie zu", befahl er mir. Anscheinend sprach er lieber zu einer Frau mit Haaren, obwohl oder weil er selbst eine kahle Stelle am Oberkopf aufwies. Bereitwillig wandte ich mich ihm zu.

„Ich habe mit Edu studiert. Ich kenne ihn gut. Wir haben bis letzten Sommer zusammen gewohnt. Dann ist er zu seiner Familie nach Belgien gegangen. Das ist das letzte, was ich von ihm gehört habe." Ich nickte.

„Aber Sie haben die Adresse von diesem Tagungshaus gefunden", gab ich zu bedenken. Er verdrehte die Augen.

„Nachdem er sich nicht mehr gemeldet hat, habe ich versucht herauszufinden, was aus ihm geworden ist. Ich wusste nur, dass seine Leute in der Nähe von Bastogne leben. Ein ehemaliger Studienkollege, der heute in Eupen arbeitet, hat sich dort umgehört und schließlich von einem Hufschmied Muh erfahren. Das war Anfang Dezember. Dann bin ich nach Bastogne gefahren und habe selbst diese Leute aufgesucht. Da waren aber nur seine Eltern und eine Schwester.

Edu hatte nicht übertrieben, die waren seltsam. Die Leute im Dorf sagten etwas von einer Sekte, aber das habe ich alles nicht richtig verstanden. Die meisten sprachen nur Französisch. Diese Muh-Leute konnten Deutsch, aber die redeten auch irgendwie komisch. Sie haben mir jedenfalls erzählt, Edu wäre in Deutschland und sollte heiraten. Mehr wollten die Eltern nicht sagen. Seine Schwester hat mir diese Adresse zugesteckt, als ich schon wieder im Auto saß. Aber mein Brief ist dann zurückgekommen."

„Ich war dabei. Edu hat Bea gesagt, sie solle den Brief zerreißen. Sie hat dann vorgeschlagen, ihn stattdessen zurückzuschicken." Wolfram Frings starrte mich an.

„Sie waren dabei? Sie haben doch gesagt, dass Sie nicht zu denen hier gehören."

„Ich habe Ihnen auch gesagt, dass ich öfters hier bin. An dem Tag war ich es." Er schüttelte den Kopf, als könnte das alles nicht so abgelaufen sein.

„Was ist das hier eigentlich?" fragte er mich dann beinahe vorwurfsvoll. Ich sah zu Bea, die meinen Blick milde zurückgab. Es wäre ihre Aufgabe gewesen, Tagungshaus und Zentrum zu erläutern, aber sie sah aus, als interessierte sie meine Darstellung. Ich betrachtete Wolfram Frings, einen Mann aus der Welt, der von Physiognomie und Ausbildung her vermuten ließ, dass er wenig Interesse an und noch weniger Verständnis für abweichende Lebensphilosophien aufbrachte.

„Sie hatten doch einen Ausdruck von der Kontaktseite des Tagungshauses dabei", fiel mir ein. Er nickte.

„Aus dem Internet war das so ziemlich das Einzige, was ich von dem, was da stand, verstanden habe. Ein Tagungshaus auf dem platten Land mit irgendwelchen Esoterik-Kursen. Hören Sie, das hat doch nichts mit Edu zu tun. Der ist doch ein vernünftiger Mensch. Nicht so einer, der auf kosmische Schwingungen achtet und an Erdstrahlen glaubt. Wenn er hier ist, ist er es nicht freiwillig."

Die Art und Weise, wie er sich zurücklehnte und mir gleichzeitig sein Kinn entgegenstreckte, bewies, dass er glaubte, was er sagte, mehr noch, dass er sich beglückwünschte, die unklare Datenlage hinreichend interpretiert zu haben. Ich sah zu Bea. Hätte ich geantwortet, hätte ich meinen Eindruck, Edu sei nicht freiwillig im Sinne von eigener Wahl in diesem Zentrum, äußern müssen. Aber ganz davon abgesehen, dass Wolfram Frings auch diese Formulierung als zu spitzfindig befunden hätte, spürte ich intuitiv, dass aus muhischer Sicht diese Dinge durchaus anders lagen.

Bea seufzte. Tiefste Geduld glitt über ihr Gesicht, als sie sich ihrem Gast zuwandte.

„Edu Muh hat sich entschieden, der Weisung seines Generalleiters, das ist eine Art Vormund, nachzukommen. Er hat seinen Wohnsitz in diesem Haus unter meiner Führung genommen. Ebenso hat er aus freien Stücken ein Fürsorgeversprechen abgelegt und lebt mit einem Mitglied dieses Zentrums in einer eheähnlichen Fürsorgegemeinschaft." An ihren Mundwinkeln las ich Zweifel an der Bereitschaft ihres Gegenübers, über ihre Erläuterung nachzudenken. Angebracht waren die Zweifel gewiss, denn, kaum hatte sie zu reden aufgehört, fuhr Wolfram Frings auf.

„Was? Hören Sie!" Wir hörten, aber er musste erst einmal den Gedanken finden, den er uns an den Kopf schmeißen wollte. „Das ist Freiheitsberaubung! Sie wenden Zwang an! Wovon reden Sie eigentlich? Wissen Sie, dass es in diesem Land Gesetze gibt, die so etwas verbieten?" Bea hielt diesem Wortschwall in bewundernswerter Weise stand, obwohl sein Mund ihr zuletzt so nahe gekommen war, dass Speicheltropfen auf ihren Wangen glänzten.

„Ich kann Ihnen versichern, dass unsere Traditionen in Einklang mit den Gesetzen der Bundesrepublik Deutschland stehen. Edu Muh ist in diesem Haus, weil er entschieden hat, den Weisungen des Generalleiters zu folgen. Er hat eine Zuweisung in eheliche Fürsorge nach Prüfung seines Gewissens abgelehnt und eine andere nach reiflicher Überlegung akzeptiert. Er war sowohl nach den Gesetzen Deutschlands als auch Belgiens volljährig, als er sein Fürsorgeversprechen ablegte, und besaß auch nach den Regeln unserer Gemeinschaft das Alter zum Eintreten in eine Fürsorgebeziehung. Er konnte bei der zuständigen Stelle der Gemeinde Hatten die notwendigen Papiere für die in diesem Staat gültige Rechtsform des Zusammenlebens vorlegen. Damit ist nach Ablauf der vorgegebenen Fristen eine den muhischen Traditionen äquivalente staatliche Form genehmigt. Von Zwang kann keine Rede sein."

„Gute Frau, ich rede aber davon. Mich kann dieses ganze Gerede von Tradition und staatlicher Äquivalenz nicht überzeugen. Ich verstehe auch kein Wort davon. Ich will mit Edu sprechen, und hören was er dazu zu sagen hat." Solcher Mangel an spiritueller Einsicht brachte sogar Beas geduldige Fassade ins Wanken.

„Sie haben eben selbst erlebt, dass er kein Gespräch mit Ihnen wünscht."

„Das glaube ich nicht. Wenn Sie mich nicht sofort mit ihm sprechen lassen, rufe ich die Polizei."

Jemand räusperte sich an der Bürotür. Wir alle sahen dorthin. Leo stand im Türrahmen, auf Strümpfen, aber noch in der Jacke, Mütze und Handschuhe als wolliges Bündel in den Händen. Frings musterte ihn in einer Mischung aus Neugier und Verachtung.

„Ich sollte mich zurückmelden, wenn ich Trini nach Hause gebracht habe", sagte Leo zu Bea, dabei schielte er in Richtung des Unbekannten. Bea blinzelte kurz.

„Ja. Richtig. Äh, hat sie genug Feuerholz?"

„Ja, Bea."

„Sollte eine der Frauen über Nacht bei ihr bleiben?"

„Sie sagt, nein." Bea strich sich über den Kopf.

„Dann gehst du jetzt zur Einmündung in den Wöscheweg und vergewisserst dich, ob der Schneehaufen auf der Straße entfernt wurde. Wenn dem nicht so ist, gehst du zum Haus Nummer fünfzehn und fragst, wie der Behindertentransport zu dem Haus gewährleistet werden soll. Wenn die Frau keine Antwort von der Gemeinde bekommen hat, die ihr zusagt, lässt du dir Telefonnummern geben und handelst eine Lösung aus, die den Bedürfnissen dieser Familie entspricht. Anschließend kehrst du hierher zurück und meldest dich bei mir."

„Ja, Bea." Mit einem letzten offensiv neutralen Blick auf Frings wandte er sich ab.

„Ach, Leo?" Er sah wieder zu Bea.

„Alle Muh, die jetzt noch draußen sind, sollen ins Haus kommen. Alle, hast du gehört?"

„Selbstverständlich, Bea."

Wir hörten ihn die Treppe hinuntergehen. Sein Auftritt hatte die Spannung im Büro gemildert, aber Frings blieb bei seiner Drohung.

„Sie können mir nicht weismachen, dass Edu freiwillig hierbleibt. Das will ich von ihm selbst hören. Und auch, ob es stimmt, dass er meinen Brief nicht lesen wollte. Erzählen können Sie viel. Und dann diese Geschichte mit der zwangsweisen Verheiratung. Sie wissen schon, dass das gegen das Gesetz ist." Bea seufzte.

„Wenn es Ihr Wunsch ist, können Sie selbstverständlich mit Edu Muh sprechen, Herr Frings. Aber ich kann ihn dazu weder zwingen noch bin ich in der Lage, ihn herzuzaubern. Sie haben selbst erlebt, dass er sich dem Gespräch entzogen hat. Ich weiß nicht, wo er sich jetzt befindet."

„Dieser Clown von eben soll doch alle ins Haus schicken. Da wird Edu doch wohl dabei sein."

„Das hoffe ich", erwiderte Bea ernst. Sie wählte eine Nummer. „Natürlich ausgeschaltet." Sie wählte eine andere Nummer. „Bea. Wo bist du? Ist Edu bei euch? Wann hast du ihn zuletzt gesehen? Ist das sicher? Danke. Lasst die Tür bitte noch offen, Leo ist in meinem Auftrag draußen. Und sag den anderen, ich möchte, dass sie mich anrufen, wenn sie Edu sehen oder er sich meldet. Ja. Danke." Sie sah uns an. „Sein Handy ist abgeschaltet. Es tut mir leid, Herr Frings, aber ich bin derzeit nicht in der Lage, Edu Muh zu erreichen.

Das widerspricht den Regeln unserer Gemeinschaft, aber er hat sich entzogen. Tut mir leid."

Nach einigem Hin und Her entschloss sich Frings, zu gehen und am nächsten Vormittag wiederzukommen. Bea wirkte erleichtert. Sie wusste wirklich nicht, was aus Edu Muh geworden war, mochte dies aber ungern zugeben.

*

Ich führte Frings durch den Wald zum Bösche-Hof, wo noch unsere Autos standen. Schweigend stapften wir durch den Schnee. Ein beleuchtetes Fenster und der rauchende Kamin zeigten, dass Trini im Warmen saß. Ihre und Leos Fußspuren waren schon wieder von Neuschnee bedeckt. Frings blickt desorientiert um sich, das Fenster vom Bösche-Hof blieb der einzige Hinweis auf Zivilisation.

„Wo werden Sie übernachten?" fragte ich ihn. Zunächst glaubte ich, er ignorierte mich als Sympathisantin der Muh, aber dann hob er die Schultern.

„Keine Ahnung. Ich hatte gedacht, ich würde nach meinem Gespräch mit Edu sofort zurückfahren." Das fand ich typisch für einen Mann zu kurz gedacht, wollte ihn aber nicht noch weiter reizen. Auch tat er mir leid. Ich zögerte. Wahrscheinlich fände er meinen Vorschlag sowieso impraktikabel und dreist zudem.

„Sie könnten bei mir übernachten. Falls es Ihnen nichts ausmacht, im Wohnzimmer zu schlafen. Morgen fahre ich dann wieder mit Ihnen zum Tagungshaus."

Wir hatten die Autos erreicht. Schnee lag eine Handbreit hoch auf Dächern und Motorhauben. Mit der Hand schob er den Schnee von meinem Wagen.

„Das ist nett. Danke."

Langsam folgte er mir über die ungeräumten Straßen nach Wardenburg. Eine kleine Tasche hatte er für den Fall einer unfreiwilligen Übernachtung auf der Autobahn dabei, die nahm er mit hoch in die Wohnung.

„So schlimm wie im Auto ist es auf dem Sofa hoffentlich nicht", meinte ich, aber er beruhigte mich. Außerhalb des

Tagungshauses erschien mir Frings besonnener. Während er für mich den Gehweg freifegte, wärmte ich uns etwas zu essen auf. Danach war er zutraulicher.

„Wohnen Sie hier alleine?" erkundigte er sich. Ich wurde rot, nickte aber. Dazu grinste er nur mitfühlend.

„Wie heißt dieser Ort eigentlich?"

„Wardenburg."

„Aber das Tagungshaus liegt in Hatten?"

„So heißt die Gemeinde", erklärte ich und stellte einen Topf auf den Küchentisch. „Der Ort heißt allerdings Sandkrug. Wie die Autobahnabfahrt von der A29, die Sie wahrscheinlich genommen haben."

„Nein", entgegnete er. „Ich wohne quasi an der A31. Die bin ich rauf bis ins Emsland und dann am Küstenkanal entlang auf der B401 gefahren. Das Navigationsgerät hat mich über die Dörfer gelotst. Irgendwo hätte ich fast noch ein Mädchen angefahren, aber sonst war alles wie ausgestorben. Muss das Wetter sein. Ehrlich gesagt, weiß ich überhaupt nicht, wo ich mich hier befinde. Irgendwo, wo die Leute Geländewagen brauchen. Wenn man nach einer Karte fährt, hat man mehr Übersicht." Ich nickte und fragte mich insgeheim, wie alt er sein mochte, dass er noch nach Karte über Land gefahren war. Jenseits der Dreißig, nahm ich an. Frings musterte mich indessen in offener Neugier.

„Was haben Sie mit diesem Tagungshaus zu schaffen? Sie sehen ganz normal aus, mit Haaren und so." Offenkundig war Wolfram Frings ein taktvoller Mensch.

„Ich kenne Bea Muh seit Jahren."

„Die Chefin von dem Haufen? War die immer schon so?"

„Wie? Mit rasierten Haaren? Ja."

Ich versuchte, ihm in kurzen Zügen die Gemeinschaft Muh zu erklären. Das alles war neu für ihn, Edu hatte offenkundig wenig über sich erzählt. Seine Haare hatte er wahrscheinlich wachsen lassen, andererseits trugen nicht wenige Männer ihre Haare fast wie Muh, so dass Frings, ein mäßig motivierter Beobachter und sichtlich kein modebewusster Mensch, an seinem Aussehen nichts Außergewöhnliches aufgefallen war. Aber natürlich gab man nicht viel von sich preis, wenn man sich versteckt hielt. Frings schüttelte bei meinen Erzählungen fassungslos den Kopf.

„Meine Güte. Diese Frau behauptet, dass er freiwillig zu der Truppe zurückwollte?"

„Er ist doch auch freiwillig zu seinen Eltern gegangen, oder?" Frings machte ein missmutiges Gesicht.

„Ja. Doch. Er war nicht gut drauf, weil er keine Arbeit finden konnte. Ich sage mal, er konnte sich in Bewerbungsgesprächen nicht richtig darstellen. Rat annehmen wollte er auch nicht. Nun, ich habe einen Job, und als Ingenieur verdient man ganz gut. Für mich war es kein Problem, wenn er sich nicht an der Miete beteiligte. Letzten Juni hat er gesagt, er fährt zu den Eltern, weil die im Sommer viel zu tun haben. Das fand ich in Ordnung. Familien sollen zusammenhalten. Und dann, ich meine, ich gebe offen zu, dass ich keine Ahnung habe, was ein Hufschmied so macht. Anscheinend nicht nur Pferde beschlagen. Wenn Edu sagt, seine Leute haben viel Arbeit, glaube ich das. Ich frage doch nicht nach, ob das stimmt. Wo leben wir denn?"

Er plusterte sich noch weiter auf, aber mit jedem Satz wurde deutlicher, dass er sich inzwischen vorwarf, keine oder zu wenig oder die falschen Fragen gestellt zu haben. Zur Ablenkung bot ich ihm Aprikosenlikör aus einer geheimen Quelle meines Vaters an. Über den sprachen wir eine Weile. Später, als wir uns förmlich auf das Du verständigt hatten, wollte Wolfram wissen, ob er Beas Erklärung der Zuweisung richtig als Verheiratung deutete.

„Er hat ein Fürsorgeversprechen abgelegt. Das ist nicht wie heiraten. Die Partner werden nach Liste zugeteilt und versprechen, solidarisch für den anderen einzutreten. Für eine festgesetzte Dauer. Danach sind sie frei. Aber die Muh sind als Gemeinschaft sehr bedacht, sich den Gepflogenheiten der Welt anzugleichen, wenn sie darin einen Vorteil sehen. Daher lassen sie ihre Fürsorgegemeinschaften als Ehen oder Lebenspartnerschaften registrieren. Und die sind nicht befristet." Wolfram musterte mich, als hoffte er, ich sei tatsächlich von dieser Welt und in der Lage, die Absurdität hinter muhischem Handeln zu erfassen.

„Wer so etwas erfindet, ist nicht richtig im Kopf. Und wer andere dazu bringt, so zu leben, treibt sie in den Wahnsinn. Ich kann nicht glauben, dass Edu bei Verstand war, als er sich auf diese Fürsorgegeschichte eingelassen hat. Die haben ihm irgendwas gegeben, ins Essen vielleicht. Gott sei Dank, habe ich da nichts gegessen."

„Ich esse oft da. Muh kochen gut." Wolfram schüttelte fassungslos ob meines Leichtsinns den Kopf.

„Christa, du musst verrückt sein. Man sieht es dir nicht an, aber du bist es."

*

Am Sonnabendmorgen fuhr ich vor Wolfram her zum Tagungshaus. Der Schneehaufen an der Zufahrt war entfernt worden und die gesamte Straße bis zum Tagungshaus geräumt. Leo musste mit Engelszungen telefoniert oder einfach stoisch nach Art der Muh auf seinem Anliegen beharrt haben. Ein paar tapfere Seminarteilnehmer und ein Kursleiter hatten sich durch die Schneemassen nicht schrecken lassen und meditierten mit Klangschalen. Wolfram sah sich missbilligend im Foyer um, als er die harmonischen Klänge vernahm, und murmelte etwas von esoterischem Schwachsinn. An der Rezeption saß Inna Muh. Sie grüßte uns und musterte Wolfram mit so entwaffnender Offenheit, dass er ihrem Blick auswich.

„Hallo, Inna. Ist Bea im Büro?" fragte ich und wollte schon weitergehen, als Inna den Kopf schüttelte.

„Bea Muh ist im Refektorium. Sie sagt aber, ich soll euch hochschicken. Sie kommt, sobald sie kann."

„Okay. Danke." Mir schwante nichts Gutes, als ich vor Wolfram die Treppe hochging.

Die oberen Seminarräume waren an diesem Tag nicht belegt. Darum lag der Flur im Dunkeln, doch sämtliche Türen standen nach muhischer Art offen, damit alles für alle sichtbar wäre. Auch Beas Büro war unbeleuchtet. Wolfram trat an das Fenster und starrte resigniert auf den verschneiten Wald.

„Bäume. Nichts als Bäume. Und Schnee. Meine Güte, wie hält man das bei euch aus?"

„Tatsächlich gibt es hier in der Gegend sehr wenig Wald", erwiderte ich. Er drehte sich zu mir um.

„Wie heißt die nächste Stadt? Oldenburg? Ja, das ist eine Stadt, viele Einwohner, Häuser, Straßen, Geschäfte, Betriebe. So gehört sich das."

„Keine Schwerindustrie", gab ich zu bedenken, aber er winkte nur ab.

„Das Ruhrgebiet ist nicht mehr so wie in meiner Kindheit. Nicht mehr so viel Qualm." Bea kam nun. Sie wirkte angespannt, als sie mich umarmte.

„Edu ist nicht nach Hause gekommen", flüsterte sie in mein Ohr, ehe sie sich zu voller Größe aufrichtete und Wolfram mit zwangsläufig erhobenem Kinn aufforderte, Platz zu nehmen. Naturgemäß nahm der es nicht gut auf, als sie ihm eröffnete, dass er Edu schon wieder nicht sehen könne.

„Er ist, wie gesagt, nicht da. Ich weiß nicht, wo wir noch suchen sollen", beharrte Bea. Wolfram fuhr hoch.

„Wollen Sie behaupten, jemand geht bei Einbruch der Dämmerung, und das bei diesem Schnee und der Kälte, in den Wald und bleibt da die ganze Nacht? Das macht keiner. Sie halten ihn hier irgendwo versteckt."

„Der Wald ist groß, Herr Frings. Edu Muh kennt sich hier nicht aus. Heute früh habe ich acht Muh in den Wald geschickt, aber sie konnten nur ein kleines Gebiet absuchen. Durch den Neuschnee hatten sie keine Fußspuren als Anhaltspunkte. Was erwarten Sie von uns?" Wolfram betrachtete sie finster.

„Ich erwarte, dass er sich frei bewegen kann und auch frei sprechen. Ich bin immer noch dafür, die Polizei einzuschalten, damit die sich hier einmal richtig umsieht. Außerdem, wenn er sich im Wald verlaufen hat, wie Sie behaupten, dann sollte die Polizei ihn suchen. Oder das Technische Hilfswerk. Mit Hunden."

Von der Einmischung staatlicher Behörden hielten Muh nichts, sie scheuten sie, wie man vom Teufel behauptet, er scheue das Weihwasser. Beas Beherrschung reichte gerade aus, nicht zu entgeistert auf Wolfram zu blicken, aber diesmal gelang es ihr nicht, ihm in die Augen zu sehen. Natürlich merkte Wolfram das und versuchte, sie unter Druck zu setzen. Muh konnte man nicht unter Druck setzen. Sie versteinerten, so wie Bea versteinerte, kühl und gefasst, in unbeweglicher Festigkeit hinnehmend.

Gegen zwölf Uhr gab Wolfram auf und fuhr unverrichteter Dinge davon.

„Halte die Augen offen, Christa", sagte er zu mir, als wir uns bei seinem Auto verabschiedeten. „Und sei nicht so vertrauensselig mit dieser Frau. Hier gehen Dinge vor, die spotten jeder Rechtsstaatlichkeit. Guck dir diese Gestalten an. Du kannst mir nicht weismachen, dass die freiwillig hier sind. Pass auf dich auf. Ich melde mich."

Ich versprach die Augen aufzuhalten und nicht so vertrauensselig zu sein. Auf seine Warnungen gab ich nichts, obwohl ich nachvollziehen konnte, was ihn so an den Muh irritierte, dass er sogar die Rechtstaatlichkeit ins Spiel bringen musste. Da wirkten Medienberichte hinein, die das Anderssein von Menschen als Gefahr darstellten. Von den Muh ginge keine Gefahr aus, davon war ich überzeugt. Daher kam ich Beas Bitte, zum Essen zu bleiben, ohne Zögern nach.

*

Das Mittagsmahl der Muh war bescheidener als die Abendmahlzeit. Jetzt im Winter gab es meist eine Suppe mit frischgebackenem Brot. An diesem Tag saßen alle Muh betreten am Tisch, wie eine Schulklasse, die einen der ihren unter mysteriösen Umständen verloren hatte. Ich setzte mich zu Leo, der mich nur von der Seite ansah.

„Wie geht es dir?" fragte ich ihn. Er antwortete ausweichend:

„Es ist nicht gut, wenn ein Muh seine Gemeinschaft verlässt." Für jemand, der selbst einmal die Gemeinschaft verlassen hatte, hätte er meiner Meinung nach mehr Verständnis aufbringen sollen. Ehe ich Leo darauf hinweisen konnte, sprach Inna mich an ihm vorbei an.

„Christa Hemmen, verzeih' die Frage, sie steht mir gewiss nicht zu. Wer war dieser Mann?" Leo zischte ihr wenig gleichmütig zu, sie solle ruhig sein, doch Inna schob ihn mit der Hand aus ihrem Gesichtsfeld und sah mich erwartungsvoll an. Ich versuchte, Wahrheit und Diskretion zu genügen.

„Ein Bekannter von Edu. Ich nehme an, sie kannten sich von der Uni." Inna begegnete meinem Blick in muhischer Offenheit.

„Was wollte er?"

„Inna Muh, sei jetzt still", knurrte Leo, doch sie sagte nur:

„Achte auf deinen Gleichmut, Leo Muh" und wandte sich wieder mir zu. Ich sah über die Schulter zu Bea. Die sprach gerade mit dem Muh zu ihrer Rechten.

„Ein Freundschaftsbesuch?" schlug ich vor, obwohl dieses Konzept Muh unbekannt sein durfte. Über Wolfram Frings Motive wollte ich nicht spekulieren, das schien mir in Anbetracht seines Misstrauens gegenüber den Muh unpassend. Während Inna mich in höflichem Zweifel musterte, schob sich Leo zwischen uns an seinen Teller.

„Das, Christa Hemmen, glaubst du selbst nicht", bemerkte er und löffelte seine Suppe. Ich wagte keinen Widerspruch.

Als ich gegen vier Uhr Richtung Straße fuhr, kam mir eine einsame dunkle Gestalt entgegen. Ich verringerte das Tempo, doch die Gestalt zeigte keinerlei Reaktion, deshalb fuhr ich weiter. Abends rief mich Bea an.

„Edu Muh ist zurückgekehrt." Ich war über Gebühr erleichtert, obwohl ich ihn nicht sonderlich mochte und in ihm die Ursache für viel Unruhe im Sandkruger Zentrum sah.

„Wo war er denn die ganze Zeit?" Immerhin hatte es beinahe vierundzwanzig Stunden kein Lebenszeichen von ihm gegeben.

„Er behauptet, er ist die ganze Zeit durch den Wald gelaufen und auch auf dem Deich an der Hunte."

„Glaubst du ihm das?" wollte ich wissen. Bea zögerte.

„Ich glaube nicht, dass es die Unwahrheit ist. Aber ich habe auch nur kurz mit ihm gesprochen. Er soll sich ausruhen. Morgen ist genug Zeit für ein Gespräch."

*

Es war das Wochenende der verschwundenen Personen. Als ich nach meinem Besuch bei Bea meine Eltern anrief, war mein Vater allein zu Hause.

„Mutti ist im Heim geblieben. Eines der Mädchen ist fort. Sie haben die Polizei eingeschaltet."

„Meine Güte. Weißt du, wer?"

„Ich glaube, die kleine Türkin. Die Betreuerinnen befürchten, ihre Familie hätte sie entführt. Aber, Christa, das verstehe ich nur aus Muttis Andeutungen. Erzählen darf sie nichts."

Am Sonntag fuhr ich hinaus ins stille Tal. Die Straße war nicht geräumt worden und nur aufgrund der Eigeninitiative der Anwohner befahrbar. Frerk Deepkens verlassenes Haus lag still hinter unberührten Schneeflächen. Nicht einmal die Katzen wollten sein Grundstück betreten. Meine Eltern am Ende der gleich einer Haarnadel gebogenen Straße hatten den Schnee von der Garagenauffahrt auf eine von der Gemeinde betreute Brache geworfen. Auch jetzt schaufelte mein Vater stoisch an den vorgeschriebenen Wegen für Passanten, die nie an unserem Haus vorbeigehen würden.

„Soll ich helfen, Vati?" bot ich an, doch er schickte mich hinein zu meiner Mutter, die mit hochgelegten Beinen auf dem Sofa saß. Der Anblick erschreckte mich, denn meine Mutter war ansonsten die Standfestigkeit in Person.

„Bist du krank, Mutti?"

„Ach, was." Sie winkte ab und schwenkte die Beine herum, dass sie wieder gesittet saß. „Solche kleinen Nachlässigkeiten schleichen sich ein, wenn die Kinder aus dem Haus sind. Ich war ziemlich fertig. Der Freitag und der Sonnabend waren anstrengend." Ich setzte mich zu ihr.

„Vati hat mir erzählt, dass eins der Mädchen weg ist."

„Ja, Christa. Die kleine Buket." Gefunden hatte man sie noch nicht, das hatte meine Mutter gerade eben am Telefon von der Heimleiterin erfahren. Die wusste aber auch nur, dass die Polizei Buket nicht im Haus der Eltern gefunden hatte.

Am nächsten Morgen hatte die Nachricht von Bukets Verschwinden einen Weg in die Regionalzeitungen gefunden. Man spekulierte, ob es einen Zusammenhang mit dem Ehrenmord an Nilüfer Tolka und der vereitelten Zwangsverheiratung gebe. Eine Zwangsverheiratung war nie geplant gewesen, aber entweder hatte man nicht weiter recherchiert oder hielt es für verkaufsfördernder, dieses Reizwort weiterzuverwenden.

Dem Zeitungsbericht zufolge war Buket Tolka am Freitag nach der sechsten Stunde wie gewohnt in das Mädchenwohnheim zurückgekehrt. Sie hatte am gemeinsamen Mittagstisch teilgenommen und anschließend mit einem anderen Mädchen zusammen im Speisesaal die Tische abgewischt und den Boden gereinigt. Diese häuslichen Tätigkeiten wurden sehr ausführlich beschrieben, als steigerten sie entweder die Unschuld oder die Unbedarftheit des Mädchens. Danach hatte sie sich von der Hauswirtschafterin, eine falsche Bezeichnung für meine Mutter, verabschiedet. Ihrer Bezugsbetreuerin solle Buket gesagt haben, sie wolle in ihrem Zimmer Hausaufgaben machen und für eine Klassenarbeit lernen. Als ihre Mitbewohnerinnen sie um halb sieben zum Abendbrot riefen, war sie fort.

Ich wusste natürlich, dass die Mädchen im Wohnheim nicht gefangen gehalten wurden, aber es lag nicht von ungefähr an einem Ort, wo man nicht vor Verbrauchermärkten abhängen konnte. Glaubte ein Mädchen, es benötigte unbedingt außer der Reihe Süßigkeiten oder Cola, konnte es mit dem Fahrrad über den Saarländer Weg nach Benthullen fahren oder über die Korsorsstraße nach Achternmeer. Beide Ortschaften lagen etwa vier Kilometer von Harbern II entfernt und zeichneten sich ebenfalls nicht durch Anonymität und Unübersichtlichkeit aus. Die Straßen dorthin waren einsam, die daran entlang verlaufenden Radwege momentan durch Schnee und Eis kaum passierbar.

Der nächste größere Ort war Wardenburg, weitere sechs Kilometer einsame Landstraße entfernt, wo die Verhältnisse ein Abhängen und Untertauchen im kleinsten Maßstab erlaubt hätten. Buket, das las ich in der Zeitung, war anscheinend mit dem Fahrrad losgefahren, ohne sich ordnungsgemäß abzumelden. Es hatte mit ihr in Hinblick auf Zuverlässigkeit nie Probleme gegeben, wie meine Mutter bei unserem abendlichen Telefonat betonte. Deswegen glaubten die Betreuerinnen und die Polizei auch an eine Entführung durch Angehörige der Großfamilie, ein weiteres Modewort.

Am Dienstag meldeten die Zeitungen, Kinder hätten Bukets Fahrrad im Graben an der Ammerländer Straße nahe der Einmündung des Denkmalswegs gefunden. Die Ammerländer Straße war eine Zufahrt für die B401 am Küstenkanal und führte über Oberlethe durch Achternmeer nach Harbern I und dort über eine Brücke auf die Bundesstraße. Bukets eigenes Fahrrad war in Wardenburg bei ihren Eltern verblieben. Sie hatte ein Rad aus den Beständen des Wohnheims verwendet, von Hand gelb lackiert mit der Adresse des Heims in schwarzem Lackstift am Oberrohr. Der Fundort am Rande Achternmeers bestätigte die Annahme, sie sei unterwegs zum Bäcker gewesen, die Schäden am Fahrrad und Blutspuren ließen einen Zusammenstoß mit einem Fahrzeug vermuten. Lackpartikel sollten untersucht werden.

Die Polizei rief Zeugen des Unfalls auf, sich zu melden. Wardenburger Polizisten befragten vergeblich alle Haushalte im Bereich des Denkmalswegs und an der Ammerländer Straße, wie Andy am Abend meinem Vater am Telefon erzählte. Letzte Woche hatte sich am späten Freitagnachmittag kaum jemand auf den Straßen in Achternmeer aufgehalten. Es hatte wieder einmal geschneit, und alle waren froh gewesen, im Haus bleiben zu können. Man hatte die Vorhänge zugezogen und den Fernseher angeschaltet. Auch die Verhöre von Bukets männlichen Verwandten in Wardenburg wie Bremen blieben ohne Ergebnis. Niemand von ihnen wollte Buket nach dem Tag der angeblichen Zwangsverheiratung gesehen haben, alle konnten für den Freitagnachmittag ein Alibi vorweisen. Zumeist aber, wie ein Sprecher der Polizei zitiert wurde, behaupteten weitere Angehörige, mit den betreffenden Männern zusammen gewesen zu sein. Für den Leser klang diese Formulierung so, als gälten solche Alibis nicht.

*

Wolfram Frings hatte mir seine Ankunft im heimischen Kirchhellen am Sonnabendabend noch gemailt. Ich antwortete ihm, unterließ es aber zu erwähnen, dass Edu in der Zwischenzeit aufgetaucht war. Was immer die Vorgeschichte für Wolframs Besuch im Tagungshaus gewesen war, ich wollte kein Öl ins Feuer gießen.

In der Zwischenzeit gingen die Malerarbeiten in der Rhauderfehner Außenstelle von „Crea. Heim und Pflege" in der Rhauderwieke weiter. An der Fassade stand inzwischen ein Gerüst, innen wurden die Wände cremeweiß, die Türrahmen grün und die Türen hellblau gestrichen. Harry und ich kontrollierten regelmäßig die Fortschritte. Das bedeutete täglich eine einstündige Fahrt auf der B401 am Küstenkanal, ein meist unproduktives Gespräch mit Vertretern der Baufirma vor Ort und eine einstündige Fahrt zurück entlang des Kanals, von dessen dunklem Wasser Dunst aufstieg, nur um sich als feine Eisschicht auf der Fahrbahn niederzuschlagen.

Unsere normale Arbeit mussten wir nebenher erledigen, so dass sich in diesen Tagen Überstunden anhäuften.

Während Harry die bevorstehende Veränderung philosophisch sah, was ich angesichts der Einsparungen bei dem Sozialverband, wo seine Frau beschäftigt war, nachvollziehen konnte, fühlte ich mich jedes Mal bedrückter. Am Ende meiner Reise stand ich in der Fehngemeinde an einer stark befahrenen Straße. Die Geschäftigkeit in meiner Umgebung deprimierte mich, und die ganze Zeit nagte ein ungutes Gefühl an mir, als wollte ich nur vor der seltsamen Stimmung in Wardenburg seit dem Mord an Nilüfer Tolka fliehen.

Tatsächlich hatte Bukets Verschwinden den Umgangston im Ort verschärft, was insbesondere deshalb so auffiel, weil bisher kaum über die Grenzlinien hinweg kommuniziert worden war. Nun gab es Rangeleien zwischen Jugendlichen auf dem Schulhof, und dominanzdeutsche Jugendliche grölten dunkelhaarigen Passanten Beleidigungen hinterher oder warfen Schneebälle mit nicht zufällig eingebauten Steinen. Es waren immer die gleichen drei Jugendlichen, und nachdem sie vor der „Fischerkate" einen österreichischen Touristen angepöbelt hatten, schritt die Polizei in Gestalt von Gert Tamminga ein. Ein Gespräch mit den Eltern der drei sorgte vorübergehend für Ruhe.

Es trug auch nicht zur Beruhigung der Lage bei, dass zum Ende des Januars die Schneefälle an Stärke zunahmen. In der Mittagspause am Freitag, eine Woche nach Bukets Verschwinden, als ich gerade am Geldautomaten stand, bemerkte ich durch die Glastür, wie Dietmar gegen den Schneesturm über den Bürgersteig stapfte. Er trug keine Handschuhe, daher konnte ich den Verband an seiner linken Hand sehen. Sicherheitshalber zog ich die Kapuze über meine Mütze und den Schal bis zur Nase. Meine neue Winterjacke, die laut Katalog den Verhältnissen in Alaska angepasst war, kannte er nicht, daher traute ich mich aus der Bank auf den Gehweg, um in seinem Rücken zurück zu „Crea. Heim und Pflege" zu gehen.

Dietmar war nur etwa fünf Meter vor mir. Als er den Döner-Imbiss passierte, stieg ein Mann aus einem davor geparkten Auto.

„Du lässt meine Schwester zufrieden!" brüllte er Dietmar an.

Der fackelte nicht lange, versetzte dem Mann einen Stoß gegen die Brust und stürzte sich in den Straßenverkehr, um die andere Seite der Oldenburger Straße zu erreichen. Auf dem glatten Pflaster hatte der andere Mann das Gleichgewicht verloren und war mit der Schulter gegen die geöffnete Wagentür gefallen. Ich ging zu ihm und fragte, ob er verletzt sei, denn der Umstand, dass Dietmar ihn angegangen war, weckte in mir ein Gefühl der Solidarität. Der Mann trug nur einen dünnen Wollblazer, der den Stoß nicht hatte abfangen können.

„Nein", stieß er hervor, rieb aber schmerzhaft sein Schulterblatt. Aus dem Imbiss kamen ein Mann und eine Frau, die ich als Emine erkannte. Während die Männer sich aufgeregt unterhielten, und der Beanzugte in die Richtung von Dietmars Flucht zeigte, standen Emine und ich nebeneinander.

„Dietmar Poepken?" flüsterte sie mir zu. Ich nickte.

„Eindeutig." Sie atmete tief durch.

„Die Polizei war bei uns wegen Buket. Sie wissen, sie ist verschwunden?"

„Ja."

„Sie fragen die ganzen Männer aus der Familie. Aber der da hinten, das ist Kemal. Er und seine Schwester waren zufällig bei uns. Und sie war so komisch. Und als die Polizei weg war, hat ihr Bruder sie gefragt. Sie sagt, Dietmar bedroht sie und ... will etwas von ihr." Ich starrte sie an. Der Kerl war dümmer, als ich gedacht hatte. Emine legte eine Hand auf meinen Arm.

„Die Schwester heißt Sewe. Sie ist Bukets Freundin. Und Buket ... vielleicht?" Mir wurde trotz Alaska tauglicher Jacke kalt.

„Wer weiß?" Emine nickte.

Der Imbissangestellte hatte inzwischen den Beanzugten nicht dazu bringen können, mit in den Imbiss zu gehen und seine Schulter näher untersuchen zu lassen. Durch offensichtliche Schmerzen kaum besser gestimmt warf er sich hinter das Steuer seines Wagens und lenkte scharf in den fließenden Verkehr. Mehrere Fahrer hupten. Emines Begleiter schüttelte resigniert den Kopf. Dann bemerkte er mich.

„Sie ist meine Kollegin", sagte Emine. Er lächelte, dann fiel ihm etwas ein.

„Sie hatten auch Ärger mit dem Poepken, nicht?" Ich nickte kleinlaut. Wieder legte Emine eine Hand auf meinen Arm.

„Warten Sie. Wir gehen zusammen. Ich hole nur meine Sachen." Erst jetzt wurde mir bewusst, dass beide keine Mäntel anhatten. Sie trug einen privaten pinkfarbenen Fleecepullover über der weißen Arbeitshose, er nur T-Shirt und Vorbinder. Narben von Verbrennungen durch spritzendes Fett zierten beide Unterarme. Mein Vater schüttelte immer den Kopf über Imbissköche, die aus Gründen übersteigerter Coolness langärmelige Kochjacken ablehnten.

Emine beeilte sich. Zwei Minuten später hatte sie mich untergehakt und vom Fenster des Imbisses weggeführt. Bereits hinter der nächsten Straßenecke blieb sie vor der Auslage eines Schmuckgeschäftes stehen.

„Sewe weiß etwas über Buket. Sie sind beste Freundinnen. Bestimmt, ich bin mir sicher, weiß sie etwas." Zweifelnd sah ich Emine an.

„Warum hat sie es dann nicht gestern der Polizei gesagt?" Emine verdrehte die Augen.

„Die haben ihr Angst gemacht, als sie vor ihren Augen meinen Bruder angemacht haben. Glauben Sie, sie hätte danach gewagt, noch den Mund aufzumachen? Hätten Sie?" Ich schüttelte den Kopf.

„Fragen Sie sie doch", schlug ich dann vor. Emine machte ein entgeistertes Gesicht.

„Ich soll das Mädchen ausfragen wie die Polizei?"

„Aber nur so können Sie sicher sein, ob sie wirklich etwas weiß. Und dann könnten Sie mit ihr zusammen zur Polizei gehen." Emine nahm die Schultern zurück.

„Zur Polizei?"

„Naja." Ich sah sie an. „Äh … Dietmar war zu uns beiden nicht so nett. Zu dieser Sewe auch nicht. Soll die Polizei ihm doch ein bisschen auf den Zahn fühlen. Kleine Rache. Und die Aussicht, ihm Ärger zu machen, lässt Sewe vielleicht auch über Buket reden." Emine überlegte.

„Ich werde sie fragen, ob sie mit uns beiden sprechen will. Wie … wie kann ich Sie erreichen? Nicht bei ‚Crea'."

Ich gab ihr meine Visitenkarte, auf der meine Handy-Nummer stand. Letztlich konnte so ein Gespräch nicht schaden, obwohl ich mir nicht viel davon versprach. Anzeigen wollte auch ich Dietmar nicht. Bei Mädels wie Sewe und den anderen Girlys mochte es im Einzelfall anders gewesen sein, was mich anging, glaubte ich nicht, dass Dietmar für seine Aktivitäten zur Rechenschaft gezogen werden konnte. Aber wenn es Emine und mir gelänge, Sewe zum Reden zu bringen, erführen wir eventuell etwas über Dietmar, das für die Polizei interessant wäre.

*

Ich erwartete keine schnelle Rückmeldung von Emine. Sie hatte ihre Arbeit bei „Crea. Heim und Pflege" und musste außerdem diese Sewe in einer ruhigen Minute zu fassen kriegen. Solche ruhigen Minuten waren für die ganz jungen Leute so viel rarer geworden, als sie es noch für meine Generation gewesen waren. Emine würde Geduld brauchen, und ich auch.

Unterdessen fuhr ich am Sonnabend zum Tagungshaus der Muh. Die Straße vom Wöscheweg zum Haus war kaum passierbar, die Schneeberge am Straßenrand nahmen von Tag zu Tag an Höhe und Breite zu, so dass mittlerweile zwischen ihnen kaum noch ein Durchkommen war. Den vor dem Grundstück abgestellten Autos nach zu schließen, hatten sich dennoch unentwegte Seminarteilnehmer nicht schrecken lassen. Im Foyer roch es nach Kaffee und eben beendeter Pause. Inna sammelte gerade Tassen von den Rattantischen.

„Hallo, Inna Muh. Wie sieht es aus? Viele Gäste?" Sie zögerte.

„Draußen sieht es weiß aus. Aber zwei Seminare finden statt."

„Das ist doch gut. Man muss die Leute schon bewundern, die eine Fahrt durch diesen Schnee auf sich nehmen." Inna zögerte wieder.

„Weißt du, Christa Hemmen, ich finde dieses Verhalten offen gestanden nicht durchdacht. Ich vermute bei einigen dieser Leute Begehr von Abwechslung und Protzerei. Es ist zu kritisieren, wenn sie sich aus solchen Gründen in den Straßenverkehr begeben und ihr eigenes Leben und die Sicherheit anderer Menschen riskieren." Sie nieste. Beinahe hätte ich sie darauf hingewiesen, dass sie von den Einnahmen aus den Seminaren lebte, wäre mir nicht eingefallen, aus was für einem konservativen Zentrum sie stammte.

„Eine bedenkenswerte Sichtweise", erwiderte ich ausweichend und ging hinauf zu Bea. Die studierte wieder einmal Konstruktionspläne, welche sie an die Wände ihres Büros gepinnt hatte.

„Dies ist das Bauprojekt für das laufende Jahr, Christa. Der Wohnbereich soll modernisiert und den Erfordernissen eines vollständigen Zentrums angepasst werden. Und natürlich brauchen wir eine neue Heizungsanlage."

„Seid ihr denn kein vollständiges Zentrum?" fragte ich und fand mich naiv. Bea nickte mit Bleistift im Mund, nahm ihn dann heraus und steckte ihn hinters Ohr.

„Diese Frage kann sowohl mit einem Ja als auch mit einem Nein beantwortet werden. Ja, wir waren und sind insofern ein vollständiges Zentrum, als dass wir in ihren hauptsächlichen Tätigkeiten bewanderte Muh unter uns haben, dazu eine ausgebildete und inzwischen etwas erfahrene Kodexwächterin zur Begleitung der Muh in Lehre und Alltag. Nein, bisher waren wir kein vollständiges Zentrum, weil wir nur erwachsene Muh einer Generation und ohne Bindungen waren. Das wird sich in Zukunft ändern. Der Kodexmeister genehmigt die Aufwendung von erwirtschaftetem Kapital zur Modernisierung. Heute habe ich die Zusage erhalten. Wir werden mit neuen Konstellationen leben."

Ich war beeindruckt und auch ein wenig beklommen, weil um mich herum so viele Entwicklungen in Gang gekommen waren, die von anderen als erfreulich aufgefasst wurden, während sie mich nur deprimierten. Bea putzte sich die Nase.

„Was hat sich denn bei Edu ergeben?" fragte ich sie.

„Eine heftige Erkältung als Folge seiner Wanderung durch die Winternacht. Das Zentrum zeigt seine Solidarität in kollektivem Schnupfen. Er ist, nicht nur deshalb hoffe ich, in sich gegangen und hat den Fehler in seinem Tun eingesehen."

„Was bedeutet das?" wollte ich nun wissen. Bea nahm einen der Pläne ab und rollte ihn sorgfältig zusammen.

„Dass er erkannt hat, wie unklug es ist, zwanzig Stunden bei minus acht Grad Celsius durch den Wald zu gehen. Allerdings steht zu befürchten, dass er in allen anderen strittigen Punkten an seiner vorgefassten Meinung festhält. Unbescheiden, wie er selbst zugibt, klammert er sich verstockt an eine Theorie der Selbstentsagung. Er kann froh sein, dass sie ihm bisher nur eine Erkältung eingebracht hat. Selbstentsagung mag in anderen Teilen der Welt angebracht sein, ich wage kein globales Urteil, aber sie steht im Gegensatz zur Lehre der Muh. Wer kein Selbst hat, kann die Gemeinschaft nicht stützen, fügt ihr sogar Schaden zu. Ich muss zugeben", dabei ließ sie sich auf ihren Schreibtischstuhl fallen und sah mich an, „dass ich nach wie vor erleichtert bin, diesen Muh nicht in ehelicher Führung zu haben. Das ist äußerst egoistisch von mir, weil ich genau weiß, dass jemand anders die Verantwortung für ihn trägt. Jemand, der sich damit schwer tut."

Dazu konnte ich nur nicken. Im Grunde sprach es für Egoismus meinerseits, dass ich froh war zu hören, Leo komme seiner neuen Aufgabe nur halbherzig nach. Für mich gab es nichts zu gewinnen oder zu verlieren, trotzdem nagte etwas wie Eifersucht an mir. Als ich etwas später aufbrach, begegnete mir Leo am Fuße der Treppe. Auch er sah erkältet aus.

„Bea hat mir die Baupläne gezeigt. Ihr habt viel Arbeit vor euch", sagte ich zu ihm in der Hoffnung, meine Stimme klänge normal. Er sah zu mir auf.

„Die Arbeit wird uns gut tun und dem Zentrum ein gemeinsames Ziel geben. Das braucht ein Zentrum. Bei uns früher war es die Landwirtschaft." Ich musterte ihn skeptisch. Als Landarbeiter konnte ich ihn mir nicht vorstellen. Ohne dass ich etwas gesagt hätte, grinste er.

„Christa Hemmen, deine Augen, groß und … graublau, vermutlich, sprechen beredt. Zu meinem Stammzentrum gehörten zwanzig Kühe, zehn Schweine und hundert Schafe. Lange Zeit gab es nur zwei Arbeitspferde. Nach der Schule mussten wir Kinder helfen. Als ein Traktor angeschafft wurde, hat unser Kodexwächter Inna in die Handhabung und Wartung einweisen lassen. Da war sie zwölf. Auch ich kann praktisch jede Tätigkeit auf einem Hof ausüben. Allerdings wird mir in der Meierei übel. Ich verabscheue Milch. Körperliche Arbeit lehrt die Bedeutung von Solidarität und Bescheidenheit." Es klang so, als hätte die Ideologie gesiegt.

„Ich hoffe, unter Beas Leitung werden weder körperliche noch geistige Arbeit zu kurz kommen", brachte ich heraus. Mir war, als hätte er mich enttäuscht, obwohl ich nicht zu sagen vermocht hätte, worin. Leo machte das Gesicht eines Musterschülers, der zum Vortrag vor die Klasse gerufen wurde.

„Mit Bea Muhs Führung werden wir die Arbeit des Geistes und die Arbeit des Körpers in Harmonie vereinen. Die Einkommensquelle dieses Zentrums ist derzeit eine Bildungseinrichtung, vergiss das nicht, Christa Hemmen.

Doch Umbauarbeiten werden uns noch über Jahre beschäftigen. Beides zu vereinen ist unser Ziel."

„Wo siehst du dich in fünf Jahren, Leo?" stellte ich ihm die Frage, die mir Herr Dewenter aus Kamp-Lintfort gestellt hatte. Er betrachtete mich aufmerksam.

„Das ist eine Fangfrage, wie in einem Bewerbungsgespräch in der Welt, Christa Hemmen." Das gab ich unumwunden zu. Leo legte den Kopf schief und grinste zu mir auf. Ich hätte weinen mögen.

„Christa Hemmen, du weißt genau, Muh werden nicht ermuntert, langfristig zu planen. Leben ist Wandel, es ist unberechenbar und wechselhaft. Wir Muh sind weder die Vögel auf dem Feld, noch Feldmäuse. Wir sorgen vor wie letztere und bekümmern uns wie erstere nicht, wenn die Vorsorge nicht ausreicht. In fünf Jahren stehe ich vielleicht hier vor dir und stelle dir dieselbe Frage. Wirst du mir dann eine Antwort geben?" Verdattert runzelte ich die Stirn und überlegte fieberhaft, was er gemeint haben könnte und wieso seine Fingerspitzen den Stoff meines Ärmels berührten. Er folgte meinem Blick und legte die Hand kurz auf meinen Unterarm, ehe er sie ohne Eile wegnahm.

„Christa Hemmen, jetzt denkst und planst du und bist ganz durcheinander. Sieh doch, das ist normal. Du spürst so deutlich wie ich, dass das Leben nicht planbar ist. Muh glauben nicht an das unabänderliche Schicksal. Sie wissen vom unberechenbaren Wandel. Dem sollten sie sich in Gleichmut unterwerfen und lernen zu leben. Das ist eine neue Sichtweise, ich weiß, revolutionär würde man in der Welt sagen. Wir sagen pragmatisch. Das habe ich von Bea gelernt. Vielleicht akzeptiert man eines Tages, was jetzt unerträglich erscheint. Vielleicht hat man niedergerungen, was als Bedrohung galt. Vielleicht erscheint der Begehr von damals eitel und nichtssagend. Bereuen sollte man nicht. Aber das zu lernen, fällt nicht nur in der Welt schwer. Auch Muh. Auch mir."

317

„Auch dir?" fragte ich. Es schien nichts zu geben, was im Falle seiner Person Reue gerechtfertigt hätte, es sei denn das Begehren einer Frau aus der Welt. Er hob die Schultern.

„Ich könnte bereuen, geglaubt zu haben, die Gemeinschaft belaste mich und schränke mich ein." Er musterte mich eingehend mit diesem entwaffnend offenen Blick eines Muh. Bei Bea fürchtete ich in solchen Momenten, sie lese meine Gedanken. In diesem Augenblick wäre es mir unangenehm gewesen, hätte er lesen können, was ich dachte. „Gelernt habe ich aus eigenen Fehlern, dass die Welt glorifiziert, was den Menschen einschränkt." Leo lächelte, vermutlich über meinen Gesichtsausdruck. „Freiheit liegt in meiner Entscheidung für die Gemeinschaft. Was ich einst begehrte, wurde entzaubert. Ich erkannte die Fratze der Lüge in den falschen Versprechen der Welt. Die Gemeinschaft verspricht nicht. Sie ist. Was gibt es zu bereuen, Christa Hemmen, wenn ich weiß, dass ich in der Gemeinschaft sein kann?"

Er schüttelte den Kopf, während seine Finger wieder über den Jackenstoff glitten und wie zufällig meinen Handrücken berührten. Ehe ich reagieren konnte, lag die Hand auf seiner eigenen Brust, als wollte er schwören.

„Vielleicht gibt es für Menschen in der Welt einen ähnlichen Halt. Ich wünsche dir einen schönen Tag, Christa Hemmen."

Ich wollte etwas sagen, ihm wenigstens auch einen schönen Tag wünschen, doch er eilte bereits die Treppe hinauf. Unten im Foyer ordnete Inna Kopien. Von ihrem Platz an der Rezeption aus hätte sie ihren Bruder und mich sehen können. Ich wollte mich keiner Bemerkung ihrerseits stellen, also grüßte ich nur und ging eilig hinaus.

*

Die Rückfahrt durch den fallenden Schnee war anstrengend. Zuhause rief ich meine Mutter an und meldete mich vorsichtshalber für den Nachmittagstee am Sonntag ab.

„Hier ist sowieso kein Durchkommen mehr", sagte sie. „Es ist Ewigkeiten her, dass es im stillen Tal so ausgesehen hat. 1978, der Winter war's." Ich fand, sie klang verdächtig nach alter Frau.

„Ab jetzt kannst du dich auf dieses Jahr beziehen", sagte ich. Sie lachte.

„Nur wenn es schlimmer wird als 1978, Christa."

„Hast du etwas Neues von Buket gehört?" wechselte ich das Thema. Meine Mutter seufzte.

„Nein. Meine Güte, sie ist jetzt schon über eine Woche verschwunden. Die armen Eltern."

Setzte man voraus, sie hätten nichts mit dem Verschwinden ihrer Jüngsten zu tun, bezeichnete man sie zu Recht als arm. Eine Tochter war verschwunden, eine war ermordet, der Sohn stand unter Mordverdacht. Hätten sie versucht, Buket bei einem Ehemann vor all dem übrigen Elend zu verstecken, hätte ich es beinahe nachvollziehen können, wenn auch nur beinahe. Und wenn sie für den Tod beider Töchter verantwortlich wären, dürfte man auch nicht unterstellen, sie wären nun zufrieden. Die Welt machte falsche Versprechungen, da stimmte ich mit Leo überein. Eine war mit Sicherheit die Behauptung, man könne alles untereinander regeln, gleichgültig was, gleichgültig auf welche Weise.

*

Als ich später am Abend in meiner Badewanne weichte, fragte ich mich, ob Familie Tolka geglaubt hatte, sie könnte die Probleme, die es vielleicht mit Nilüfer und Buket gegeben hatte, unauffällig regeln. Auch war mir nicht nachvollziehbar, wie Volkan empfunden haben musste, als er Nilüfer tötete. Überzeugt von der Richtigkeit seines Tuns musste er gewesen sein, aber ob er sie gehasst hatte oder vielmehr geglaubt, sie und die Familie vor Schlimmerem zu bewahren, das konnte niemand wissen.

Sich selbst hatte Volkan geschadet. Er war jung und hätte noch vieles erreichen können, doch nun sah es so aus, als ob er das nächste Jahrzehnt und länger im Gefängnis verbringen würde. Als Koch hätte sein beruflicher Werdegang ihn eventuell eines Tages hinauf zur Küchenleitung geführt, gar zu einem eigenen Restaurant. Doch Volkan hatte sich in der Küche meines Vaters keine Freunde gemacht. Er war unzuverlässig gewesen, war zu spät gekommen, hatte absurde Ausreden vorgebracht, etwa dass er seine Schwester zum Arzt habe fahren und dort auf sie warten müssen.

Ich rutschte unter Wasser, zählte bis zwanzig und kam wieder hoch. Träge griff ich zur Shampooflasche und schäumte mir die Haare ein.

Volkan hatte bis September zwei Schwestern gehabt. Eine hatte er zum Arzt gefahren, aus Sorge, Fürsorge, auf Anweisung der Eltern, auf Bitte der Schwester hin, aus eigenem Antrieb, niemand außer ihm wusste es jenseits der Grenzlinien. Vielleicht begleitete man auch jemanden zum Arzt, den man hasste oder der im Weg stand. Und Nilüfers Ton zu Volkan war nicht unterwürfig gewesen am Tag unserer einzigen Begegnung. Doch verstand ich kein Türkisch, war mit der Melodie nicht vertraut, hatte keine Ahnung, was sie zu ihm gesagt haben könnte. An diesem Tag hatte sie ihm etwas an der Rückseite des Hotels gezeigt, während ein anderer Mann auf der Rückbank wartete. Darüber hatte ich schon einmal nachgedacht, über diese Szene, die mir damals normal, seither bei jedem neuen Nachdenken seltsamer erschien. Wenn ich mir jetzt Seifenwasser aus Haaren und Nase spülte, empfand ich die Seltsamkeit besonders. Ich drehte das Wasser ab, griff nach dem Handtuch. Dietmars Bürofenster ging auf die Parkplätze. Dietmar war einmal Nilüfers Freund gewesen, und zwar bevor Volkan bei meinem Vater in der „Fischerkate" angeheuert hatte. Dietmar sollte früher ein Kumpel von Volkan gewesen sein, später aber nicht mehr, sagte Emine, und mein Vater hätte sicher erwähnt, wenn die beiden zusammen herumgehangen und Zeit vergeudet hätten. Und Dietmar sollte Bukets Freundin Sewe bedroht haben.

Mit einem Mal wurde ich ganz unruhig, doch ich zwang mich, gemächlich Körperlotion auf meiner Haut zu verreiben. Girlys waren Dietmars Sache, kleine, junge, man konnte

hochtrabend sagen, dumme, in der Hauptsache also unerfah-
rene Mädchen, und auch leicht zu beeindruckende wie ich
eins war. Margo hatte uns beide geradezu verkuppelt.
Behauptet hatte sie nach Weihnachten, sie habe ihm helfen
wollen, weil er nicht gefestigt sei. Auch sie musste ein Motiv
gehabt haben, für das, was sie in die Wege geleitet hatte, so
wie Volkan ein Motiv für den Mord an seiner Schwester
gehabt haben musste, falls er ihn begangen hatte. Der Halb-
satz ergab sich von selbst. Falls er den Mord begangen hatte,
musste er einen Grund gehabt haben. Falls er keinen Grund
gehabt hatte, war er vielleicht nicht der Mörder. Vielleicht
hatte es noch keinen Wardenburger Ehrenmord gegeben.

11 BRUCHKANTEN

AM SONNTAGMORGEN SCHRECKTE mich das Telefon gegen neun Uhr auf. Es war natürlich meine Mutter, die ebenso natürlich seit halb acht auf den Beinen war, sich frisch und erholt fühlte und Lust auf ein kleines Abenteuer verspürte.

„Wir kommen heute Nachmittag zu dir, Christa", informierte sie mich und fügte großzügig hinzu: „Du bist doch da? Eigentlich hattest du ja zu uns kommen wollen." Ich bestätigte, dass ich zu Hause sein würde und fragte, wieso sie sich durch das unpassierbare stille Tal zu mir quälen wollten. Meine Mutter lachte. „Quälen müssen wir uns nicht. Wir stellen die Autos jetzt immer bei Bethkes ab."

Bethkes wohnten gleich zu Beginn des stillen Tals. Als der letzte ihrer fünf Söhne den Führerschein erworben hatte, war den Eltern kein anderer Ausweg erschienen, als den gesamten Vorgarten in einen Parkplatz zu verwandeln. Sämtliche Söhne lebten seit bald einem Vierteljahrhundert nicht mehr im stillen Tal, der Vorgarten war jedoch nicht zurückgekehrt, weil eine gepflasterte Fläche weniger Pflege bedurfte als Rabattenbeete. Bei Straßenfesten wurden seitdem Grill und Gulaschkanone dort aufgebaut, ebenso der Bierausschank und im Winter die Glühweinbude. Bei Glatteis und Schnee gestatteten Bethkes Nachbarn, die wie meine Eltern und die Braaschs hinten bei der Haarnadelkurve wohnten, ihre Autos dort abzustellen.

Meine Mutter hatte, patent wie sie war, auf Heidis altem Rodelschlitten Transportkisten befestigt. In dieser Konstruktion zog sie ihre Einkäufe vom Auto den sachte ansteigenden Geesthügel hinauf zum Haus. Mir wäre so eine Lösung zu peinlich gewesen. Ich hätte mich immer mit dem Auto bis zum Haus durchgekämpft, aber die Empfindlichkeiten meiner Mutter waren sehr beschränkt. Ich glaube, sie genoss es, wenn Nachbarn aus dem Fenster guckten und ihren praktischen Erfindungsgeist laut bewunderten.

„Ich bringe Kuchen mit, keine Sorge", versicherte mir meine Mutter. Es lag nun an mir, im Nachhinein eine Einladung auszusprechen, was mir in herzlichem Ton gelang.

„Ach, da fällt mir ein, mit Andy und Kirsten haben wir seit deren Skiurlaub nur telefoniert. Soll ich die nicht einfach dazu einladen?" erkundigte sich meine Mutter zuvorkommend. Ich dachte an meine Überlegungen vom Vorabend. Außerdem hatte ich Andy noch von meinem Erlebnis am ersten Weihnachtstag in Harbern II zu berichten. Nachdem Buket verschwunden war, sollte die Polizei vielleicht davon wissen. Also erlaubte ich meiner Mutter, Andy und Kirsten in meine Wohnung einzuladen. Damit sie sich nicht nachher beklagte, man habe sie ausgeschlossen, rief ich mehrmals bei Heidi an, aber die ließ sich weder über Festnetz noch über Handy erreichen.

Andy und Kirsten kamen zu Fuß, weshalb sie vor meinen Eltern eintrafen. Während Kirsten mir beim Teekochen und Tischdecken half, bot Andy sich an, Schnee auf dem Bürgersteig zu schippen, denn ich hatte das seit Freitag unterlassen.

„Du bist dazu verpflichtet, Christa. Möchtest du ein Bußgeld zahlen?" grinste er und griff zum Schneeschieber. Nach dem Kuchenessen behielt ich ihn in der Küche, während die anderen die letzten Weihnachtsplätzchen im Wohnzimmer aßen.

„Andy, gibt es eigentlich Neues von Buket? Man hört nichts mehr, und in der Zeitung steht auch nichts." Andy war ein gut domestizierter Mann, der in seiner Freizeit klaglos Hausarbeiten verrichtete, wenn seine Frau im Oldenburger Klinikum Dienst hatte. Gerade ordnete er gewissenhaft Kuchengabeln in den Besteckkorb der Spülmaschine.

„Wirklich Neues gibt es nicht, Christa. Du weißt, dass ich darüber nicht sprechen darf."

„Habt ihr in Wardenburg mit dem Fall zu tun?"

„Nö. Das machen die Kollegen von der Kriminalpolizei."

„Aber man informiert euch?" Er richtete sich auf und sah mich an.

„Falls nötig." Sein Blick ruhte einen langen Moment auf meinem Gesicht, aber er sagte nichts. Ich reichte ihm einen Stapel Teller, und er stellte bedächtig jeden einzelnen zwischen die Halterungen.

„Ihre Familie hat nichts damit zu tun?"

„Wohl nicht."

„Heißt das, man schließt eine Verbindung zu Nilüfers Tod aus?"

„Davon weiß ich nichts." Ich seufzte.

„Und wenn du es wüsstest, würdest du es mir nicht sagen."

„Genau." Ich versuchte es noch einmal.

„Hast du nicht eine Bekannte in Oldenburg, die mit an Nilüfers Fall gearbeitet hat?" Andy klappte die Tür der Spülmaschine zu.

„Christa, was soll das? Warum stellst du mir diese Dergen? Du hast Recht, ich habe eine ehemalige Kollegin, die in der Sonderkommission für Nilüfer mitgearbeitet hat. Aber der Fall ist gelöst. Es war der Bruder. Das haben die Ermittlungen ergeben, und der Richter wird es bestätigen."

„Hat Volkan denn den Mord gestanden?" Er stöhnte.

„Bitte, Andy. Hat er gestanden?" Er schniefte, schüttelte den Kopf, kramte eine Packung Papiertaschentücher aus der Gesäßtasche seiner Cordhose, entnahm eines und putzte sich umständlich die Nase. Schließlich entsorgte er es in meinen Restmülleimer und steckte die Packung zurück.

„Nein", sagte er mit gedämpfter Stimme. „Er hat nichts gesagt seit seiner ersten Vernehmung. Er soll", Andy streckte den Kopf in den Flur, sah dann wieder zu mir. „Er soll nicht einmal mit seinem Pflichtverteidiger reden. Angeblich", wieder spähte er in den Flur, „soll er nur gesagt haben, er hätte sie beschützen müssen und das wäre ihm nicht gelungen. Das hat er bei dem ersten Gespräch mit den Kollegen von der Kripo gesagt, vor seiner Verhaftung. Seitdem gar nichts.

Heißt es. Ist das klar? Das sind alles Behauptungen, die so über die Gänge wandern und manchmal bis zu uns nach Wardenburg. Offiziell weiß ich nichts. Und wenn ich etwas wüsste, würde ich es dir nicht sagen, nicht wahr, Christa?"

Ich dachte kurz nach. Andy wollte schon gehen, meine nächste Frage hielt ihn zurück.

„Hat Volkan das so gesagt? Ich meine, hat er diese Formulierung benutzt? Oder ist das deine Zusammenfassung?" Andy öffnete den Mund. Er musterte mich mit professioneller Wachsamkeit. Schließlich rang er sich zu einer Äußerung durch.

„Hör zu, Christa. Wir machen ein Geschäft. Ich beantworte dir diese eine Frage, und du sagst mir, was du weißt oder glaubst zu wissen. Ist das okay?" Ich nickte. Er setzte sich auf einen der Küchenstühle, den er so platzierte, dass er sowohl mich als auch den Flur vor der Wohnzimmertür im Blick hatte. Jenseits dieser Tür erklang Gelächter. „Volkan Tolka soll es so oder in etwa so gesagt haben. Meine Bekannte war bei der ersten Befragung dabei. Jetzt bist du dran."

Ich berichtete von meinem Besuch bei Bukets Wohnheim am Weihnachtsmorgen, von der benommenen Buket hinter der Garage und den Spuren, die ich über das Grundstück durch den Wald zu einer kleinen Straße hatte verfolgen können. Als ich zum Schluss den Handschuh erwähnte, beugte Andy sich so ruckartig vor, dass der Stuhl quietschend über die Fliesen rutschte.

„Das hättest du der Polizei sagen müssen", fauchte er mich an. „Spätestens, als die Kleine verschwunden war. Hast du den Handschuh noch?" Ich nickte verdattert.

„Wo ist er?"

„Im Handschuhfach", stammelte ich.

„Bester Platz, eigentlich. Hast du einen Gefrierbeutel für mich?" Wir gingen zu meinem Auto, und Andy stellte den Handschuh sicher. Auf dem Weg ins Haus blieb er bei

Sandra Menserhagens verlassener Wohnung stehen. „Wie geht es ihr?"

„Unverändert", erwiderte ich. Andy schüttelte den Kopf.

„Armes Ding." Er stieg vor mir die Treppe hoch. Ganz in Dunkelblau hätte er auch im Dienst sein können. Ich folgte ihm, erleichtert, meine Geschichte losgeworden zu sein. Ehe ich die Wohnungstür öffnete, hielt er mich am Arm zurück.

„Ich leite den Handschuh und, was du mir erzählt hast, derter. Jemand wird sich mit dir in Verbindung setzen. Am besten schreibst du dir alles einmal auf, damit du keine Einzelheit vergisst."

„Mach ich. Danke, Andy." Er grinste.

„Mein Job. Freund und Helfer in einer Person."

*

In der Mitte der folgenden Woche bat man mich auf das Kommissariat, wo meine Aussage aufgenommen werden sollte. Natürlich wurde ich gefragt, weshalb ich mich nicht, spätestens nachdem Bukets Verschwinden öffentlich geworden war, gemeldet hätte. Dazu konnte ich nur ausweichend antworten, obwohl mir bewusst war, dass ich mich durch meine Entscheidung, auf Andy zu warten, sozusagen selbst blockiert hatte.

Am selben Mittwoch wurde Bukets Fall bundesweit bekannt gemacht. Man konnte nun die Lackpartikel an ihrem Fahrrad einer bestimmten Automarke zuordnen und wusste außerdem, dass das Blut nicht von ihr stammte. Ob diese beiden Erkenntnisse ursächlich für die Verbreitung des Falles in überregionalen Medien verantwortlich waren, weiß ich nicht. Die Abendnachrichten berichteten ausführlich über Bukets Verschwinden und noch ausführlicher über den Mord an ihrer Schwester, eine Kriminal-Show mit Zuschauerbeteiligung nahm sich ebenfalls an diesem Abend Bukets Verschwinden an.

Donnerstagabend fand ich eine Mail von Wolfram Frings. Auch er hatte von Buket gehört. Nun war ihm eingefallen, dass ihm an dem Freitag vor zwei Wochen ein Mädchen beinahe vor das Auto gelaufen war. Ich rief ihn an.

„Ich habe nach wie vor keine Ahnung, wo ich an diesem Abend gewesen bin, Christa. Aber ich könnte die Route des Navis mit dem Fundort des Fahrrads abgleichen, wenn du mir die Daten geben würdest."

Ich markierte den Fundort auf einer Onlinekarte und schickte ihm den Ausschnitt. Am Telefon hörte ich mit an, wie er sein Navigationsgerät an den Rechner anschloss und die Koordinaten der Fundstelle suchte.

„Hm. Weißt du was, Christa? Das Mädchen ist mir ganz in der Nähe vor das Auto gelaufen. Nicht bei dieser Einmündung Denkmalsweg in die Ammerländer Straße. Es war davor, von der B401 aus gesehen. Ich war durch dieses Harbern I durch. Das Mädchen kam von vorne auf der linken Seite und wollte rüber nach rechts. Im letzten Moment konnte es zurückspringen. Aber ein Fahrrad hatte es nicht dabei. Es war zu Fuß." Wenn das Buket gewesen war, hatte sie nach dem Unfall ihr Fahrrad schon aufgegeben.

„Hast du dich denn nicht vergewissert, dass dem Mädchen nichts passiert war?" fragte ich. Wahrscheinlich klang die Frage vorwurfsvoll, aber so meinte ich sie nicht. Im Nachhinein fiel Kritik leicht. Wolfram zögerte.

„Ja, ... nee. Ich hab noch überlegt, ob ich nicht anhalten sollte. Im Rückspiegel habe ich die Kleine aber am Straßenrand stehen sehen. Ich musste auch aufpassen, weil mir einer entgegenkam. Die Straße war so rutschig und der Typ raste wie wahnsinnig. Dann bin ich einfach weitergefahren. Meinst du, das war die kleine Türkin? Hoffentlich nicht. Wenn ich nur angehalten hätte."

„Du solltest damit zur Polizei gehen", sagte ich gemessen, denn der vorwurfsvolle Ton der Beamtin vom Vortag war mir noch im Ohr. Mein Handy klingelte in der Handtasche. Ich lief in den Flur und angelte es heraus. Es war Emine.

„Du, ich muss Schluss machen. Du gehst zur Polizei?" Er versprach es und legte auf. Eilig nahm ich Emines Anruf an.

„Wer spricht da? Christa? Ich habe Sewe bei mir im Auto. Können wir zu Ihnen kommen?" Ich sagte ihr natürlich zu.

Fünf Minuten später standen die beiden vor meiner Tür. Emine war in ihrer Arbeitskleidung und dem Fleecepullover, den sie im Auto über den Kasack zog. Das Mädchen neben ihr kannte ich nicht. Es war groß und dünn mit überlangen Armen und Beinen. Schwere Moonboots verbesserten die Körperhaltung kaum. Dafür war das Gesicht perfekt geschminkt, altersbedingte Hautunreinheiten fachgerecht unter Putz gelegt, die Augenpartie in dunklen Farben scharf betont, der Mund erschreckend blühend bei den frostigen Temperaturen. Auch die Fingernägel ließen auf penibles Arbeiten beim Auftragen der notwendigen Lackschichten schließen. Schwarze Locken, jede Welle ausgeformt und fixiert, ringelten sich bis zur Hüfte. Nachdem Mütze, Schal, Jacke und Moonboots entfernt waren, kam ein Teenager zum Vorschein, der fast so groß wie ich war und jetzt schon viel femininer aussah, als ich es in meinen Hemdblusen je werden könnte.

„Das ist Sewe", stellte Emine das Mädchen vor. „Bukets Freundin."

„Hallo, Sewe. Ich bin Christa."

Sewe erschien mir unschlüssig, ob der Besuch bei mir eine gute Idee gewesen war. Ich brachte die beiden ins Wohnzimmer und bot ihnen Tee an. Emine nippte dankbar das heiße Getränk.

„Ich war bis eben im Dienst."

„Muss das Auto nicht zurück?" fragte ich und hoffte, nicht zu sehr nach Verwaltungsetage zu klingen. Emine winkte ab.

„Ich stelle es gleich in den Hof. Den Schlüssel brauche ich morgen sowieso wieder. Ich wohne nicht weit von ‚Crea'. Sewe wohnt bei mir nebenan." Die beäugte inzwischen misstrauisch mein Wohnzimmer.

„Ich habe eben mit einem Bekannten telefoniert, der vor zwei Wochen freitags von Harbern I nach Achternmeer gefahren ist. Vielleicht hat er Buket da gesehen. Wenn sie es war, war es, nachdem jemand sie vom Fahrrad gestoßen hat." Emine nickte. „Kennt Buket Dietmar Poepken?" fragte ich. Emine wandte sich zu Sewe um. Die hob ihre verlängerten Wimpern.

„Wen?"

„Dietmar Poepken", sagte Emine. Sewe senkte den Kopf. Wir betrachteten sie einen Moment lang.

„Du hast gesagt, du willst mit uns über Buket sprechen. Weil du ihr helfen willst. Nun sprich mit uns." Emine sah ärgerlich aus, verkürzte sie doch ihren Feierabend durch den Besuch bei mir drastisch. Sewe kümmerte dies nicht. Sie ließ sich Zeit. Als sie schließlich den Kopf hob, war ihr Blick auf mich tödlich.

„Was will die das wissen? Was geht die das an?" Ich sah, wie sie ihre perfekt manikürten Finger in die Taschen der Jeans rammte. Die Finger hatten gezittert.

„Ich war einmal eine Freundin von diesem Dietmar Poepken. Er hat Sachen mit mir gemacht, die ich nicht wollte. Jetzt will ich, dass er … bestraft wird." Den Satz hatte ich nicht vorbereitet. Er schlüpfte mir aus dem Mund und ließ sich nicht mehr zurückholen. Immerhin hatte ich jetzt Sewes Aufmerksamkeit. „Manchmal habe ich immer noch Angst", gestand ich ihr. Sie nickte langsam, kreuzte die Beine und zog die Hände aus den Taschen, um sie in ihrem Schoß zu verkrampfen.

„Ich auch", sagte Emine. Sewe schoss einen Blick auf sie, konzentrierte sich aber wieder auf ihre Finger.

„Hat er dich bedroht?" fragte ich. Ihr Kopf sank so weit nach vorne, dass sich vor mir ein nach Haarspray duftender Wasserfall zu ergießen schien.

„Ja", kam es hinter dem Lockenwall hervor. Sie hob den Kopf wieder etwas an. „Er sagt, wenn ich irgendetwas sage, tut er mir richtig weh."

„Hat er dir weh getan?" fragte Emine. Sewe biss sich auf die Lippen, löste aber den bauschigen Schal, der bis auf das Muster wenig Ähnlichkeit mit einem Palästinensertuch an den Tag legte, und zog den Rollkragen ihres T-Shirts etwas herunter. Dunkelviolette Abdrücke waren auf dem cremigen Weiß ihrer Haut zu sehen. Eilig bedeckte sie die Flecken wieder.

Ich warf einen Blick auf Emine. Deren Gesicht war versteinert.

„Das", sagte ich so ruhig, wie mir bei meiner plötzlichen Übelkeit möglich war, „hat er auch bei mir gemacht. Zum Spaß. Er meinte, ich sollte mich nicht anstellen, es täte nicht weh." Sewe sah mich kurz an, betrachtete dann das Tuch auf ihren Knien.

„Was sollst du nicht sagen?" fragte Emine. Sewe antwortete etwas, aber Emine berührte leicht ihren Arm. „Sag es auf Deutsch. Glaub mir, es ist leichter auf Deutsch. Es geht nicht so nah." Sewe hob den Kopf.

„Dass Buket ihn kennt. Und dass sie Angst vor ihm hatte."

„Weshalb hatte sie Angst vor ihm?" hakte Emine nach. Sewe zögerte, dann zog sie ihr Handy aus der Tasche, suchte etwas und hielt ihr das Display hin.

„Deshalb. Das hat sie mir geschickt. Am Freitag hat er es ihr aufs Handy geschickt. Und sie dann mir. Und danach … ist sie verschwunden. Ich glaube, er wollte sie an dem Tag treffen. Weihnachten hat er es schon versucht. Die blöde Kuh sagt keinem was, die geht lieber raus zu ihm. Statt etwas zu sagen."

Sie begann zu weinen. Emine nahm sie in den Arm. Vorsichtig löste ich das Handy aus Sewes Hand. Auf dem Display war eine Zeichnung von einer nackten Frau, die auf Knien einen Mann befriedigte, während ein anderer sie von hinten nahm. Vom Stil her sah sie genauso aus wie die Zeichnung, die in der Klappkiste meiner Mutter aus dem Altpapier des Wohnheims hängengeblieben war. Ich glaubte, mich jeden Moment übergeben zu müssen.

Nachdem wir einige Minuten schweigend zusammen gesessen hatten, glaubte ich, sprechen zu können.

„Was sollte das? Warum hat er ihr diese … diesen Dreck geschickt?" Sewe schluchzte heftig. Es dauerte eine Weile, bis sie wieder sprechen konnte.

„Er hat ihr ständig solche Bilder geschickt. Aufs Handy, in die Jackentasche, in die Schultasche … Er ist sogar in die Umkleide von der Sporthalle gekommen und hat ihr solche Zettel in die Unterwäsche gesteckt, während wir im Unterricht waren."

„Aber warum?"

„Damit sie nichts sagt." Mir war, als zöge sich mein Hals zu. Ich wagte einen Blick auf Emine, die aussah, als ahnte auch sie, was Buket nicht hatte sagen sollen.

„Er hat … sie vergewaltigt. Im Frühjahr. Mai." Wieder verging Zeit, bis Sewe ruhiger geworden war.

„Du musst jetzt alles sagen. Hörst du? Alles." Emine redete auf Sewe ein, als wäre die eine ihrer Klientinnen bei „Crea. Heim und Pflege". Das Mädchen verdrehte die Augen, kratzte sich am Handrücken, zupfte an den exquisiten Locken. Es war wie bei einer Katze, die, nachdem sie vergeblich nach einem Vogel gesprungen ist, plötzlich anfängt, ihr Fell zu lecken.

„Die kannten sich, Volkan und Dietmar. Keine Ahnung woher." Vermutlich hatten sie sich an der Berufsschule kennengelernt. Hotelkaufleute und Köche besuchten dieselbe Schule in Oldenburg, zufällig die gleiche Einrichtung, wo Kinderpflegerinnen und Kosmetikschülerinnen lernten.

„Letztes Jahr im Winter hat Volkan ihn wiedergetroffen. Sie waren ein paarmal abends zusammen weg. In Oldenburg. Und durch Volkan hat Dietmar dann Nilüfer kennengelernt. Wir haben das gewusst." Sie sah Emine an und dann mich. „Also wir Kinder. Die Eltern müssen ja nicht alles mitkriegen. Es war nichts dabei. Volkan fand es total in Ordnung." Sewe machte eine Pause, während der sie ihren Mund unschön verzog. „Dietmars Vater ist reich, nicht wahr?" Es klang nicht wie eine Frage. Vielleicht wollte sie andeuten, dass Volkan für einen Anteil an diesem Geld einen deutschen Schwager akzeptiert hätte. Margo hatte den älteren Poepken-Sohn aus vergleichbaren Gründen geheiratet.

„Irgendwann hat Volkan rausbekommen, dass Dietmar nicht nur mit Nilüfer zusammen war. Der hat ständig Mädchen von der Berufsschule abgeschleppt, hat sich da mit dem Auto von seinem Bruder hingestellt und sie gefragt, ob sie mitkommen. Die Schlampen sind dann mit zu ihm gefahren und haben ihn an sich rangelassen. Nilüfer war total sauer, sagt Buket."

„Aber wie kommt Buket in diese Geschichte rein?" fragte Emine. Sewe hob die Schultern.

„Irgendwann in den Osterferien ist Buket dem Arschloch über den Weg gelaufen. Da war er gleich super nett zu ihr. Und sie … Naja, er war schon ziemlich alt, aber er hat ihr gleich irgendwas geschenkt, keine Ahnung. Kopien von Spielen und so. Da hat er ihr ein paar besorgt. Und dann gab's Krach, als Nilüfer dahintergekommen ist. Buket soll sich nicht anquatschen lassen von dem Typ, der wär ihr Freund und Buket wär auch zu jung für den. Und als Dietmar das gemerkt hat, hat er Buket gesagt, dass er sie geiler findet als Nilüfer. Die blöde Kuh hat ihm das geglaubt."

Sewe schlug sich die manikürten Finger vor die Lippen. Ihre Augen über den glänzenden Nägeln wurden groß.

„Er will sie treffen, hat er gesagt, aber weder Nilüfer noch Volkan dürfen davon wissen. Und sie war so stolz. Natürlich hat sie keinem was gesagt. Mir erst auch nichts. Dann hat sie aber ein Alibi für ihre Verabredungen mit ihm gebraucht und mich eingeweiht. Ich wollte das nicht. Aber sie war so glücklich. Nur dass er sie ständig befummelte, fand sie nicht so toll. Aber er hat gesagt, normale Mädchen mögen das. Da hat sie ihn gelassen. Und dann wollte er, dass sie in der Schule blau macht. Das hat sie getan. Ein paarmal. Und dann, es war ein Montag kurz vor den Sommerferien, das weiß ich noch, da war die Bollywood Tanz-AG. Wir waren da beide drin. Sie hat gesagt, ich sollte den anderen sagen, sie wäre beim Arzt. Aber sie ist mit dem Fahrrad raus zu ihm gefahren. Ich weiß nicht, was genau passiert ist. Aber es muss ganz schlimm gewesen sein. Da war noch ein anderer. Sie wollte weg, und die haben sie nicht gelassen und sie mit ihrem Sari von der AG festgebunden. Und dann … haben sie es beide mit ihr gemacht."

Ich saß vor meinem kalten Tee und betrachtete das dernende Mädchen in Emines Arm. Wieder war mir übel, eine Übelkeit, die den ganzen Körper betraf, auch meine Arme und Beine, ein schweres Gefühl des Ekels und vor allem der Wut, dass auch ich es zugelassen hatte, mich wie dieses Schulmädchen manipulieren zu lassen. Das Schulmädchen hatte die große Schwester eingeweiht, und die Volkan. Der hatte sich mit Dietmar geprügelt, wie alle Brüder es getan hätten. Ich nahm an, dass die alten Blutergüsse an Dietmars Schläfe bei unserer ersten Begegnung im August noch von dieser Prügelei gestammt hatten.

Aber dann sah ich weiter, all die Dinge, die Sewe nicht wusste. Volkan selbst hatte mir erzählt, dass er im Wildeshauser Krankenhaus gearbeitet hatte. Seine Stelle dort war befristet gewesen, aber schon im Juli war er von der Arbeitsagentur zu meinem Vater in die „Fischerkate" vermittelt worden, dorthin wo auch Dietmar arbeitete. Spätestens als er seine Arbeitspapiere bei Maite Bruns, die mit Dietmar im Büro saß, abgegeben hatte, dürfte Volkan erfahren haben, dass Dietmar nun ein Kollege wäre.

Dietmar hätte nicht daran gedacht, vor dem Jungkoch zurückzustecken. Soviel war mir klar. Wahrscheinlich fühlte er sich als Opfer, während er die Vergewaltigung damit rechtfertigte, dass er für Buket gegen das Urheberrecht verstoßen hatte, als er ihr die Computerspiele kopierte, wofür er eine Belohnung verdiente. Volkan hätte ihn in der „Fischerkate" gesehen, vielleicht hätte er sogar gewusst, dass Dietmar Buket weiterhin bedrohte. Was immer seit Ende Juli zwischen den beiden Männern geschehen war, Volkan hatte nicht Dietmar aus Rache getötet, sondern Nilüfer.

Aber vielleicht hatte doch jemand anders Nilüfer an der Autobahnunterführung erstochen.

*

Ich tat, was man in meiner Familie immer tat, wenn man glaubte, ein rechtliches Problem tue sich auf. Ich rief Andy an.

„Die Sache ist so: Hier ist ein Mädchen, eine Freundin von Buket Tolka. Und sie sagt, Buket wurde von Dietmar Poepken vergewaltigt. Später hätte er sie bedroht." Andy hatte seine Erfahrungen mit mir.

„Du bleibst, wo du bist. Das Mädchen soll auch in deiner Wohnung bleiben. Ich fahre jetzt zu dir, aber vorher ruf ich noch eine Kollegin an. Die kommt dann auch."

Sewe war nicht begeistert, dass nun die Polizei kommen sollte, und Emine machte auch ein missmutiges Gesicht, das sich noch verdunkelte, als ihr einfiel, dass sie Sewes Eltern am Telefon erklären müsste, wieso sich ihre Tochter an diesem Abend verspätete. Mit dieser Aufgabe war sie noch beschäftigt, als Andy eintraf, und bis dessen Kollegin kam, hatte sie auch ihrer eigenen Mutter begreiflich gemacht, wo sie nach der Arbeit verblieben war.

Mit mir hatten die Vorgänge nichts mehr zu tun. Meine Wohnung wurde zur Bühne für ein Schauspiel, in dem ich eine Nebenrolle spielte, das Hausmädchen etwa, das Türen öffnete, wenn es klingelte, Taschentücher reichte und andere Tätigkeiten verrichtete, ohne deren Zutun die Handlung weitergegangen wäre. Vor Andys Eintreffen waren Emine und ich übereingekommen, dass wir bei etwaigem Nachfragen nur sagen würden, Dietmar hätte uns manipuliert und dazu gebracht zu tun, was uns später unangenehm gewesen war. Klug war diese Entscheidung nicht, aber ich hoffte, auf diese Weise nicht noch weiter in den Morast um die Poepken-Brüder gezogen zu werden. Was Emine damals dachte, weiß ich bis heute nicht. Wenn wir uns zufällig bei „Crea. Heim und Pflege" begegnen, vermeiden wir das Thema.

*

Am Freitagvormittag, während ich in meinem Büro saß und Aufzeichnungen von einer Wohnungsbesichtigung zu entziffern versuchte, fuhr die Polizei hinaus zu den Poepkens. Sie fand Buket in dem kleinen Raum hinter der Garage und verhaftete die Brüder Poepken. Dies erfuhr ich nachmittags von Andy, nachdem der in einem privaten Telefonat mit seiner Oldenburger Kollegin alle Informationen in Erfahrung gebracht hatte. Die Nachrichten meldeten bereits gegen Mittag, Buket sei gefunden worden. Gegen siebzehn Uhr veröffentlichte man weitere Details. So erklärte ein Pressesprecher der Polizei, es werde gegen den Entführer auch wegen anderer Straftaten ermittelt. Andy ließ durchblicken, in Polizeikreisen hieße es, Robin habe die Aussage verweigert, Dietmar den Mord an Nilüfer gestanden, sobald die Befragung schärfer wurde.

Interessanterweise war von dem Geständnis in den Medien nichts zu finden, auch las man nichts über die Entlassung von Volkan Tolka aus der Untersuchungshaft. Den Vorwurf des Ehrenmords nahm niemand offiziell zurück. Ein paar Wochen später, nachdem sich Dietmar mit Streifen seines zerrissenen Hemdes zu Tode stranguliert hatte, wurde auch das nicht erwähnt. Ich erfuhr es zufällig, wie die wenigen anderen, die davon wissen.

Sowohl Harry als auch Frau von Geldern sprachen mich an jenem Freitag Anfang Februar auf die dunklen Schatten unter meinen Augen an. Beiden sagte ich, am Vortag hätte ich einer Bekannten in einer schwierigen privaten Situation beistehen müssen. Gelogen war das nicht. Frau von Geldern wie Harry rieten mir unabhängig voneinander, mich am Wochenende gut auszuruhen. Das versprach ich ihnen und mir.

Zuvor musste ich meine Mutter anrufen. Die hatte aufgeschreckt von Andys Bitte, ihre Altpapiertonne durchsuchen zu dürfen, eine Nachricht auf meinem Anrufbeantworter hinterlassen. Bis dahin hatte sie nichts von Bukets Befreiung gehört und nicht geahnt, welcher Verbrechen der Mann, denn sie am liebsten mit mir verheiratet gesehen hätte, schuldig war. Als Andy dann zwischen alten Zeitungen, Einkaufszetteln, Kassenbons und Umverpackungen den zerknüllten Zettel mit Dietmars Zeichnung ausgrub, konnte sie es kaum fassen, dass so ein Beweisstück von ihr entsorgt worden wäre, hätte das Müllauto die Schneemassen im stillen Tal überwinden können. Ich versuchte, sie zu beruhigen, wie man Mütter in solchen Situationen zu beruhigen pflegt, und versprach, den ganzen Sonntag bei ihr zu verbringen. Für den Sonnabend hatte ich mir schon etwas anderes, mindestens so Wichtiges vorgenommen.

Ich wollte nach Margo sehen. Als Margot Onken war sie meine Freundin gewesen, als Margo Poepken hatte sie mich an ihren Schwager verkauft. Das war nicht gegen mich persönlich gerichtet gewesen, sondern hatte zu ihrer Strategie gehört, weil sie ihre Investition in Robin Poepken schützen wollte. Ich nahm es jedoch persönlich. Böse war ich ihr, ich würde ihr nie verzeihen können. Aber mit ihrer Investition war sie gescheitert, sie hatte sich im Jargon ihrer Branche verspekuliert. Das gönnte ich ihr durchaus, dennoch tat sie mir ein wenig leid. Um unserer früheren Freundschaft Willen wollte ich sehen, was ich noch für sie tun könnte.

Die Friedrichstraße wurde schon lange nur noch geräumt und mit Sand abgestreut, darunter lag das Eis dick gepackt. Am Ortsausgang, wo Bäume auf beiden Seiten den Übergang in die Wardenburgstraße ganzjährig abschatteten, waren die Verhältnisse besonders gefährlich. Dort stieg der Dunst vom Flüsschen Lethe über den Brückenrand und gefror auf dem Schnee. Darüber schien zum ersten Mal seit langer Zeit die Sonne hell auf weiße Felder und glasklare Eiszapfen am Geländer der Lethebrücke. Alles strahlte, selbst die schmutzigen Eishaufen entlang der Fahrbahn.

In Oberlethe suchten sich Fußgänger vorsichtig einen Weg über die Gehsteige, wo Schmelzwasser und Eis glänzten. Von den Hausdächern hingen lange Zapfen wie überdimensionale Zähne, als wären die roten Ziegelgebäude nur die schuppige Haut urzeitlicher Monster. Dazu passten die frühen Indianer und die mit schweren Waffen ausgestatteten Sechsjährigen. Fasching nahte auch hier im Norden. Hinter dem Ort fielen die Häuser und Bäume weg. Wo im Sommer grüne Maisfelder wogten, erstreckte sich die weiße Ebene, soweit das Auge reichte.

Ich bog vom Tungeler Damm in den Kükkens Kamp ab. Von den Feldern wirbelte der Wind statt Erde feinste Schneepartikel auf, die in der Luft glitzerten wie Feenstaub im Zeichentrickfilm und die anders als Feenstaub mit einem kratzenden Geräusch über die Windschutzscheibe fegten. Auf der Zufahrt zum Haus der Poepkens durchschnitten zahlreiche breite Reifenspuren den Schnee. Wie in Straßenbahngleisen rumpelte ich über den vereisten Weg, vorbei an den Eichen, deren Stämme gelbgrün leuchteten. Krähen flogen auf, als mein Wagen ihren Sitzplatz passierte. Auf dem Hof zeugte das Flatterband der Polizei von den Ereignissen des Vortags. Die Schiebetüren der Remise waren versiegelt, Bertholds großer und Margos kleiner Geländewagen standen vorne beim Haus in einigem Abstand zu Eugenias altem Auto. Kein Mensch war zu sehen.

Beim Aussteigen erfasste mich sofort eine eisige Böe. Während der Fahrt in meinem warmen Auto hatte mich das Sonnenlicht vergessen lassen, wie kalt es in Wirklichkeit war. Hart gefrorene Radspuren kreuzten den Hof in alle Richtungen. Ich musste mir einen Weg über tiefe Rinnen und unnachgiebige Schwellen zur Haustür suchen. Eugenia öffnete auf mein Klingeln. Auch nach allen Enthüllungen über ihre Arbeitgeber nickte sie lediglich zur Begrüßung und ging mir voran in das riesige Wohnzimmer. Nach der Kälte im Hof konnte ich hier drinnen vor Hitze kaum atmen. Meine Nase drohte zu laufen. Ich tastete nach einem Taschentuch.

Auf dem einen Ledersofa saß Margo, auf dem anderen Berthold. Als Eugenia die Zimmertür geöffnet hatte, war er automatisch aufgestanden und mir entgegen gegangen, aber erst nachdem er mich fast erreicht hatte, schien er in der Lage, mich zu erkennen.

„Christa! Dass Sie zu uns kommen!" Lange schüttelte er meine Hand. Anders als früher war sein Griff schwach. Er sah zu mir auf. Erst jetzt bemerkte ich, wie viel kleiner als ich er war. In der Vergangenheit hatte Stolz ihm mehrere Scheinzentimeter geschenkt.

„Ich wollte sehen, wie es Ihnen geht. Ihnen und Margo." Er ließ meine Hand los.

„Das ist nett von Ihnen. Obwohl sie es nicht verdient, diese Schlampe!" Während des letzten Satzes war seine Stimme immer lauter und schriller geworden. Langsam drehte er sich von mir zu Margos Sofa um und zeigte mit der ganzen Hand auf sie. „Die geldgierige Hure. Die Kupplerin. Da! Die verdient Ihre Freundschaft nicht."

Damit stolperte er aus dem Raum. Ich habe ihn nie wieder gesehen.

Margo hatte sich bei meinem Eintreten aufgerichtet, war aber während Bertholds Ausbruch wieder gegen das dunkle Leder des Sofas gesunken, als interessierte seine Meinung über ihren Charakter sie nicht. Als ich hinter das andere Sofa trat, hob sie die blausten Augen der Welt zu mir. Ich verstand nicht, weshalb ihr Schwiegervater sie so hatte beschimpfen können.

„Du bist es, Christa", sagte Margo und brachte zu meinem Erstaunen ein Lächeln zustande.

Aber alles an ihr erstaunte mich. Ich hatte an diesem Morgen feststellen müssen, dass ich nach allen Ereignissen der letzten zwei Tage aussah, wie ich immer aussah, mit hanfblonden Haaren ohne Fasson und violetten Schatten unter den Augen. Margo dagegen verkörperte tapfere Hinnahme in Reinform. Ihre Haare waren frisch gewaschen, das Gesicht sorgfältig geschminkt, dazu kam das Weiß des Mohair-Pullovers, der ihr den Anschein verlieh, in eine Wolke gehüllt zu sitzen. Bei mir hätten Mohairfasern an der tabackbraunen Feincordhose geklebt, bei Margo verirrte sich kein Härchen. Von dem Glas Rotwein vor ihr auf dem Glastisch reflektierte Sonnenlicht warm auf sie und ihre Umgebung. So jemanden beschimpfte man nicht. So jemand war nicht die Schwägerin eines Vergewaltigers und Mörders und keinesfalls die Ehefrau des Mannes, der sich mit ihrem Wissen an den Opfern seines Bruders bediente. Ich ließ mich auf das andere Sofa fallen und starrte sie an.

„Wie geht es dir, Margo?" Es war reine Höflichkeit, denn plötzlich spürte ich wieder, was mir vor der Haustür noch bewusst gewesen war. Eine Freundin war sie nicht. Aber Margo fasste meine Frage auch nicht als Ausdruck tiefergehender Gefühle auf. Nach einem langen Schluck Wein setzte sie das Glas ab und sah mich an.

„Na, wie wohl? Beschissen. Der Alte will mich hier rausschmeißen. Ich hab schon mit meiner Anwältin telefoniert. Die sagt, ich soll es aussitzen. Ha, das tue ich auch, Schätzchen. Der wird mich nicht los. Ich bin immer noch die Frau seines ältesten Sohnes. Ich habe nichts getan. Ich habe auch von nichts gewusst. Der kann mir gar nichts." Sie nahm noch einen Schluck und füllte ihr Glas erneut. „Du auch?" Ich lehnte ab. In diesem Haus wollte ich nichts mehr zu mir nehmen.

Margo musterte mich scharf, ehe sie sich zurückwarf und die Augen schloss. Eine Träne löste sich unter den cremefarbenen Lidern, aber ich glaubte nicht, dass sie echt war.

„Warst du dabei?" fragte ich.

„Wobei?" kam von ihr.

„Als die Polizei hier war." Sie seufzte.

„Klar. Ich wohne hier, Christa. Ich war dabei."

Obwohl ich es gerne getan hätte, konnte ich den Blick nicht von ihr wenden. Ihre Farben, die Mohairhärchen, die sich mit jedem Atemstoß bewegten, der Wein vor ihr, alles erschien so exquisit, beinahe märchenhaft, wenn es auch ein altes Märchen wäre, keine mehrfach bereinigte Hausversion.

„Hast du gewusst, dass Buket in der Remise eingesperrt war?" Unwillig zuckten ihre Brauen.

„Wer?"

„Das Mädchen, das die Polizei aus der Remise befreit hat." Ich sah sie ruhig atmen, beinahe zwanzig Sekunden lang.

„Nein."

„Nein? Seltsam."

„Was?"

„Dass du nicht bemerkt haben sollst, dass hinter der Wand, an der du dein Auto abstellst, jemand gefangen gehalten wird." Die Brauen gingen ganz leicht hoch.

„Bei dem Schnee parke ich seit Wochen auf dem Hof."

„Damit du morgens Schnee abfegen und Frost kratzen musst. Während daneben eine große Garage steht. Das glaube ich dir nicht." Immer noch hielt sie die Augen geschlossen.

„Dann eben nicht. Robin hat gesagt, der Mechanismus, der die Tür bewegt, ist bei diesen Minustemperaturen unzuverlässig. Er hat auch draußen geparkt. Wir alle." Nun erst öffnete Margot die Augen. „Ich war seit Wochen nicht in der Remise."

„Aber du hast gewusst, dass Dietmar und dein Mann da die Girlys treffen." Sie zuckte mit den Schultern.

„Vielleicht. Ja. Doch, natürlich. Du warst ja auch da." Sie grinste, ließ es aber, als sie meinen Gesichtsausdruck sah. So eine Bemerkung hatte ich erwartet, sie berührte mich kaum noch. Theatralisch seufzte sie. „Andere Männer haben einen Hobbykeller mit Modelleisenbahn."

„Das ist nicht zu vergleichen."

„Nicht?" Margo trank das halbe Glas leer und sah mich an. „Nein. Wahrscheinlich nicht", gab sie zu, als hackte ich auf Nebensächlichkeiten herum.

„Und hast du gewusst, dass die Girlys notfalls vergewaltigt wurden?" Lächelnd beugte sie sich über den Tisch zu mir.

„Das habe ich dir schon einmal zu erklären versucht, Christa. Manchmal ziept es, manchmal tut es ein bisschen weh. Dann meinen die Kleinen, man hätte sie vergewaltigt.

340

Dabei hatten sie ihren Spaß. So wie du. Etwas anderes kannst du mir nicht erzählen. Aber in unserem Alter, da stimme ich dir zu, ist das auf die Dauer zu anstrengend. Und wir können nicht mit den knackigen Girlys mithalten, Schätzchen. Das musst du doch verstehen." Sie lachte schallend und warf sich zurück gegen die Lehne. Ich kämpfte meine Wut nieder.

„Du tust mir leid", sagte ich. Sie nickte.

„Ich mir auch." Dann leerte sie ihr Glas und stand auf.

„Hast du noch Zeit? Ich muss an die frische Luft." Ich hatte Zeit und ich sagte, ich würde sie begleiten.

Margot Onken hatte sich nie mehr als nötig an der frischen Luft bewegt, Margo erschien mir noch weniger für das Freiland geeignet, doch an diesem Vormittag benötigte sie wahrscheinlich eine größere Portion Frischluft. Also wickelte ich mich wieder in meinen Schal und schloss den Reißverschluss der alaskatauglichen Jacke, während Margo einen Lammfellmantel überwarf.

„Ich muss noch mal für kleine Mädchen", sagte sie und verschwand in einem der vielen Flure. Etwas genervt wartete ich, doch sie hatte sich beeilt und kam den Mantel über der Hose ordnend zurück.

Draußen empfingen uns Kälte und grelles Licht. Margo setzte eine dunkle Sonnenbrille auf. Ich fand das affektiert, aber wenn sie meinte, sie müsse verfolgte Prominenz imitieren, würde ich sie nicht abhalten. Zuschauer gäbe es außer mir keine. Der Hof war bis auf ihren kleinen Geländewagen und mein Auto leer. Bertholds Wagen war fort, ebenso Eugenias. Wir wanderten neben der vereisten Zufahrt durch den Tiefschnee.

„Warum will Berthold dich aus dem Haus haben?" erkundigte ich mich, als wir den Kükkens Kamp erreicht hatten. Margo deutete nach rechts. Die Sonne im Rücken gingen wir an den verschneiten Maiswüsten vorbei. Schneekristalle schossen gegen unsere Wangen wie sonst der Sand.

„Er denkt, ich hätte Robin frustriert, weil ich wahrscheinlich frigide bin. Und weil ich ihn und Dietmar halten wollte, hätte ich ihnen die Girlys besorgt. So ein Quatsch. Hat der Mann ein krankes Hirn."

„Hast du das denn nicht getan?"

„Nein, Christa." Sie schob ihren Arm unter meinen. „Das waren Dietmars Girlys, und die konnte er sich selbst besorgen. Er hat sie in Oldenburg aufgelesen. Wenn es welche von hier waren, hat Robin nicht mitgemacht. Wegen dem Gerede. Er war mal nett zu einer seiner Schülerinnen, und die hat gleich so ein Theater darum gemacht. Da ist er natürlich vorsichtiger geworden. Dietmar und Robin hatten eine Regel. Keine Gymnasiastinnen, nicht nur keine von seiner Schule. Die hätten Robin womöglich erkannt, wenn er einen Referendar im Unterricht besucht hätte. Am besten die Blöden von der Kinderpflegeschule oder aus dem Berufsvorbereitungsjahr. Denen konnte Dietmar leicht Angst machen. Die haben ihm alles geglaubt." Ich widersprach.

„Buket war aus Wardenburg." Margo lachte.

„Schätzchen, solche Kopftuchmädchen erzählen zuhause nicht, wenn ihnen so etwas passiert. Keine Gefahr. Von denen hatte er viele." Schockiert schwieg ich.

Der Kükkens Kamp stieß unterdessen auf die schmale Lethestraße, ebenfalls ein gefurchter Eisstreifen zwischen weißen Feldern. Leicht anmoduliert deuteten sich die Ausläufer des eiszeitlichen Gletschers in der Landschaft an. Wir mussten uns wieder Wardenburg nähern, aber ich erkannte die eintönig verschneite Szenerie nicht. Später erfuhr ich, dass mich nur wenige Felder von meiner Wohnung getrennt hatten. Entlang der kleinen Straße verlief ein breiter Graben, von dem Margo sagte, dies sei die Lethe. Ihr Wasser war gefroren. Schnee bedeckte weite Strecken des Eises. An einigen Stellen zeigten braune Flecken darunterliegende Löcher an.

Arm in Arm überquerten Margo und ich eine Brücke über die Lethe. In der Nähe der Straße standen ein paar

Häuser. Sie hätten verlassen sein können, so still lagen sie in der eisigen Kälte. Nur das Luftflimmern über den Schornsteinen verriet Heizung und Leben. Bäume und Sträucher entlang des Weges erlaubten immer wieder Blicke auf weitläufige Felder, die rechts von uns in der Ferne an eine Straße grenzten. Spielzeugkleine Autos fuhren geräuschlos hinter grob gezackten schwarzen Baumstämmen.

Ein schmaler Pfad ging ab, vom Feld nur an versunkenen Zäunen zu unterscheiden. Margo ging ein ganzes Stück auf diesem Pfad. Ich rief ihr nach, sie solle umkehren, dort könne man nicht gehen. Doch sie hörte nicht. Also folgte ich ihr. Der hohe Schnee machte jeden Schritt beschwerlich. Ich zweifelte am Sinn unseres Ausflugs und überlegte, ob ich sie einfach in dieser Einsamkeit sich selbst überlassen sollte. In diesem Moment drehte Margo sich zu mir um.

„Wozu das ganze Theater? Alle sind auf ihre Kosten gekommen. Du. Dietmar. Robin. Die Girlys."

Ich war nahe genug, dass ich mein Spiegelbild auf den schwarzen Gläsern ihrer Sonnenbrille sehen konnte. Stoßweise kam ihr Atem in weißen Wolken.

„Ja, alle. Nur ich nicht." Sie schüttelte den Kopf. Ich verspürte wieder Anklänge von Mitleid, einem sehr theoretischen Mitleid allerdings. „Von mir wollte Robin kaum etwas wissen. Mich hat er geheiratet, weil er eine Ehefrau brauchte. Für sein Ansehen, für seine Karriere. Eine Frau, die draußen die Augen und Ohren aufhält und ihn warnt, wenn es riskant wird. Dafür brauchte er mich. Da konnte er auf mich zählen. Wir kommen weit zusammen, Margo, hat er immer gesagt. Ja, wir hätten es weit geschafft, Robin und ich." Ich schüttelte den Kopf über so viel Dummheit.

„Margo, der Kerl hat dich nur benutzt." Sie lachte.

„Was weißt du denn? So ist es, wenn man heiratet. Man gehört zusammen und hilft sich gegenseitig. Das macht man so, Christa. Das ist Solidarität."

Ich nickte, um sie zu beschwichtigen, denn ihre Tränen jetzt waren echt, mochten die Gefühle dahinter auch nicht nachvollziehbar sein. Sie wehrte meine Hand ab.

„Ich habe dir immer gesagt, dass Dietmar dich braucht. Ich habe gesehen, dass er sich nicht im Griff hatte. Nicht wie Robin. Der hatte sich im Griff. Der hatte sich unter Kontrolle. Ich musste Dietmar helfen, sonst würde er Robin gefährden. Du kamst mir genau richtig. Ich dachte, ich könnte mich auf dich verlassen."

„Margo", begann ich und suchte nach vernünftigen Argumenten, doch sie stieß mich von sich und begann, hektisch ihren Mantel aufzuknöpfen. „Christa, es hätte uns so gut gehen können. Uns allen vier. So viel Geld, wenn der Alte erst einmal abgekratzt wäre. Aber du hast alles kaputt gemacht. Du! Hast! Alles! Kaputt! Gemacht!"

Krähen stiegen von den Zäunen auf. Ein Hund bellte. Die Kälte kroch unter meine Jacke.

„Margo, was redest du da?" Aber dann sah ich die Pistole in ihrer Hand, viel zu groß für sie, aber nichtsdestoweniger in ihrer Hand und auf mich gerichtet. „Das war alles ganz anders", behauptete ich und hatte keine Ahnung, was ich damit meinte.

Margo war es offensichtlich egal. Sie hielt die Pistole mit beiden Händen auf mich gerichtet, als sie wieder auf mich zu kam. Sie wusste genau, dass sie mit der Waffe nicht umgehen konnte und beim Abdrücken möglichst nah vor mir stehen sollte.

„Alles kaputt. Klatsch. Polizei. Gefängnis. Kein Geld von Berthold. Ist dir eigentlich klar, was du angerichtet hast? Du hättest es gut bei Dietmar haben können. Aber du musstest ja unbedingt Schluss machen. Was hätte er denn tun sollen? Er brauchte dieses Mädchen. Er hatte dich nicht." Ich hob abwehrend die Hände, was bei einem Ast in ihrer Hand eventuell genützt hätte, bei der Pistole jedoch sinnlos war.

Es knallte, und wir starrten uns an. Nachdem ich erst geglaubt hatte, tot zu sein, merkte ich schnell, dass dem nicht so war. Instinktiv warf ich mich Margo entgegen und rammte mit meinem gesamten Gewicht gegen sie. In dem hohen Schnee verlor sie das Gleichgewicht, strauchelte und fiel rücklings hin. Ich sah die Pistole ein Stück neben ihr im Schnee versinken.

Darin lag meine Chance. Ich rannte los, so schnell es in dem Tiefschnee möglich war. In meinen Ohren klang mein Atem viel zu laut. Er übertönte jedes andere Geräusch in dieser stillen Landschaft, und trotzdem spürte ich an dem Stechen in meiner Brust, dass er viel zu wenig Luft einsog. Ein dumpfer Stoß katapultierte mich nach vorne, Gesicht in den Schnee. Da war kein Licht, war keine Luft, nur Kälte an der Grenze zu Hitze und mein Pulsschlag in meinen Ohren. Darüber gellte eine schrille Stimme, doch ich wusste nur, dass es nicht meine war.

Ich musste meine Arme bewegt haben, denn plötzlich bekam ich etwas zu fassen, was ich als Hand erkannte. Ich riss daran, so fest ich konnte, und hatte die seltsame Empfindung, etwas über den Grenzpunkt oder den Abreißpunkt, gedrückt zu haben. Es war ein merkwürdiges Gefühl unter meinen kalten Fingern, einem Schnappen ähnlich, begleitet von ständigem Geschrei direkt neben meinem Kopf. Mit dem Schnappen ließ der Druck auf meinem Nacken nach. Es gelang mir, das Gesicht aus dem Schnee zu drehen und mit dem ersten Atemzug meinen Körper hochzustemmen. Etwas lief warm über mein Auge, doch ich hatte keine Hand frei, es wegzuwischen.

Das schrille Schreien kam von Margo, das verstand ich jetzt. Sie hatte von mir abgelassen, nun aber, da sie mich hochkommen sah, stürzte sie sich wieder mit ihrem ganzen Gewicht auf meine Brust. Mir war schwindelig, die warme Flüssigkeit rann weiterhin ablenkend über meine eisige Wange. Ich schmeckte Blut. Aus den Augenwinkeln sah ich Bewegung, doch dorthin wagte ich den Kopf nicht zu derhen, denn nun war Margo über mir. Ihr Aufprall hatte mich rücklings in den Schnee gedrückt. Wirre Haare hingen in mein Gesicht, ich roch Haarspray, Wein und Parfüm und den teuren Geruch des Lammfellmantels. Ein rot verschmierter Mund war vor meinen Augen weit geöffnet, Lippenstift an den Zähnen wie das Blut eines gerissenen Tieres. Etwas war in Margos Hand, etwas Dunkles, ein Ast vielleicht oder die Pistole. Damit traf sie mich an der Schläfe, dumpf und ohne großen Effekt, dann an der anderen Seite, wo der Hieb Sterne vor meinen Augen aufblitzen ließ. Die ganze Zeit pochte es in meinen Ohren, und ich fragte mich, wieso Margos Mantel so blutig war.

Plötzlich fiel Schatten auf uns. Ich merkte nur noch, dass ihr Gewicht leichter und leichter wurde, ihr Geschrei dagegen immer wilder, als sie gegen ihren Willen von meinem Brustkorb gezogen wurde. Neben meinem Ohr bellte jemand harsch und viel zu laut. Eine schwarze Nase stieß gegen meine. An diesem Punkt beschloss ich, das Bewusstsein zu verlieren.

***

Wenn Ihnen dieses Buch gefallen hat, würde ich mich über eine Rezension freuen. Dafür danke ich Ihnen im Voraus,

Martina Sevecke-Pohlen

INTERVIEW MIT BEA MUH

Frau Muh, Sie sind Kodexwächterin der Gemeinschaft der Muh. Können Sie erklären, was dieser etwas seltsame Name bedeutet?

Gerne. Zunächst einmal unser Name: Muh ist eine Zusammensetzung der Anfangsbuchstaben dreier Wörter. Minder und Heimatlos. So beschrieben sich die frühen Mitglieder unserer Gemeinschaft. Sie waren unbedeutende Menschen von geringem Wert für die Gesellschaft, und sie waren Heimatlose und Flüchtlinge.

Solche Menschen fanden sich zu einer Gemeinschaft zusammen? Als eine Art Selbsthilfegruppe vielleicht?

So würde man heutzutage wahrscheinlich sagen. Die Muh gründeten sich jedoch bereits 1818 in Neutral-Moresnet.

Von Neutral-Moresnet habe ich noch nie etwas gehört. Wo ist das?

Neutral-Moresnet existiert nicht mehr. Es entstand 1815, nachdem Napoleon endgültig besiegt war. In der Schlussakte des Wiener Kongresses wurden die Grenzen der Länder festgeschrieben. Die Niederlande und Preußen konnten sich nicht einigen, wer das Gebiet um Moresnet erhalten sollte. Moresnet liegt etwa 7 Kilometer südlich von Aachen. Wegen der Galmeivorkommen war es für beide Staaten interessant. So einigte man sich auf einen historischen Kompromiss: Dieses kleine Areal von 3,4 Quadratkilometern sollte von den Niederlanden und von Preußen verwaltet werden. Mit der Gründung Belgiens 1830 lag die Verwaltung in belgischer und preußischer Hand.

Wieso waren die frühen Muh Flüchtlinge?

Wegen der gemeinsamen Verwaltung waren die Männer in
Neutral-Moresnet vom Militärdienst befreit. Für den Abbau
der Galmeivorkommen benötigte man mehr Arbeitskräfte
als die 256 Menschen, die 1815 dort lebten. Es kamen tau-
sende Männer aus Preußen, den Niederlanden, später auch
aus Belgien, um in den Gruben zu arbeiten. Viele hofften, so
dem Militärdienst zu entgehen. Doch die Befreiung galt nur
für in Neutral-Moresnet gebürtige Männer. Die anderen
wurden als Fahnenflüchtige verhaftet und in ihren
Heimatländern verurteilt. Die Muh fanden sich zusammen,
um diesen Männern und ihren Familien zu helfen.

War das nicht riskant?

Gewiss. In einer kleinen Gesellschaft, wo man sich kennt,
darf so eine Gruppe nicht auffallen. Die Muh nahmen es auf
sich, Menschen zu verstecken und mit ihnen alles
Lebensnotwendige zu teilen. Sie verhielten sich unauffällig
und bescheiden. So gelang es ihnen, fahnenflüchtig gesuchte
Männer und auch deren Familien durchzubringen. Die dafür
notwendige Einstellung prägt unser Denken auch heute.
Muh handeln immer für die Gemeinschaft, denn die
Gemeinschaft gibt ihnen Unterstützung und Schutz. Muh
leben bescheiden und teilen großzügig mit denen, die weniger haben.

Sie sagten, Neutral-Moresnet existiert nicht mehr. Was wurde daraus?

Im ersten Weltkrieg wurde Neutral-Moresnet von Preußen
annektiert. Mit dem Versailler Vertrag fiel es an Belgien. Der
Ort heißt heute Kelmis, auf Französisch La Calamine. Kelmis liegt im deutschsprachigen Siedlungsgebiet von Belgien.
Galmei wird nicht mehr abgebaut.

Wo leben die Muh heute?

Die meisten leben im deutschsprachigen Ostbelgien, einige
Zentren bestehen jedoch in den Niederlanden und in

Deutschland. Ich selbst stamme aus der Eifel, aus Nideggen, wo auch unser aktueller Kodexmeister lebt. Der hat mich als Kodexwächterin in das nördlichste Zentrum nach Sandkrug geschickt. Das ist in der Nähe von Oldenburg in Oldenburg.

Frau Muh, Sie sind Kodexwächterin. Was ist das für ein Titel?
Als Kodexwächterin stehe ich einer Gruppe Muh vor und berate sie in allen Angelegenheiten des Lebens. Ich biete ihnen Schulung in der Lehre unserer Gemeinschaft und Führung im Umgang mit sich und der Welt.

Welche Aufgabe hat der Kodexmeister?
Der Kodexmeister ist heutzutage unser spiritueller Führer. Aus der Weisheit der Muh vor ihm schöpft er Rat, welchen Weg die Gemeinschaft gehen soll. Er berät die Kodexwächter in allen Fragen, die sich aus ihrer täglichen Arbeit ergeben, und er nimmt die Zuweisung einzelner Muh in die Zentren vor.

PERSONENVERZEICHNIS

Familie Hemmen
Christa Hemmen hält sich für langweilig, geriet aber schon in zwei Kriminalfälle (*Im stillen Tal*; *Sandras Schatten*). Sie ist gebürtige Wardenburgerin. Christa ist mit Bea Muh befreundet, sie kennt Bea aus *Im stillen Tal*.
Kati Hemmen ist die Mutter von Christa und Heidi. Kati leitet die Hauswirtschaft in einem Mädchenwohnheim in der Wardenburger Ortschaft Harbern II. Bekannt ist sie seit *Im stillen Tal*.
Jörn Hemmen ist der Vater von Christa und Heidi. Er ist Koch in dem Wardenburger Restaurant „Fischerkate". Bekannt ist er seit *Im stillen Tal*.
Heidi (Heidrun) Hemmen ist Christas Schwester. In *Im stillen Tal* wurde Heidi entführt. Seit *Sandras Schatten* ist sie mit Andrej Schelupa zusammen.
Andrej Gregorewitsch Schelupa ist ein russischstämmiger Informatiker. Mit Heidi Hemmen ist er seit *Sandras Schatten* zusammen. Sein Kosename ist **Druschka**.

Familie Poepken
Berthold Poepken (Waffen-Poepken) ist der Vater von Robin und Dietmar. Der ehemalige Landwirt besitzt eine Firma für Reit- und Jagdausstattung.
Dietmar Poepken (Didi Poepken, Dieter) ist Robins Bruder und Christas Freund. Der Hotelkaufmann arbeitet in der „Fischerkate".
Margo Poepken (früher Margot Onken) ist eine Schulfreundin von Christa Hemmen und arbeitet heute als Bankkauffrau. Seit sie in die Poepken-Familie eingeheiratet hat, möchte sie Margo genannt werden. Der Name kommt von dem Wein Margaux. Auch die Tochter des Schriftstellers Ernest Hemingway nannte sich nach dem Wein.

Robin Poepken ist Lehrer in Oldenburg und am Lehrerausbildungsseminar Fachleiter für Latein und Altgriechisch. Margo ist seine Frau.

Eugenia ist die Haushälterin der Poepkens.

Die Gemeinschaft Muh

Bea Muh ist Kodexwächterin der Muh in Sandkrug. Ursprünglich stammt sie aus Nideggen in der Eifel. Bea und Christa kennen sich seit den Ereignissen von *Im stillen Tal*, als Heidi Hemmen und Beas Schwester Greta entführt wurden.

Edu Muh stammt aus dem französischsprachigen Teil Belgiens, hat aber in Aachen studiert.

Greta Muh ist Bea Muhs Schwester. Sie wurde in *Im stillen Tal* entführt

Inna Muh ist eine Muh aus einem konservativen Zentrum in Ostbelgien, wo heute noch Deutsch gesprochen wird. Sie kennt sich mit Traktoren aus.

Leo Muh ist ein rotstoppeliger Muh, der seit *Sandras Schatten* an der Rezeption des Tagungshauses in Sandkrug steht. Er stammt aus einem Muh-Zentrum in Ostbelgien, wo heute noch Deutsch gesprochen wird.

Hotel und Restaurant „Fischerkate"

Thede Frölje (Onkel Ted, der junge Chef) ist der Inhaber der „Fischerkate" in Wardenburg.

Maite Bruns arbeitet in der „Fischerkate" in vielen Jobs. Sie ist Hausdame, Kaltmamsell und Lohnbuchhalterin. Ihr Büro teilt sie mit Dietmar Poepken.

Die Polizei

Gert Tamminga ist Polizist in Wardenburg seit *Im stillen Tal*.

Andy Vosgerau ist Jörn Hemmens bester Kumpel und Polizist in Wardenburg seit *Im stillen Tal*. Aufgrund seines Berufs hält man ihn bei Hemmens für den geeigneten Ansprechpartner in Sachen Kriminalität.

Familie Tolka
Buket Tolka ist ein Teenager mit viel Pech, aber mit guten Freundinnen.
Volkan Tolka ging mit Christa zur Schule, inzwischen ist er Koch in der „Fischerkate".
Nilüfer Tolka besucht die Kinderpflegeschule in Oldenburg

Frau Schumann-Schulz ist Bukets Lehrerin, aber auch Christa und Heidi durften Unterricht bei ihr genießen. Eingeführt wurde sie in *Im stillen Tal.*

Crea. Heim und Pflege
Frau von Geldern ist die Geschäftsführerin in Wardenburg. Sie wurde in *Sandras Schatten* eingeführt.
Harry (Harald) Meinert teilt sich das Büro mit Christa. Früher wäre er beinahe ein Faustballstar geworden, nun fällt er nur durch seine Frisur auf. Eingeführt wurde er in *Sandras Schatten.* Faustball wird in Wardenburg sehr gepflegt.
Ernst Loga ist nicht nur der schönste Mann, er leitet seit *Sandras Schatten* auch den Pflegedienst.
Herr Dewenter kommt von der Direktion in Kamp-Lintfort.
Emine ist eine der mobilen Pflegerinnen. Mit Christa hat sie nicht nur die Schule am Everkamp gemeinsam.

Das Haus
Sandra Menserhagen ist Christas Vermieterin. Ihre Erlebnisse in *Sandras Schatten* haben sie sehr mitgenommen.
Walter Priem hat die Baufirma von Sandra Menserhagens Vater übernommen. In Wardenburg heißt es, er will auch Sandra übernehmen. Seit den Ereignissen aus *Sandras Schatten* kümmert er sich um ihr Haus.

Beratungsstellen bei sexueller Gewalt:
Deutschland: http://www.wildwasser.de
Österreich: http:www.frauenberatung.at

Schweiz: http://www.frauenberatung.ch

ÜBER MARTINA SEVECKE-POHLEN

Martina Sevecke-Pohlen wurde 1968 in Düsseldorf geboren. Nach einem Umzug nach Aachen besuchte sie dort die Schule und machte 1989 ihr Abitur. An der Carl von Ossietzky-Universität in Oldenburg studierte sie Anglistik und Germanistik und arbeitete anschließend in der Erwachsenenbildung.
2011 gründete sie in Rhauderfehn den Wieken-Verlag Martina Sevecke-Pohlen.

WEITERE BÜCHER VON MARTINA SEVECKE-POHLEN

Als E-Book ist erhältlich:

Familie. Ehre
Wieken-Verlag, 2012, ISBN 978-3-943621-03-7 (Kindle), 978-3-943621-04-4 (PDF), 978-3-943621-07-5 (EPB)

Sandras Schatten
Ist Sandra Menserhagen verrückt? Christa glaubt nicht, dass ihre Vermieterin sich selbst tote Tiere vor die Tür legt. Auf der Suche nach Sandras Schatten deckt Christa ein altes Geheimnis auf.
Wieken-Verlag, 2012, ISBN 978-3-943621-00-6 (Kindle), 978-3-943621-01-3 (PDF), 978-3-943621-02-0 (EPUB)

Als **Printausgaben** sind von Martina Sevecke-Pohlen erhält-
lich:

Sandras Schatten

Wieken-Verlag, 2012, ISBN 978-3-943621-08-2
(exklusiv bei amazon.de)

Die Legendenweberin

Schardt Verlag, 2009, ISBN 978-3-89841-441-8

In Wardenburg versteckt sich Rüdiger Hinrichs vor seiner
Vergangenheit. Zaghaft lässt er die Nähe von Klara Prüm zu.
Dann erfährt er, dass Klara ihm einen entscheidenden Teil
ihrer Lebensgeschichte unterschlagen hat. Allmählich ahnt
Rüdiger, dass ihre Lügen sein eigenes Geheimnis auf fatale
Weise berühren.

Im stillen Tal

Schardt Verlag 2010. ISBN 978-3-89841-527-9

Christa Hemmens erster Fall

Familie Muh zieht in die Nachbarschaft der Hemmens Der Mord an Herrn Muh und kurz darauf die Entführung einer seiner Töchter und Christas Schwester Heidi rufen unter den Nachbarn heftige Reaktionen hervor. Christa zweifelt an der Arbeit der Polizei. Zusammen mit Bea Muh macht sie sich auf die Suche nach den entführten Mädchen.